MANUAL DE GHOSTING PARA PRINCIPIANTES

CLARA DUARTE

MANUAL DE GHOSTING PARA PRINCIPIANTES

MOLINO

Papel certificado por el Forest Stewardship Council®

Primera edición: octubre de 2025

Travessera de Gràcia, 47-49. 08021 Barcelona

Printed in Spain — Impreso en España

ISBN: 978-84-272-4822-9
Depósito legal: B-14.367-2025

Compuesto en Grafime, S. L.
Impreso en Rodesa
Villatuerta (Navarra)

MO 4 8 2 2 9

AVISO DE CONTENIDO

Este libro contiene cadáveres consistentemente gilipollas, hipotecas de tipo variable, sexo paranormal, gente de Madrid y el consumo puntual y recreativo de vino de cocinar.

Leer responsablemente.

A Ici.

Por si me muero y quedan dudas
sobre si quiero que nos sigamos enrollando.

«Boo».

Casper, 1995

LO DE LA VIDA DE DELIA AGÓS

Empezando por lo importante, esto es lo que tienes que saber sobre Delia Agós: el otoño en el que iba a cumplir treinta años amaneció con el cadáver de alguien en el rellano de su piso. Nadie quiere verse nunca en una situación así. Quiero decir, a punto de cumplir los treinta.

Para los treinta, siempre pensó Delia, hay que tenerlo ya todo bien organizado, porque, si no, luego llega el suplicio de los treintaitrés y bien te puede pasar la que le pasó a Jesucristo. Justo cuando la vida te ha obligado a atravesar el desagradabilísimo trámite de la veintena, se te termina el abono joven, desarrollas una tortícolis y llegas al purgatorio emocional: los treinta son una evaluación de todo lo que hemos hecho que determina, para siempre, nuestro nivel de lamentabilidad. Tienes que haber conseguido para entonces, así, enumerando a bote pronto: una pareja a largo plazo; un trabajo estable, en el que te exploten, pero establemente; un coche o, al menos, un patinete eléctrico, y los ahorros para la entrada de la hipoteca del piso más cochambroso del mundo. Delia Agós estaba a punto de tenerlo todo en febrero de ese año (el año en el que amaneció con el cadáver de alguien en el rellano) cuando, una noche, Elba se acabó su táper de lentejas con chorizo y declaró, mirándola directamente a los ojos:

—Creo que tenemos que dejarlo.

Delia se atragantó. Lo tosió todo, en la cocina del zulo de Madrid en el que vivían, que era un microclima con olor a embutido.

—¿Cómo? —jadeó—. ¿Qué? ¿Dejarlo el qué? ¿El chorizo picante?

—Delia, que no puedo.

—¿Con el chorizo picante?

—No puedo hacer esto, esto no... Es una mala idea. Lo de la hipoteca y lo de todo, y luego vamos a liarnos a abogados y pienso... Nos vamos a arrepentir. Lo he estado pensando bien, Delia. Creo que... —Elba tomó aire y se frotó las manos, y de repente, un martes a las once, tras cuatro años ininterrumpidos de relación, decidió—: Creo que mejor vamos a empezar a dejarlo.

Fue el día que habían ido a ultimar la hipoteca del dúplex que estaban a punto de comprarse. Había sido un delirio de papeleo de meses, una justa medieval entre Delia y Maricarmen, la gestora del banco, y, por primera vez en la vida, ante la perspectiva de una birria de dúplex, Delia sentía que las cosas, muy en contra de su naturaleza, iban encontrando su sitio. Elba y ella lo habían sobrevivido todo juntas, por empeño y no por fe, desde mitad de los veinticinco: los estudios sin ventanas de Madrid capital, las primeras prácticas universitarias ilegales, un calor sin ventiladores y un frío sin radiador, tres obras en plaza de España, y luego terminó como si nada sobre un táper de lentejas con chorizo.

—Pero ¿¡qué me estás contando!? ¿¡Tú te has vuelto loca, estamos de pronto todos locos!? ¡Que hemos ido...!

—Vamos a calmarnos...

—¡Que está todo firmado ya, Elba! ¡Dijiste que sí en el banco! ¡Estabas «que sí» desde Idealista! ¡Que he vendido óvulos por esto, he traficado bragas por internet para la entrada de este piso! —Delia se señaló el pecho—. Han testeado en mí metanfetaminas.

—Ya lo sé... —dijo Elba, poco a poco—, y lo siento.

—Dios, no me hagas esto… —Delia se puso en pie y se cubrió la cara—. No me lo hagas, Elba, Elba…

—Sé que tú has tirado de todo, incluso de nosotras, mucho tiempo. ¡Escucha! Y me he parado a pensar en que es injusto. No te he cuidado y he tardado mucho en darme cuenta, pero creo que ahora lo mejor es… Que es lo mejor que, para nosotras, ahora… Espera. —Elba se sacó de un bolsillo un papelito plegado ochenta veces y empezó a leer—: Creo que lo mejor para nosotras ahora es…

—¿En serio? —Delia, incrédula, se lo arrebató—. ¿En un tique de la compra del Carrefour?

—Es del Alcampo…

—¿¡«Creo que lo mejor para nosotras es que yo me quede la tele»!?

—No, pero lee abajo, que tú te quedas la Thermomix…

—¿Esta es otra de las tuyas, Elba? —la cortó Delia—. Cuando te da un síncope y te vas al pueblo con la abuela Concha y luego vuelves para que te haga la declaración de la renta. ¿Qué es…? —Abrió los brazos—. ¿¡Qué coño está pasando!? ¿Es por otra? ¿Es eso? No estás enamorada de mí.

—¡No! O sea, sí… O sea, vamos a ver, tú no estás enamorada de mí, Delia. —Elba se pasó una mano por el pelo, organizando un discurso—. Delia, ya no nos vemos con el curro. Y sin el curro también; bueno, ya no nos vemos. Tú duermes en el sofá todos los días, nos evitamos en las comidas, cada una pone su lavadora de blanco. La última vez que follamos fue en verano del año pasado y solo porque se nos subió el mojito, y fue en el vestuario de un Aquopolis y luego me dio una infección de orina… —Reculó—. Todo esto estaba mejor dicho en el tique.

Delia la miró con los ojos como sujetos con pinzas.

—Me estás vacilando —susurró—. Estamos a punto de comprarnos un dúplex, Elba.

—Por eso.

—Hemos pasado una época, vale, y duermo en el sofá porque es de viscolátex…

—Delia —la interrumpió—, ¿hace cuánto que no nos besamos?

Se hizo un silencio en la cocina en el que solo se oyó la nevera congelando un filete.

—Nos besamos… Pues continuamente.

—¿Hace cuánto que no nos besamos?

—Pues a ver… ¿Besarnos cómo? ¿Con lengua? ¡Hoy! —decidió—. Hoy nos hemos besado. Esta mañana nos hemos besado y todo.

—Esta mañana, Delia —dijo Elba—, te has chocado con mi cara saliendo del baño. Te has roto la nariz contra mi cara, no nos hemos besado y llevas sangrando toda esta conversación.

Solo en ese momento, Delia Agós se irguió en su sitio. Agarró una servilleta y se taponó el chorro de sangre que estaba goteando hasta las baldosas, y fue a coger la fregona, y las zapatillas se le resbalaron en el charco, y tuvo que agarrarse a una de las puertas del mueble, y se le cayó la sandwichera encima.

—La gente que se compra un piso —aclaró luego, de camino a urgencias—, tampoco es que haga falta que esté enamorada.

Y así fue como se acabó.

Al día siguiente, cuando Delia volvió del trabajo con la nariz enfundada en una férula, Elba ya se había ido del zulo y se había llevado la tele.

Todo lo demás lo hizo muy en su línea a partir de entonces, justo como cabía esperar de alguien como Elba. Al fin y al cabo, Elba Garrido había llegado a llamar a Movistar diciendo que se había muerto con tal de no tener que justificar por qué quería cambiar de compañía. Se mudó del piso de una forma tan paulatina, con desapariciones imperceptibles de imanes y especias y botes de champús, que una podría haber pensado que su ropa en el armario estaba trascendiendo de dimensión. Se colaba cuando Delia se encontraba en el trabajo y se llevaba solo tres cosas cada vez, ni una menos, ni una más. Fue cancelando los contratos sin avisarla y, cuando cortaron la luz, la ruptura ya se convirtió en una sucesión de eventos paranormales.

Incluso con esto, claro que Elba tenía razón: llevaban años sin estar enamoradas.

Tampoco es que nunca se hubiesen enamorado mucho mucho;

lo justito para ir tirando. La tragedia, como a veces pasa, fue más la pérdida aterradora de una seguridad y un aburrimiento construido meticulosamente durante años, y entonces un día ocurrió: llegó la mañana en la que Elba se llevó la última de sus pertenencias, que era el bendito sofá de viscolátex, y de pronto Delia miró a su alrededor y el zulo estaba para siempre medio vacío.

Ella iba a cumplir treinta años y no tenía nada.

—Pues, hija, no es buena edad para que te dejen —fue lo que dijo su madre—. Con los Tinder, que ahora te estafan y lo he leído, ya no se puede quedar porque te roban por *bluetooth.* ¿Tú te acuerdas de mi tía Remedios, que murió a los treinta soltera en su casa, y que nadie la encontró durante dos meses porque era una desgraciada?

Delia, tumbada en la camilla de la Clínica Matas, miró el techo blanco y reunió en los pulmones la paciencia más optimizada del mundo.

—Elba no me ha dejado, mamá —dijo—. Ha sido mutuo, de mutuo acuerdo.

—Bueno, que tampoco eso iba a ningún lado, pues muy bien. No sufras, nena; que tampoco la conocías.

—Llevábamos saliendo cuatro años.

La doctora Mercedes Matas era, muy por encima de la madre de Delia, una ginecóloga hipocondriaca, sin filtro ninguno, chutada permanentemente con menta poleo, que cultivaba una obsesión práctica, podríamos decir, por las vaginas propias y las ajenas. Ese año estaba atravesando su crisis personal de los sesenta, así que ni retenía información ni se callaba. Entre semana, la única manera de reunirse con ella era sentarse en su camilla y someterse a una revisión concienzuda de los órganos y sus milagros; la otra opción para Delia hubiese sido contárselo por teléfono, que era aún peor, porque activaba el altavoz con la mejilla y se hubiesen enterado hasta las menopáusicas de la sala de espera.

—Ahora te puedes centrar en ti, nena, en tu proyecto de vida —atajó—, que es lo que importa. ¿Ya te estás poniendo con ello? ¿Estás conociendo a alguien? ¿Conoces el peligro de los embarazos a partir de los treinta y cinco?

—Mamá, esto me viene fatal, ¿sabes? Que me presiones ahora, y yo no he venido a esto. —Delia cerró los ojos cuando su madre sacó el espéculo y le dijo: «Sepárame más las piernas»—. ¿Nos podemos tomar un café, por favor, y hablar las cosas como dos personas normales?

—Nada de estresores. En tus circunstancias, Delia, cuando nos quedamos resecas, es cuando nos ocurren los desastres. —Una enfermera entró por la puerta en ese momento y Delia se quiso morir—. ¿Has hablado con Judith? Habla con Judith. Tu hermana Judith me ha dicho que tiene esta amiga que da cursos donde te orientan cuando sales de la carrera.

—¡Soy analista de datos, mamá! —replicó, también para que se enterase un poco la enfermera—. ¡Trabajo en una multinacional y terminé la carrera a los veintidós!

—Relájate o te va a doler el cacharrito.

—Dios mío… —Suspiró—. Mira, estoy pasando por un muy mal momento.

—Lo puedo ver. Lo leo en tu flora.

—Estoy superando esto, y ubicándome de nuevo, y no necesito cursos ni que me vigiléis ninguna. Lo tengo todo bajo control, ¿vale? Para ya de monitorizar mi flora.

—Judith me ha contado que te echan del piso.

—¡Lo tengo todo bajo control!

Cuando Mercedes dejó el instrumental en la bandeja y se cambió de nuevo el par de guantes, le otorgó por fin a su hija el mejor de sus consuelos: una palmadita en la rodilla.

—Cariño, tú sabes que yo me preocupo porque lo tengo que hacer. Venga, escúchame: el tiempo no perdona —dijo—. La vida uterina, Delia, es muy corta. La vida es muy corta; lo que yo no quiero es que se te gaste. Hay que darse cuenta, cuando llegan ciertos momentos, de dónde estamos y lo que nos queda, y lo siento por lo de Elba, porque me hubiese gustado conocerla. —La había conocido, múltiples veces. La madre de Delia le apartó un mechón de la frente y sonrió—. Esto tómatelo como una carrerilla, un aviso. Ay… Tú eres mi patito feo, Delia. A los treinta, nena, que no se te olvide, y te están ya esperando a la vuelta de la esquina, es cuando nos empiezan a perseguir los desastres vaginales.

Veintinueve años atrás, en la época en la que estaba terminando la residencia de Medicina, Mercedes Matas, recién casada con el desaborido de don Carmelo Agós, se quedó embarazada de pronto de una niña y recibió lo que ella siempre describiría como una llamada uterina supraterrenal.

A partir de ahí, se convirtió a la religión protestante del suelo pélvico y empezó la especialidad como ginecóloga. Su embarazo, en el que no sintió náuseas, ni dolores, ni antojos, y echó una tripa que cualquiera hubiera dicho que era de gases, fue un embarazo perfecto, del libro de embarazos imposibles, solo manchado por un hematoma que apareció en la ecografía del primer trimestre y que, aunque no se fue, se comprobó como benigno. El bebé pateó antes de tiempo. Nunca le dio una mala noche. Mercedes tenía tan claro (y Carmelo también, si le hubiese importado) que la persona que estaba tejiéndose en ella era alguien especial que se leyó todas las profecías de Nostradamus para ver si estaba al caer algún profeta.

El día en el que empezaron las contracciones, le dolieron tan poco que las confundió con agujetas. Corrieron al hospital y la criatura salió chutada en cuestión de treinta minutos. Cuando tuvo a la niña entre sus brazos y olió su cabeza por primera vez, Mercedes Matas contuvo las lágrimas y lo entendió: eso era lo que había esperado, un nudo sin llanto, blando, de extremidades de leche, con los ojos azules y con el inicio de tres pelos rubios en la frente, y olía a nuevo y a correcto, y, como habían planeado, la llamaron Judith.

Tres minutos después, las contracciones volvieron y Mercedes creyó que se moría, y entonces parió al hematoma y lo llamaron Delia.

—Fue un milagro biológico, ¿no? —les explicaba de niñas—. Porque los gemelos de ese tipo, cuando un gemelo desde el inicio es más débil que el otro y no se está nutriendo, queda subdesarrollado y puede ser un feto papiráceo, es decir, que el hermano lo absorbe. ¡Y ni te vimos venir!

—Bueno —decía Delia, poco convencida—. Yo no me acuerdo.

—Yo a lo mejor sí —decía Judith—. ¿Qué es absorber?

Don Carmelo decía, sin levantar la vista de su sudoku diario:

—Que estaba todo puesto ahí dentro para que te la comieras.

Mucho antes de tomar la primera de sus malas decisiones, Delia Agós ya había llegado al mundo marcada por una condición impepinable: era una fotocopia desgraciada de Judith Agós, la nueva profeta.

En la lotería de antes de la vida, si hay un lugar primigenio donde nos cocinan y nos otorgan las cualidades, a Judith le dieron primero las suyas y en el turno de Delia le dieron también las de Delia. A los cinco años, Judith Agós ya había aprendido a escribir y a leer, había sido diagnosticada con oído absoluto, había ganado una competición de ajedrez, manifestaba síntomas de memoria fotográfica y repetía fragmentos completos de la Constitución española. A los cinco años, Delia había cogido dos veces la varicela.

Ese fue el reparto siempre, el orden natural de las cosas: en el recreo, los balonazos se reconducían en el aire para esquivar a Judith. Giraban sobre sí mismos, a saber cómo, y se estrellaban contra Delia. Era casi un fenómeno de la física cuántica, un cómputo de hostias digno de ser estudiado; Judith sacaba mejores notas, era amiga de todos, su nombre iba primero en la lista de clase. Mientras, Delia desarrollaba cráteres con forma de balón en el epicentro del cráneo. Durante la época de la muda de dientes, a Judith le creció una dentadura perfecta y nunca necesitó *brackets*, y a Delia se le cayeron todos a la vez y tardaron tanto en salirle nuevos que quedó inmortalizada en los marcos de casa sonriendo con una sola paleta. La prima Tere, que nunca se enteraba de que eran dos, decía cuando se pasaba:

—Hay que ver la sesión tan graciosa que os hicisteis con Gollum ese día en la Warner.

—Esa es Delia —la corregía Mercedes—, lo que pasa es que parece calva, porque le da aquí una luz.

—Aaah —asentía Tere, meditando—. Anda.

—Es que llevaba una cola.

—Ya, bueno, claro… —Añadía, al rato—: ¿Y Delia quién es?

El cuerpo de Judith encajaba en todos los vestidos. En Delia, los vestidos parecían la sotana ceremonial del santo pontífice. Esto, concretamente, tenía ya poco sentido, porque Judith y Delia Agós eran, son, no podrían evitar nunca ser físicamente idénticas: tenían las mismas manos y los mismos hombros, el pelo rubio platino de subrayador, la constitución de una lagartija, como don Carmelo, y las pecas de una continuaban en la cara de la otra.

Delia llegó a la conclusión, el año en el que Judith hizo su intercambio en Irlanda, de que era una cuestión de espacio: Judith se había quedado con el único hueco en el mundo diseñado para esa cara. Los seis meses en que Judith se marchó y el hueco estuvo vacante, de repente Delia empezó a existir y la gente la reconocía al llegar a clase. La felicitaron por su cumpleaños el 19 de diciembre. La votaron como subdelegada. Por fin, después de tantos traumatismos por balonazo, Delia Agós tuvo un valor y una identidad, algo suyo, que la hizo nacer finalmente. Luego, al llegar marzo, volvió su hermana y se generó una gran conmoción porque todos habían pasado seis meses creyendo que Delia era Judith bajo los efectos de una anemia.

—Pues Judith, opino, y es solo mi opinión, es una siesa —dijo Richi ese agosto—. Pero bueno, sin ánimo de ofender, o sea, que sois iguales, ¿no? Pero con Judith no se puede hablar. Tú me gustas, haces tus cositas interesantes. Te mangas el tinto de la misa.

Estaban en el campamento de curas en Hoyo de Manzanares y Delia había robado esa mañana parte de la sangre del Señor en una cantimplora. Ricardo Soto, que iba al B y no habían hablado nunca hasta hacía cuatro días, era otro pringado periférico cubierto de acné con una melenita interesante, y se habían subido a una roca juntos para beberse el peor tinto de verano del planeta.

—¿Te ha pagado Judith antes para que me lo digas?

—Hija, qué agonías. Sí, cuatrocientos euros.

—A lo mejor eres gay.

—No me toques los cojones —bufó Richi, mientras Delia bebía—. ¿Cómo está?

—Pues sabe a pota. —Sonrió—. A ver si me he equivocado y nos enchufamos un bote de friegasuelos.

—Y amén, y hágase su voluntad.

—Que la paz sea con nosotros.

Se pasaron la cantimplora mientras el sol bajaba y la burbuja fosforescente de Madrid brillaba a lo lejos.

—En la uni, cuando se acabe el verano, Judith ha dicho que va a estudiar Derecho —le contó Delia—. Y lo va a estudiar fuera y todo, en Irlanda, porque ahora tiene un novio... Yo qué sé. —Dio otro trago—. Va a irse sin mí a hacer todas esas cosas importantes y yo voy a quedarme esperándola aquí siendo una patética. Toda la vida, quizá, detrás de ella, ¿sabes? Y Judith siempre será mejor en todo para mí, para mamá y para todo el mundo, y, cuando ya no tenga que preocuparse por mí... Cuando se olvide de mí, Judith podrá ser todo lo que quiera.

En los recreos, Judith se peleaba con los niños que lanzaban los balones que desafiaban las probabilidades de la física. Había escrito en su carta a la universidad: «La mejor parte de mí es Delia». Richi Soto, mirando a Delia en una roca esa noche, y sin poder entender ningún matiz humano de lo que le decía, respondió:

—Tú no me estás escuchando. —Delia lo miró—. A mí, Delia Agós, me gustas tú mucho más que nadie.

Esa fue la primera vez que alguien besó a Delia de verdad, abriendo la boca, medio mal y torpe, no a una duplicación defectuosa del cuerpo de su hermana gemela. Se toquetearon las cinturas y las espaldas hasta que los pilló el padre Nieto y los apuntó con una linterna.

Al día siguiente, cuando Delia se encontró con Richi en el desayuno y se le encogió el estómago del bochorno, se sentó junto a él y le dio un golpecito en la rodilla con su rodilla. Ricardo Soto, el pringado de la melenita del B, apretó los labios y se giró.

—He descubierto, Delia, ayer, no por el padre Nieto, pero al liarnos —la miró, liberado—, que a lo mejor sí que soy gay.

Así que eso había sido siempre Delia Agós: una cosa mal hecha, cultivada mal en una sucesión catastrófica de fracasos, que el año que iba a cumplir treinta fue desahuciada de un zulo en Embajadores y lo empaquetó todo para volver a casa de sus padres. Es decir, en menos palabras: un hematoma reconfirmado.

—A ver, traigo de todo —dijo Judith, en cuanto le abrió la puerta—, porque no sé qué tienes. Traigo huevos y traigo pan, tengo una lasaña de estas de microondas... Y vengo con la maleta por si faltan cajas, que te he escrito, pero pasas de mí.

Cuando levantó la mirada de la bolsa, Delia estaba agarrada al pomo en pijama con la cara escarlata de llorar como una magdalena.

—Deli —la llamó—. ¿Qué pasa? ¿Qué...?

—Me voy a morir —dijo— como la tía Remedios, sola y vieja como una desgraciada.

Judith suspiró y lo dejó todo en el suelo.

—Dios mío... —Agotada, entró y la abrazó, pero muy escueta, como era Judith—. Anda, cierra. Límpiate. Toma un clínex... Eso es un invento. La tía Remedios está viva, Deli. La tontería esa que cuenta mamá la vio en un episodio de *Caso cerrado*.

Esa fue la última noche que cenaron en la cocina con olor a embutido. Horas más tarde, Delia destriparía el zulo de la poca vida que aún quedaba allí y se llevaría las perchas, solo por joder al casero.

Judith hizo huevos con patatas para ambas y la ayudó a desmontar el escritorio de IKEA. Raspó los mohos viejos en el techo. Era su aniversario con Harry, su novio irlandés, y venía directa de la cena con el traje y la gabardina de abogada, pero por supuesto que Judith se presentó la última de todas las noches y le calculó la fianza que le debían.

—No puedo vivir con mamá —dijo Delia, pimplándose el vino—. Jud, va a ser una cosa insoportable. Me siento como el Cid en el exilio. Otra vez al cuarto con la litera, y me va a dar el coñazo con que me saque una enfermería...

—Mamá ya se está olvidando de que heredes la clínica —dijo Judith—. La he reñido. Tranquila. Ahora mamá está en su etapa espiritual y su gurú le ha dicho que si te deja la clínica se la arruinas.

—Ah. Estupendo...

Para las dos de la mañana, habían secado la ropa aún por tender con el secador de pelo y el zulo estaba impoluto en su porquería. Judith se durmió con las botas puestas en un extremo de la cama, repasando el papeleo de su siguiente juicio; Delia pasó a mejor vida sobre la mesa del salón con la botella a la mitad y las gafas de leer incrustadas en las cejas.

La despertó a las ocho una vibración en la cara como de enjambre.

Confundida, Delia se incorporó sobre la silla. Enfocó primero el vaso y se frotó los ojos, y lo que vibraba en la mesa era su móvil, brillante, recibiendo una llamada. Descolgó:

—¿Sí?

—¿Doña Delia Agós? —dijo una voz al otro lado—. Soy Ramón Carmona, de la agencia inmobiliaria. Mire, la llamo para consultarle sobre la compra del inmueble del que estuvimos hablando, el dúplex en Tirso de Molina. Nos iba a contactar tras la confirmación del banco para la firma del contrato de arras, pero no hemos sabido de usted desde…

—Sí, Dios, mamón, ¡Ramón! Perdona… Ramón. —Delia pestañeó e intentó espabilarse echándose el agua del vaso en la cara. Era vino blanco—. ¡Coño…!

—¿Está bien?

—No, sí, Ramón. Me pillas… Mi pareja y yo… —Se limpió la cara en la camiseta—. Perdón, es que han cambiado un poco las cosas. Ella no… Ya no quiere formar parte de la hipoteca.

—Vaya por Dios.

—Con el lío se me había pasado… Tenía que llamaros, pero se me ha…

—¿Y va a querer seguir usted con la compra?

Delia, empapada en semidulce afrutado, levantó la cabeza.

—¿Puedo querer seguir yo con la compra?

—Bueno, quiero decir… —Al otro lado de la línea, Ramón carraspeó—. El banco ya está en esto. El papeleo está casi, tenemos los certificados ya… —Dudó, nervioso—: Esta venta nos interesaba mucho, doña Agós, y solo quedan las arras. Si quiere ver el inmueble de nuevo, yo mismo podría…

—Claro, no, si es que… —lo cortó Delia—. Verás, Ramón, con los ahorros que tengo… Yo tendría que gestionarlo todo de nuevo con el banco. Habría que empezar de cero con Maricarmen, o sea, la señora, y plantearlo y... Verás, yo es que me acabo de despertar.

—Podemos bajarlo a ciento cincuenta —dijo Ramón de pronto—. El dúplex, por ciento cincuenta mil.

A Delia se le congeló la voz.

—¿Cómo? —musitó patidifusa—. ¿En Tirso de Molina?

—Bueno, no es que podamos desplazarlo.

Y ahí estuvo el momento.

Delia Agós, que lo había dado todo por perdido en el año de los treinta, condenada, quizá, a un destino peor que el de Jesucristo; que había tachado de la lista la pareja y también el coche (que era de Elba), y tenía el zulo vacío alrededor y ningún sitio al que marcharse, se vio con los ahorros justos en el banco y la posibilidad repentina, irrechazable, de no haberlo perdido todo en el año de los treinta.

—¿Va a seguir usted con la compra del dúplex, doña Agós?

Veinte minutos más tarde, después de salir de la ducha fría, Delia marcó un número en su teléfono con los dedos mojados y esperó tres pitidos.

—¡Papá! —dijo, nerviosa—. Os he llamado, mamá no lo coge. Dile que no voy. O sí, bueno, voy ahora... Dile que me voy a comprar el dúplex. —Anunció—: ¡Papá, me lo he comprado!

A través del móvil le llegó el garabateo de Carmelo sobre su sudoku del día.

—¿Tú quién eres, una o la otra?

Delia reunió la paciencia más optimizada del mundo.

—La otra.

Cinco meses antes de ese momento, en una peregrinación delirante por los confines de Idealista, Delia había estado a punto de rendirse en su búsqueda de la tierra prometida cuando avistó a lo lejos el oasis de una ganga:

Dúplex en Tirso de Molina

Pintoresco. Con historia.

¡¡¡Llamar agencia!!!

En un inicio, viendo el precio y los metros cuadrados, concluyó que se trataba de una estafa; es bien sabido que Madrid capital no permite en su corazón la existencia de viviendas asequibles, mucho menos económicas: todas deben manifestarse como alguna clase de atraco.

Pero Delia lo guardó, por si acaso, y llamó al teléfono otro día, y entonces contestó el vendemotos de Ramón. Le ofreció enseñárselo con tanta vehemencia que fue sospechoso. Le juró que, de acercarse, la invitaba a una palmera de chocolate. Luego hubo que convencer a Elba de que, si iban, volverían a casa con todos sus órganos intactos, y la tarde en la que fueron a verlo, cuando estuvieron frente al susodicho dúplex pintoresco en Tirso de Molina, Ramón metió la llave en el cerrojo y entonces Delia lo entendió: el piso era, hablando mal y pronto, una puta mierda.

La puerta de entrada se encontraba en un sexto piso sin ascensor. Bueno, retrocedamos: el dúplex coronaba el bloque más viejérrimo, matusalénico, prehistórico de todos los bloques del centro de Madrid. Era eso una antigualla estrecha, superviviente de dos guerras mundiales, que se deshacía con solo mirarla y en la que Ramón juró que había vivido Cervantes, si es que aún no seguía viviendo. Los escalones estaban hundidos y tenía cada uno su propia altura. La barandilla crujía como una bolsa de cereales. Los primeros pisos se los habían conseguido alquilar a unos Erasmus, pero a partir del tercero ya se perdía la cobertura y se empezaba a ascender a un continente que no pertenecía a la ONU.

La cosa no mejoraba al llegar arriba: el dúplex era un espacio abandonado por reformar, por pintar, por terminar, por favor. Las persianas del Pleistoceno no bajaban y una ventana del baño daba a un muro. Alguien había reparado la instalación de gas y había dejado las tuberías por fuera. Para llegar a la segunda planta tenías que subir por una escalerilla metálica de caracol que vibraba, peliaguda, como el mecanismo de un toro mecánico. Pero nada de esto era la razón por la que un dúplex en el centro de Madrid se vendía por ciento cincuenta mil euros: el problema real era su largo y documentado historial de homicidios.

—Los últimos inquilinos fueron los de la secta —les contó Ramón, apurado—. Bueno, que ya lo habrán leído. En el 2000, ¿no? Es que la cosa... Con lo del cambio de milenio, estaba todo muy calentito. Entonces aquí vivían unas veinte personas, se averiguó, y luego, si me acompañan a esta habitación, aquí fue donde se dio el suicidio colectivo. —Abrió la puerta y Delia lo siguió. Elba se asomó a una ventana, a punto de vomitar la palmera—. Antes de eso ocurrió el parricidio de la familia Urrutia, un clásico, y antes de eso la posesión de Victoria Aguayo. También hemos tenido un par de narcotraficantes... En fin, es política contarlo, pero es que la leyenda negra, ¿no?, hace mucho daño, y un piso como este que es un placer, ¡en pleno centro!, no está siendo fácil... No está colocándose ni para Airbnb, así está la cosa.

—¿La mesa viene también con la casa? —preguntó Delia, ojeando el salón.

—¡Se incluye! Es un detalle que hemos conservado porque la madera de los muebles de antes... —Delia movió la mesa y debajo de ella, grabado en el parqué a cuchillo, descubrieron un pentagrama satánico—. Bueno, eso... —dijo Ramón—. Eso se resuelve con alfombra.

—¿Victoria Aguayo? —preguntó Elba, con la Wikipedia abierta—. ¿La que le daba vueltas al ombligo?

—A ver, yo no estuve allí, pero se dice, se dice. —Ramón tragó saliva, sudando bajo la corbata, y luego continuó—: Bueno, que entiendo... Que las condiciones de esto, claro, les seré sincero, no son las ideales. Y lo sé, y por eso también he traído yo aquí un plastiquito... —fue abriéndolo—, con folletos de otros pisos que tenemos cerca, que no se alejan mucho. Los tenemos baratos, y seguramente les vendrán mejor. Si se acercan ahora les enseño...

Delia se giró, con los brazos en jarras.

—Nos lo quedamos.

Ramón Carmona dijo: «¿Qué?». Elba Garrido dijo: «¿¡Qué!?». Delia, mirando el techo de su futuro hogar, con menos miedo a la muerte que a la eterna vida de arruinarse alquilando zulos, asintió para sí misma y lo tuvo claro.

—Es un chollo. En el centro, Elba, y a precio de Arroyomolinos. Nos quedamos con el piso.

Siete meses, una ruptura y un desahucio más tarde, Delia se arruinó igualmente gastándose todos sus ahorros en un dúplex de mierda.

—¡Ramón! Hola, mira, os estoy llamando… —Se ajustó el teléfono entre la oreja y el hombro—. Os llamo de nuevo porque tengo un problemilla; bueno, el mismo problema. Soy Delia. ¿Delia Agós, del dúplex de Tirso? Verás, es que se ha reventado la caldera y no deja de echar agua a presión…

—¡Ah, no! —dijo Ramón—. ¡Pero eso no es nada, eso es ajustar el pitorrito! ¡Llame usted al técnico!

—Sí, pero pasa, Ramón, que esta es la caldera vieja y hablamos de que ibais a cambiarla. El piso se iba a entregar recién pintado y con la nueva caldera.

—Doña Agós, usted no se preocupe. Los pintores van de camino. No va a pasar del primer mes…

—Llevo aquí tres meses.

—… ya lo demás que usted necesite a mí no me tiene que estar llamando.

—Ramón —lo cortó Delia, mientras remaba a dos fregonas en la cocina, cargando cubos, en las últimas de Filipinas, con el agua llegándole a los tobillos—. Tengo la casa que parece un baño turco. A ver si nos entendemos: no dejo de llamaros, y aquí no se ha reparado nada de lo prometido, ni las ventanas, y no se puede vivir; el váter sigue atascado y no se puede ni tirar de la cisterna, porque si tiro no solo no se va nada, ¡sino que entonces es cuando salta el «pitorrito» y revienta el agua de la caldera!

—¡Pues ahí lo tiene! —contestó Ramón, satisfecho—. ¡Tiene usted que dejar de empeñarse en usar el váter!

Era un verano asfixiante en Madrid y Delia Agós no tenía dinero.

Aún peor: era verano ya y Delia Agós no tenía váter.

En sus meticulosos cálculos, sus listas de objetivos para antes de los treinta, Delia nunca vio venir que gastar treinta mil euros en comprarse un piso la llevaría casualmente a la bancarrota, un poco como la historia del meteorito y los dinosaurios: el desastre se anunció, pero su público objetivo era gilipollas.

La adrenalina firmó los papeles e hizo múltiples transferencias en su nombre. Duplicó las llaves por ella y pagó un camión de la mudanza. El día que el dúplex estuvo amueblado, funcional, gracias a las donaciones de Judith y los mercadillos de segunda mano, Delia miró su cuenta del banco y comprobó que le quedaba lo justo para cambiar la escalerilla. Al día siguiente, cuando le pasaron el primer cobro de hipoteca, le quedaba lo justo para comprarse un acordeón e irse al metro a pedir limosna.

—¡Esto está mal! —le dijo a Coral, su compañera de departamento—. ¿Qué es esta tasa? Esto no puede… ¡Me la están cobrando con propina!

—Bueno, luego llamas otra vez —la tranquilizó—. Al menos, piénsalo así, es una hipoteca fija y no te has metido en una variable. O sea, porque no te has metido en una variable, ¿no?

Delia, metida en una hipoteca variable, respondió:

—No, pues claro. Faltaría.

La caldera le reventó por primera vez esa tarde. Ramón Carmona, el vendemotos, se desentendió de cualquier reforma. El vecino de abajo la denunció por humedades y los del seguro la bloquearon por pesada, así que Delia se vio de pronto en la mejor de sus previsiones: con un inmueble propio, al fin, decrépito e inundado, en el que experimentaba, según el día, una de las siete plagas de Egipto; viviendo al mes mientras se dejaba el sueldo en una hipoteca y obligada a bajar religiosamente tres veces al día para usar el váter del bar Casa Paco.

—Delia Agós, Delia Agós… —murmuró su jefe, mientras ojeaba los papeles—. Ah, aquí te tengo. Joder, menuda fotito, Delia Agós, ¿tú te metiste en el fotomatón con una lipotimia?

Delia sonrió, incómoda, al otro lado de la mesa de Dirección.

—Es lipotimia de nacimiento —dijo. Luego, carraspeó—: En fin, de lo que hablábamos... Que, a ver, Pelayo, nosotros ya nos conocemos, pero tú sabes que yo llevo aquí año y medio ya de analista de datos. Con Coral, que dirige el equipo...

—VICE-analista —la corrigió él—. Cuidadito. ¿Cuánto de anal y cuánto de lista?

—¿Perdón?

—Perdonada. —Agarró su café—. Venga, que me estoy quedando contigo.

Delia pestañeó y recondujo:

—Yo lo que quiero, Pelayo, es que esto se ponga en el contrato, ¿no? Porque hace meses que pasé el periodo de prueba, y tengo que... Hay que renovarme el contrato, ahora en junio. Entonces he pensado que me corresponde el sueldo de analista.

—¿Y me vas a decir que no eres analista en el contrato?

—No —dijo Delia—. Soy una subcontrata de fontanería.

Pelayo escupió el café entonces y estalló en una carcajada que le manchó la camisa.

Pelayo Sánchez del Pinar, el director comercial de Geogalia, era un relamido de apellido compuesto, un capullo biológicamente certificado, que presumía de ser nieto de un torero y se recortaba las patillas con escuadra y cartabón. Una vez cada cuatro meses, recibía a Delia en su oficina exclusivamente para abochornarla y le prometía que sí, que a partir de ahí las cosas iban a ser legales, y luego le miraba el escote tres minutos seguidos y le hacía otro contrato temporal.

—¿Me estás pidiendo un aumento sin enseñarme nada, Celia Lipotimia?

—Es Delia Lipotimia. —Reformuló—: Es Celia... *Delia* Agós.

—Y me sigo quedando contigo. Qué bien me caes, tía. —Aún riéndose, Pelayo se tragó de golpe dos diazepanes y bebió de su café—. Pero lo entiendo, yo me lo pienso, por supuesto. Tú sabes que ahora estamos con todo lo de la fusión; a la vuelta, en otoño, tenemos el evento con Retovet. Bueno, no te aburro con mis batallitas, pero estamos todos revueltos, y yo a ti te necesito fuerte y a lo tuyo, ¿no?

No preocupada por estas cosas. Tú sabes que, si quieres un aumento, Delia, aquí te lo vamos a dar.

—Ya, sí… ¿Cuándo? —preguntó Delia, pero Pelayo ya había avisado a su secretaria—. Porque ahora mismo quiero ese aumento…

—No lo dudo.

—Estoy pasando una época en la que…

—Claro, claro, tú ve avisándome. Toma una ficha, píllate un té en la máquina.

—Pelayo —insistió Delia, desesperada, mientras la escoltaban al pasillo—. Lo que yo quiero decirte es que estoy ahora en una situación difícil. No llego a fin de mes, y quedamos en que ya tendría el contrato fijo; necesito ese aumento de verdad. No puedo esperar. Por favor, mi hipoteca… ¿Cuándo, exactamente?

Pelayo Sánchez del Pinar, jugando ya en su pantalla al *Solitario Spider,* se repasó con los dedos la gomina y le sonrió sin interés.

—Cuando me mejores el tema de esa fotito.

Delia empezó a colarse en el Cercanías. Se alimentaba de fideos en agua salada como en los tiempos de la posguerra. Quitó el wifi de su casa y canceló sus vacaciones de verano para arreglar las persianas, pero ninguna medida de contención funcionaba: todo lo que entraba en su cuenta desaparecía. Era un agujero negro, un pozo sin fondo de bolsillo de Doraemon. Se cortó el pelo por encima de los hombros para subastar el resto en una tienda de pelucas. Recorría los supermercados para mangar muestras de jamón. Poco a poco, Delia Agós no pudo evitar convertirse en una criatura nueva, la sombra más oscura de la fauna madrileña: la amiga amargada del grupo que solo habla de su hipoteca variable.

—Y es verdad que puede que se venga una bajada en la revisión anual, pero, claro, eso si cae al tres por ciento el euríbor. Que no va a pasar, porque estamos en inflación; es una paja mental, te digo, un sistema que no funciona. Y nadie nos avisa de esto, ¿no? —explicó—. No se comenta en la etapa formativa. Se nos distrae con señuelos, como la mitocondria o el teorema de Pitágoras, pero la gente ahí fuera se muere. La gente vive en peligro de morir por una hipoteca.

El niño de diez años con el que había coincidido esa tarde en la piscina la miró en silencio sobre su churro de porexpán.

—¿Qué es una paja?

Judith, que era la que residía en la urbanización, apareció y se la llevó de allí de una tiranta del bikini.

—Tienes que avisar de esto a mamá, Delia —le dijo aquella noche en el bar—, y que sepan de tu situación, porque ya necesitas que te ayuden.

—Sí, bueno —bufó ella—. A mamá y a la Guardia Civil.

—Estás empeñada en ser una orgullosa y todo por no sé qué pamplina.

—No le voy a confirmar a mamá, Jud, que ya está esperándolo en su casa, que todo me sale mal y que mi vida es una mierda, porque está convencida de que voy a acabar siendo una desgraciada muerta de hambre.

—Pero ya eres una desgraciada muerta de hambre —dijo Richi, a la cabeza de la mesa—. Si te estás pimplando mis bravas.

Delia congeló la trayectoria de la última patata, atrapada entre sus dedos.

—Las habíamos pedido para el centro.

—Para el centro de tu jeta, debe ser.

Doce años después de aquel mal morreo en Hoyo de Manzanares, iluminado por una revelación gay bajo la linterna del padre Nieto, Ricardo Soto seguía manteniendo su melenita interesante y bebiéndose los peores tintos de verano con Delia. Tampoco es que una revelación gay hubiese podido arruinar eso: la revelación gay, si acaso, fue una carrera de relevos, un buen trabajo en equipo.

Durante la veintena, Delia y Richi habían estudiado juntos Informática y habían suspendido lo mismo a la vez. Habían sobrevivido a un Erasmus accidental en Camboya y compartido una sola habitación sin ventanas, pero a los treinta, por supuesto, Richi era enfermero y ya estaba prometido, y ahora se iba los agostos a veranear con Judith a Irlanda, y Delia... Bueno, a Delia ya la conoces.

—Te aviso de que me retiro a las diez —dijo Richi—, para que a eso de las nueve y media te llegue de pronto una llamada y te tengas que ir sin pagar.

—Que te den, Ricardo. No, escucha: ten un poco de respeto por los pobres —lo riñó ella—. Este es el peor año de mi vida y solo tengo estas bravas. Mi hipoteca es variable. No somos lo mismo: tú tienes váter en tu casa y te vas a casar.

—Mejor hoy no mires lo de la tarjetita.

Delia pestañeó. Sacó del bolso el sobre que les había dado al comienzo de la tarde y lo abrió de un tirón: en la invitación de la boda, para la que ya quedaban solo dos meses, había impresa una foto de los novios y debajo, en cursiva:

¡Nos casamos!

Ricardo e Ismael os invitan con cariño
a la fiesta de su boda el 17 de octubre a:

Delia Agós + Elba Garrido

—La madre que te…

—¡Es que las imprimimos en enero! Mi suegra es una angustias —explicó él, pero se reía—. Perdóname. Perdón. Me reconocerás que nadie se vio venir el girito de Elba Jonazo.

—¿¡Y no me imprimes una nueva a mí, que te he parido!?

—Amor, eso no funciona así. —Richi negó—. Eso se hace en tandas, que el cartón nupcial está a precio de lubina.

—¿Y vas a casarte con el bigote? —preguntó Judith, juzgando la foto en la invitación.

—¿Y qué pasa? Me da matices.

—Pareces de los Tres Mosqueteros.

—No tienes ni idea. Eres una estirada. —Richi se atusó el bigote y bebió—. A Isma le pone. Oye, que he estado pensando… He planificado que para la ceremonia os quiero a las dos tipo Ortega y Gasset, os quiero dueto, pero decrépitas, así apareciendo junto al altar estilo gemelas de *El resplandor*. Tengo vistos unos vestidos. —«Olvídame», dijo Judith—. La otra opción es un rollo más gárgola gótica. Estoy como mi madre, viciada al Pinterest... Mira. Oye, pero ¿me estás escuchando? Tú. ¡Ey, Delia!

Delia, disociada desde hacía cinco minutos, levantó la mirada de su móvil.

—Aquí dicen que va a subir el euríbor.

La paz se transformó con eso en una orquesta de hartazgo y sillas moviéndose. Richi se frotó los ojos, agotado, y Judith agarró su bolso.

—Yo voy a ir recogiendo —dijo—, porque te juro que hoy me tiene...

—No está siendo fácil —dijo un señor desconocido en la mesa de al lado.

—Bueno, ¡basta ya! —atajó Richi—. Se acabó la tontería. Delia, esto ya es una intervención: tu problema, cariño, no es una hipoteca de tipo variable. Tu problema es que te has creído que te vas a morir a los treinta y te estás momificando en vida. Inscríbete al circo, yo qué sé. Reinvéntate.

—Por favor —murmuró Judith—, no le des ideas.

Delia abrió los ojos, ofendida.

—¿Gracias? ¡Por la empatía y el amor! —Se volvió hacia el señor—: ¡Y yo a usted no lo conozco y se puede ir yendo a la mierda! Primero: para vuestra información, la esperanza de vida estaba hace muy poco en los treinta. Cuando... En el siglo diecinueve, que es muy poco.

—¿Hace cuánto, Delia, que no haces algo nuevo? —preguntó Richi—. ¿Cuándo fue la última vez que saliste por ahí y, no sé, follaste con alguien?

—Pues —mintió— hace muy poco.

—¿Hace muy poco poco o poco siglo diecinueve?

—Dios, tú sabes que yo no funciono así, no... —Delia se inclinó para que no les oyese el señor—: Yo ya no estoy para enrollarme, Richi, con peña desconocida que me va a pegar una candidiasis.

—Pero ¿tú te estás oyendo este discurso de jubilada?

—Mamá le ha augurado un desastre vaginal —puntualizó Judith.

—¡No tiene que ver con eso, no...! ¡Han sido...! —Intentó explicarse—: Estoy desentrenada, ¿vale? Si eso es lo que queréis oír, y no me interesa. Nunca he sido de rollos de una noche, no voy ahora... Han sido cuatro años con Elba. Llevo sin follar con nadie desde Elba, que en paz descanse.

—¿Ha muerto la tal Elba? —preguntó el señor.

—No, es que tiene problemas de insomnio —aclaró Delia.

Rizándose el final del bigote mosquetero, con los mismos ojos con los que a los diecisiete la convenció de robar en misa, Ricardo Soto se recostó en su silla.

—Te prescribo esto, euríbor —dijo—: estás viva ahora, no sé mañana, y te estás convirtiendo en una insoportable. Te estás momificando en vida, Delia; no te pienso permitir, perdona que te lo diga, que el resto de tu existencia seas una infeliz por convicciones. Fóllate a alguien o, si estás tan eclesiástica, vete a Torremolinos.

—Ricardo, no tengo dinero para Torremolinos y no pienso ir a ningún lado a hacer un ritual patético para follar con nadie.

Tres semanas más tarde, después de ir a algún lado a hacer un ritual patético para follar con alguien, Delia Agós bajó las escaleras de su edificio y se encontró con un cadáver apalancado en el tercero.

—¡¡¡Joder!!! —Retrocedió, primero, y se tropezó—. ¡Joder!

El fiambre estaba haciendo el pino, en una posición inviable de acroyoga, con la cabeza encajada en un robot de cocina.

—Dios mío. Dios, Dios, Dios, no es... No puede ser...

Delia sacó el móvil con manos temblorosas, pero entonces casi le pareció que le sonaba la ropa, ¿las botas? Luego el pelo. La luz del rellano se encendió y Delia vio los tatuajes que le bajaban por los brazos al cadáver de la chica con la que se había acostado esa noche.

—¿Cómo...? —Reconoció sus bragas con el logo de ColaCao—: ¿¡Angie!?

LO DE LA MUERTE DE ANGIE SAMPER

Empezando por lo importante, esto es lo que tienes que saber sobre Angie Samper: nadie puede planificar la ropa interior con la que va a morirse haciendo el pino en el rellano del tercero. Una se muere como buenamente puede, y hay que agradecer, incluso, que no te toque hacerlo con el culo al aire. Lo que sí que no es tolerable, y eso te lo voy a reconocer, es ir por ahí viviendo con unas bragas de propaganda de ColaCao.

Pero abordemos el asunto desde el día anterior, retrocedamos hasta el inicio: érase una vez un miércoles cabrón, un miércoles de comienzos de septiembre (en el que aún te torras, pero ya es septiembre), cuando Delia Agós llegó a su hora a Geogalia y encontró sobre su mesa un ramo de flores. Durante un segundo de delirio justificado, tuvo la certeza de que, al fin, había llegado el momento tan esperado: Pelayo la había ascendido y ya tenía su contrato. Era fija, y le subió por la garganta una emoción cruda, incontenible, que le apretó las cuerdas vocales. Luego Coral le puso una mano en el hombro y le dijo que eran para Trini, que se le había muerto el marido.

—Pero… —dijo Delia— ese es mi escritorio.

—Ya no —dijo Coral—, por un tiempo. Es que hay inspección laboral esta semana. La han recolocado aquí, a Trini. Lo siento mucho, Delia. Se lo he dicho a Pelayo.

—¿Y ahora dónde voy yo?

Coral la miró entre la vergüenza y la disculpa y le tendió un desatascador.

—Esta semana, eres una subcontrata de fontanería.

Era miércoles 10 de septiembre y todo lo que pasó ese día pasó mal. Imagínate cómo estuvo la cosa, que lo de que la diñara alguien solo fue la guinda.

Delia rellenó un éxcel tras otro toda la mañana en el cuartito de la limpieza de Geogalia. Salió de allí con olor a fregona fermentada. La puerta del metro se le cerró en la cara. El DNI se le cayó del pantalón y le pasó una furgoneta por encima. Ya en casa, descubrió que la luz se había ido durante la noche y su táper en la nevera había desarrollado moho. Comió rúcula con más rúcula, aliñada con rúcula sobre esferificación de rúcula. Tocó reunión de vecinos y los cabrones de los Erasmus la votaron para presidenta. Como nueva presidenta, recibió una mierda de perro sobre el felpudo de parte del tipo del 4.º B, que estaba en contra de toda clase de presidencias. Tuvo que comprarse un nuevo felpudo en El Corte Inglés. Cuando pasó por el supermercado, decidió llevarse un lote de papel higiénico y el datáfono denegó su tarjeta.

—Me tienes que estar jodiendo —murmuró Delia.

—Será un problema del chip —dijo la de la caja—, que pasa mucho.

—Claro. Será, ya, sí… —Había llegado a la ruina absoluta por felpudo—. Pero es que no tengo… Mira, no he traído monedas, y me he quedado en casa sin papel, bueno, tú me entiendes, ¡qué papelón! Eh… ¿No puedo así como que dejarlo a pagar para otro día y ya volveré y lo pago?

—No, perdona. No es cosa mía, es la empresa.

—Ya… Sí. —Sonrió, nerviosa—. Vale… Un momento.

Delia se alejó un poco y llamó a Judith. «Este teléfono está apagado o fuera de cobertura». Mierda. Llamó al número fijo de su casoplón en Boadilla y esperó tres tonos mientras el señor que tenía detrás empezaba a pasar sus cosas.

—*Hello?* —respondió su cuñado.

—¿Harry? Hola, soy Delia.

—¡Hombre, Delia! ¿Cómo estás? ¿Qué tal la trabajo? —Harry, el novio de Judith desde los dieciséis, era un amo de casa irlandés en un proceso eterno de desaprender el español—. ¡Con el piso nueva estarás ya de la puta de tu madre!

—Sí, Harry, gracias, todo bien… —Carraspeó—. Y eso no significa lo que tú crees que significa. Escucha, ¿está Judith por ahí?

—Está en juicio. ¿Quieres que le diga te llame luego?

—No, es que ahora mismo estoy… —Delia tapó el móvil y susurró—: Harry, verás, es que necesito un bízum ahora mismo.

—¿Una bici? —entendió Harry—. ¿La *biciclota*?

—No, dinero. Euros —aclaró, nerviosa—. ¿Puedes pasarme dinero, Harry, por la aplicación del banco, y te lo devuelvo mañana?

—¡Pero el banco en España se encarga Jud! Yo tengo dinero en *billeta*, ¿cómo te envío? ¿Dónde estás?

Delia se pasó una mano por la cara mientras Harry seguía parloteando. Eso era todo. Delia miró, desesperada, su paquete de papel higiénico de una capa, un producto lamentable, ahí, observándola desde el final de la cinta, y entonces se apoderó de ella un desquicie monumental, un instinto animal de supervivencia que la hizo tomar la decisión a la que la había empujado la vida: se coló tras el señor, agarró el paquete y salió corriendo hacia las escaleras.

Detrás oyó a la cajera: «¡Oiga! ¡Oiga!». Aceleró, subiendo hasta la sección de papelería. Empujó a la gente en más escaleras, en un laberinto de señoras enchaquetadas que ofrecen muestras de perfume. Delia se recorrió El Corte Inglés sin aire, en un intento patético de hacer un *simpa*, y, cuando ya veía la puerta, la interceptaron dos seguratas y la miraron sin creerse que estuviesen deteniéndola por robar papel para el culo.

—¿Cómo se le ocurre? —le dijo luego uno de ellos, en lo que parecía un cuartito para detenciones—. Que esto es un Corte Inglés, que no estamos en el Salón del Manga.

—Perdón… Ha sido de impulso. Lo hice y me dije «Lo estoy haciendo», y ya pues lo hacía, y lo hice.

—DNI, anda. —Delia tendió su DNI atropellado y repegado con celo—. ¿Qué es esto?

—Mejor no pregunte.

—Delia Agós Matas —leyó, y entrecerró los ojos—. Por favor, dígame usted, porque tiene el corte justo en el año de nacimiento.

—1995. Veintinueve. Tengo veintinueve años.

—Madre mía —bufó el segurata, y entonces lo dijo—: Pues yo le hubiese echado treinta y nueve, porque este tipo de numeritos… Déjeme decirle, Delia Agós, que nadie llega a este desvarío a los veintinueve.

Y esa fue la gota que colmó el vaso.

Un rato después, cuando ya tuvieron apuntados sus datos y la dejaron ir por pena y sin papel higiénico, Delia llegó a casa y se miró en el espejo del baño: Richi tenía razón. Estaba momificándose en vida. En su deseo patológico de evitar el fracaso antes de la treintena, se había reorientado, reconducido y condenado ella misma al fracaso, y ahora eso era lo que veían los demás: Judith, Pelayo, el vecino que se sentía con la potestad de plantarle una mierda en la puerta. Delia era una persona fracasada, arrastrándose permanentemente en su fracasidad, con el gesto resignado de un niño victoriano y la vida de una vieja con problemas de cadera. Estaba atascada, sin vivir nada nuevo, sin nada. Sin vivir.

—Se acabó —se dijo en voz alta—. Hoy salgo. Se acabó esto, y Ricardo no tiene razón… Hoy salgo, se acabó, y voy a follar con alguien.

El plan era infalible: embutirse en el vestido más incómodo del armario. Maquillarse por primera vez en un año y emborracharse antes con vino de cocinar, que sabe como el agua de un florero. Salir un miércoles a las once por Chueca, donde todas las discotecas valen como si dentro te regalasen un busto personalizado de tu cara.

Entrar sola, al final, en un garito estrecho y minúsculo, gratis, que es una reproducción ampliada y fidedigna de una caja de zapatos. Llegados a este punto, la cosa incluso se simplificaba: abrirse paso entre la muchedumbre. Buscar una mirada, es decir, ¿qué se busca en estas situaciones? Buscar una cara y sonreírle a quien sonríe, a gente universitaria, lo más probable, que de pronto se te pega y grita algo sobre la música como:

—¿¡A ti te gusta María Becerra!?

—¿¡Qué!? ¡¡¡Pues no sé!!! —Bailar, bailar, bailar—. ¡¡¡No la conozco personalmente!!!

—¡¡¡Ja, ja!!! ¿¡Estás de coña!?

—¡¡¡No!!! ¿¡Va a tu carrera!?

Hacerse rozaduras con los tacones. Arrejuntarse a unas amigas para que nadie piense que eres una señora borracha que se ha perdido. ¿Eres una señora? Esa es la gran pregunta. Luchar contra el señorismo inexorable al que te empuja la vida haciendo una sentadilla espectacular en el baño más guarro del mundo.

Delia salió de fiesta el miércoles 10 de septiembre y fue justo como siempre había imaginado que sería: un absoluto y descomunal despropósito. Había olvidado, si es que alguna vez lo había aprendido, los engranajes y los rituales de la seducción, que bajo los focos de colores se convertían casi en un empuje epiléptico. Habló con tres chicas y la cosa no llegó a ningún lado. Una cuarta se le pegó por la espalda, le tocó una teta y desapareció. Con el ruido, además, las conversaciones se apoyaban exclusivamente en la mímica, y era bastante complicado para ella transmitir con las manos el concepto de hipoteca, así que su único tema estaba descartado. Bailó, fingiendo que se sabía las canciones. Les preguntó a algunas: «¿Tú eres María Becerra?», por si se le estaba pasando saludar a una conocida.

A la hora y media, Delia ya estaba junto a la barra, exhausta y conteniéndose de volver a casa solo por orgullo.

—Richi, estoy borracha en una discoteca —le dijo en una nota de voz—. Que te den, jódete, y buenas noches. ¿Qué tal tu madre con su disgusto?

Chequeó la fluctuación semanal del euríbor. De pronto, Delia oyó el ruido de un vaso deslizándose tras ella y sintió su cristal frío pegado al codo. Se giró y encontró un cubata sobre la barra. No había nadie más junto a ella y la camarera que se lo había lanzado trasteaba, de espaldas, en el congelador de hielos.

—Perdona —le dijo Delia—, no te he pedido nada.

La camarera le echó un vistazo sin mucho interés, sonriendo.

—No me digas.

Delia bebió de la pajita mientras la miraba hacer lo suyo. La camarera tenía la mitad del pelo largo, a capas, teñido de blanco y la otra mitad de negro. Delia insistió:

—No te lo voy a poder pagar.

—Vaya, bueno —contestó—, ¿y qué le hacemos? Rápido, escúpelo, que le quitas las vitaminas.

La primera vez que Delia vio a Angie esto fue lo que pensó: «No me puedo creer que aún fabriquen en España tías así de buenas». Fue 50% deseo, 50% contemplación científica: Angie, con su camiseta corta y los pantalones de traje, con la mancha colorida de los tatuajes sobre la piel de los brazos, tenía todo eso y también el tipo de cara que se pinta en los cuadros, y los labios y los hombros y una confianza limpia, poco disimulada, trabajada durante toda una vida.

—¿Cómo te llamas? —le preguntó, un rato después.

Delia se volvió.

—¿Yo?

—No, la otra —dijo—. La que tienes subida a la espalda.

Angie sabía, en conclusión, que provenía de la fábrica española de tías buenas.

—Delia Agós.

—Delia Agós, con apellido y todo. —Sonrió, mientras llenaba un vaso—. ¿Y qué haces un miércoles aquí sola, Delia Agós?

—No estoy sola. Estoy… Mi amiga está por ahí, ahora viene.

—Ya.

—Está volviendo del baño. Que, por cierto, es una guarrería.

—No se miente a quien te ha invitado a un cubata. Da mal fario

—respondió—. Te he visto como una depredadora por ahí dando más vueltas que una lavadora.

Delia alzó las cejas, ofendida.

—¿Perdón? ¡No ha sido así!

—Pues te habré confundido con tu amiga.

—Vale, mira —dijo—, estoy teniendo un día de mierda, en mi vida de mierda, si eso es lo que preguntas, y además me han prohibido la entrada en El Corte Inglés. No he venido aquí un miércoles sola a que tú me vigiles con prismáticos.

La camarera sonrió, entretenida.

—Pero te pasa una cosa, rubia, y es que eres tan fácil de vigilar.

Delia la vio beberse un chupito e intentó no mirarle el tatuaje junto al ombligo.

—Hace mucho que no hago esto —siguió justificándose—. No estoy en modo depredadora; es un… Estoy atravesando una ruptura sentimental.

—Me alegro de que no sea una ruptura de menisco.

—Vete a la mierda… —Pero se rio—. ¿Cobras por incordiar?

—¿Hace cuánto?

—¿¡Qué!? —Cambiaron la música, y Delia ya no la oía.

La camarera se acercó y se inclinó sobre la barra y, de pronto, estaban peligrosamente cerca.

—¡Que si te ha dejado hoy la encargada de El Corte Inglés!

—¡No, a ver, me dejó hace seis meses…! ¡No era de El Corte Inglés! ¡No me ha dejado El Corte Inglés! —Cuando Delia le devolvió la mirada, la camarera estaba aguantándose una sonrisa privada, suya—. Vale. Te estás cachondeando. Vale, oye, esto no me hace gracia. ¿Qué me miras así? —Delia fingió que no lo disfrutaba—. ¿Te estás riendo de mí porque soy una patética?

—Qué va. Te estoy escuchando.

—Mis ojos están aquí arriba.

—No me has respondido, antes —le dijo entonces—. ¿Qué has venido a hacer hoy aquí sola, Delia?

Ella bebió un trago de su cubata y colocó los codos sobre la barra.

—He decidido que estoy harta y que esta noche voy a follar con alguien.

—¿Y cómo va?

—Pues ya lo ves. Dando más vueltas que una lavadora.

—Qué faena —contestó la camarera, y le quitó el cubata de las manos para beber un sorbo en la marca de su pintalabios—. Me da que al final vas a tener que follar conmigo.

Delia sonrió, casi pillada por sorpresa, y se sonrieron las dos.

—¿Te suele funcionar, eso?

—No sé, dímelo tú. ¿Me funciona?

Las botellas iluminadas le bailaban detrás y en los ojos de la camarera se reflejaba el mundo bajo los focos de colores: azul, rojo, blanco. Otra vez azul. Delia se lamió los labios y olvidó que era Delia Agós y tenía sueño, y era estúpido que estuviese allí un día que había ido mal desde el principio. Giró el vaso y bebió de donde ella había bebido.

—No —dijo, y retrocedió—. Mejor me voy a ir ya. Mi amiga ya sale; ¿me pones un vaso de agua, anda, para que me vaya bajando esto?

Diez minutos después, la camarera estaba subiéndola a horcajadas sobre el lavabo del baño, colándole las manos bajo el vestido estrecho, asfixiante; colándoselas entre las piernas. Delia le arañaba la espalda mientras aguantaba con una rodilla la puerta con el pestillo roto. Esto no solucionaba en absoluto lo del cuchitril antihigiénico en el que estaba dándose el tema, pero en peores plazas había toreado; la camarera colocó un pulgar en su barbilla y le abrió más la boca. Delia jadeó algo vergonzoso cuando sintió sus dedos presionar sobre su ropa interior. Nadie la había besado así en años. Nadie la había besado así. Tiró de su pelo y sintió que le faltaban más brazos; que el secador de manos encendido le estaba quemando un tobillo. La camarera le agarró las muñecas y se las pegó al espejo, sobre la cabeza. Dijo:

—¿Tienes un piso?

—¿Qué?

—Dijiste que tienes un piso.

Delia asintió, desconcentrada: «Un dúplex pintoresco», y la besó otra vez, la agarró de las trabillas del pantalón para acercarla más,

más incluso, hasta que estaban casi en lo alto del lavabo y el grifo se encendió y se empaparon la ropa.

—Espera —soltó Delia, cayendo en la cuenta de pronto. Se separó un poco—. Perdona, ¿quién eres tú?

La camarera la miró sin aire, con la boca gastada, y sonrió.

—Angie —dijo—. Samper. Con apellido y todo.

—¿Ángela?

—No, Angie, cariño. Angie a secas. Un placer.

Luego, cuando salieron a la calle y fueron a pedir un Uber, Delia recordó de pronto el nimio detalle de que estaba completamente arruinada.

—Vamos andando —fue lo que dijo, resolutiva—, que está bonita la zona. Está aquí al lado, o sea, échale veinte minutos.

—Como tú quieras.

Se hizo una pausa extraña, anticlimática, mientras andaban hacia Tirso después de empotrarse en el baño guarro. La discoteca le había dejado a Delia un pitido al fondo de los oídos que en el silencio parecía el ensayo de flauta de una clase de primaria. Angie, sin embargo, parecía inmune a cualquier clase de vergüenza; a medio camino, cuando ya estaban por Gran Vía, se sacó un cigarro de los pantalones y se lo prendió. Delia pensó, arrugando la nariz, que eso iba a fastidiar innecesariamente lo bien que besaba.

—Por precaución y evitarme líos —dijo Angie, mientras esperaban en un semáforo—: del uno al diez, ¿cuánto toleran el ruido tus compañeros de piso?

—Ah, no —contestó Delia—. No tengo compañeros. No te rayes, el dúplex es mío.

—¿Cómo?

—Sí. El dúplex es mío.

—¿Te has comprado un dúplex en el centro? ¿En Sol?

—Está en Tirso de Molina.

—¿Estás metida, por casualidad, en una red de narcotráfico?

Delia se rio y la golpeó con un codo.

—Estaba tirado de precio. Ya lo vas a ver, es… Podría estar mejor, tiene sus cosas. Y, aparte de sus cosas, una mierda de hipoteca, que me tiene… Además, variable. Pero bueno, no voy a hablar de eso… —Carraspeó—. No me dejes hablar de eso. Quiero decir, que no es para tanto. De todas formas, era mi hora, ¿no? Este diciembre cumplo los treinta, Dios me salve… —Dudó un segundo, pensando en el segurata—: ¿Los aparento?

—Los defiendes, que es otra cosa.

Eso la hizo sentir más o menos aliviada.

—¿Tú estás en una hipoteca?

Angie dejó escapar una bocanada de humo.

—¿Yo? —Sonrió—. ¿Tengo yo cara de hipotecada?

—Tienes la cara llena de mi maquillaje.

—Acabo de cumplir los veintinueve, guapa —dijo—. Estoy pegando el estirón.

—Bueno, pues eso. La época de entrar en una hipoteca.

—¿Y eso por qué?

—¿Porque de eso va la vida?

Delia miró a Angie y Angie miró a Delia, ya llegando a la Puerta del Sol.

—¿Qué me estás contando? —Angie se rio, en una tos, de ella. A Delia se le frunció el ceño—. Perdón. Vaya personaje… —Volvió a fumar—. Bueno, mira, yo es que no creo mucho en las hipotecas y todo eso, pero está bien que alguien lo haga, que a ti te ilusione. Te felicito por tu hipoteca. Hoy nos ha venido estupenda, desde luego.

¿Se estaba quedando con ella? ¿Cómo no iba a creer esa energúmena en la innegable e ineludible existencia de las mismísimas hipotecas? Delia sintió de repente un calor extraño, nuevo, subirle hasta los hombros y espabilarla de golpe. Una hipoteca, pensó Delia, no es una teoría: una hipoteca es la línea de vida de un ser humano. Es la columna vertebral de su emocionalidad. ¿Cómo distinguimos la alegría, sin el horror nacido de la hipoteca? Las vidas humanas se desarrollan alrededor de hipotecas: hipotecas familiares, hipotecas propias, hipotecas futuras, soñadas, ¡prohibidas! ¿No es acaso la intermitente persecución de nuestros sueños una hipotética hipoteca?

—¿Vives de alquiler, entonces?

—Qué va.

—¿Vives… —intentó Delia— en casa de tus padres?

—Vivo donde quiero —contestó Angie—. A veces con amigos, a veces con otra gente, por aquí, por allá… Depende un poco del día. Hoy vivo contigo, por ejemplo, esta noche. Mañana pues ya veré.

Delia la vio terminarse el cigarro, alucinada.

—¿Qué? —tartamudeó—. ¿Me estás…? ¿Qué? ¿No tienes casa? Pero ¿y cómo te…? ¿Qué dices? ¿Vives debajo de un puente?

—Si vas a follarme debajo un puente, supongo que hoy sí.

—Eso no es… —la cortó—. Es imposible. ¿Y dónde están tus cosas? ¿No tienes cosas?

—¿Y dónde está tu hipoteca? ¿Qué es? ¿A qué sabe? —Angie le golpeó en el hombro con su hombro—. No me mires así, rubia, venga. Te estoy tocando las pelotas. Pero es verdad, vivo donde me da la gana. Lo mío lo tengo todo aquí.

Delia le echó una ojeada a la mochila del Decathlon que llevaba colgada, que parecía más bien un macuto de sexto de primaria. Estaban llegando a la plaza de Tirso, una tras la otra en la acera estrecha, cuando preguntó:

—¿Y el trabajo de camarera no te da para pagarte un piso?

Angie Samper tiró la colilla y la pisó.

—¿Y quién te ha dicho a ti que yo sea camarera? —contestó—. Eso, perdona que te lo diga, más o menos te lo has inventado. Yo solo me había metido en la barra para robarme unas copas, y tú estabas ahí, y he robado otra para ti. Y mira: ha funcionado.

Oh. Genial. Estupendo.

Delia Agós, a dos calles de su portal, embutida como una butifarra en un vestido incomodísimo, se encontraba a punto de meter en casa a una delincuente, posiblemente okupa, en el mejor de los casos una vagabunda intermitente y, por encima de todo eso, definitivamente gilipollas.

Solo había hecho falta un aire y un paseo para que el subidón diese paso a otro evento lamentable: Angie y Delia eran incompatibles. Salir de fiesta había sido un error, ahora tenía quemada una pantorrilla por un secador e iba a follar con una tía que se reía de su hipoteca. Eso no podía cambiar, y eso no cambió; descubrir que era gilipollas, de hecho, despertó en Delia entonces una aversión magnética, enfadada, que la hinchó aún más de ganas: pues que así sea. De perdidos al río. Elba siempre le había dicho que el debate sociopolítico la ponía preocupantemente cachonda, pero esto ya era una cuestión personal, de ella contra el destino. «Es un rollo de una noche. Así son los rollos de una noche», pensó, y al día siguiente ni se habrían visto. Iba a ser más fácil, incluso. Sin remordimientos. «A lo mejor me roba la tele», pensó luego, cuando entraban al portal, pero entonces recordó el detalle de que no tenía tele ni nada que robar.

—Coño —dijo Angie, al ver las escaleras—. Este sitio es decimonónico.

—Anterior. Aquí se dice que vivió Cervantes.

—Pero yo he visto este sitio antes, ¿eh? ¿Dónde lo he visto?

—En un documental sobre la vida de Cervantes.

La luz del bloque se había fundido a partir del cuarto piso. Tuvieron que subir los últimos escalones a cuatro patas, palpando el suelo con las manos. Al llegar por fin al dúplex, Delia se deshizo de los tacones en la entrada y de pronto lo oyó: al fondo, desde la cocina, el inconfundible «tic, tic, tic» de una fuga en la maldita caldera.

—No, Dios... —jadeó, y fue para allá, y se volvió hacia Angie—. Lo siento, tengo que... Vuelvo en nada, ¿vale? ¡Deja las botas junto a la puerta! ¡El dormitorio está arriba y el baño también! ¡No se puede usar el váter, no funciona!

—¿Qué? ¿Y cómo te las apañas?

—¡Ve subiendo! —gritó Delia desde la cocina—. ¡No vengas!

Angie sonrió, desconcertada, hasta que tocó la temblorosa escalerilla de caracol que llevaba al segundo piso. Preguntó:

—¿La escalera sí que se puede usar o tampoco funciona?

El dúplex esa noche no es que estuviera en la mejor de las condiciones: en medio de la crisis, y a pesar de haber salido con la idea de volver con alguien, Delia había dejado la ropa usada sobre el lavabo, las marcas de antiguas sangres al descubierto y el pentagrama satánico del salón sin alfombra. Nada de eso, aun así, tenía el poder de ahuyentar a alguien como Angie Samper, con un nulo instinto de autopreservación; mientras Delia apañaba la caldera en la cocina, Angie dejó la mochila en el suelo y deambuló por el piso, tocó las marcas de cruces en las paredes del exorcismo de Victoria Aguayo, pasó sobre la silueta grabada en el suelo de la familia Urrutia y hasta creyó ver, al fondo de un armario, la tapa de un ataúd. El universo le estaba gritando algo, pero ella no sabía puntualizar el qué. Lo que sí que captó su atención fue el Satisfyer 2.0. que encontró cargando sobre el escritorio.

—Flipas —susurró, y lo encendió para probar las velocidades.

Estaba prendiéndose otro cigarro cuando Delia entró por la puerta a su espalda y tiró su vestido en donde la colada. Ni siquiera la vio venir: oyó sus pasos y se giró, y entonces Delia la agarró, la lanzó a la cama y se colocó encima de ella en ropa interior.

—Joder —rio Angie, sorprendida—. Buenas noches. ¿Y estas prisas?

—¿No te han dicho que no se tocan las cosas de los demás?

—Creía que había venido aquí a tocar tus cosas.

Delia agarró una de las piernas de Angie y se la apoyó sobre el hombro. Empezó a desatarle las botas.

—Te he pedido que te las quites —dijo, molesta—. Por el parqué.

Angie emitió un «Ah, sí» indiferente y subió las manos por sus muslos.

—¿Tu ropa también le hacía daño al parqué?

—Prueba a abrir una tubería con esa tortura de vestido.

—¿Eso hacías? —preguntó, y dio una calada—. Qué sexy. ¿Y sin invitarme?

Delia tiró la bota al suelo y le robó el cigarro. Lo apagó en el vaso de la mesilla.

—No se fuma dentro de mi piso.

—¿Qué dices? —se quejó Angie—. ¿Ni después? Venga ya, pero me vas a matar. Dime, ¿cómo te convenzo? Trabajo mucho mejor contenta.

—Angie, puede que mi caldera explote en las próximas dos o tres horas —la interrumpió Delia—, así que tenemos que empezar esto ya.

—¿Son poco para ti tres horas?

—No sé cómo te has atado los cordones estos que están pegados con… —masculló, intentando desatar la otra bota, pero entonces Angie coló un dedo en el centro de su sujetador y tiró de ella.

—Ven aquí.

Volvió a besarla como había hecho en el baño de la discoteca, como parecía saber hacer, de alguna forma, por instinto: Angie besaba, en concreto, para Delia. Su boca estaba en todas partes y Delia inspiró y enredó las manos en su pelo. Se deshizo en un tirón de su camiseta. Coló los dedos en el top deportivo que escondía debajo. Angie descendió con las manos hasta el final de su espalda y la hizo mover las caderas con ella; la pierna de Angie presionó entre sus piernas y Delia jadeó contra sus labios. Le agarró la cara y se alejó un segundo para mirarla, sin aire.

—Ahora sabes a tabaco.

Angie Samper sacó la lengua bajo el pulgar de Delia y lo lamió de abajo a arriba.

—No te preocupes —susurró, sonriendo—. En un rato te voy a saber a lo que tú quieras.

A la mañana siguiente, Angie le robó a Delia unas bragas de propaganda de ColaCao. No fue su trabajo más digno, pero fue un trabajo necesario: estaba segura de que las suyas se habían caído por la ventana la noche anterior, en un arrebato contra la cortina del cuarto.

Eran las siete y media todavía y ya había amanecido fuera. La luz blanca de hospital del cielo de Madrid encapotado la hizo vestirse con los ojos cerrados, tanteando por la habitación como un ciego. Intentó no hacer ningún ruido en su caminito de la vergüenza. Se recolocó el top y luego la camiseta, y al recuperar los pantalones bajo la cama se dio un golpe en el cogote con el somier. Delia siguió durmiendo, imperturbable. Angie se ató las botas ya en el salón, junto al pentagrama, y se bebió un vaso de agua en la cocina que luego entendió que era el líquido residual que escupía la caldera. No iba a recurrir a trabajos mayores, porque estaba muy feo después del sexo, pero entonces vio la Thermomix.

Angie salió el jueves 11 de septiembre del dúplex de Delia con agujetas y medio dormida aún, cargando a pulso una Thermomix robada. Se había olvidado la mochila en su carrera e hizo equilibrios con el cacharro para buscar un cigarro en el bolsillo.

No vio el escollo en el tercer escalón.

A la mañana siguiente, Delia se despertó con el golpe. Técnicamente, no fue ni un golpe: fue como un «gong», el sonido del estallido de un plato, justo en la base del cráneo que conecta con la nuca.

—¡¡¡Aaah!!!

Abrió los ojos. Miró a su alrededor, con el pulso acelerado.

Estaba sola en el centro de la cama.

Se puso a toda prisa lo primero que vio, que fue un bañador de un cajón abierto y encima un chubasquero que colgaba de la puerta, y bajó la escalerilla apresurada pensando que, al fin, y como el mundo le llevaba anunciando meses, había estallado la caldera.

Cuando llegó a la cocina, Angie estaba allí. El ruido de agua era ella sirviéndose un vaso en el fregadero. Durante una milésima de segundo, ambas se miraron y ni siquiera se reconocieron, desorientadas como moscas.

—¿Se ha roto algo? —preguntó Delia.

—¿Qué?

—Ha sonado… —Ojeó la cocina—. He oído un golpe y pensaba que se había roto algo.

—Yo no he oído nada.

—¿No?

—No, y he estado aquí.

Se produjo un silencio incómodo entonces, con Angie de pie a unos pasos, más alta de lo que a Delia le había parecido por la noche; Delia recordó, de golpe, toda la noche y todo lo que se puede recordar de alguien, y el gesto se les llenó a las dos de una información innombrable, de caras y de cuerpos y de posturas y ruidos.

—Me voy a ir ya —carraspeó Angie.

—Vale. Sí.

—Me iba ya, es que —le enseñó la pastilla que tenía en la mano— tengo un resacón. Me estaba matando la cabeza y te he pillado un ibuprofeno.

—Vale. Yo voy a... Yo tengo que irme a currar ya, que hoy es jueves.

—¿Vas a ir así a currar?

Delia bajó la mirada y se descubrió en bañador y chubasquero.

—Vete cuando puedas —añadió, antes de escabullirse—. Y gracias por... Bueno. Tú sabes.

—Desde luego.

Volvió a subir al segundo piso. Se vistió y se echó agua en la cara hasta que le salió por las orejas. Tuvo que colocarse una bufanda sobre los chupetones de adolescente que se descubrió en el cuello; claro que pensó, durante todo este proceso, en si bajar y hacer la cosa esta de intercambiar los números, pero ahora tenía que ser fuerte. Ella no era eso y esa no iba a ser su vida. No podía regresar vitalmente a los calentones recurrentes con sinvergüenzas.

Cuando pasó de nuevo junto a la cocina, Angie recogía del suelo su ibuprofeno, y ambas intercambiaron un último levantamiento de cejas como diciéndose «Bien jugado. Buen partido». Así se despidieron, con educada deportividad.

Cinco minutos más tarde, Delia salió de casa sin desayunar, deshidratada y muerta de sueño, cruzando los dedos por que hubiesen repuesto el papel en Casa Paco. Bajó las escaleras arreglándose el pelo con las manos. Se encontró con el cadáver de alguien haciendo el pino en el rellano del tercero.

—¡¡¡Joder!!! —Retrocedió, primero, y se tropezó—. ¡Joder!

Luego vio el pelo blanco y negro y los tatuajes sobre los brazos, sus propias bragas de propaganda de ColaCao y el casco del muerto, que en realidad era su Thermomix.

—¿Cómo…? —empezó—. ¿¡Angie!?

Delia miró hacia arriba por el hueco de las escaleras.

«Es imposible».

Volvió a subir corriendo al cuarto, al quinto, hasta la puerta del 6.º B, que era la única puerta que coronaba el edificio, y sacó las llaves, y las manos le temblaban tanto que no atinaba en la cerradura. «Es imposible». Abrió. Empujó el pomo. Al otro lado, cerrando la cremallera de su mochila para irse, se topó con Angie Samper, vivita y coleando.

—Anda —dijo—. Pero ¿tú no te ibas?

Delia la miró con los ojos redondos como posavasos.

—¿De qué va esto?

Angie pestañeó.

—¿Qué? —preguntó—. A ver, me habías dicho tú que te ibas…

—¿Tú te estás quedando conmigo? —la cortó Delia—. ¿Es… es… es… una cámara oculta, me estás tomando el puto pelo?

—¿Qué dices?

—¡¡¡Estás muerta ahí abajo!!! —gritó—. ¡¡¡Está tu cadáver ahí abajo, tirado en la escalera del tercero!!!

Para su sorpresa, Angie frunció el ceño y boqueó como un pez.

—A ver —dijo—. ¿Esto es una coña tuya para vacilarme o…?

—¿¡Cómo lo has hecho!? ¿¡Es un…!? ¿¡Es una réplica de silicona!? ¿¡Te has levantado a las seis de la mañana para colocar ahí un maniquí de silicona!?

—No sé de qué coño me estás hablando.

—¡¡¡No puedes estar aquí y tu fiambre haciendo el Circo del Sol en el tercero!!!

—¡Porque no existe mi fiambre, tronca! —la cortó Angie—. ¡Estoy viva aquí, estamos aquí gritándonos! ¿¡Tú te has metido algo!?

—¡¡¡Sí, lubricante alucinógeno!!!

—Dios mío, estás como las putas maracas… —Angie alzó un brazo para apartarla—. ¡Yo me piro de aquí! No, déjame; a mí no me vas a vacilar a estas hor…

El brazo atravesó el cuerpo de Delia. Fue así, como el recorrido de superficies de un láser: tocó a Delia y se seccionó, y luego salió el resto por la espalda, y siguió su trayecto.

—¿Qué...? —dijo Angie.

—¿Cómo...? —dijo Delia.

Se miraron, la una frente a la otra, en el rellano del dúplex, y durante un minuto no ocurrió nada, tan solo un silencio inmaculado, coronado por el «tic, tic, tic» de la caldera y el ruido del ibuprofeno cayendo de nuevo al suelo después de atravesar el estómago del fantasma de Angie. El fantasma de Angie Samper se apresuró a abrir la puerta, y su mano atravesó el pomo como hecha de humo.

—No me puto jodas.

Así que esta es la historia de Delia Agós y lo que le pasó el otoño que iba a cumplir los treinta: que la gilipollas con la que había follado una noche se despeñó (por gilipollas) por las escaleras y su alma se quedó atrapada para siempre en su dúplex recién hipotecado. Es decir, que quizá su madre tenía razón: a veces están por caer del cielo varios desastres vaginales.

LO DEL HOMICIDIO Y EL DILDO DEL CRIMEN

Angie Samper llevaba esquivando la muerte toda la vida.

La primera vez que se le apareció la muerte, o la primera muerte que Angie recordaba, había sido a los seis años en el mercado de Navidad, la mañana que agarró de una caseta un nacimiento diminuto, apenas del tamaño de un mechero, y se lo tragó. El cabezón del san José le hizo palanca en la garganta y eso no había forma de que bajase. Nunca podría olvidar el pifostio inenarrable que se montó con eso en toda la plaza Mayor: la tendera, atacada, llamó a los bomberos en lugar de a la ambulancia. Los bomberos, inútiles, revolotearon enrollando y desenrollando mangueras. Al final, de entre la muchedumbre, salió un jubilado más grueso que un botijo que le asestó una colleja que según él era una maniobra de la mili; el nacimiento se desatascó del golpe y le bajó directo al estómago, y el Niño Jesús le salió escopetado por la nariz con un «plop» limpio de descorchar vino.

Durante los años que siguieron a ese evento, Angie fue perfeccionando (profesionalizando, incluso) su habilidad en el deporte nacional de casi morirse de forma recurrente: había sufrido tres electrocuciones, cerca de una docena de atropellos, sesenta y tres caídas con sus sesenta y tres contusiones, y una muy mal ejecutada asfixia sexual. Se bañaba siempre a mitad de la digestión y se olvidaba los tenedores dentro del microondas. Fumaba, bebía y recurría, al menos una vez al mes, y sin mucho motivo, a la violencia. No cruzaba nunca por los pasos de cebra y si cambiaba de andén lo hacía por las vías; pero nada de esto había conseguido matar nunca al mal bicho de Angie Samper, que solo se murió la noche de septiembre en la que salió a robar chupitos y conoció, en una maniobra del destino, a Delia.

—¡No, a ver, me dejó hace seis meses…! ¡No era de El Corte Inglés! ¡No me ha dejado El Corte Inglés! —Angie se aguantó una sonrisa, oyéndola sin oírla mientras sus ojos le repasaban el escote. Este era su movimiento, y solía funcionar—. Vale —dijo Delia—. Te estás cachondeando. Vale, oye, esto no me hace gracia. ¿Qué me miras así? —Estaba funcionando—. ¿Te estás riendo de mí porque soy una patética?

—Qué va —dijo—. Te estoy escuchando.

—Mis ojos están aquí arriba.

—No me has respondido, antes —insistió, y se inclinó hacia ella—. ¿Qué has venido a hacer hoy aquí sola, Delia?

La primera vez que Angie vio a Delia esto fue lo que pensó: «Si me acuesto hoy con esta desgraciada, creo que voy a cambiarle la vida». Fue 75 % deseo, 25 % gestión de recursos humanos: no podía dormir esa noche otra vez donde Pol, y Delia olía a padres con dinero y a cama limpia de viscolátex. Angie la había vigilado un rato, mientras pululaba de pared a pared bajo las luces de colores; solía sentir cierta predilección, si era sincera, por la gente más perdida que un pulpo en un garaje, pero en Delia había algo más, notó, algo suyo: la impaciencia desesperada, irresistible, de una mujer al borde de un ataque de nervios, y los ojos grandes y azules, los labios rojos también, y Dios sabe que Angie siempre las había preferido rubias.

—He decidido que ya estoy harta y que esta noche voy a follar con alguien.

—¿Y cómo va?

—Pues ya lo ves. Dando más vueltas que una lavadora.

—Qué faena. Me da que al final vas a tener que follar conmigo.

Dos horas más tarde, a mitad de un bajón de tensión sobre una cama que definitivamente no era de viscolátex, Angie Samper vio puntos de plata en el techo y jadeó:

—¿Cómo coño has hecho eso?

Delia estaba ya de pie a un lado, bebiendo agua de una cantimplora.

—¿Que te corras?

—No, lo de... El de... —balbuceó—. Antes. ¿Cómo pones la mano? ¿Estabas usando a la vez todos los dedos?

—Ah —dijo—. Es la técnica musculobasal de mi abuela.

—¿Perdón?

—Vengo de una dinastía centenaria de ginecólogos experimentales. Es aburridísimo de contar, no me hagas contártelo. —Sonaba como lo menos aburrido que alguien podía contar de sí mismo y de su abuela. Delia la miró y le pasó la cantimplora—. Toma, bebe. Te está dando un malo.

—No, qué va. Qué va.

—¿Te traigo un Aquarius?

—Estoy genial, espera. Espera un segundo.

—Estás deshidrat...

—Yo no me deshidrato. —Angie, humillada, se recolocó en la cama, intentando acelerar el proceso en el que recuperaba sus piernas—. Es solo que me ha dado un calambre aquí en la ingle. Se me está descontracturando la ingle, que a veces me pasa.

La pobre desgraciada de Delia Agós, heredera última, al parecer, de un linaje de visionarios expertos en el coñocimiento, la llevó esa noche a su dúplex ruinoso en Tirso de Molina y le dio a Angie sin comerlo ni beberlo el mejor orgasmo de toda su vida. No se despeinó mucho haciéndolo, tampoco: Delia ejecutó el asunto con la seguridad manual con la que una azafata te cuenta la guía de evacuación del avión. Luego se levantó, se envolvió en una bata de divorciada y salió del cuarto. Antes de que Angie pudiese procesar lo que acababa de ocurrir, Delia volvió a la cama cargada con siete folios, un sacapuntas y dos lápices.

—Vale, ahora por favor rellénamе esto —le dijo, pasándole una ficha—. Léetelo con calma y yo mientras me ducho. Aquí arriba va tu nombre y aquí abajo el hueco de la firma, ¿no? Y en esta columna están los gustos básicos, o sea, mira: atar, morder, toda la pesca. Tacha lo que no te gusta, aunque creo que a ti te gusta lo que te echen.

—¿Cómo…? —intentó preguntar Angie.

—Si hay algo que te encante, no sé, azotes, pues subráyamelo. Tienes un recuadrito aquí también para fetiches y *roleplays*, de respuesta libre. Aviso que no practico enfermeras ni monjas porque he perdido el hábito. En esta línea evalúas esta vez como referencia…

—Frena, frena, ¿evaluar qué? —dijo Angie—. ¿Evaluar el polvo?

—¿Y qué va a ser, la cama? —Delia ni la miró, rellenando ya su ficha—. Preferiblemente del 1 al 10.

Angie, alucinada, se inclinó para espiar lo que escribía.

—¿¡Me estás poniendo un aprobado raspado!?

—Un bien alto. Seis con cinco.

—¿Qué narices es esto, tía? —Angie le dio la vuelta al cuestionario—. ¿Qué has…? ¿De dónde has sacado esto? —Leyó—: «Preferencia de insultos sexuales». ¿«Sección: pezones»? —Intentó agarrar la ficha de Delia, pero esta se la llevó con ella al baño—. Estoy flipando, ¿tú de dónde has salido? ¿Esto te lo has inventado? O es también una costumbre de tu abuela.

—Es para conocerse, graciosa —explicó Delia—. Para ti y para mí. No voy a hablar de tus pezones en el *BOE*. Es un método práctico y legalmente responsable; va sobre el consentimiento. Nadie se me ha quejado.

—¿Me estás diciendo que sueles hacerle un tipo test a la gente cuando has acabado de follártela?

Delia frenó y se giró.

—¿Hemos acabado de follar?

Angie alzó las cejas.

—¿No hemos acabado de follar?

Ambas se miraron como esperando un pistoletazo de salida, cada una a un lado de la habitación.

—¿Cómo vamos a acabar? —rio Delia, al final—. Si ese era el orgasmo de reconocimiento.

Durante las siguientes dos horas, no hubo ni un solo espacio en el dúplex decimonónico de Delia Agós donde ella y Angie no se empotrasen. Ocurrió en la ducha. Ocurrió sobre el lavabo. Ocurrió también, en una improvisación arriesgada, en la escalerilla de metal espasmódica a punto de desprenderse del techo, y luego ocurrió en la mesa medieval, contra la ventana rota. Ocurrió en el salón encendido y ocurrió en el salón apagado. Ocurrió en el salón encendiéndose y apagándose, es decir, contra el interruptor de la pared.

En las pausas para estiramientos, después de recuperar el aliento y la cantimplora, ambas agarraban sus fichas de reseña y apuntaban las conclusiones importantes a las que habían llegado: «Tirar más del pelo», «Cuidado con los piercings», «¡¡¡NO MORDER LENGUA!!!», «Seguro que no monjas? Replantear monjas», «No se puede monjas. Perdí el hábito», «Los hábitos se reincorporan» «Me refiero al hábito físico. Perdí el hábito del disfraz de monja», y escribían en un recuadrito la puntuación objetiva del asalto.

Cuando los resultados estaban expuestos frente al tribunal y el plan de ataque estaba ya discutido, empezaban otra vez, y Angie la subía a su cintura de nuevo y la estrellaba contra la balda de la despensa. Tiraban los paquetes de arroz, las servilletas y las especias; se gastaban la boca de una forma torpe, desesperada, un ciclón de manos. Angie le ordenaba que se diese la vuelta y a Delia, tarde o temprano, se le rodaban los ojos solos y abría la boca de aquella forma, y Angie, que de tanto roce ya creía conocerla, la agarraba de la mandíbula y la veía casi salir de su propio cuerpo. Era entonces, y solo entonces, cuando ambas se reincorporaban y volvían a la Tierra, que Delia la miraba a los ojos y le decía que lo que sea que estaba ocurriendo era insuficiente.

—¿¡Un ocho y medio!? —se quejó Angie, leyendo la nota—. Tú estás de coña… ¡Si lo he dado todo!

—Puedes dar muchísimo más.

—¡Lo he dado todo! ¡Tengo el brazo dormido, míralo! No lo siento desde aquí hasta el hombro. ¡He perdido un brazo!

—Te pongo un ocho —dijo Delia—, porque sé lo que puedes ser. Te has puesto torpe en la línea de meta. Olvidas lo que hemos entrenado. Olvidas el equipo.

—¡Se llama pasión! ¡Es la pasión del momento!

—Te desconcentras por agonías en la línea de meta.

Esto acabó por convertirse en un debate científico, una pelea intelectual sobre las leyes de Newton: ¿cómo pueden relacionarse, en este contexto, la masa, la fuerza y la aceleración? ¿Cómo cabe este volumen en este espacio? Y de pronto Delia se arrodillaba de nuevo, claro, y Angie se olvidaba de su nombre y apellidos. Enredaba una mano en su pelo. Se volvían a vestir solo para volver a desnudarse. La noche desembocó rápido en vasos rotos y en perder la ropa por la ventana, y al final y con todo sí que buscaron el hábito de monja, destripando las cajas por abrir en el armario de la entrada; lo hicieron todo otra vez sobre las cajas del armario, ya por probar, por no saber, en definitiva, cansarse hasta parar. Por haber descubierto en la otra un miércoles cualquiera a la única persona del mundo con la misma dedicación a hacer la guerra.

A las cuatro y media de la mañana, cuando el cuerpo se negó a responderles más, Angie y Delia se envolvieron en dos camisas y se sentaron frente a frente junto al balcón. Angie se encendió un cigarro y miraron juntas la fachada del edificio de enfrente y las maravillosas vistas de la contaminación lumínica madrileña.

—Te has crecido en el segundo tiempo —le reconoció Delia—. Has remontado mucho, con el tema monja.

—Es que aquí donde me ves, yo en su día fui monaguillo.

—¿Cómo llevas eso? —preguntó—. ¿Se va a infectar?

—Olvídate. Está bien. —Angie sonrió, ladeando la cabeza—. ¿Entran los piercings en los pezones en el temario de ginecología?

—No te equivoques, que yo soy analista de datos.

—¿En serio?

—La Clínica Matas es cosa de mis padres.

—La Clínica Matas… Ajá —paladeó Angie, y echó el humo de los pulmones a la calle—. Rubia, y te tengo que decir que parecías tonta cuando te compré. Estás tocada muy en serio de la cabeza. Esta ha tenido que ser la noche más bestia de toda mi vida.

—De nada —contestó Delia, y le dio un toque en el tobillo con su tobillo—. Tú tampoco estás mal.

—¿Te caigo bien, al final?

—Tampoco te pases.

Angie la miró, con el cigarro encendido bailándole en los labios.

—Estás luchando por que me vaya de esta casa sin haberme dado el diez.

—Sí, bueno. Es una cosa…

—Sé sincera.

Delia sonrió y le quitó el cigarro en un ademán. Fumó una calada.

—Necesitarías tú más maña y menos fuerza para que considere darte el diez.

—Ah. —Angie se relamió—. ¿Me das lecciones tú ahora?

—¿Y qué pasa?

—Nada. Clínica Matas. Dúplex pintoresco.

—He estado a punto de matarte hace una hora —le recordó Delia—. Estabas en el sofá al borde del síncope que no sabías ni qué día toca.

Angie Samper cerró los ojos y se rio para sí, en un murmullo, mientras jugaba a encender y apagar la llama de su mechero. Cuando se acabase el cigarro, pensó, iba a dormir en una cama nueva, iba a despertarse a las siete sin que la oyese nadie y a lo mejor ese día iba a llamar a Pol.

—Cariño —dijo tres horas antes de morir en una escalera—, si tú supieras todo lo que hace falta para conseguir matarme.

—¿¡Cómo que muerta!? —gritó Delia—. ¿¡Cómo que está empezando a parecerte que eres un *fantasma*!?

Sentada en una de las mesas de la cocina, el fantasma medio confirmado de Angie Samper apoyó las botas sobre la mesa.

—A ver, viendo el plan —dijo—, y con todo el tema del atravesamiento físico, yo digo que iría apostando. Pero te reconozco que son estereotipos.

—¿¡Te has muerto en mi bloque con mis bragas puestas y robándome la Thermomix!?

—Bueno, chica, si lo planteas así… Sí, claro, pero ¿y qué te digo? Se nos queda ahora una conversación incómoda.

Eran las ocho y media de una mañana de jueves en el que Delia Agós, de haber vivido en un mundo menos cabrón, habría hecho como siempre solo lo usual y lo propio: sus necesidades en Casa Paco. Su acto de humillación en el cuartito de limpieza de la oficina de Geogalia. Su vida, que no era tampoco el mejor de los pronósticos, pero era suya, la vida lamentable que había construido hasta ese día, y de pronto estaba allí, junto a la lavadora renqueante en el centro de la cocina, en medio de una crisis de identidad y discutiendo con una muerta.

—Dios mío —jadeó, mareada—. Dios… Tengo que sentarme.

—Tranquilicémonos.

—Me estoy volviendo loca… Esto soy yo de verdad que me he vuelto loca. —Se tapó la cara con las manos—. Tú no estás aquí, ¿no? Es imposible, al final se me ha ido la olla, y mi madre tenía razón, que soy un desastre; esto es un sueño y cuando abra los ojos ya no estará y ya no habrá nadie… —Se hizo el silencio—. ¿Sigues aquí?

—No.

—¡¡¡Joder!!! —pataleó y golpeó la caldera con un codo, que volvió a gotear—. ¿¡Y ahora qué coño hacemos!? ¿¡Cómo te vas!? ¡Vete! ¿No puedes simplemente… —intentó— cruzar hacia la luz?

—¿Qué luz? —preguntó Angie—. ¿La luz de la nevera?

Delia abrió la puertecilla.

—¿Ves algo en la luz de la nevera?

—Dios, sí. —Apretó los ojos—. Veo… lechuga.

—¿¡Cómo puedes estar encendiéndote un cigarro en estas circunstancias siquiera!?

Angie, encendiéndose un cigarro en esas circunstancias, se colocó el filtro en los labios.

—Mira, guapa, he pasado una nochecita —dijo— de la que mejor por respeto ni vamos a hablar, y he dormido a lo sumo lo que no llega ni a dos horas, y luego me ha pasado que me he despeñado mortalmente y he muerto, mortalmente, y desde entonces me estás chillando que parece que te han enchufado a un bafle. Si me lo permites, que cada una lidie con lo suyo como buenamente pueda.

—Pero ¿cómo puedes? —Delia la miró sin pestañear—. ¿Cómo funciona...? Si a mí me atraviesas. ¿Es a tu antojo, ahora? ¿Cómo no atraviesas el tabaco?

—El tabaco no me chilla.

—Esto no es... Esto es ridículo —musitó, mientras la miraba fumarse un piti—. Estás encantando mi dúplex.

—Seguramente.

—Y tu cadáver está todavía con mi Thermomix ahí abajo, y te estás... Genial, y ahora estás apestándome a tabaco la cocina. ¡Y a mí me va a dar una apoplejía, mientras tú, al parecer, no puedes irte de aquí, pero puedes poner tus botorrios en mi mesa, y fumarte un cigarro sin pulmones, y vacilarme sin laringe, ni lengua, ni...! Espera —frenó—. ¿Ya no tienes lengua?

Angie sonrió.

—¿Le preocupa mucho, sor Agós? Me refiero al estado actual de mi lengua.

Delia iba a chillarle un insulto cuando sonó el timbre. Ambas se irguieron entonces, alerta; se miraron a los ojos. A lo lejos, desde el fondo de la calle, creyeron oír el chirrido acercándose de una orquesta de sirenas. Angie se puso en pie a trompicones y Delia se apresuró a volver a la entrada y se asomó a la mirilla primero: al otro lado de la puerta, en el espacio mal iluminado del rellano, había una pareja de personas serias y rectas y uniformadas.

La policía.

—Buenos días —dijo el primero de ellos cuando abrió—. ¿Es usted Delia Agós?

Delia los miró alternativamente.

—Sí —respondió. Se corrigió, histérica—: O no.

—Mire, hemos hablado con los del bajo y nos han dicho que es usted la presidenta de la comunidad, Delia Agós.

—Bueno, pero desde ayer solo. O sea, quiero decir, Delia Agós soy de toda la vida...

—Bien. Señorita Agós, hemos venido a avisarla como representante de la comunidad de que durante el día de hoy vamos a estar trabajando en este bloque, el 11 A. Nos han contactado por un incidente a las 7.59... —El policía leyó en su informe con desgana—. No sé si se ha enterado ya, pero se ha encontrado en el rellano del tercero un cuerpo sin vida. Una mujer joven. No era residente.

—Anda. Pues no, la verdad es que ni idea.

La joven sin vida que fumaba en su pasillo comentó:

—Sorpréndete más, actriz revelación.

—Dios, ¡qué horror! ¿¡En serio!? —Delia se llevó una mano al pecho—. ¡Y joven! Qué giros en esta senda en... «Recuerde el alma dormida, avive el seso y despierte, contemplando cómo se pasa la vida, cómo se viene la muerte».

Angie murmuró: «La madre que la parió...». El policía parpadeó tres veces.

—Jorge Manrique —aclaró Delia, temblorosa—. *Coplas a la muerte de...*

—Bueno —fue, por suerte, todo lo que decidió decir él. Luego cerró el informe del caso y se lo pasó a su compañero—. Es temprano para que concretemos qué ha pasado, pero todo apunta a una caída por accidente. Así que no se preocupe. Hemos acordonado el edificio... Queríamos avisarla de que mientras trabajamos en el tercero vamos a vigilar las salidas del bloque; si puede transmitírselo a los vecinos, vamos a pedirles que se queden en sus domicilios por evitar la contaminación de la escena y también querremos hacerles unas... Oiga, perdone, ¿a quién le habla?

Delia, que había vuelto la cabeza para gesticularle a Angie un agresivo «¡Vete!», se giró de nuevo.

—¿A quién hablo? —preguntó—. Eeeh, no sé, vaya por Dios, ¿a quién hablo?

Los dos policías se asomaron y miraron el pasillo donde Angie Samper estaba de pie y apagando su cigarro, en un impulso, contra la esquina de un mueble. Eso fue lo que vieron: un cigarro cayendo solo sobre el suelo y la casa en silencio, vacía.

—¿Al ficus? —propuso, al final, el otro policía.

Delia dio una palmada.

—¡Al ficus! —Asintió—. ¡Pues es que va a ser eso!

—Por favor —carraspeó el primer agente—, como le decía: vamos a pedirle que permanezcan en sus domicilios esta mañana hasta que hayamos terminado la investigación. Queremos hacerles unas preguntas a los vecinos para descartar un homicidio.

—¿C-cómo? —tartamudeó Delia—. Pero ¿se baraja homicidio?

—Estamos estudiándolo.

—No, pero mire, tuvieron que ser estas escaleras. Es que no están reguladas y son más viejas que la tos…

—¿Puede decirme si le suena de algo esta persona?

El policía sacó entonces de su bolsillo una foto de carné plastificada en una bolsa transparente: en la foto, Angie sonreía a cámara como la idiota que era, despeinada y por teñir y con un moratón violeta en el ojo derecho. Llevaba una camiseta en la que se leía: «Que le jodan a la puta policía».

—María de los Ángeles Samper —explicó—. Tatuada, con el pelo teñido. Alrededor de los treinta. Estatura: uno setenta.

—Uno setenta y dos —bufó Angie detrás—. Puta policía.

Delia rechazó la foto, nerviosa.

—No —respondió—. No me suena. Pero si alguien me ha visto con ella, o sea, no sé, que a lo mejor sí la he visto sin saber…

—¿Sí la ha visto?

—No, o sea, hipotéticamente la he visto. Porque… Era visible. Antes.

Se hizo un silencio en el rellano en el que Delia consideró que estaban a punto de llamar a un psiquiátrico, y luego el policía le dijo a su compañero:

—Deberíamos hacerle las preguntas.

—¿Podemos pasar a hacerle unas preguntas?

Delia abrió los ojos.

—¿Qué? ¡No! —exclamó, y se encajó en el hueco de la puerta. Buscó una excusa con los ojos, mientras hacía tapón—. Es que ahora mismo estoy... No pueden pasar, perdón, porque es que justo estaba... —Angie, que captó la señal de ayuda, agarró algo del sofá y se lo lanzó. Delia lo atrapó en el aire sin mirarlo—. Verán, es que me pillan en un momento complicado —dijo, con un dildo morado fosforito metido en un arnés colgándole de una muñeca.

Durante un minuto, los policías contemplaron la herramienta bambolearse en el aire como un péndulo y no ocurrió nada más: uno balbuceó, estupefacto, y el otro echó otro vistazo al interior de la vivienda, intentando descifrar la aparición mágica del pollón sintético. Susurró: «¿El ficus?», y Delia les sonrió en algo que era más una forma incómoda de enseñar los dientes, planteándose seriamente cuánto de mucho podía mejorar su día si decidía, en ese punto, despeñarse ella también por las escaleras.

—Volveremos luego —concluyó el policía— a hacerle unas preguntas sobre el... la víctima, señorita Agós. Gracias por su atención. Disfrute de... Bueno, nos vemos luego. No se ausente.

Cuando desaparecieron escaleras abajo y Delia ya había echado los tres pestillos, giró sobre sus talones y se precipitó sobre Angie para darle un dildazo fosforito en el centro de la jeta.

—¿¡A ti qué coño te pasa!? —gritó—. ¿¡Cómo coño se te ocurre!?

—¡Au! ¡Pero si te he resuelto el asunto! —se defendió—. Y esta vez sin ponérmelo.

—¡¡¡Casi te ven!!! —Delia le arreó con el arnés—. ¡Antes, si no estuvieras muerta, te habrían visto! ¡Si te vieran, casi te ven! —Se enredó las manos en el pelo—. Dios mío, joder, la poli, la puta poli... ¡Va a detenerme la policía porque te he matado por las escaleras!

—No quiero quitarte mérito ni nada —dijo Angie—, pero es que no me has matado.

—¡Te ha matado mi Thermomix!

—Escúchame, rubia, respira. Podría ser la Thermomix de cualquiera. A ver, míralo así: este piso da asco —la consoló Angie—, así que nadie pensaría que tú tienes pasta para una Thermomix.

Delia, hiperventilando sobre la mesa, se refrescó la cara con un bote de lubricante.

—Pueden acusarme de asesinato —murmuró—, por follar contigo. Follar contigo me ha arruinado para siempre la vida.

—Una forma muy fea y poco exacta de expresarlo.

—¡Van a detenerme!

—Que no hay prueba ninguna.

—¿¡Que no hay prueba!? ¡Este pirulo es la prueba! —Delia zarandeó el dildo—. ¡Mi piso, que está lleno de tu ADN, y yo estoy llena de tu ADN, seguramente! ¡Nos hemos chupado toda la noche los ADN, María de los Ángeles! —Angie respondió: «Es Angie solo, a secas». En su ataque de pánico, Delia empezó a buscar la fregona en los cajones de la mesa—. Padre nuestro que estás en los cielos... —recitó—. Tenemos que fregar todo esto con lejía. Ahora. Antes de que vuelvan; el suelo, el sofá, las paredes. Todo.

—Sí, por supuesto —dijo Angie, ya camino de la cocina—. Tú ve tirando, que yo es que me tengo que enchufar un cafelito...

—¡De eso nada! —Empezó a seguirla—. ¡Oye, ven aquí! ¡O me ayudas con esto o te juro que...!

El móvil se le cayó del pantalón. Delia se agachó y lo recuperó, torpe, y fue solo en ese momento cuando vio la ristra de mensajes: el *gif* de buenos días de su madre sobre una foto de Luis Miguel y las tres llamadas, los diez wasaps y el bízum de 200 euros que le había enviado Judith.

Deli, qué pasa?
Me ha contado Harry lo de la llamada de ayer
Te ha llegado el dinero?
Deli?
Llámame, Delia

—No, no, no... —murmuró, mientras le entraba otra llamada—. Ahora no, cuelga, cuelga...

—¡Oye, rubia! —la llamó Angie a lo lejos—. ¡Delia! ¡Tengo un… temita!

—¡Déjame en paz!

—¡No, escucha, es un segundo! ¡Es que…! ¡Creo que me he estropeado!

Delia levantó la cabeza y luego recorrió el pasillo como una exhalación: en la cocina, en un espectáculo imposible, Angie Samper tenía en una mano el café y en la otra la leche semidesnatada, y estaba flotando sin control, pegada al techo, atascada de una bota contra una esquina del extractor.

—Pero ¿¡tú qué haces ahí!?

—¡No lo sé! —contestó—. ¡Ha pasado!

—¡Baja! ¡Vas a reventarme la bombilla! —Delia intentó agarrarla, pero su mano le atravesaba las piernas—. ¡Reconduce, empújate para aquí! ¡Baja!

—¿¡Tú te crees que no lo intento!?

Dato interesante sobre el *Homo post mortem*: en condiciones extremas, bajo situaciones de alto estrés y presiones emocionales, los fantasmas lloran.

También suelen flotar de vez en cuando, pero ese es un fenómeno del que se sabe menos; los últimos estudios apuntan a que los fantasmas están parcialmente hechos de helio y parcialmente hechos de remordimientos inconmensurables.

Durante la siguiente media hora, Delia Agós utilizó todo lo que tenía en su birria de dúplex para bajar a Angie de vuelta al suelo: intentó succionarla con la aspiradora. Le dio más escobazos limpios que a una piñata de cumpleaños. Le ató en un pie unos auriculares de Renfe, que fue lo que funcionó, y la desatascó del extractor como si fuese un globo. Así, englobada, se la llevó hasta el segundo piso para echar agua en un cubo y empezar su misión de derretir las huellas de ambas (y, de paso, la casa).

—Hay que quemar las cortinas —dijo, metiéndolo todo en bolsas—. Y los informes y las esposas. El cabecero… ¿Arañaste el cabecero? Deberíamos rebanar el colchón.

—¿Qué dices? ¿Estás chiflada? ¡Eh! —Angie intentó nadar en el aire cuando la vio agarrar su mochila—. ¡Ni se te ocurra eso! ¡Esas son mis cosas!

Delia la abrió y ojeó.

—¿Un sándwich caducado en el 2020 y siete paquetes de Marlboro?

—¡Y un nacimiento con valor emocional! Escúchame: si me tocas la mochila —la avisó Angie—, te juro que voy a apagar un piti en la calva del poli.

—Primero tendrás que bajar de la lámpara. ¿Dónde dejaste mi sujetador?

—¿Qué sujetador?

Delia se asomó a la calle.

—¿¡Tiraste mi sujetador por la ventana!?

Delia quemó las cortinas. Quemó las sábanas también, en el cubo de la basura de su cuarto, y las toallas y el champú y el líquido de lentillas (eso ya sin motivo, solo por aprovechar y despejar el baño). Luego gastó el resto de la mañana en lo importante, que era armarse de dos fregonas e intoxicarse voluntariamente de vapores de lejía. Limpió el piso hasta que perdió la pintura; limpió la escalera, el pentagrama y los crucifijos en las paredes del exorcismo de Victoria Aguayo. Al limpiar el cuarto del suicidio colectivo (que no había amueblado aún porque olía a sumidero), encontró pintadas bajo la cama que predecían con exactitud la llegada inminente del apocalipsis bíblico: eran un recopilatorio estremecedor, un recorrido exacto de eventos históricos redactado con sangre en hebreo antiguo. Delia lo miró durante un segundo y lo borró de un escupitajo. Dejó el dúplex entero rezumando a algo como entre baño de aeropuerto y depuradora de piscina, tan impoluto que daba grima, tan limpio que estaba sucio. Luego se duchó tres veces hasta que gastó el gel y olfateó el parqué para eliminar uno a uno los pelos teñidos que se habían desprendido de Angie.

Esa no fue tarea fácil, porque Angie y ella, en resumidas cuentas, habían hecho todo a la vez en todas partes: no se libraban ni el ficus, ni el congelador, ni el interior oscuro de la lavadora. Salieron juguetes sexuales hasta de los radiadores y de la rejilla de ventilación, y encontró un bote de lubricante dentro del armarito del cuadro de luces. El dúplex era esa mañana un muestrario de huellas sobre huellas que parecía eso el museo arqueológico del dinosaurio de Angie. Delia limpió uno a uno los ladrillos del balcón. Sumergió en ácido casero el arnés con el dildo morado fosforito.

Estaba en eso, arrastrada ya por una histeria casi mecánica, una fiebre de abuela obsesiva compulsiva, cuando Angie, que había conseguido volver al suelo solo para pisarle lo mojado, regresó de algún sitio.

—Don Limpio Baño —dijo, bebiéndose un café—. Te gustará saber que he descubierto cosas.

—No.

—Primera cosa: lo de atravesar y todo eso —continuó—; atravesar, no atravieso mucho. Mis estudios apuntan a que solo atravieso a los individuos con vida. Por ejemplo, a ti y al ficus.

—Angie, mírame —jadeó Delia, sin aire—: me importa una mierda cómo funcionas.

—No atravieso el agua. Así que el agua no es vida.

—¿Esta es tu gran ayuda? ¡Quiero que no funciones! ¡Quiero que me soluciones la vida y te vayas de mi piso!

—Y con eso llegamos a la segunda cosa: si intento salir —explicó Angie—, pasa que atravieso el pomo, lo cual choca con todo lo otro que ya sé. ¿Son los pomos vida?

—¿Cómo puedes…? Dímelo. —Delia se puso en pie y dejó la bayeta a un lado—. ¿Cómo puede sudártela tanto todo esto que nos está pasando? Has muerto esta mañana, Angie Samper, y ahí abajo está recogiendo tu fiambre la policía. Tu cadáver está ahí abajo oliendo a Risketos, y por lo que sea, porque estás averiada mentalmente, ¡¡¡estoy yo más desquiciada que tú!!!

—No quería ser yo quien lo dijera.

—¡¡¡Dios!!! —gritó, exasperada—. ¿¡Es que todo para ti es una puta broma!? ¿Es eso? ¡La vida te parece una broma!

—Cariño, te oigo nada más que pirubiru-pirubiru como el pitidito cojonero de los coches locos. A ver, ¿qué quieres? ¿Que llore? —preguntó Angie, sentándose a horcajadas sobre el bidé—. Llevo a punto de morirme más o menos toda la vida. Quiero decir, esto iba a pasar tarde o temprano, más temprano que tarde. Si me preguntas, yo habría apostado por un atropello en la plaza Elíptica. ¿Me hace gracia? Bueno. ¿Me sorprende? No. Aunque te reconoceré que no me vi venir el espiritismo.

—¿Y ya está? —contestó Delia—. ¿Y eso es todo? Y te la pela y te pimplas un café.

Angie se encogió de hombros.

—Pero también te tenía que decir, sobre lo del café —dijo, y solo entonces empezó a chorrear un líquido negro por el ombligo—, que la verdad es que se me sale todo, se me derrama como de las entrañas, ¿ves? Y da muchísima grima.

Delia miró el fenómeno con las cejas subidas hasta la coronilla.

—¿¡Que me has empantanado la casa recién fregada de café!?

Fue más o menos en esas cuando el móvil empezó a vibrar sobre el lavabo. Delia lo recuperó para volver a colgar a Judith, pero en la pantalla esta vez no se leía Judith: era una llamada entrante titulada «Trabajo».

—Coño —jadeó Delia—. ¡Mi jefe! No, no, no, ¿¡qué día es!? ¡Encárgate de esto! —dijo, y le lanzó a Angie el dildo del arnés. Luego descolgó, bajando por la escalerilla—: ¿Pelayo?

—Delia, hola, soy yo —respondió Coral, para su alivio—. Perdona, pero es que estoy preocupada. Son las once, ¿por qué no estás aquí?

—¡Sí, perdona, perdón, Coral, te iba a llamar y se me ha ido…! —dijo Delia, subiendo dos cubos de lejía desde el salón—. Verás, es que me ha ocurrido una cosa, y hoy no… Creo que hoy no voy a poder ir.

—Pero ¿estás bien?

—Sí, es que se me ha muer… —Reformuló—: Ayer me acosté con una… —Recondujo—: Apendicitis.

—¿¡Apendicitis!? Pero ¿estás en el hospital? ¿Te van a quitar el apéndice?

—Ah, sí, pero tú no te preocupes, que a mí esto me pasa constantemente…

Delia pisó el charco. En el pasillo del segundo piso, nada más volvió a subir las escaleras: levantó la mirada, primero, de sus zapatillas de andar por casa, y luego vio el charco de agua limpia que reptaba hasta ella desde la puerta del baño. Se le secó la garganta.

—Coral, te tengo que dejar. Nos vemos ya mañana, te dejo, chao…

Al volver al baño, Angie estaba de pie, armada con la escobilla, y la cisterna había entrado en erupción.

—¿¡Qué coño has hecho!?

—He tirado la polla.

—¿¡QUÉ!?

—Por el váter.

—¿¡Cóóómo!?

Érase una vez un dildo morado fosforito que reventó la instalación de fontanería centenaria de un edificio. Bajó piso por piso, como un torpedo giratorio, un proyectil fálico empujado por una inercia como de meteorito, y luego se atascó inevitablemente en un codo de tubería. Cuando los Erasmus del bajo abrieron una ducha y el agua subió y chocó contra el tapón, se hizo una presión de ventosa que retumbó cañería arriba y la alcachofa estalló en chorro sobre un italiano medio borracho.

—*Cazzo!* —se oyó por el patio de vecinos—. *Porca puttana, mortacci tua!*

Fue como el grito que comienza una guerra anunciada: durante los siguientes veinte minutos, reventaron en efecto dominó un total de tres lavabos, cuatro fregaderos, dos bidés y cinco lavaplatos. Explotó una tubería en el segundo y de ahí salió lo que no está escrito. Se formó entonces un caos vecinal de los que no se daban en el edificio desde la época de la Santa Inquisición: cada inquilino y su fregona salió al rellano. Como en el rellano se estaba retirando un cadáver, pasaron todos sobre el cadáver por falta de ascensor. Se gritaron y se llamaron a las puertas, y luego subieron en turba al 6.º B a buscar a la presidenta de la comunidad, doña Delia Agós, a la cual todo esto le habría ocasionado una taquicardia tremenda si no hubiera estado a mitad de otra taquicardia mientras se le inundaba el piso y discutía con el cadáver en cuestión.

—¡¡¡Esto no frena!!! ¡¡¡Sale a chorro, no hay manera!!!

—¡¡¡Hay que meter otro dildo —propuso Angie—, para empujar el culo del dildo inicial!!!

—¿¡Alguna vez, pregunto, has probado esta cosa divertida llamada pensar con la cabeza!?

Llegados a ese punto, con la escalerilla convertida en un tobogán acuático de agua de váter, Delia tuvo que mirarse al espejo y supo que solo había una opción.

—¡Chochamen! —dijo Richi al coger el teléfono, con el murmullo del coche detrás—. ¿Qué pasa, tú? Me pillas conduciendo. ¿De dónde sales? ¿De resacón mañanero como si fueras una veinteañera?

—Richi, sigo siendo una veinteañera.

—¡Ese es el espíritu!

—Escucha —lo interrumpió Delia, vigilando de reojo el desastre—: necesito que me ayudes. Ya. No te puedo contar ahora, ¿vale? Pero estoy de código rojo. Código rojo, Ricardo. Por favor, no le reproduzcas esto a Isma, pero ¿él no trabajaba con los váteres? ¿No es como un señor de estos que desatasca mierda?

—Soy inspector de alcantarillado —respondió la voz de Isma.

—Estás en manos libres.

—Dios. —Delia se pasó una mano por su cara de consagrada metepatas—. Eeeh, Isma, cielo, ¿qué tal? Perdón. Es que yo no controlo… Sé que tú sabes de tuberías, y de verdad que no quiero llamaros con esto, pero es que tengo una urgencia en casa. Se me está inundando la casa. No le digáis nada a Judith.

—¿Por qué no le van a decir nada a Judith? —respondió Judith.

—Sigues en manos libres.

—¡Jud! —Delia apretó los ojos—. ¡Te iba a llamar ahora justo!

—Tú te crees que yo soy tonta. —Casi oyó a su hermana remangarse el traje de abogada y acercarse al micro desde los asientos traseros—. Delia, ¿qué es lo que está pasando? Llevo llamándote toda la mañana. Ayer me avisa Harry de que lo has llamado, que estás sin un duro, y no me respondes, ¿y hoy me entero de que te emborrachaste y se te está inundando la casa?

—Harry no entendió; le dije que el mercado inmobiliario estaba duro. Tú sabes lo que pasa con Harry, Jud, que a veces pues no entiende.

—No se hablamos de ningún *miercado* —respondió Harry.

—Okey, vale, vamos a ver —estalló Delia—, ¿¡cuánta gente hay en ese coche!?

—También está mi madre —dijo Richi.

—¡Buenos días, Delia! —dijo su madre.

—Buenos días, Sonsoles…

—¿Estás bien, Delia? —insistió Judith—. ¿Voy para allá?

—¡No! —Delia miró al fantasma de Angie, que estaba flotando por el salón subida a la fregona—. Estoy bien, Judith. *(Bájate. Baja, te he dicho).* Te lo juro, es otra mañana más. *(¡Baja!).* No vengas. Gracias por el bízum, emmm, te lo devuelvo en cuanto me paguen, porque me pagan esta semana. Y no estoy arruinada, que lo sepa toda la comitiva y madres: no estoy arruinada. Es solo el piso, que está viejo, y creo que hemos… He tirado algo por el váter.

—¿Te está rebosando el váter? —se rio Richi.

—¿Qué has tirado por el váter? —preguntó Isma.

Delia abrió y cerró la boca.

—Un… calabacín. Largo. Grande.

Veinte minutos más tarde, a dos segundos de declarar el dúplex piscina comunitaria climatizada, Delia oyó el timbre en el piso de abajo y se precipitó por la escalerilla. Cuando abrió, Ismael Fernández, el casimarido de Richi, estaba allí: un tiarrón peludo de dos metros, con una barba de apóstol que le continuaba hasta los pectorales, cargando una caja de herramientas y con su permanente ceño fruncido, que había interrumpido su viaje a la sierra para abrirse paso entre un ejército de vecinos. Le dijo, con su voz de ultratumba:

—Delia, cariño. —Se inclinó, gigantesco—. Dos besitos.

—Me salvas la vida. Te lo juro, Isma, dime cómo te lo pago… Es arriba, te llevo.

—Tienes muy mono esto, que todavía no lo había visto.

Isma entró en el baño esa mañana y le echó un ojo al váter convertido en fuente.

Cerró la llave del agua (la cual descubrió, como un hallazgo arqueológico, emparedada tras unos azulejos de la bañera) y luego operó en absoluto silencio. Metió una guía por el desagüe y empujó y empujó, pero no alcanzaba a tocar nada. A un lado, el fantasma de Angie Samper curioseaba cada paso, subida al botiquín en otro de sus planeos involuntarios.

—Vaya ropero de cuatro puertas —comentó—. Le va a encantar el calabacín.

—Cállate —mascullaba Delia.

Aun así, e incluso con la aparición puntual de algún cigarro volador, Ismael no se dio ni cuenta de que Angie estaba allí. No era capaz de verla ni tocándola y no olió el tabaco en su ropa al pasar a su lado, y de hecho la atravesó como a una balsa de humo cuando salió del piso sin decir palabra, lo cual le dejó un hipo que tardó en írsele el resto del día y a Angie no le hizo ninguna gracia.

Ismael bajó al 4.º A y por la entrada de la pared de la lavadora recién estropeada extrajo el prometido calabacín violáceo, como un bebé recién nacido que acababa de parir algún recoveco del edificio. Eso reparó, en un murmullo de agua, el resto de la instalación, pero no solo en lo respectivo al desbordamiento, sino que sanó lo preexistente, los atascos anteriores: todos los grifos rotos dejaron de renquear. Se repararon solos cada uno de los lavaplatos. La caldera en la cocina de Delia paró de gotear, e Isma recolocó la tubería rota del segundo de un manotazo, a lo que los vecinos y la policía le aplaudieron en corro como si acabase de rescatarlos de un accidente en los Andes. Él, serio, volvió al segundo piso del 6.º B, donde Delia comprobaba alucinada que ya no iba a volver a Casa Paco porque la catástrofe le había arreglado al fin el váter, y no pudo ni hablar cuando Isma le dejó en las manos, envuelto en una toalla, un dildo morado fosforito tamaño L con arnés y vibración a pilas, tres velocidades, cabeza intercambiable.

—Habría que revisar las cañerías bien —dijo él—, porque están que se caen. Dile al presidente que organice una revisión. Cariño, bueno, me voy, que tenemos ahora a las tres el piscolabis. Pero te me cuidas, ¿vale? Que te veo que no has dormido, Delia, y tienes que cuidarte. Sé que estás pasando una época complicada. ¿Cómo va todo? ¿Necesitas algo?

Delia balbuceó, desconcertada:

—Estoy bien.

—Qué pena —dijo su fantasma, pulsando el botón del dildo que chorreaba en su regazo—. Esto ya no tira. Averiadísimo. Qué pérdida.

—Cállate.

—¿Qué? —preguntó Isma.

—Nada. Gracias, Isma.

—No sé si sabes que ahí abajo está la policía —añadió él—. Casi no me dejan entrar antes porque lo tienen todo acordonado. Creo que se ha muerto alguien, por si no lo sabías.

—No me digas.

—Bueno, nena. Te me cuidas.

No fue hasta las seis de la tarde que la policía llegó al sexto piso. Para entonces, Delia llevaba esperándolos una hora tras la puerta, vestida como para una entrevista de trabajo de dependienta del Zara: camisa blanca planchada, pintalabios sutil y falda de tubo sin medias, por si había que enseñar un poco de muslo, un poco de carne, que una nunca sabe cuándo va a venir bien.

—Es impresionante —dijo Angie— cómo consigues cada segundo parecer un poco más asesina.

—No me desconcentres —le espetó ella—. Estate callada, ¡y no toques nada! Y, si yo acabo en la cárcel, que lo sepas, tú acabas aquí sola dándole por culo al ficus. Recuérdalo. —Le arrebató el cigarro de la boca—. Y esto fuera.

Delia dejó la colilla en el plato de las llaves y respondió al timbre.

—¿Qué tal? —les sonrió cuando abrió la puerta—. Pasen. Perdón. Les esperaba antes, ¿eh?

—Sí —respondió uno de los agentes—. Es que a mitad de mañana nos ha pillado el diluvio universal.

Los dos hombres, uno más calvo que otro, otro más harto que uno, entraron en el dúplex y Delia los condujo al salón, donde había preparado meticulosamente el sofá y había cubierto con una colcha el pentagrama satánico. Los policías, que venían ya agotados, obviaron la colcha y el calculado look de piso impoluto de asesina en serie, y para desgracia de Delia también obviaron el calculado trocito de muslo que no cubría su falda de tubo. Estaban sudorosos, medio dormidos, y les sonaban las tripas. El Harto, ya por desentenderse del asunto, le pidió permiso a Delia para echarle un ojo a las habitaciones, y ella se quedó sola en el sofá frente a la mirada distraída del Calvo.

—¿Fuma? —le preguntó de pronto.

Delia pestañeó.

—¿Qué? ¿Por qué?

—No, porque he visto una colilla. Ahí en la entrada.

—Claro, ya. —Asintió—. Sí. Lo estoy dejando.

—Pero no hay tabaco en ningún otro lado de la casa.

—Es que fumo… Fumo porros. —Asintió—. Muchos porros.

Angie se carcajeó, tumbada sobre la mesa como un gato.

—Aún te vas detenida por idiota, que también estaría bastante gracioso.

Delia le dio un cojinazo en la cara.

—Una mosca —le explicó al policía—. En la mesa. Ya se ha ido.

—Vale, a ver, sexto B… Vaya mañanita… Sexto B… —murmuró él, mientras pasaba las hojas de un informe que en algún momento del día se había empapado—. Aquí. Delia Agós, ¿no? ¿Matas?

—¡No! —se apresuró a decir Delia—. ¡No mato! Se lo juro.

—Agós Matas, digo. Si es su nombre.

—Ah, sí, claro. —Carraspeó—. Agós Matas.

Él escribió algo en su informe que debía ser: «Fumada».

—¿Es propietaria o está de alquiler?

—No, el piso es mío, es mía la hipoteca… del dúplex. Variable. Propietaria. —Delia aclaró—: Estoy renovándolo. Es por eso que está así muy nuevo y huele como a nuevo, y no tiene cortinas.

—¿De qué conocía a la señorita Samper?

—No la conocía.

—Pero dijo que la había visto.

—A lo mejor la vi, a ver, pero no es que la haya visto. Es que ayer salí —explicó, como en sus ensayos— a eso de las once y volví a las tres, y a lo mejor por la noche al entrar yo y ella… Pues coincidimos. Le he estado dando vueltas y se me ocurre eso, si es que siquiera la vi. Que a lo mejor no la vi.

Él apuntó algo más.

—¿Mantuvo relaciones sexuales con la señorita Samper?

—De 8,5 concretamente —respondió la señorita Samper.

—¿¡Qué!? ¡No! —respondió Delia—. ¿Me está acusando a mí de algo, me está…? ¡Mi hermana es abogada!

El policía suspiró en ese momento, poco inspirado, y dejó su informe a un lado.

—Señorita Agós, vamos a hablar claro —dijo—: la víctima llevaba puestas sus bragas.

Eso dejó a Delia balbuceando ruidos como un mecanismo averiado, incapaz de encontrar una respuesta en su estudiado guion de *Respuestas para no ser arrestada*, el cual incluía apéndices especiales sobre piercings en los pezones y ningún apéndice sobre bragas.

—¿Qué bragas? —soltó Delia—. ¿Cómo van a ser mías las bragas?

—Llevan su nombre bordadito detrás.

—Dios mío —jadeó ella—. Mi puta madre…

—También hemos encontrado otras bragas de la víctima ahí fuera, en el toldo de la vecina del cuarto —continuó—. Mire, la autopsia apunta a que la víctima cayó desde el sexto piso, y aquí solo vive usted, y además cargaba con su Thermomix, porque tiene la caja del modelo de Thermomix justo ahí sobre esa estantería.

Angie se volvió hacia la caja, alucinada.

—¿¡Por qué no has tirado la puñetera caja!?

—Porqueestoyarruinadayconlacajaveníalagarantía… —murmuró Delia, al borde del brote de histeria definitivo. Pero entonces oyó el tintineo de las esposas del otro policía, acercándose paso a paso por el pasillo, y eso le espabiló un instinto de supervivencia innato, suyo, de feto papiráceo escapista desde el útero—. Vale, a ver, vamos a calmarnos… —dijo—. Vamos a calmarnos; perdón. No les he sido sincera. No he querido contarles, porque no quiero manchar la memoria de nadie, no quería que conste en los registros de… Bueno. —Tomó aire dramáticamente y luego se limpió una lágrima—. Dios, perdón. Nunca he hablado de esto… Me afecta mucho esto… —Declaró—: María de los Ángeles era una mujer profundamente perturbada. Lo digo, me explico: me acosaba. Estaba obsesionada conmigo.

Angie se volvió de nuevo hacia ella, más alucinada.

—¡Tendrás la cara dura como una puta piedra…!

—La recogí de la calle una vez —siguió Delia—, porque vivía en la calle, claro. La encontré debajo de un puente… En Puente de Vallecas. Lo confieso, tuvimos una noche… de amor —«Madre mía», dijo Angie—. Y desde entonces no me ha dejado. Se colaba en mi casa, me amenazaba… Mire lo que me hizo, mire. —Le enseñó un chupetón en el cuello—. Me desperté una noche de estas y la tenía aquí a un palmo, ¡a un palmo como un mosquito! Era una persona muy difícil; sucia, también. —Angie: «Tócate los cojones»—. Y robaba. Yo ya le expliqué que no, que no estaba interesada, pero ayer tuvo que colarse a robarme las bragas. Me siento un poco culpable, lo siento. —Sorbió un sollozo imaginario—. También solía tirar sus bragas por mi balcón. Me las lanzaba, ofensivamente.

—¿Y nunca avisó a la policía?

—No quería llevarlo hasta ahí. Era solo una pobre desgraciada.

Ambos agentes se miraron un segundo, el que estaba de pie negando y el otro asintiendo con los labios apretados, y luego volvió a abrir el informe y apuntó unos detalles más y lo cerró otra vez.

—Bueno —dijo—. Encaja con el perfil.

A Angie casi se le desprenden los ojos.

—¿¡Cómo que encaja con el perfil!?

—Gracias por su ayuda, doña Agós. —Le estrechó la mano—. Lamentamos mucho lo que ha vivido.

—No pasa nada…

—No volveremos a molestarla sobre esta persona. —El Harto tosió y se fue hacia la puerta mascullando: «Vaya mañana. Vámonos ya a casa, por Dios»—. La autopsia nos confirmó ya este mediodía que se trata de un accidente. Los golpes no indican que la empujasen, pero tenemos aún que descartar los motivos por los que estaba aquí… Es protocolo. Ya sabe. En fin, estos casos a veces se dan, gente de la calle, que tienen estos finales. Pero, bueno, que ya estamos todos cansados, vamos a ir cerrando.

—¿¡Y ya está!? —gritó Angie para nadie—. ¿¡Y mi fiambre a la papelera, como un táper pasado!?

—Contrastaremos la historia que nos ha contado con la del resto de los vecinos.

Solo ahí, cuando ya estaba todo resulto y se iban, Delia se reincorporó.

—Perdón —preguntó—: ¿La historia de los vecinos? ¿Quién? ¿La conocían los vecinos?

El policía, que estaba echándole una ojeada al ficus antes de marcharse, se giró para mirarla una última vez y respondió:

—¿No lo sabe? —Y entonces lo dijo—: María de los Ángeles Samper había mantenido relaciones sexuales con más de la mitad del edificio. Hemos encontrado muestras de su ADN hasta en los buzones. Es un caso alucinante. La podría haber matado cualquiera, si la hubiesen matado.

Delia, intoxicada de lejía en su sofá recién fregado, sin toallas y sin cortinas y oliendo a químicos, permaneció estática medio minuto de reloj con su muslo sugerente asomando bajo la falda de tubo.

—Coño —dijo el fantasma de Angie Samper—. De eso me sonaba a mí el portal. Pues ya podríamos haberlo sabido.

LO DE PEDIR UNA MÉDIUM A DOMICILIO

Cinco años atrás, en la época en la que Richi y Delia compartían un cuartucho en un semisótano podrido como dos presos en una cárcel medieval, Ricardo volvió una tarde a la celda de sus prácticas de enfermería y anunció:

—Que me mudo, mariliendre. He encontrado al amor de mi vida.

Para ese momento, Richi e Ismael solo se habían visto un total tres horas, cuarenta minutos y treintaitrés segundos de reloj; Isma había llegado a la consulta de Urgencias con un destornillador clavado en el culo y eso había sido todo: amor a primeros puntos. El accidente, para que conste, había sido laboral, una pérdida de equilibrio sobre una caja de herramientas abierta. En otra pérdida de equilibrio sobre los principios básicos de la medicina, Richi se llevó a su paciente a tomar unas cervezas y allí le hizo su truco especial bigote-lengua, que era una táctica que no se puede explicar fuera de la hora golfa.

La vida puso la quinta marcha entonces por primera vez, cuando el mejor amigo de Delia, el último desdichado que aún coexistía con ella en el pozo de la miseria postuniversidad, plegó su mesita de noche e hizo las maletas y se fue a vivir a un *loft* con un tiarrón peludo.

—¿Y ahora dónde me meto yo? —se quejó Delia—. ¡Serás traicionera! ¡Te vas así, adiós muy buenas, con un gay oso que baja de una nube y te soluciona la vida!

—Delia, esta vida pedía una solución —dijo Richi—. Hemos bautizado a las cucarachas. Escúchame: te quiero y en cinco años me lo agradecerás, cuando seamos adultos funcionales y ninguno de los dos esté viviendo en la mansión encantada de Casper.

Cinco años más tarde, cuando Richi e Isma acabaron con el ajetreo preboda y consiguieron mudarse al fin al piso nuevo, Delia fue una noche a verlos y ellos le hicieron un tour por la gran adquisición. Era un bajo de tres habitaciones gigantesco, con ventanas grandes como escaparates de Stradivarius, luces led sobre una horterada de cama, baño para visitas y nevera con pantalla, y un aire acondicionado que se manejaba exclusivamente por voz.

—¡María Patiño, menos frío! ¡María! —le ordenó Richi—. La he llamado María Patiño y te juro que se entera. Te lo juro. ¡María Patiño!

—Te tengo dicho que habrá que cambiarle el nombre a uno menos largo.

—Isma, es el salón, que tiene hasta eco. Parece que estamos cenando en el Parlamento español. —Richi bebió un poco de vino y se inclinó sobre la mesa—. Pues no va este y le dice a Harry, para que te enteres, que a ver si organizamos aquí la siguiente partidita del rol. ¿Tú te crees?

—Estamos a mitad de campaña.

—Amor, no sé qué coño es un rol de campaña.

—La misión está a medias. —Isma, que era el único de todos que entendía las expansiones del Catán, insistió—: Harry está trabajando mucho en la partida. Es un gesto con Harry, Ricardo.

—Mira, yo no me entero de nada y la cosa ni va conmigo; a Judith se la repampinfla y Delia se pone como se pone si le das un dado. Delia está ya este mesecito como para estresarla. ¿Verdad? Ey. ¿Delia?

Pasmada, Delia levantó la vista con prisa de su pasta carbonara. Asintió, reubicándose muerta de frío bajo María Patiño, y lo único que le salió entonces por la boca fue el burbujeo de palabras inconexas que llevaba aguantándose desde que había llegado. Se le atropelló en la lengua y luego se le atascó y al final dijo:

—Angie Samper.

Richi e Isma pestañearon.

—¿Angie qué? —preguntó Richi—. ¿Quién?

—Una tía.

—Pero ¿qué tía?

—No la conoces —se apresuró a aclarar Delia, arrepintiéndose—. Que me… Que te quería contar que follamos. Ella y yo. Cuando salí.

—¿Qué? ¿El otro día? —Él sonrió, impresionado—. Tía, pero bueno. Pues qué bien, y me lo sueltas así. Enhorabuena, ¡follando y todo! Quién te ha visto y quién te ve. ¿Y cómo fue?

—Se murió.

—Coño —tosió, derramando el vino. Isma se atragantó con la cena—. Pero ¿qué dices?, ¿mientras?

—No, luego. O sea, me enteré luego, ya por la mañana. Pero ya se había ido.

—¿Se murió murió? Señor, qué tragedia.

—Pero ¿y tú estás bien? —preguntó Isma.

—No, o sea… Sí. No. —Se corrigió—: No por ella, a ella no la conozco de nada… Conocía. Fue una cosa de una noche y no nos íbamos a ver más, pasamos la noche y luego de pronto se despeñó por unas escaleras, y…

Richi añadió:

—¿Y?

Delia lo miró directamente a los ojos.

—Y ahora me está encantando el piso.

Durante un par de segundos, el salón se petrificó y permaneció en un silencio perfecto, el silencio inmaculado que Delia llevaba esperando toda la semana: una pausa, donde finalmente abría la boca y lo decía, y estaba frente a sus amigos en un lugar seguro, y ya estaba dicho.

—Ay, cariño —contestó Richi, llevándose al pecho una mano dramática—. Gracias, pero… que lo acabamos de amueblar. Todavía tenemos el cuarto manga por hombro, bueno, no mires mucho el pasillo. Pero me encanta que te encante. —Añadió—: ¿Te podrás creer, tía, que nos lo han alquilado más barato porque los frikis que vivían aquí juraban que el ático tiene un fantasma?

Delia alzó las cejas, en una incredulidad sin palabras.

—Wow —contestó—. Qué putos frikis.

—Completamente, la gente es que está tocada. Pero tú estás bien, ¿no? —le preguntó, volviendo a su plato—. Con todo lo que has dicho. Lo que estábamos hablando.

—¿El qué?

—De la chica. La que se… La difunta.

—No, claro. Sí, no te preocupes.

Isma insistió:

—¿Segura?

Delia, con las ojeras ya tatuadas y la ropa apestando a tabaco, agarró su copa de vino y se la bebió de un solo trago.

—Si os soy sincera —concluyó—, está siendo la mejor semana de mi vida.

Primera semana conviviendo con un fantasma: como el resto de los felinos, el fantasma común tiene la costumbre de observar a la gente mientras se ducha.

—Buenos días.

—¡¡¡Aaah!!! —Delia, chorreando, se envolvió en la cortina y se armó de un champú—. ¿¡Qué coño haces!? ¿¡Qué haces aquí!?

—He estado pensado —dijo Angie, flotando indiferente sobre la barra de ducha— que, antes de que te vayas hoy a hacer tus cositas, lo suyo es que empieces a pensar en el prójimo y llames a Movistar. Porque me dirás qué hago yo aquí muerta de risa otro día más sin wifi y sin nada.

—¡Léete un puto libro! ¿¡Qué me cuentas!? —le gritó Delia, lanzándole la esponja exfoliante—. ¡Pírate! ¡Yo no estoy obligada ahora a entretenerte, entérate, porque te tenga de okupa en mi casa!

—Rubia, estás intratable por las mañanas.

—¡¡¡No —respondió—, estoy en bolas!!! ¡¡¡Estás tú en mi ducha, conmigo aquí en bolas!!!

—Te he visto ya antes en bolas, ¿dónde está el misterio? Mira —atajó Angie, deshaciéndose de su camiseta—, ¿podemos tener esta conversación como mujeres adultas? ¿Te vale si yo también me desnudo?

—¡No! ¿¡Cómo!? ¿¡Qué haces!? —Delia se tapó los ojos cuando Angie empezó a bajarse el pantalón—. ¡Dios, vale, ahora llamo a lo del wifi! ¡Déjame vivir y vemos lo del wifi! ¡Has ganado, pesada pervertida!

Delia Agós había descubierto, en este giro de acontecimientos que le había salpimentado la vida, que los fantasmas son, de hecho, animales de costumbres: cada mañana, cuando saltaba la alarma y la luz entraba por las ventanas, Delia despertaba en su cama y se vestía. Se enchufaba un café cortado, se lavaba los dientes, y a las ocho en punto se marchaba del dúplex, dejándolo impoluto en un silencio que casi se oía. Cuando volvía a casa a las tres, todos y cada uno de los días, Angie había descompuesto la cocina, había saqueado los armarios y estaba paseándose despelotada con *Mambo No. 5* puesto a un volumen que sacudía las paredes.

—¿¡Cómo has...!? ¡¡¡Angie Samper!!! ¡¡¡Angie!!! —Al tercer día, Delia fue directa a arrancar el altavocito cojonero—. ¡Te he dejado sola cinco horas hoy! ¡Cinco horas! ¡Apaga esto! ¿¡Cómo se apaga!?

—Alexa, busca «cómo sacarse un palo del culo».

—¿¡Esa es mi camiseta!? ¿¡Me has robado otra camiseta!?

—O no puedo ir en tetas, o no puedo taparme las tetas. Aclarémonos.

—¡¡¡Ponte unos pantalones!!! ¡¡¡Dámela!!! —Cuando Delia intentó agarrarla de una manga, sus dedos desaparecieron y la atravesaron—. Dios, ¿ves? ¡Ya la has vuelto a matar! ¡Ahora hay que lavarla con amoniaco para que vuelva a mi plano de realidad!

—Todos los días entras por esa puerta como un abejorro metido de anfetas y pienso: ¿es este el infierno del que nos avisaron en misa?

—¡¡¡Deja de pasar mi ropa a otro plano de realidad!!! —Incapaz de apagar el cacharro de Alexa, Delia se lo tiró a Angie a la cabeza, que estaba tumbada sobre el pentagrama en su sesión diaria de yoga—. ¡Me han llamado antes los vecinos! ¡Tres llamadas de los vecinos!

—¿Y qué se cuentan?

—¡Que en mi piso está puesta la banda sonora de *Hermano Oso* en bucle desde el mediodía!

—Es un muy buen disco de Phil Collins.

—¿De verdad tienes que ser así? —le recriminó—. ¿Vas a ser así? No limpias, Angie, y no ayudas, no comes, pero manchas; encuentro colillas guarras tiradas por toda la casa, has echado café en el tiesto del ficus, y cada vez que te dejo aquí, no sé ni cómo y bajo las normas de qué ciencia, ¡¡¡me rompes otra lámpara!!!

Angie alzó la mirada y le echó un vistazo a las bombillas peladas y las rotas que formaban una línea lamentable del salón a la entrada.

—Te reconozco que aún no controlo bien el asunto del planeo. Estoy entrenándolo.

Los primeros días que siguieron a la muerte por Thermomix, como medida de control gubernamental en esos complejos tiempos de guerra, Delia y Angie se vieron obligadas a recurrir al más infalible de todos los métodos de la buena convivencia: no hablarse en absoluto hasta que no hubiese más remedio que hacerlo. Ambas fingieron, sin ponerse de acuerdo siquiera, que allí no había ocurrido nada fuera del itinerario usual de un jueves: Angie la palmó, y luego se ignoraron el viernes, y luego ni se miraron al cruzarse por los pasillos durante el resto del fin de semana. Evitaron los espacios que ocupaba la otra. Angie se quedó el cuarto de la secta y Delia improvisó una trinchera en el suyo con el escritorio, y durante un puñado de horas, sorprendentemente, esto sirvió para no acabar arrancándose los pelos a puñetazos. La vida siguió su curso, en la habitación contraria a la de la muerte.

Toda esa paz, que estaba diseñada para no durar, acabó el lunes cuando Delia volvió del curro y se encontró a Angie robándole el colchón, y entonces ambas descubrieron en una revelación fundamental que la razón por la que no se liaban a puñetazos era porque no podían tocarse.

—¡¡¡Devuélvemelo, que ese colchón es mío y es de mi cama!!! ¡¡¡Terrorista!!!

—¿¡Y dónde duermo yo!? ¿¡Como un Funko Pop tiesa en un estante!?

—¡¡¡Tú no duermes, chalada, porque estás muerta!!!

—¡¡¡Pues tendré que descansar en paz, que es parte de mi cultura!!!

Fue por aquellas también cuando Angie encontró en una agenda el número fijo del trabajo de Delia. Como un crío aburrido que acaba de descubrir los botones, Angie adoptó la bonita costumbre de llamarla todas las mañanas, algunos días varias veces, e improvisaba cualquier pregunta rápida para justificarlo tipo:

—Oye, ¿cómo funciona la ruedita del microondas? No funciona.

—¿Las lentejas pueden caducar en la bolsa?

—¿Cuál era el nombre de tu mascota de la infancia? No, no estoy intentando acceder a tu cuenta de banco.

—Estoy intentando acceder a tu cuenta de banco. ¿Cómo accedo?

—Si tuvieras que sentarte en una de dos sillas, ¿no? Y comerte lo que hay en la de enfrente, y en una silla hay una tarta de queso que flipas, y en la otra hay una enorme poll…

—Creo que pueden verme las hormigas.

Cada vez que Delia, exiliada al fondo del cuartito de la limpieza, oía tras las paredes el tono del maldito teléfono de la oficina, respiraba tan hondo que llenaba un tercer pulmón que no tenía y atravesaba escopeteada el laberinto de fregonas para llegar al pasillo. Para cuando alcanzaba la mesa, Trini ya había vuelto a descolgar.

—Son los de las bromitas otra vez —explicaba—, que yo ya no sé qué quieren.

Delia le arrebataba el teléfono.

—¡Escúcheme! ¡Váyase usted a la mierda, y no vuelva a llamar! —gritaba—. ¡Y si vuelve a llamar, y esta vez lo juro, la vamos a tener más gorda de lo que la hemos tenido nunca!

Al otro lado solo respondía una estática cacofónica, un silencio inquietante como de psiquiátrico abandonado.

Para suerte de Delia, Angie no podía conseguir que la despidieran a llamadas, porque Angie, en realidad, no podía llamar: a través del teléfono, su voz se transformaba automáticamente en psicofonías fantasmagóricas.

Esto, fueron descubriendo, aplicaba también al resto de los medios de comunicación: cualquier contenido que Angie colgase en internet se intercambiaba por un post de bot sexual que decía «link de OnlyFans en mi bio». Todo lo que Angie escribía por correo se transformaba en propaganda de Telepizza. Si Angie mandaba un mensaje desde cualquier móvil a cualquier número, este llegaba convertido en la amenaza maldita «Soy Teresa Fidalgo y morí hace 7 años. Si no reenvías esto a 7 personas, iré a matarte esta noche», pero el asunto, lejos de disuadir a Angie de llamar, la inspiró a llamarla más incluso, como un mail de spam, como alarma cojonera para que Delia volviese a casa, porque si algo aprendió Delia Agós esa primera semana fue que Angie Samper sentía una pasión irreprimible, vehemente, vocacional, por el tocapelotismo.

—¡Atención! ¡Atención toda la familia! —declaró Mercedes Matas el día bimensual de comida familiar, durante el que fingía cada una de las veces que volvía a ser su cumpleaños—. ¡Gracias a todos por venir! Mi regalo más grande es veros aquí hoy a todos, arrejuntados. ¡Qué regalo! Un año más que pasa, con mis sobrinos y mis nietos segundos. Porque, si me tengo que esperar a las mías, me dan las uvas, ¿eh? Bueno, espera, dos buenas noticias, ¡dos buenas! La primera, ¡que vamos a reformar la clínica y vamos a arreglar el cartelito! —Aplausos de alivio general. Tres años atrás, un gracioso con un espray de grafiti había aprovechado que solo quedaban en pie las dos A del letrero de «Clínica Matas»—. ¡Se acabó lo de la Clínica Anal! —Murmullos cautos de aprobación—. Y la segunda noticia: que mi Jud y mi Jarri, y espera, que me emociono, agárrame el gin-tonic, Mari... ¡Que ya están yendo a por ello! ¡Como conejos que están!

—Mamá, por Dios... —masculló Judith, abochornada.

—¡Ya era hora, ya iba siendo hora! —Más aplausos. Luego le susurró a Judith, sonriente—: No te pongas así, nena, si les hace ilusión. Si es que había que decirlo. Carmelo, ¿tú te estás enterando? ¡Que se nos vienen los nietos!

—¿Los nietos de quién? —dijo Carmelo, rellenando su sudoku sobre el servilletero.

—Y yo ya les ofrezco —continuó Mercedes—, con Jarri delante, que si Jarri se quiere hacer un análisis de semen lo vemos y lo comprobamos, porque el semen irlandés no es el mismo semen. Hay que entender bien el semen.

—Mamá —suspiró Judith—. Por Dios...

—¡Hija, pues es la vida!

—Me lo encanta el semen —sonreía Harry, que se enteraba más o menos de absolutamente nada.

—Mira. —Mercedes se sentó y sacó un tomo descomunal del bolso que había cargado a cuestas hasta el restaurante—. Yo os tengo aquí un manual, que os he traído de la clínica, de posturas proconceptivas. A la prima Tere le vinieron que ni pintadas, ¿a que sí, Tere? Dale que dale, la tenía yo. Uy, espera, el aparato... —se interrumpió, y agarró su móvil, que sonaba sobre la mesa como una alarma de terremoto. Utilizó las gafas de lupa—. Delia. Delia, nena, me estás llamando.

Delia, que se había quedado dormida sobre el cocido, se espabiló.

—¿Qué? —murmuró—. ¿Cómo?

—Me estás llamando desde tu casa —dijo su madre, y volvió la pantalla para enseñar la notificación en letra XL: «Delia Fijo». Despeinada y afónica de pelearse con sus muertos, Delia dejó de ser invisible en la mesa solo durante ese segundo y susurró para sí: «Lo ha conseguido. Me ha hackeado el Google»—. Serán los Movistares... —seguía parloteando su madre.

—¡No lo cojas! —Delia saltó de su silla y le arrebató el móvil—. ¡Es... el portero! Es mi portero.

Judith dijo:

—Tu edificio no tiene portero.

—Es un posible portero —contestó—, que estoy evaluando. Con

un teórico de porteros. En mi casa. —Agarró su chaqueta de debajo de un sobrino segundo y se la puso—. Me tengo que ir.

—Pero ¿ya? —preguntó Mercedes—. ¿Antes de mi tarta?

—Delia —la paró Judith—. Mírame. ¿Qué pasa? No estás durmiendo.

—No pasa nada. ¿Qué va a pasar? Estás paranoica. —Le dejó un beso en el pelo—. Bloquea todos mis números durante las próximas dos semanas.

Judith se puso en pie mientras Delia se escabullía.

—Delia —la volvió a llamar, pero ya estaba en la calle—. ¡Delia!

La prima Tere susurró, en su tradición de no acordarse de que eran dos:

—¿Delia quién?

Carmelo le respondió:

—Pues quién sabe.

Esa fue, quizá, la primera cosa en treinta años y una convivencia intrauterina que Delia no compartió con su hermana: que tenía un cadáver paseándose en tetas por su dúplex y que la ropa, vestida por los muertos, al parecer a la media hora cambiaba de dimensión. Delia intentaba, por supuesto, no pensar tampoco mucho en la parte de las tetas del cadáver; intentaba no pensar a secas, en una huida hacia delante como los peces que se estrellan contra los cristales.

No había idioma en la Tierra en el que contarle a Judith Agós (posiblemente la persona más racional de la historia después de Descartes) que estaba sufriendo un evento paranormal, y que había descubierto un nuevo nivel de crisis nunca experimentado; lo cual, en ese punto, ya empezaba a dar vergüenza. Tampoco funcionó aquella noche frente a Richi, cuando lo escupió todo bajo María Patiño y nadie se enteró, y luego una madrugada, en un insomnio revelador en que casi los llama a ambos, lo entendió: Judith y Richi, que eran incondicionales y sabían todo lo que ella era y había sido, llevaban esperando el año entero el día en el que Delia les llegase con esto para alcanzar la peor de una lista de previsiones y certificar que finalmente había entrado en brote psicótico.

Así que Delia no le contó a nadie nada, y menos sobre las tetas. Porque no estaba pensando en las tetas nunca, y claro que nunca las miraba.

—*Natural twenty!* —celebró Harry, la tarde de rol—. Y con eso Delia se acaba al dragón de la mazmorra. *Good!* ¡Buen espíritu!

—¿¡Espíritu de quién!? —gritó ella—. ¡Y yo no sé nada de unas tetas de nadie!

Todos se miraron, alrededor de la mesa de la casa de Boadilla.

—Ya os avisé de cómo se pone —murmuró Richi—, cuando se le da un dado, e insisto en que ser un elfo la desequilibra.

Delia no podía hablarlo con sus amigos, así que empezó a hablarlo con sus enemigos.

El primer sitio al que fue a buscar información fue a la iglesia cristiana que le pillaba junto al trabajo, un armatoste mal señalizado en el que se coló a mitad de eucaristía y tardó media hora en darse cuenta de que acababa de infiltrarse en un bautizo. Después de comulgar por presión social y mentirle a una señora diciendo que era una prima, Delia se dirigió a la oficina de información local, es decir, al confesionario esquinero.

—Padre, buenas tardes y Ave María y amén —dijo—. Vengo porque querría saber, si un alma no es aceptada en la gloria del Señor, ¿qué debe hacerse con ella?

El cura respondió:

—Todas nuestras almas serán aceptadas en el reino de los cielos.

—Bueno —comentó—. Las habrá que se quedan sin plaza.

—No.

—¿Qué se hace para reenviar un alma al cielo? —intentó de nuevo—. ¿Cuándo vuelven a opositar las almas?

—Hija —la cortó el cura—, este espacio es para la confesión de los pecados.

Delia preguntó en un centro budista local, en una mezquita online, en una parroquia china; persiguió ella a los Testigos de Jehová y se unió a un grupo de mujeres judías que hacían jornadas de lectura erótica. Lo que descubrió fue que, llegado el momento de las preguntas de verdad, las religiones no se mojaban en nada, ni en las cosas de la muerte, ni tampoco mucho en las de la vida. Visitó entonces un par de cementerios, para preguntarles a los profesionales de los cadáveres dándoles a entender que ella ahora también entendía, pero los encargados aseguraron que no la entendían, y luego amenazaron con llamar a la policía si la volvían a ver susurrándole a los nichos.

Al final de esa semana, sin más opciones ya en la lista, Delia pasó una tarde por la casa de la madre de Richi, que había perdido dos años atrás a su tercer marido y lo tenía plastificado en una lata encima de la tele, junto a la lata del primero. Delia se pasó toda la visita intentando preguntarle si alguna vez se le habían manifestado, pero Sonsoles estaba frenética, en un ataque de encaje de bolillo, porque un mes atrás se había acostado con una jovencita y ahora solo lloraba en el sofá viendo a las lesbianas de *Los hombres de Paco.*

—Y me hizo el *cunnilingus,* que no sé si sabes lo que es —decía—, pero es una cosa de la India que es espectacular, y me la tuvo que hacer porque nos enamoramos. Tú entiendes de esto, Delia.

—Yo entiendo.

—Y no me ha vuelto a llamar, aunque lo pasamos estupendo, y si la llamo yo me salta que estoy llamando a Ferretería Loles. Dice Ricardo, escucha, que es un malaje el niño, me dice que me está haciendo un Ryan Gosling. ¿Tú te puedes creer?

—Ghosting —la corrigió Delia—, te está haciendo ghosting... Y hablando de ghosting, Sonsoles, tú que tienes muertos, ¿a ti no te ha pasado...?

—¡Ay, que se ha muerto Silvia! —gritó de pronto Sonsoles—. ¡Rebobina, que se ha muerto Silvia! Madre mía, ¿cómo puede ser? —sollozó—. ¿Cómo te puede castigar tanto la vida por desear a una mujer?

Delia, atrapada bajo una torre de pañuelos, con el móvil vibrándole por otra llamada de los vecinos o quizá de psicofonías, pulsó el mando para retroceder por quinta vez el mismo episodio de *Los hombres de Paco.*

—Y peor —dijo, resignada—. Castiga incluso peor. Créeme.

Segunda semana conviviendo con un fantasma: ese viernes, a las tres de la mañana y sin mucho aviso, Angie Samper empezó a volverse loca.

—Sácame de aquí.

Delia abrió los ojos en la habitación oscura. En una esquina del techo, despeinada y negra como la sombra de una tarántula, Angie la miraba con pupilas reflectantes.

—¡¡¡Aaah!!! —chilló—. ¡¡¡Coño!!! ¡¡¡Joder!!! Pero, por Dios, ¿¡qué haces!? ¿¡Qué haces ahí, cómo has entrado…!? ¿¡Qué haces en mi techo!?

—Es levitación por estrés —susurró—. Me está dando una subida.

—¡¡¡Subida la mía!!! —Delia cogió aire sobre el colchón, con el corazón desbocado.

—Delia —dijo Angie—, tienes que sacarme de aquí. Ya. —Las palabras le salían en un temblor, un traqueteo como de trance—. No puedo más. Este dúplex es una tumba. Llevo veintinueve años sin estar tanto tiempo en un mismo sitio; no lo entiendes. Tengo fobia a la estabilidad habitacional.

—¿Qué me estás contando? —Delia se frotó los ojos—. ¿Qué hora es?

—Voy a empezar a morder las paredes. Sácame de aquí.

—¿¡Crees que no lo estoy intentando!? —Giró sobre sí misma, dándole la espalda—. ¡Créeme que nada me haría más ilusión que desahuciarte! Dios mío… Tengo que dormir, Angie. Déjame dormir cinco horas al menos y mañana hablamos.

Angie, reptando de espaldas por el techo como la niña de *El exorcista*, repitió:

—Sácame de aquí. Delia, sácame de aquí. Que me saques de aquí… Sácame de aquí. Sácame de aquí. Sácame de aquí. Sácame de aquí. Sácame de aquí.

Delia se cubrió la cabeza con la almohada.

—Cristo bendito redentor santo…

La llegada de la demencia de Angie había sido, en realidad, la crónica de una muerte anunciada, o un anuncio crónico, más bien, después del inoportuno evento de su muerte. Empezó el día en el que se le acabaron los paquetes de Marlboro, que había vaciado cigarro a cigarro del fondo de su lamentable mochila del Decathlon. Hasta entonces, durante la primera semana de tetas y gritos, Angie había estado esgrimiendo, por costumbre y por idiota, la calculada indiferencia a todo que llevaba practicando desde el inicio de su vida; no hubiese sido *cool* por su parte, por ejemplo, preocuparse por morir o descomponerse o perder todo lo que había tenido hasta ese momento. Había cierta dignidad que mantener, y el dúplex tampoco estaba tan mal. Se le hizo entretenido un rato: tenía un altavocito y tenía cocina. Tenía acceso a internet gratuito (tras presionar a la propietaria) y desde un punto concreto del balcón podía ver en bolas a algún vecino. Eran unas merecidas vacaciones de su rutina nómada, así que husmeó y molestó, a partes iguales, los diez días en los que pudo encontrar una nueva manera de entretenerse sola.

Angie estaba esperando, en conclusión, a que la cosa se resolviese una vez más por sí misma, no sabía muy bien cómo, pero lo haría. Si había una salida para los caminos obligatorios de la vida, Angie Samper siempre había sabido dar con ella. Pero el tiempo pasaba, hora tras hora tras hora, y ella seguía allí. La puerta del piso estaba cerrada. Empezó a aprenderse de memoria el susurro de las cañerías. En la noche sin cortinas, mirando el techo de la habitación de la secta, Angie se descubría con sueño e incapaz de dormir, con hambre e incapaz de comer, y no podía borrarse la pintura negra de las uñas porque estaba muerta, porque había muerto, porque eso era morir.

Todo esto debería haber sido suficiente para que Angie empezase a perder la cabeza, pero fue porque se le acabó el tabaco.

—Vale, he encontrado esta página en la *deep web* —le dijo a Delia, persiguiéndola por la casa—, de una médium titulada que cobra sesenta la hora, y yo creo que con media a mí me despacha. Mira, te leo: «Paquita Parapsicología & Petardos, graduada en Muertología e Ingeniería de los Fiambres».

Recibió una risa incrédula por respuesta.

—Tú flipas si crees que voy a pagarte yo ahora un horóscopo particular con Esperanza Gracia.

—Mira, yo lo que quiero, rubia —insistió Angie—, es que alguien cualificado nos solucione la situación, porque está claro que tú ahí fuera no resuelves nada y, en general, sin ofender, eres bastante incompetente.

Delia giró sobre sí misma mientras su cafetera escupía un *cappuccino.*

—¿Y te has parado a pensar que quizá esto es cosa tuya? —le preguntó—. ¿Que a lo mejor eres tú la que tienes que analizar qué te queda por resolver para que emigres al… al… al… la atmósfera?

Angie la miró, perdida.

—¿Resolver qué?

—¡No lo sé! —espetó Delia—. ¡Así funcionan los fantasmas!

—¿Según quién? ¿Disney Channel?

—Hay algo reteniéndote aquí —continuó ella—, posiblemente porque no has pasado el test moral, porque eres una gilipollas, primero que todo; y segundo, con apego evitativo, ¡y estas cosas suelen resolverse cuando uno hace un buen gesto!

—¿Un buen gesto con quién? ¿¡Con el ficus!? —contestó Angie, perdiendo la paciencia—. No sé si te has enterado aún, Clínica Matas, analista de datos, de que estoy aquí metida en este zulo todo el día como un canario. ¡Tienes razón! ¡Tengo algo que resolver! ¡¡¡Tengo que resolver el problema de que no puedo salir de tu puto piso!!!

Angie Samper empezó a despeñarse por la ventana.

Las primeras veces que saltó al patio de vecinos (a través de la jungla del tendedero de sábanas, más allá del reino de los calzoncillos) fueron más bien un acto de comprobación, para ver si el universo estaba testeando su compromiso personal con el arte del escapismo; no lo estaba. A partir de la quinta, empezó a pillarle un poco el gusto, por una preferencia personal por todo lo no recomendable.

Angie se subía al alféizar y caía, y bajaba entre la ropa aún mojada, y atravesaba las baldosas del suelo, y seguía. Viajaba a través de todas las capas que componen la materia. Rozaba la etiqueta en el reverso de la realidad. Luego volvía a caer del techo del dúplex como caen los niños que ruedan por los toboganes: mal. Quitando el golpe contra el fregadero a dos trillones de kilómetros hora, el asunto era un chute de adrenalina sin parangones, así que Angie se despeñó por la ventana un total de doscientas cuarenta y cuatro veces. Comenzó la construcción de un túnel bajo la mesa de su cuarto. Intentó huir saltando por los alféizares y trepando hasta el tejado, pero cuando al fin tocaba la siguiente ventana, cuando saltaba a un piso inferior o desatornillaba la puerta de la entrada, el universo daba una vuelta y todos los espacios se reconfiguraban, y volvía a caer de nuevo dentro del dúplex, contra el fregadero, concretamente.

—Celia —dijo esa semana Pelayo Sánchez del Pinar—, me temo que me han mandado a hablar contigo porque has buscado treinta y dos veces en Google «Cómo deshacerse de un muerto que tienes en tu casa».

Delia, al otro lado de la mesa de Dirección, tosió el café y se le subió hasta la nariz.

—¿C-cómo...? ¿Me pueden ver el historial?

—Y más cosas que te vemos con esa falda.

—Es que voy a... —dijo, aunque no sabía a dónde iba. Reformuló—: Estoy escribiendo una novela policiaca.

—¿Y cómo va? No me lo digas, que me la pela, ¡ja, ja, ja! —Pelayo se carcajeó, balanceándose en su silla—. Mira, estas cosas me las obligan a hacer desde Recursos Humanos, así que entiéndeme, vamos a quitárnoslo de en medio, ¿necesitas ayuda psicológica?

—No. Claro, no.

—¿Tienes pensamientos contra ti o contra otros?

—N...

—¿Qué podríamos hacer —leyó con pocas ganas de un cuestionario— para mejorar tu calidad de vida?

—Pues, la verdad —intentó Delia—, ¿podría volver a mi mesa en la oficina, fuera del cuarto de las fregonas?

—Bueno, que te doy la mano y me coges el brazo. ¡Cómo eres! Ja, ja, ja... A ver, Celia, Celia... —Miró algo en una carpeta de su ordenador—. Aquí estás, Celia.

—Es Delia, no Celia.

—Ah, entonces aquí no estás. Pero, seas quien seas, ya que estás, te estoy viendo ahora bien, Delia, y es que me estoy acordando mejor, de solo verte. —Pelayo asintió, rascándose la barba—. Algo tienes, ¿no? Hay algo visual tuyo que cada vez que me acuerdo de que existes, al verte, pienso: le sienta que te mueres.

Delia, ignorando los ojos que le derretían el escote, vio preciso aclarar:

—No sé nada de la muerte ni de morirse en absoluto.

—He estado pensando cosas para ti —improvisó Pelayo, muy decidido—. Las acabo de pensar, y vamos a darle las gracias a Recursos Humanos. Delia, quiero darte lo que me estás pidiendo.

A Delia se le paró el corazón.

—¿El contrato fijo?

—Mejor.

—Gracias, pero me conformo con el contrato.

—Dalia —declaró la única neurona no asfixiada a gomina del cerebro de Pelayo—: Creo que deberías encargarte tú del evento de la fusión.

Durante un par de segundos, Delia, que había dormido tres horas y vivía en una perpetua intoxicación por vapores de limpiabaños, consideró que ese momento era mentira y que había confundido el orden y el significado de todas las palabras.

—¿Qué? —musitó—. ¿E-el de la cena? ¿El evento con Retovet?

—No, otro en casa de mi madre. ¡Despierta, piernas! —Pelayo le dio una palmada a la mesa y luego se corrigió—: Perdón. No quería decirte «piernas». ¿Cómo te llamas, Celia o...? Es lo mismo. Lo que yo quiero que me hagas, he pensado, es un discursito y un PowerPoint, ¿no? Un poco como en *La ruleta de la suerte,* con los datos de las ganancias, unos grafiquitos, y nos lo explicas así muy rubia, así con un cuello abierto muy a tu estilo. ¿Qué te parece?

Delia repitió:

—¿Quieres que me encargue yo de la fusión con Retovet?

—Y ya con eso, si me lo haces bien —le guiñó el ojo—, vamos a tener que hacerte un contratito fijo.

En el peor momento de su vida, la semana del espíritu telefónico y el desengaño religioso con participación en bautizo, Delia Agós empezó la mañana en el despacho de su jefe y al fin ocurrió: dejó de ser (legal y emocionalmente) una subcontrata de fontanería. Sin saber dónde poner el cuerpo, se puso en pie de puro impulso y se marchó al baño a secarse las manos secas, y luego volvió y le dio tres apretones a Pelayo como si estuviese recibiendo tres medallas olímpicas.

—¡Gracias! ¡Sí! —dijo—. ¡Gracias, Pelayo, ya verás! Ya verás, ¡ya tengo ideas!

—Genial. Anda, fírmame aquí que no estás loca para Patri, de Recursos Humanos.

Coral le trajo a la mesa un rato más tarde un contrato de becaria oficial, el mismo, en realidad, que le habían dado dos años antes: un apaño de seis meses sin derecho a paro, ni vacaciones, ni bajas, ni permisos, ni vida, pero ahora, ante la perspectiva de una responsabilidad real, Delia lo sintió como nuevo; ahora iba a liderar el evento de la fusión, lo que significaba, en realidad, que por fin existía. Ese era el primer paso que había estado esperando todo el año: una oportunidad de demostrar que no era una fracasada y de no empezar los treinta metida en el cuarto de las fregonas de Geogalia.

—La verdad es que vas a tener que seguir en el cuarto de las fregonas de Geogalia —le aclaró Coral, avergonzada—, porque no nos quedan más mesas en la oficina. Pero el contrato se ha actualizado este año y mira, ¡ahora tiene un plus de cincuenta euros mensuales! —Puntualizó—: En bonos de cafetería.

Cincuenta euros más rica en cafés, Delia se pidió ese mediodía dos cortados y volvió a casa con un chute de cafeína para empezar a preparar su presentación del evento de Retovet. Quiero decir, eso es lo que habría pasado si Angie Samper no hubiese estado tirándose por el balcón y cayendo sobre el fregadero en un estrépito cada diez minutos.

—Dios mío… —mascullló Delia, tras el quinto golpe. Caminó hasta la cocina—. ¿Puedes parar? ¡Estoy trabajando, por si no lo notas, por si no te das cuenta de que esta casa que me robas hay que pagarla!

—Sácame de aquí.

—Angie, escúchame: tengo una vida —le recordó—, que tenía antes de follar contigo y que me la jodieras, jodiéndome. Estoy haciendo algo importante para mi vida.

—Sácame de aquí.

—Señor —bufó, marchándose—. Estás intratable por las tardes.

Angie se tiraba por la ventana una media de treinta veces al día.

Delia no se dio cuenta de que el asunto era preocupante hasta que descubrió una grieta en el fregadero y polvo de pared junto al zapatero de la entrada: Angie había cavado un agujero con una cuchara sopera. Rascaba la puerta por las noches como un gato desorientado. Encendía el televisor, cuando se orientaba, a eso de las dos de la madrugada, y se documentaba sobre su especie con la saga de *Expediente Warren*, la cual no contenía ni un solo apéndice sobre métodos de fuga. Posteó en internet «Bulos en Expediente Warren», lo cual se le transformó en «Culos en Expediente Warren ;)», y esa fue la última gota que colmó el vaso: empezó a experimentar el salto de balcón con voltereta.

Cuando Delia abría los ojos por las noches, en sus desvelos de inquietud, Angie estaba sentada siempre en la mesilla. La miraba y la miraba y la miraba y susurraba en un silbido:

—Sácame de aquí. Sácame de aquí. Sácame de aquí.

Por menos numerito ya habían llamado al Vaticano cuando se trató de Victoria Aguayo. Pero Delia, orgullosa y pesetera, otro caso distinto de locura, aguantó hasta que no pudo trabajar. Hasta que no pudo dormir. La convivencia se transformó, a ritmo de golpes contra el fregadero, en una sinvivencia que la hizo echar de menos los hermosos tiempos de llamadas y *Hermano Oso* («Era cierto —pensó—. Es muy buen disco de Phil Collins»), y, en un acto bochornoso y desesperado, Delia bajó a la calle y compró tabaco, pero ya era tarde: Angie Samper se había transformado en algo mucho peor que una fumadora. Angie era ahora una petarda crónica de cuarentena que aplaudía en la ventana a las ocho de la tarde. Pasaba las horas pegada a los cristales murmurando insultos a los que paseaban a sus perros. Hacía rutinas de zumba frente a un televisor imaginario. Una noche, la oyó hablar sola y la encontró en el salón ligando con el altavocito de Alexa, que solo respondía «Perdona, no te he entendido», y solo entonces, viéndola hacer su ritual de apareamiento como los gatos que copulan con los peluches, Delia Agós entendió que necesitaban soluciones con urgencia y accedió a que la estafase la médium de la *deep web* Paquita Parapsicología & Petardos.

—Buenas tardes —se presentó la susodicha el sábado 27 de septiembre—. María Francisca Paredes Arroyo. Cobro un extra sin ascensor.

Delia observó, estupefacta, a la señora matusalénica que acababa de entrar por su puerta y le rociaba la casa de desinfectante de manos.

—Pero —dijo— eso no venía escrito en ninguna part…

—¿Es usted la muerta?

—¿Qué? ¡No!

—Pues va de camino. —Luego giró la esquina y se topó con Angie saliendo de la cocina—. Buenas tardes.

—Espera, ¿puede verla?

—Espera, ¿puede verme?

—Y más de lo que debo verle —dijo María Francisca—. Hágame el favor de ponerse un sujetador.

Paquita Parapsicología no llegó a estar ni una hora completa en el dúplex; la mitad de ese tiempo, además, se lo pasó sacando y metiendo de su maleta una montaña de cachivaches plastificados que luego les presentó como su teletienda sobrenatural, que constaba de diecinueve categorías en el catálogo, desde vampiros hasta momias, pasando por las actualmente exitosas hadas de miembros descomunales. Era una vieja teñida de púrpura, de un metro de alto por un metro de ancho, que nadie sabía de dónde había salido ni a dónde iba, y eso fue lo que ocurrió realmente: apareció, se fue, y en medio de ambos momentos se sentó en la butaca del salón y sacó una libretilla.

—Bueno, díganme —descorchó el bolígrafo—: ¿Qué quieren hablar en esta terapia matrimonial?

Delia y Angie, sentadas pierna con pierna en el sofá, negaron rápidamente.

—No, nosotras no somos…

—No estamos casadas.

—Ni separadas —aclaró Delia—. Ni juntas.

—No somos ni amigas.

—Entiendo. —Paquita murmuró para sí, mientras escribía en su libreta—: Sexo… guarro. —Luego las volvió a mirar—: ¿El sexo guarro vino antes, durante o después de la muerte?

—Pues, técnicamente…

—¡No hay sexo guarro! —las cortó Delia. Carraspeó—: Mire, la hemos contactado por asesoramiento. No conozco sus métodos, pero esto no va a ser ninguna terapia matrimonial.

—Pero pidieron el *pack* de terapia matrimonial. —Paquita les enseñó una bolsita—. Incluye las chapas de coña «Hasta que la muerte nos divorcie».

Delia se volvió hacia Angie, que se había encargado de hacer la reserva.

—Era donde encajábamos más —se justificó—, después de todo el tema del sexo guarro.

Delia se pellizcó la nariz.

—Dios mío de mi vida…

—¿De verdad me ve? —siguió preguntándole a la médium—. ¿Y me oye?

—No quiero llamarla imbécil, pero es que se lo está buscando.

—¿Y esto es algo que se hace? —Angie agarró un libro de la teletienda—. *¿El Kama Sutra ingrávido?*

—Por supuesto. Desde el fantasma romano.

—Se me abre un mundo.

—Oiga, creo que ha sido un error —atajó Delia, interrumpiendo—. Perdone. Esto podría haber sido un mail; no hacía falta que trajese aquí todo y, de hecho, guárdelo. —Le arrancó a Angie el *Kama Sutra* de las manos—. Lo que queremos, *por 59,99 la hora, María de los Ángeles*, es que nos explique un poco cómo funciona todo esto de los fantasmas y cómo se expulsan del domicilio. Estaría bien que la expulsase ahora, por favor.

Eso hizo que Paquita se colocase uno de los pares de gafas que le colgaban del cardado.

—Un minuto —dijo—. ¿Cuánto dice que lleva muerta la criatura?

—Dos semanas.

—¿¡Dos semanas!? —gritó, y de pronto cerró la libreta—. ¡Pero entonces es una sin papeles! No, no, no... Pues me tengo que ir. Ha sido un placer, pero por esto quitan licencias.

Angie, viéndola replegar el trastero de chismes, intentó agarrarla en vano.

—¡No, espere! —le pidió—. ¡Oiga, no se vaya, no se puede ir! ¡Necesito su ayuda! Necesito salir de aquí; dígame esto, nada más: ¿cómo me voy?

—¿De dónde?

—De este piso.

La médium levantó la cabeza entonces y la miró casi con pena.

—Ay, chocho. No te queda a ti nada —respondió—. Tú estás contratada por este piso para siempre.

Durante un minuto de reloj, la información las reseteó a ambas sobre el sofá como un rúter averiado, parpadeando en una recomposición de luces.

—¿Contratada? —murmuró Angie.

—¿Contratada? —murmuró Delia, que acababa de ser derrotada en su carrera para ser contratada por una impresentable sin currículum, además de cadáver.

Paquita Parapsicología dejó de guardar sus cosas.

—Cómo está el patio, Jesús —suspiró—. Pero ¿no sabéis nada de nada? Chata, ¿no se te ha aparecido aún tu gestor? Qué bochorno la Seguridad Espectral, te lo digo. Estarán atendiendo ahora a los muertos de la Reconquista... —Se sentó de nuevo en la butaca y sacó del bolso una botella de Anís del Mono—. Bueno, a ver —dijo, sirviéndose un chupito—, hablar podemos hablar informalmente mientras haya aquí un justificante de compra. Pero yo mis servicios no los puedo ofrecer cuando te están dando de alta, ¿nos entendemos? Así que ale. Compradme un bártulo.

Delia, que solo espabilaba ante la mención de un gasto, preguntó:

—¿Y los sesenta euros de la sesión?

—No se aceptan devoluciones.

—Oiga —se quejó—. Tendrá usted jeta.

—Entiendo entonces que me marcho…

—¡No! —Entre la espada y la pared, Delia miró la tiendecilla extendida sobre su mesa como una lona de CD falsos—. Vale, a ver, ¿a qué sale…? —Señaló un artículo—. ¿Qué coño es esto?

—Grillete con bola —dijo Paquita—. 24 euros. Ayuda al fantasma a mantenerse pegado al suelo, en casos de elevación precoz.

—¿Y esto?

—Correa para fantasmas. 15,99. Sirve para pasear fantasmas amaestrados, no alérgicos al látex. Sujeta a las leyes de avistamiento de vivos, artículo 14, párrafo 4…

—¿Y esto?

—Eso es una caja de petardos. Viene en el nombre de empresa: Paquita Parapsicología —le recordó— & Petardos.

Delia estaba considerando la caja de petardos entre los dedos cuando Angie le susurró al oído:

—**SÁCAME DE AQUÍ.**

—¡Joder! —bufó, asustada, y se frotó los ojos—. Okey. Okey, envuélvame la maldita correa. Y ahora dígame, por Dios, ¿cómo que el espíritu de esta tía está contratado por mi piso?

—Pues eso es lo que es ser un fantasma —contestó Paquita—. Ahora su muerta es una empleada del Plan Inmobiliario pactado en el Convenio Internacional de Casas y Muertos. En otras palabras —añadió, tras pimplarse el chupito—: un fantasma es alguien que ha muerto antes de conseguir pagar su hipoteca.

Esa fue la primera vez en un año de consagrarse como la persona más insoportable sobre la Tierra que Delia oyó la palabra «hipoteca» sin haberla dicho ella; la pilló sin escudo, en un latigazo, y de pronto una cascada de recuerdos hipotecarios, de formularios y firmas y rostros de banco, le pasaron ante los ojos como un montaje acelerado de su terrible decisión maldita, lo cual ya era mucho antes de que Paquita se plantase allí y les explicase nada. A su lado, Angie, que no sabía un pijo ya no solo de hipotecas, sino de decisiones, musitó:

—Me estás vacilando. —Miró de un lado para otro, como buscando la cámara oculta—. ¿Esto es coña? ¿Esto es…? Pues renuncio. ¿Cómo salgo de aquí? ¿Cómo anulo el contrato?

—Pagando tu hipoteca.

—¡Que yo no tengo hipoteca! —dijo—. ¡No sé cómo funcionan, qué se supone que son las hipotecas! Este piso es de esta pirada, ¿por qué me condenan a mí?

—No, las hipotecas son de uno —dijo Paquita—, las firma uno; y esta pirada no posee este piso: el piso la posee a ella. —Indiferente, la vieja se sirvió otro chupito de anís mientras envolvía la correa en un papelito del Tiger—. Vamos a reubicarnos porque nos dan las uvas aquí. Históricamente, ¿no?, los humanos hemos convivido con unos entes demoniacos más allá de nuestra comprensión que se alimentan de nuestra energía vital desde el Neolítico, por la época de la invención de la agricultura. Su nombre real es impronunciable, digamos *Shaz-Thatoth* o algo que descubrió Lovecraft antes de que lo matasen… Pero para entendernos entre nosotros los llamaremos Casas. Las Casas, antiguamente conocidas como Chozas, y antes Cuevas, se alimentan de nuestras ganas de vivir a través de pactos vitalicios ahora llamados hipotecas. A cambio, nosotros podemos seleccionar nuestro propio felpudo.

Delia ni pestañeó, solidificada en su sitio.

—¿Mi hipoteca variable —murmuró— es un pacto de sufrimiento con una entidad demoniaca?

Paquita le pasó el chupito.

—Pero eso ya lo sabías cuando la firmaste.

—Muy bonito —las interrumpió Angie—, pero aquí sigue pasando algo: ¡esto no tiene nada que ver conmigo! ¡Yo no tengo ninguna hipoteca! Por no tener, ¡no tengo ni un alquiler! ¡Ni una plaza de parking!

—Entonces es un caso de hipoteca por sorpresa.

—¿¡Qué!?

—Que has heredado una hipoteca, chata.

Una emoción sin nombre, algo antiguo y bien guardado al fondo del esternón, cruzó como un rayo los ojos de Angie.

—No —musitó—. No. Eso es imposible.

—Bueno —insistió Paquita—, pero alguien te ha dejado una hipoteca.

—Eso es imposible.

—Pudo haber sido hace años, ¿no? Antes de la mayoría de edad. Ya ni te acuerdas de esa época. ¡Pudiste haberlo firmado borracha! ¿Quizá la firmó Rafa?

—¡Rafa no firmó eso por mí! —gritó Angie—. ¡Rafa no lo sabe!

—¿Quién es Rafa? —preguntó Delia.

—¡Nadie! —De pronto, Angie estaba de pie junto al sofá, flotando sin querer por una irritación impropia de ella, casi vulnerable. Delia la miró, preocupada—. ¡Rafa no es nadie y yo no tengo una hipoteca!

—Pero alguien te ha dejado una hipoteca —repitió Paquita, embadurnando el envoltorio de cinta—. Ups. Ya te hueles quién.

—¡Ellos no harían eso con su hipoteca!

—Bueno, tampoco los conoces mucho.

—¿¡Y tú qué sabes!?

Delia volvió a preguntar, desorientada:

—¿Qué demonios está pasando? —Alargó un brazo por impulso con la intención de intentar calmar a Angie—. Angie… —la llamó, suave—. ¿Qué…?

—¡No lo sé! —respondió Angie Samper, el fantasma reciente, despreocupado por morir; el cadáver en el tercer piso por el que no había preguntado nadie—. Esto no es… No es posible. —Por un instante, pareció retroceder y mirarse las manos. Luego miró a la médium—. ¿Dónde tengo una hipoteca? ¿Cuánto debo?

—Eso ya se lo dejo al gestor, chata —dijo ella, entregándole a Delia su adquisición—. Bueno, aquí tienes el paquetito. Solo acepto efectivo, como entenderás. No colaboro con Hacienda.

Delia se levantó y siguió a Angie por el pasillo, que ya subía rápido por la escalerilla de metal.

—¡Angie! —la llamó—. ¿Estás bien? ¡Angie! ¿Quién es Rafa? ¿Tus padres te han dejado una hipoteca?

—¡No pienso hablar de esto! —fue lo que le contestó—. ¡Mete las narices en tu vida!

—¿Qué? —A Delia se le borró la preocupación de la cara y se le sustituyó por ira—: ¿¡Y ya está!? ¿¡Y no llegamos a nada y te quedas en mi casa para siempre!? ¡Eh! ¡¡¡Angie Samper, no pienso tenerte metida en mi piso agujereándome las paredes porque no sabes lidiar con tu hipoteca!!!

—¡¡¡Que no tengo ninguna hipoteca!!!

El portazo en el baño reverberó como un temblor hasta el pentagrama y Delia se quedó allí plantada, de brazos cruzados, recuperando el aire en el salón sin entender nada. El párpado inferior del ojo derecho empezó a latirle en un tembleque molesto, que era el décimo síntoma del cóctel de estrés que llevaba preparándose veinte días, desde la maldita noche donde un maldito garito en Chueca le puso luces de colores a los tatuajes de su peor pesadilla.

—Como vuestra terapeuta matrimonial —le dijo Paquita, yéndose sin devolverle el cambio—, yo apostaría por el sexo guarro. Así se entiende mucha gente, sobre todo la hipotecada. Bueno, a cuidarse, yo me voy. Ah, y te aviso, por si no lo habías notado, de que tienes un narrador en el techo.

Delia levantó la cabeza, pero, como puedes imaginarte, no me vio.

Tercera semana conviviendo con un fantasma: tras la habituación a la vida en el domicilio, tu fantasma puede empezar a reaccionar a órdenes como «siéntate», «no se muerde» o «paseo».

—¡Paseo! —Angie se tropezó por las escaleras, colocándose las botas militares—. ¿Qué dices? ¿Ahora? Pero ¿y vas así? Piensa que me tienen que ver contigo. ¿A dónde vamos? Vamos de botellón. Me conozco un descampado… ¡No! Había estado pensando, esta noche, es verdad, que podríamos ir a pillar anfetas. Algo que suba, por el tiempo perdido. —Se peinó en el espejo de la entrada—. ¿Puedo entrar a marcar territorio en alguna discoteca? O es muy temprano. Quizá es temprano. Deberíamos establecer unas reglas, por cierto. Si triunfo (que siempre triunfo), no me importa montármelo en un baño; bueno, ya me conoces. Puedes esperar fuera, pero hazme el favor de no espantármelas.

Delia, sin escucharla siquiera, acabó de leer las instrucciones en el reverso de la correa para fantasmas:

> Este dispositivo funciona como vínculo materializador entre una persona viva y una muerta. NO DESVINCULAR durante su uso de NINGUNA DE LAS PARTES. No ingerir. No lavar. NO DESVINCULAR. No ahorcarse (esto podría generar una paradoja espaciotemporal). NO DESVINCULAR. *Made in China*.

Mientras Angie parloteaba sobre robar alcohol en comercios locales, Delia arrancó el cacharro de su envase y se ajustó un extremo a una de las muñecas. Amarró del otro lado a la muerta, cogió las llaves y abrió la puerta, y tiró de ella con tanta decisión que chocaron por primera vez desde hacía tres semanas.

—Estoy fuera —musitó Angie, contemplando el rellano emocionada—. No me lo creo. Estoy… ¿Dónde vamos? Necesito una cerveza. Dios, este es el mejor día de mi muerte. ¿Dónde vamos?

Delia le lanzó una gorra y una mascarilla y se ajustó el vestido negro.

—A tu funeral —declaró—, a buscar a Rafa.

LO DE ACUDIR A TU PROPIO VELATORIO

El día del funeral de Angie Samper, las nubes se evaporaron del cielo para dejar paso a un sol que no quemaba a la vista. Alguien grabó a las cotorras del Retiro entonando una melodía similar al *Aleluya.* Se dice que bajó el precio de la luz y, sin ninguna explicación posible, reflorecieron todos los almendros en los parques, y no hubo un tren de Renfe en todo el día que no saliese puntual de su estación. Se avistaron animales extintos en el África subsahariana. Nadie reportó durante veinticuatro horas haberse comido una mala mandarina. Esto fue lo que pasó, el día beatífico del funeral de Angie Samper, un final de septiembre que la ciencia estudiaría durante años; fue como si el mundo se parase a decir «Menos mal. Ya la ha palmado».

—¿Tenemos encima que ir de la manita como una pareja de adolescentes vírgenes?

Delia apretó los labios y mantuvo la vista al frente, agarrada a la mano de Angie como quien pasea una maleta ruidosa.

—¿Tú te escuchas antes de hablar —contestó— y decides todas y cada una de las veces ser gilipollas?

—Te suda la mano.

—Esto es lo que hay. No voy a pasearte por la calle con una correa al cuello para que la gente piense que tengo un fetiche.

Angie se deshizo de las cenizas de su cigarro.

—Si supieran los fetiches que sí que tienes…

—Tuerce —le ordenó ella, empujándola hacia la boca de metro—. ¿Qué haces? No es por ahí.

—Primero me apetece una cervecita.

—¡Olvídate! ¡Angie! —Tiró de la correa—. ¡No vas a ir borracha al tanatorio!

—Tienes razón. No voy a ir al tanatorio.

—¡Escúchame! —exclamó Delia, cortándole el paso cuando ya se iba hacia el olor a fritanga de Casa Paco—. Tú vas a hacer lo que yo te diga, cuando yo te diga, mientras vivas bajo mi techo, ¿me entiendes?

Angie alzó las cejas sobre sus gafas de sol.

—Wow. —Sonrió, regodeándose—. Sí, mamá. ¿Y cómo era que vas a obligarme?

Medio minuto más tarde, Delia le había plantado dos pellizcos en la sudadera y la arrastraba hacia la parada de Tirso de los piercings de los pezones.

—¡¡¡Au, au, au!!! —gritó Angie—. ¡¡¡Okey, loca de los cojones!!!

—Ponte la gorra. Y súbete la mascarilla.

—Mira, entiendo que lo del otro día te dejó rayada —intentó de nuevo—. Perdí los papeles. No me gusta hablar mucho de mí; soy atractiva y misteriosa, *mea culpa*. Pero Rafa, que no importa quién es, te insisto en que no va a estar en mi funeral.

—Tienes una hipoteca en algún sitio —dijo Delia, mientras sacaba el abono transporte—. No me voy a quedar tiesa en el dúplex jugando contigo a las casitas. Vamos a hablar con tu familia —continuó—, y se van a encargar de tu hipoteca.

—No vas a encontrar a mi familia en mi funeral, rubia. Imagínate, no estuvieron ni en mi nacimiento.

—Te habrá parido alguien.

—Esa es tu teoría.

—Lo que sí que sé, graciosa —Delia picó por ambas en el metro—, es que alguien ha pagado en un lugar para que tengas un velatorio, porque los velatorios se pagan.

El fantasma de Angie Samper ignoró la puerta abierta y saltó la de al lado por principios inmorales.

—He sido muy querida —dijo—, no familiarmente. Yo solo aviso: te haces un favor si te olvidas de esto y nos invitas a las dos a una cervecita.

Cogieron la línea 1 hasta Gran Vía e hicieron trasbordo a la 5. Se les enredó la correa en los tornos cuando salieron del metro por la parada de El Carmen.

El cuerpo de la víctima (o del verdugo, según se mire) había sido trasladado tras su autopsia al tanatorio público de la M30, información que a Delia solo le había costado una llamadita a cada maldito tanatorio de la Comunidad de Madrid; el velatorio duraría hasta esa misma noche, cuando sería trasladada al lugar donde la fallecida siempre había querido descansar: un cenicero común, donde acaban los muertos que no quiere conservar nadie. La parte de las cenizas fue, de hecho, la que más disgustó a Angie de todo el percal: solo descubrió que la habían cremado al llegar al evento y ver la urna, un jarrón medio lamentable color arena aglomerante para gatos, en el que estaban contenidas el total de sus expartes, las limpias y las sucias y dos mil euros en tatuajes.

—Morir joven y guapa —susurró, compungida—, para esto. Qué mala leche.

—Silencio —le ordenó Delia—. Te van a oír. Súbete la mascarilla.

—Tía, con la nariz y todo me asfixio.

—Espabílate —espetó—, que estás ahí delante derretida.

Antes de eso, cuando al fin habían dado con el tanatorio empanelado escondido tras los árboles, Delia había establecido unas normas si Angie quería una media de dos paseos semanales: la primera, no hablar. La segunda, no hablar. La tercera, solo hablar para señalarle a cualquier persona que pudiese saber algo sobre su hipoteca, incluidos enemigos. La cuarta, no hablar (esta hubo que discutirla, porque fue cuando Angie empezó a atender a lo que estaba diciendo). Con el pelo recogido bajo la gorra y las gafas fusionadas a la mascarilla, Angie podría haber sido confundida con un carterista de género confuso que amenazaba la seguridad del edificio, la cual era, en realidad, una descripción acertada de lo que sí que era.

El tanatorio esa tarde les pareció un laberinto luminoso, forrado hasta el techo de tableros de contrachapado; un armatoste demasiado moderno como para llenarlo de muertos, pero ese día parecía que todo el mundo allí había adquirido un 2 × 1 en difuntos. Delia preguntó en un mostrador, y luego ella y Angie pasaron por un pasillo junto a salas y salas abarrotadas de gente, algunas en silencio, otras a mitad de elegía, con extra de cura o sin él, honrando con ramos la memoria de sus queridísimos muertos, hasta que llegaron a una puerta cerrada que cualquiera habría jurado que era un baño para discapacitados y allí estaba Angie Samper: derretida en un jarrón, delante de quince sillas vacías, con un único asistente que lloraba en el lateral, que además era un conserje con alergia al polvo.

—Esto tiene que estar mal —susurró Angie, señalando una foto enmarcada—. Aquí falta gente, y esa no soy yo.

—Esa es la anterior —le susurró Delia—, que aún nadie ha pedido quitarla.

—Ah.

Angie y Delia, agarradas de la mano como una excursión de preescolares, se sentaron en la primera fila frente a la sonrisa de Rocío Padilla, la anterior derretida del baño de discapacitados.

—Tienen que estar al caer —carraspeó Angie—. Mi gente.

—Ya.

—Es horario laboral.

—Aún estás a tiempo de ahorrarte el bochorno diciéndome dónde vive Rafa.

—No conozco a ningún Rafa.

—Genial. —Delia se recostó en su silla—. Se nos va a quedar buena tarde.

Durante la siguiente hora y media, como en una presentación incómoda en Casa del Libro, fueron entrando en la sala una serie de individuos inidentificables, de despistados fatales, cotillas de profesión y empanados, la mitad de ellos por falta de orientación en su llegada a otro sitio y la otra mitad (la que iba en silla de ruedas) buscando encarecidamente un váter. Llegaban y se iban sin hacer ruido; alguno permaneció, ya fuese por vergüenza o por compromiso, a esperar a ver si regalaban la estampita de algún santo.

Angie los miraba y asentía: «El Luis», murmuraba, fingiendo que habían sido íntimos. «Ese es el quinto Luis», decía Delia. Angie le aseguraba: «Es que he sido muy querida». En toda la tarde, se llenaron a la vez un total de cinco sillas, un par de ellas por un matrimonio de ancianos chinos, otra por un chaval en una esquina que no dejó de jugar al *Candy Crush,* y otra por una señora que se les instaló al lado y que paulatinamente, en una calculada caída gravitatoria, se durmió sobre el hombro de Delia los siguientes cuarenta minutos. Eso le impidió, para su frustración, seguir levantándose en puntuales putivueltas para decirles a los nuevos asistentes: «Mi más sentido pésame», en su búsqueda infructuosa de algún integrante de la familia Samper, a lo que todos respondían: «Perdón, ¿dónde queda el baño de discapacitados?». Fue a las siete, cuando un encargado apareció para sugerir que si no había plan fuesen ahuecando el ala, que la chica de la quinta silla, sentada en la última fila, se levantó y, sonándose los mocos de la llorera, se juntó al jarrón.

—Conocí a Angie Samper en… Angie Samper era… —empezó, y luego suspiró y se colocó el pelo tras las orejas—. Qué coño… —Se frotó los ojos—. La verdad es que no sé ni qué hago aquí. A ver… Estoy pasando por un mal momento, ¿vale? Es un momento raro de mi vida. Estaba echando mis horas aquí, en el Mercamuerto… Bueno, perdón. Es que mi amiga Ana lo llama así, al tanatorio. Curro aquí, que pagan fatal, y veo hoy en una lista, que ya es lo que me faltaba, que se ha muerto Angie Samper. —Las lágrimas se le desbordaron por las mejillas—. Conocí a Angie una noche, en un bar. Era una cría. O sea, como yo. Angie… Angie me cambió la vida.

Delia, sorprendida por el repentino discursito, se inclinó sobre Angie:

—¿Y esta quién es?

—Pues —susurró Angie— es muy cercana. Una amiga de mucho cariño, de toda la vida.

—No sabes quién es.

—No tengo ni puta idea.

La chica continuó:

—Era una persona diferente, Angie. —Asintió—. Pasamos una noche… muy fuerte para mí, aún la recuerdo a veces, y es que no me creo que de pronto esté muerta. No me lo creo. Y ahora ya no puedo decírselo a ella, lo que tenía que decirle. Me lo voy a aguantar para siempre, la culpa. —Sollozó, apesadumbrada—: Cuando Angie y yo nos conocimos, yo tenía novia. Y yo no me porté bien, que os lo diga Ana, que me arrepiento, pero Angie Samper, que habíamos conectado esa noche, fue y, después de seducirme, me quitó a la novia.

En su silla, Angie se llevó una mano a la mascarilla.

—Ya me está sonando…

—Porque, y lo siento por la familia —siguió, cada vez más enfadada—, ¡Angie Samper era una mala persona! ¡Y quizá se ha buscado morirse, con la vida que llevaba! ¡Era una delincuente! Angie me rompió el corazón y me jodió la vida, y yo quería decirle «Muérete», y ahora se ha muerto. Y quería decirle «¿Por qué me has jodido la vida?», ¿no? ¿¡Por qué no me contestas al móvil y me robaste de casa el adaptador del rúter!?

Cuando la despechada acabó y se fue por la puerta, el matrimonio chino, que hasta ese momento había estado solidificado en su sitio, se puso en pie y tomó el relevo en el turno de discursos. Al reconocerlos, Angie empezó a balancearse en su silla con un «No, no, no, no…».

—Angie Samper —dijo el marido, que traducía lo que le decía al oído su mujer— trabajó con nosotros tres meses. Muy impuntual, muy joven y mal, se pegaba con cliente, y fumaba en la sección de platos. Hubo denuncias. Nos dijeron que los niños se estaban intoxicando de cigarro en la sección de platos. —Se murmuraron algo hasta llegar a un acuerdo—. Nosotros queremos despedir su alma con respeto, pero nos gustaría denunciar a la familia que nos robó tres jarrones, cinco tostadoras y treinta llaveros de *Shin-chan*. Por favor, si hay algún familiar en la sala, ¿quién nos paga? Venimos a denunciar.

Después le tocó al chaval de la esquina, que, sin dejar el nivel cincuenta y dos del *Candy Crush*, se aclaró la garganta y dijo:

—Hola. Pues Angie y yo compartíamos los porros.

—¡Ale! —jadeó Angie—. ¡Y el otro!

—Es una gran pérdida para mí, eh…, que se muera. —Se olvidó durante un segundo de qué venía a contar—. Ah, sí, bueno: me gustaría saber si a alguien le renta compartir el precio de los porros ahora que se ha muerto, por la zona de plaza Elíptica. No sé si se conoce públicamente su camello, pero me vendría bien el nombre del camello. Bueno, y eso. *RIP* Angie.

Conforme fueron pasando los pocos asistentes que no se habían confundido de velatorio, la reunión se transformó en un antipanegírico que recorría los siete pecados capitales cristianos: Angie Samper había recurrido a la ira. Sufría de envidia de la mala. Se había abanderado en la pereza. Su avaricia ladrona rozaba ya un problema mental. Había hecho carrera en la lujuria y le daba con gula a los vicios insanos, y por soberbia se fue hundiendo, declaración tras declaración, en el cuello de su sudadera hasta que casi se disolvió y fue solo un montoncito mortificado. Delia, que había estado esperando un espectáculo, pero tampoco uno de esas magnitudes, lo oyó todo con la señora sobada en el hombro y no se percató de que Angie se incorporaba hasta que le volvió a agarrar la mano.

—Tienes que salir.

La miró.

—¿Qué?

—Sal a decir algo. Ya —le ordenó—. Esto es un circo. No voy a permitir que se me recuerde como…

—Pero ¿y yo qué voy a decir ahora?

—¡Lo que se te ocurra! ¡Que le daba de comer a las palomas!

—¿Estás loca? No voy a salir ahí a… ¡Angie! —le gritó en un susurro, pero Angie ya se estaba poniendo de pie y arrastrándola de la correa al escenario. La señora dormida cayó en un «dong» contra la silla. De pronto, Delia estaba en el centro de la reunión y toda reunión la miraba a ella—. Eeeh… Hola. ¿Qué tal? Qué bien. Pues buenas tardes.

Se hizo un silencio sepulcral. Angie le dio un codazo como diciendo «¡Arranca!», y Delia le dio otro codazo como diciendo «¿¡Qué arranco!?», y durante un segundo solo parecieron una pirada con un fetiche que llevaba atada a una correa a otra pirada con unas gafas más grandes que su cara como quien pasea a la mosca tsé-tsé.

—Eh, Angie es —empezó Delia, dubitativa—, quiero decir era —se corrigió— una persona muy… tan… muy persona. En eso todos estamos de acuerdo. —Sonrió, pero aquel no parecía el público adecuado al que sonreírle—. No conocí a Angie mucho tiempo, bueno, antes de que muriera, pero lo poco que la he conocido… Puedo decir que era de esas personas que te cambian la vida... para mal —Angie le asestó otro codazo—, ¡a veces! *(Auch).* —Reformuló—: Lo que quiero decir es que merecía ser recordada como lo que fue, que no siempre fue lo que se ha dicho aquí, o sea, tuvo sus momentos. Quiero decir: sí, Angie Samper era una mujer promiscua. Era egoísta, también, e inmadura. Alérgica a las responsabilidades. Empiezo a pensar, de hecho, que tenía un trastorno de cleptomanía, viendo su historial. Estaba enferma mentalmente. —A su lado, Angie carraspeó tan fuerte que asustó a la primera fila—. ¡Pero esa no era toda su verdad! Era humana; considerablemente humana. Podía equivocarse, y se equivocó. ¿Y eso acaso la hace una mala persona? Puede ser. Posiblemente era mala, Angie. ¿Iba a ser mala toda la vida? Seguramente. Pero nunca lo sabremos en realidad, porque está —concluyó— muerta y derretida. Y eso es todo lo que importa de verdad.

Cuando Delia finiquitó el vómito de palabras que remató la gala oficial de humillación a Angie, la sala entera se quedó parada, detenida en el tiempo, y se hizo al fin un efecto vacío similar a la calma que solo se manifiesta en un baño para discapacitados. Ella permaneció de pie, embutida en su vestido de viuda de poliéster. Angie no reaccionó siquiera, en un estado indescifrable de catatonia. Nadie dijo nada, porque no se podía decir más ni peor ni intentándolo, y entonces, en ese instante perfecto que coronó el velatorio de María de los Ángeles, empezó a oírse una música por el pasillo, y, sin contexto ni preludios, entró por la puerta una banda de mariachis cantando *Cielito lindo* con guitarras. La gente casi se atragantó del susto. Aparecieron, en una fila que se antojó interminable, diez hombres trajeados con instrumentos y una pancarta que decía SIEMPRE TE VAMOS A QUERER, ROCÍO PADILLA, y se instalaron en las esquinas de la sala como un nuevo sistema de sonido, y, cuando todo el mundo estaba ya superado, en un desconcierto mudo y absoluto, de pronto la señora dormida en la primera fila despertó de su letargo y gritó:

—¡¡¡Que se roban a la muerta!!! ¡¡¡Que se la roban!!!

Angie, que se marchaba arrastrando a Delia con el jarrón de sus cenizas entre las manos, fue frenada por un guardia de seguridad y proclamada para siempre «persona *non grata*» del tanatorio M30.

—Una cerveza —le dijo Angie al camarero, que acababa de ponerles delante las aceitunas—. Y ve preparándome la segunda ya, sin espuma, hasta el filo.

En el taburete de al lado, Delia apuró su vaso de agua.

—Tampoco te pases —murmuró—, que somos pobres.

—Mira, mejor cállate. Cállate, que te habrás quedado a gusto.

—¡Me empujaste tú a la palestra! —se defendió ella—. ¿Qué iba a decir? ¿Que le robas a los ancianos, pero eres Teresa de Calcuta?

—Cualquier cosa —la cortó Angie—, ¡ojo! ¡Cualquiera!, que no pasase por *delincuente cleptómana promiscua.* —Luego se llevó a la boca un pepinillo y este la atravesó entera y cayó al suelo—. Mierda, ¿en serio? ¿Y todo esto para que se me salga la cerveza por el ombligo?

Habían huido, tras la persecución por robo de las cenizas, al primer bar mugriento del barrio con el que tropezaron de camino al metro; media hora antes, a mitad de carrera por los pasillos del Mercamuerto, Delia giró el jarrón y se dio cuenta de que se estaban llevando, en realidad, los restos incinerados de Rocío Padilla. Cuando las liberaron por no enredar a la poli y ellas preguntaron dónde podían estar los de María de los Ángeles, el encargado dijo: «¿Quién?» y luego dijo: «Bueno, la gente por la que nadie pregunta es que a veces se traspapela». Traspapelada, humillada, insultada y muerta de asco, el fantasma de María de los Ángeles Samper pisoteó su mascarilla a la salida del tanatorio y solo entonces Delia accedió a ir a un bar mugriento a (no) tomarse la cerveza que le había negado todo el día.

—A ver —dijo—, la tarde no ha sido agradable. No se ha dado una buena fiesta, bueno. Pero yo ahora tampoco voy a tener la culpa de que tu memoria haya sido mancillada por… —pensó un momento— ti.

Angie se pasó el vaso frío de mano a mano.

—Como norma, y para futuras citas, nunca es una buena fiesta llevar a la gente a su propio entierro.

—Si ayudases a encontrar soluciones, no habría hecho falta.

—¡Oh! —Se rio, incrédula—. ¡Perdón, que has encontrado soluciones!

—Podrías decirme, por ejemplo, de una vez, dónde está ese tal Rafa.

—¿Por qué voy a saber yo, lista, dónde coño está ese tal Rafa? —Angie bufó algo entre una risa y una queja, y se deshizo de su gorra de propaganda de banco—. ¿Te has planteado alguna vez…? No, espera, te lo digo así: ¿has descubierto ya que existe gente en el mundo que no es la sucesora de la dinastía Don Coño, heredera del Hospital Vagina, con menú degustación cada dos domingos? No. —Sacó un cigarro de su bolsillo y se lo encendió—. Claro. Algunos, por si te interesa, tenemos esto: nadie viene a tu funeral, no hay familia ni tumba, y pierden tu fiambre porque a nadie le importa que hayas muerto.

Después de eso, Delia tragó saliva y decidió callarse un par de minutos, ambas aún unidas por una correa estúpida mientras miraban el fútbol en el televisor del bar.

—Es Clínica Vagina —vio preciso aclarar—, no Hospital Vagina. Es… muy distinto.

—Enhorabuena.

—Vale —aceptó Delia—. Okey. No tienes familia. Supongamos que surgiste de un hueco en la tierra como un parásito medioambiental. Pero alguien pagó tu velatorio.

Angie echó la bocanada de humo.

—Ah, te la pela lo que te digo y seguimos jugando al *Quién es quién…*

—¿Un amigo?

—Solo colegas.

—¿Vecino?

—Soy vagabunda.

—Trabajo.

Angie sonrió.

—¿Tú te oyes?

—¿Parejas?

—No lo practico.

—Venga ya, no me seas. Alguna novia tendrías; la novia que tuvieras cuando coincidió todo el tema de tu hipotec… —De pronto, Delia leyó lo imposible en la indiferencia de Angie—. Espera: ¿no has tenido novia nunca en toda tu vida?

Ella terminó de fumarse su cigarro.

—¿Por qué te estás ofendiendo ahora? ¿Qué me he perdido?

—¡La gente ha tenido novias a los veintinueve! —contestó Delia—. ¡Para los veintinueve, la gente se ha comprometido a algo, alguna vez, algún día!

—¿Y a mí qué me importa lo que haga la gente a los veintinueve?

—Dios, esto va a ser imposible… —Casi se tiró de los pelos—. ¡Es como si hubieses vivido en un mundo paralelo donde tu única preocupación era matarte y ser una cría!

—¡He vivido la vida que me ha dado la gana! —se mosqueó Angie, que ya había aguantado suficiente—. ¡Tu vida parece una maldición en la que te han atrapado en un catálogo de IKEA para siempre! ¿Sabes lo que pienso? Que tener novia o tener amigos o tener familia, incluso, es exactamente como esto: alguien gritándote en el tímpano qué se supone que tendrías que ser, ¡así que no! ¡No hay nadie en el mundo a quien ir a preguntarle sobre mi hipoteca!

Y en ese momento, orquestado por el destino, la puerta del bar se abrió. Por ella entró un chico moreno, alto y delgado, con constitución de semáforo. El pelo recogido en una cola baja le rozaba el cuello. Angie lo vio, pero durante un instante su mente se negó a registrarlo; fue al oír su voz, cuando él se instaló en otro taburete, que la cara le palideció como si acabase de morir de nuevo.

—¿Me pones una tónica, por favor?

Angie dijo en un hilo de voz:

—¿Pol?

—¿Quién? —preguntó Delia, desubicada, pero, para cuando fue a girarse, Angie ya había tirado la colilla, se había puesto de pie y estaba secuestrándola en un lío de vestido y correa para arrastrarla al fondo del bar—. ¿¡Pero qué...!? —gritó—. ¿¡Qué haces!? ¿¡Angie!?

—¡Shhh!

—¿¡Qué está pasando!?

—¿¡Puedes estarte quieta!?

Delia pataleó el aire como una alimaña rabiosa, pero esto solo sirvió para propulsarlas aún más rápido hacia lo inevitable: Angie, sin explicarle nada, sorteó las mesas y la llevó con ella hasta la primera puerta que alcanzó, que era, ya por justicia poética, el baño de discapacitados.

—¿¡Qué coño está pasando!? —le gritó Delia, después de que la empujase dentro—. ¿¡Quién era ese tío!?

—Es el... Es un tipo al que le debo pasta. Cálmate.

—¿Es Rafa?

—Mira, maldita la hora que ese maldito nombre se registró en tu maldita...

—¡Es Rafa!

—¡¡¡Que no es Rafa!!! —dijo Angie—. ¡Y cállate, por Dios!

Antes de que Delia pudiese evitarlo, un brazo la había atrapado contra el lavabo y una mano le cubrió la boca; a partir de ahí, hubo silencio de verdad, al menos un minuto, en el baño estrecho que apestaba a producto de limpieza y restos resecos de dispensador de jabón. Angie agarró el pomo de la puerta y la abrió lo justo para mirar por la rendija: en la barra, Pol se terminaba la tónica que le había pedido al camarero. Leía algo en su móvil mientras se frotaba los ojos. Buenas noticias: no la había reconocido. Cargaba con la cámara (por supuesto) con una cinta al cuello, y lo intuyó agotado, pero no pudo ver cómo se levantaba y se iba porque el bicho incorregible de Delia Agós decidió entonces morderle la mano.

—¡¡¡Aaah!!! —se quejó, y la miró alucinada—. Pero ¿¡tú estás mal de la perola!?

—¡Mi bolso está en la barra!

—¡No has traído ningún bolso a ningún sitio!

—Si es solo un tipo —contestó, preparándose—, lo debería poder ver. Déjame verlo.

Angie echó el pestillo.

—Ni de coña.

Lo siguiente pasó en un segundo: Delia le lanzó un rodillazo. Angie masculló un insulto y se apresuró a placarla, pero, cuando Delia había alcanzado el pomo con los dedos, la correa hizo efecto cinta y Angie le atrapó las muñecas y se las juntó sobre la cabeza, contra la puerta del baño, como el primer día en el que se habían desgastado la boca.

De pronto, se miraron.

El ruido del bar se apagó.

Fue como si saltase una alarma meticulosamente programada hacía veintidós días, diez horas y treinta minutos: estaban sin aire, imposiblemente cerca bajo la luz titilante de un lavabo, y Delia podía sentir su respiración contra la suya; la respiración que salía de su boca y que movía en latidos el pecho de Angie. No fue hasta ese momento que ambas descubrieron, como si no hubiese estado ocurriendo hasta ahora, que podían tocarse otra vez (otra vez, pues claro) como esa noche (la noche que) y se estaban tocando (¿se iban a tocar?) y ninguna supo qué diablos debían hacer con eso.

La mente se les nubló. Los ojos subieron y bajaron de los ojos a los labios, y, cuando a Delia se le activó solo el mecanismo que le arqueaba la espalda (una señal, si me preguntan, bastante peligrosa), una señora llamó («¿Está ocupado?»), y eso la espabiló de golpe y la devolvió de una hostia al suelo del baño.

—No va a pasar.

Angie tardó dos pestañeos en entender su propio idioma.

—Esto —repitió Delia— no va a pasar. Así que respétame un poco, si no te importa.

Una miríada de muecas de ofensa recorrió en un segundo el gesto de Angie.

—¿Perdona? —contestó—. Pero si eres tú quien… ¡Si estás babeándome tú a mí la camiseta! ¿Te has visto la cara?

—Mira… —Delia se rio en un bufido de condescendencia—. Okey. Aprende de una vez, ¿vale? A aceptar que te rechacen.

—Yo es que te juro que no doy abasto…

—Por estas cosas, entre otras —continuó—, y escúchame bien: por ser una impresentable es por lo que te has muerto. ¡Estás haciéndome aquí todo tu numerito clásico de dominaciones…!

—¿«Dominaciones»? —se carcajeó Angie.

—¡Me tienes empotrada contra una puerta porque ya no sabes cómo montártelo!

—Tienes una pierna —le recordó Angie—, ahora mismo, entre mis piernas.

Delia aclaró:

—Amenazadoramente.

—¿Puedes como mínimo dar un poco menos de vergüenza y dejar de mirarme la boca?

—¿¡Cómo lo hago, si me has secuestrado, si me estás metiendo en el ojo las células de tu boca!?

Fue en estas, mientras volvían a forcejear en un solapamiento lamentable de «¡Déjame hablar con Rafa!» y «¡Que no es Rafa!», que la correa para fantasmas (15,99, *made in China*) se enganchó de mala manera en el soporte del papel higiénico, y una tiró de un lado y la otra del otro, y finalmente ocurrió: el elástico se rajó de un latigazo. Acababan de dar las nueve de la noche, en aquel momento, y la verdad era que había sido una empresa, por encima de todo, complicada; el material había demostrado ser resistente, casi indestructible pese a su rebajado precio, pero, en una última hazaña, Delia y Angie lo consiguieron: incumplieron, tras cinco horas de maltrato al cacharro, la única norma repetida cuatro veces en sus instrucciones.

—¡Lo has desvinculado! ¿¡Qué has hecho!?

—¿Qué he desvirgado?

—NO DESVINCULAR —se oyó de pronto, una voz proveniente de una megafonía interna, instalada en los códigos del cuerpo—. NO DESVINCULAR. NO DESVINCULAR.

Angie y Delia se miraron, otra vez, y luego miraron el techo y la correa, y volvieron a mirarse justo cuando Angie comenzó a desvanecerse, empezando por las botas y los dedos de las manos, y continuando en una evaporación paulatina de extremidades tatuadas.

—¿¡Qué es esto!? —gritó—. ¡Delia! ¿¡Qué está pasando!?

—¡¡¡Te has desvinculado!!!

—¿¡Y eso qué significa!?

—¡Dios, Dios…! —En un acto desesperado, Delia agarró el extremo de su correa—. ¡¡¡Átatelo, corre!!! ¡¡¡En la muñeca!!!

—¿¡Qué muñeca —respondió Angie, enseñándole los brazos cercenados— de mis dos amigos los muñones!?

En un espectáculo imposible no especificado en el reverso del embalaje, Angie se desintegró, o más bien se desinfló, sobre la taza del váter hasta que solo quedó una especie de pegatina de ella flotando en el aire sin masa; una versión de sí misma que nunca debería ver, en mi opinión, nadie con quien vayas a tener una relación sexoafectiva. El pellejo de Angie (por no poder denominarlo de otra manera) se vació de Angie y se arrugó sobre sí mismo como lo hacen las colchonetas de plástico de piscina, y luego salió despedido con un chirrido de globo, rebotó en las paredes y activó el secador de manos, hasta que escapó por la rendija bajo la puerta para colarse por el orificio óptimo de la señora que estaba esperando su turno para entrar al baño.

Delia se tragó el shock como una pastilla de ibuprofeno. Corrió a quitar el pestillo y giró el pomo, y allí estaba, al otro lado, nada más ni nada menos que la cincuentona desagradable conocida como Maricarmen la del Banco, una señora esférica, con un olor a laca que drogaba, la cual balbuceó, poseída por el espíritu de Angie:

—Delia. —Tragó saliva, y especuló—: Creo que estas no son mis tetas.

Media hora más tarde, tras siete lavados de cara y tres golpes bien dados entre los omoplatos, Angie seguía metida en el cuerpo temporalmente confiscado de Maricarmen y Delia estaba subiéndose por las paredes del baño.

—¡No me lo coge! —se quejó, cuando le saltó por tercera vez el contestador de Paquita Parapsicología—. Será cabrona, ¡y nos vende esto y se desentiende! ¡Esto no estaba en las instrucciones!

—Empiezo a recordar —musitó Angie, agotada de intentar vomitar su alma—, las imágenes del culo de mi marido Alberto. Empiezo a sentir mi propia menopausia.

—¡No! —la riñó Delia, poniéndola en pie—. ¡No asimiles el cuerpo! ¡Tienes que rechazar el cuerpo!

En un impulso que le salió de no se sabe bien dónde, agarró la cara de Maricarmen entre sus manos y le plantó de repente un morreo. Angie-carmen la miró, mareada, con los ojos como sartenes.

—¿Q-qué haces…?

Instantáneamente, Delia le pegó un guantazo.

—¡AH! —gritó—. ¿¡Qué haces!?

—¡Lo que sea, para que salgas de ahí! ¡Tósete! ¡Aprieta y expúlsate por, por…! ¡Por donde haga falta! ¡Tienes que parirte! —Empezó a dar vueltas otra vez alrededor del váter—. Dios mío, Angie, ¡esto es ilegal! ¡Hemos poseído a una señora!

—Más bien, una señora me posee a mí.

—¡La van a rastrear! Si desaparece más de veinticuatro horas, van a buscarla… —Delia empezó a buscar soluciones desesperadas en su móvil—. ¡En veinticuatro horas, voy a ser la secuestradora arruinada de su gestora del banco!

Cuando googleó «Exorcismos Madrid», la pantalla se le llenó de páginas y páginas de bulos eclesiásticos y periódicos sensacionalistas, y se sintió indefensa, por primera vez, por vivir en un país que no cuidaba el acceso a exorcismos de sus ciudadanos. Llamó a la primera iglesia que le salió en un artículo.

—Hola —dijo—. ¿Tienen hueco hoy para un exorcismo?

Al otro lado, un sacerdote ronco y medio dormido le respondió:

—Son las diez de la noche.

—Bueno, y es que a uno las posesiones le llegan cuando le llegan. ¿O solo tratan ustedes espíritus matutinos?

—Ya basta con las bromitas. Vaya con Dios…

—¡No, por favor, por favor, no me cuelgue! —le rogó Delia—. Tengo de verdad un problema. ¿Cómo cojo cita? ¿Me puede decir, si es tan amable, cómo se practica un exorcismo?

El sacerdote tosió un bronquio y luego respondió a alguien que se oía decir por detrás «¿Quién es?». («Una gilipollas»). Al rato, volvió a acercarse al audífono:

—Mire, aquí no tenemos exorcista, pero un exorcismo es algo muy delicado que debe hacerse solo por una persona de fe, con su uniforme adecuado, con su instrumental bendito. —Antes de colgar, concluyó—: No llame más.

Delia se quedó rígida en el centro del baño, aún con la oreja pegada al móvil, mientras le pasaba ante los ojos una revelación trascendental de cruces en las paredes y un polvo de ocho y medio que debería haber calificado con sobresaliente.

—Victoria Aguayo —susurró.

Angie, que estaba apuntando en papel higiénico la tarjeta de Maricarmen, la miró.

—Tenemos que volver a casa —declaró Delia—. Hay que recuperar el disfraz con el hábito.

Cogieron la línea 5 y la línea 1 en dirección inversa. Hicieron una acrobacia entre pasajeros y tornos y trenes. Subieron los seis pisos escopetadas, hasta que a Angie empezaron a molestarle sus juanetes recién adquiridos, y, cuando llegaron al dúplex, Delia lo preparó todo en cuestión de minutos: sacó las velas de emergencia para cuando estallaba el cuadro eléctrico; encendió, como incienso, unas hojas de albahaca que le atufaron el cuarto; agarró la Biblia emparedada de la habitación de la secta (uno de esos detallitos pintorescos que escondía el inmueble) y sacó de una caja las cruces de Victoria Aguayo, que todas juntas parecían el *merchandising* oficial de los jinetes del Armagedón.

No era la primera vez, ni sería la última, que aquel dúplex antediluviano presenciaba los tejemanejes creativos que conlleva un exorcismo. El aire entre esas paredes estaba cargado de una sustancia pretérita y sobrenatural que no solo los facilitaba, sino que los atraía, y esa sustancia bien podía ser moho (era moho). Delia ató el cuerpo de Maricarmen a los postes de su cama, como había visto que se debía proceder en múltiples y fiables películas de terror estadounidenses, y luego se colocó el hábito, se cubrió con la túnica, y abrió El Librito mientras pronunciaba las oraciones.

—¡Ave María, llena eres de gracia! —declamó. Después esperó, pero se hizo el silencio—. Oye, mira, te he dicho ya que así no se puede. Si no colaboras, así no se puede. ¿Puedes…?

—Esto es estúpido —dijo Angie—. Desde aquí, con el vestidito de clausura, te aviso de que pareces la hermana de Pingu.

—¿Vas a colaborar o te las apañas con el culo de Alberto tú sola?

—¡Ave María! —repitió la poseedora rápidamente—. ¡Cuándo serás mía!

—Señor… —Delia sacudió la cabeza—. A ver, voy yo primero. Has tenido que ser un monaguillo de mierda; primero voy yo y luego repites, ¿okey? Venga, lo empezamos bonito otra vez en tres, dos, uno…

El día del funeral de Angie Samper, Delia hizo un recorrido de los clásicos inolvidables del cristianismo en su primer exorcismo casero no reglamentado. Empezó con el avemaría, siguió de empalme con el padrenuestro, y al final se improvisó un *He dejado mi barca* como le habían enseñado a cantar en el campamento de Hoyo de Manzanares. Hubo coreografía de flexiones y certamen nacional de rosarios; lo probó todo, y bendijo agua en un bol para cereales, porque nada movía a peores decisiones a Delia Agós como la posibilidad remota de ser arrestada. Maricarmen sudaba, bajo el ritual, como un pollo cocinándose en el micro, lo cual podía ser un milagro de fe o un efecto secundario de la ya mencionada menopausia.

—¡¡¡Espíritu invitado!!! —exclamó Delia—. ¡¡¡Sal de ese cuerpo!!!

—¡Espíritu invitado, sal de ese cuerpo!

—¡¡¡Espíritu invitado, esa no es tu casa!!!

—¡Espíritu invitado, esa no es tu casa!

—¡¡¡Por la gloria de Dios, sal de esa señora!!! ¡María del Carmen Salguero, DNI 45783400S! —Delia abrió los brazos—. ¡¡¡Espíritu invitado, despierta!!! *¡¡¡Gloria ic Pater, veni, vidi, expecto patronum!!!*

El cuerpo de la poseída empezó a vibrar de pronto como sacudida por una máquina de abdominales. Siendo concretos, la cosa solo se precipitó, en realidad, cuando Delia acabó encima, sentada sobre las caderas de Maricarmen: mientras la zarandeaba por los hombros como quien desarena una toalla, a Delia se le fue cayendo la túnica. Se le amplió el escote. El disfraz se rajó a la altura de los muslos, viniéndose arriba en un colocón accidental de albahaca, y a Angie entonces se le desencajaron los ojos, recordando flases de otro exorcismo en otras posturas, con otros ruidos, en esa cama.

—¡Espíritu invitado! *¡Carpe diem!*

—¡Delia...! —jadeó—. ¡Espérate! Se te está cayendo el... ¡Esto se nos está yendo de...!

—¡Espíritu invitado, cállate! —le ordenó Delia, y le plantó los dedos en la boca . ¡Ven a mí! —Y entonces empezaron las sacudidas, desde las orejas hasta los pies, y se le giraron los ojos, y Angie dejó de ver todo lo que no fuesen luces.

La mano de Delia (o alguna mano, en algún plano) (posiblemente de Delia) (porque la estaba cabalgando como a un toro mecánico) la agarró y la extrajo quirúrgicamente de las entrañas de Maricarmen, y fue un pinchazo de calor que se volvió frío. El cuerpo abrió la boca. Curvó la espalda y cogió una bocanada de aire. El pellejo de Angie, encogido en un chicle arrugado tras las muelas del juicio, salió como entró, de humo, por la garganta de la señora, y se desplegó de un estornudo al llenarse de helio.

El fantasma intangible de Angie Samper abrió los ojos entonces y se vio arriba, subida a la lámpara, jadeando y olvidando ya a Alberto, y también cachonda como pocas veces puede estar un ser humano. En la cama, hecha un cristo, abrió los ojos a su vez la pobre Maricarmen, y lo que se encontró fue a Delia Agós subida sobre ella, despeinada y rezando salmos con un disfraz de monja medio quitado, en el cénit de una interpretación sexual-religiosa, apuntándola amenazadoramente con la punta de un crucifijo.

—¿Quién...? —Cuando uno pensaría que gritaría, Maricarmen se incorporó y dijo—: Perdón, ¿qué es esto? ¿Dónde estoy? ¿Qué es...? ¿Qué pasa?

Delia bajó ahí de la cresta de la ola para descubrir que no había planificado esa parte.

—¡Anda! —Carraspeó—. ¡Y... escena! —improvisó, y luego forzó una risa mientras se apartaba—. Bueno, ¡sí que habías bebido! Pero lo hemos rematado. Ha estado muy bien el... ensayo de *Sonrisas y lágrimas.*

Maricarmen la miró, confundida, y la agarró del brazo antes de que se fuera.

—No, no —soltó, apurada—. Perdón. Podemos seguir.

Delia tartamudeó:

—¿Qué?

—A lo que estábamos. Perdón, que podemos seguir, que es que me he desubicado un segundo.

—No —Delia corrió a añadir—, ¡pero si es que...! —Se miró la muñeca sin reloj—. ¡Qué hora es! Cómo te portas, chica mala... ¡Venga, que mañana tocan otras hipotecas! ¡Hemos terminado!

—Pero —dijo Maricarmen, tan perdida como dispuesta—. Pero si acabo de llegar. Disculpa, ¿yo te conozco? Porque me suenas, pero es que he tenido de verdad que beber mucho... Yo estaba en el barrio... Recuerdo que te conozco y no sé si te he...

—No —la paró Delia— insistas. Eso hiciste. Me sedujiste. —Se atusó la túnica—. Y ahora he entendido que estás que no estás, y que esto no te importa nada. ¡Así que vete! ¡Y no quiero verte en el estreno de la obra!

—¿Qué obra?

—*¡Sonrisas y lágrimas!*

—¿Tenemos una obra?

—¡Pues ya no!

Maricarmen intentó incorporarse, con las extremidades dormidas, y descubrió la cruz de cuerdas que la tenía atada a las esquinas de la cama. Delia las cortó, en un silencio anticlimático, y luego la acompañó por la escalerilla mientras ella miraba todo a su alrededor intentando entender qué había pasado. Cuando le abrió la puerta y salió al rellano, Maricarmen se volvió una última vez y dijo:

—¿Nos volveremos a ver o…?

—Mari. Alberto no se lo merece.

—Es cierto. Tienes razón.

—Déjame ir —respondió—. Es mejor que esto se quede en esta noche.

Luego cerró la puerta y la dejó buscando su bolso, el cual le devolvería dos días después, cuando llevase el papeleo para cambiar de sucursal del banco.

Delia apoyó la espalda en el mueblecito de la entrada y se dejó caer sobre el suelo, agotada y sin palabras, en otro instante imposible en el ridículo de su vida. Al otro lado del pasillo, bajo el marco que coronaba la entrada al salón, apareció entonces Angie Samper, empapada después de haberse dado una ducha de agua fría. Angie la miró, y Delia la miró a ella, vestida aún de monja, ambas sofocadas, contemplándose despeinadas y medio desnudas, y luego llegó el impulso irracional, el recuerdo fácil, que tenían siempre en el primer cajón de la memoria, y declararon al unísono:

—¡¡¡No va a pasar!!!

—¡¡¡No va a pasar!!!

Angie Samper se encerró en la cocina. Delia Agós se fue a su habitación y se pasó el resto de la noche metida en el armario.

LO DE DARSE DE ALTA EN LA SEGURIDAD ESPECTRAL

Una mañana no mucho más tarde, por los primeros compases de un octubre de mierda, Angie entró al baño para robarle a Delia el Satisfyer y descubrió a un señor bigotudo metido en el espejo.

—Buenos días.

—¡¡¡Aaaaaahhh!!! —gritó, y luego se tropezó y cayó con un «clonc» que hasta hizo eco contra el desagüe de la bañera. La barra de la cortina se le desplomó encima con una veintena de champús—. ¡Coño de la madre!

El señor, poco interesado, escribió algo en su teclado de reflejo que apareció en la pantalla de su ordenador de reflejo.

—Veo que no lleva usted —comentó— su atuendo personal de hora del fallecimiento. —Releyó, apático—: «Sujeto en tetas…». —Continuó—: Si es un caso de pérdida de enseres interdimensional, podemos proporcionarle la sábana reglamentaria con agujeros.

Angie, reptando entre productos para rubias, jadeó:

—Pero ¿¡qué…!? —Lo buscó en el bidé y en el techo, pero !?eñor estaba, concretamente, metido en el espejo—.¿¡Cómo?!

—Le recuerdo que esta llamada está siendo grabada por motivos de supervisión del servicio.

—¿¡Qué llamada!? —preguntó—. ¿¡Cómo te has colado en…!? ¿¡Quién…!?

—Su cita concluirá en veintidós minutos.

—Pero ¿¡tú quién eres y de dónde sales!?

El calvo bigotudo con cara de pera que se había manifestado sobre el grifo se quitó entonces de la nariz las gafas redondas y suspiró como solo lo hacen los desgraciados que trabajan de cara al público.

—Soy su gestor de la Seguridad Espectral, doña Samper —respondió—. Me puede usted llamar don Manuel Castaño.

Un mes después de abrirse la cabeza contra el cuenco metálico de una Thermomix, Angie Samper estuvo a punto de abrirse la cabeza de nuevo en su primera cita con el Ministerio Nacional de Muertos y Pisoteados. Manuel Castaño le pidió encarecidamente que, por favor, no lo llamase así; era, si acaso, el Ministerio Nacional de Asesinados y Accidentales, y también pidió luego que no lavase el Satisfyer bajo su teclado, lo que transformó la visita para Angie en una de esas turras formales que no practicaba desde su paso por el centro de menores. Justo como Paquita Parapsicología había vaticinado, la Seguridad Espectral apareció tarde y mal y con prisas: después de un repaso de conceptos básicos («Está usted muerta») y un psicotécnico para testear sus capacidades («¿Es consciente usted de que está muerta?»), Manuel asintió y se desentendió de orientarla haciéndole llegar por la rejilla de ventilación un librito llamado *Manual de ghosting para principiantes.*

—Vaya título —murmuró, ojeándolo—, de absoluta vergüenza ajena…

—Según la documentación, doña Samper —continuó Manuel—, y ya con esto por fin terminamos, la suma a pagar de su hipoteca es —leyó— de setecientos noventa y dos mil euros, más intereses, más impuestos, más multas estatales. ¿Es correcto?

Angie despertó en ese momento, levitando del susto sobre la tapa del váter.

—¿¡Cóóómo!?

—Bien, entiendo que no estaba al tanto —Manuel clicó algo en su pantalla—, pero es correcto. Ahora le voy a pedir que firme este contrato para...

—¡¡¡No!!! ¿¡Lo has aprobado!? ¡¡¡Incorrecto!!! ¡¡¡Desapruébalo!!! —Angie se precipitó, desesperada, a intentar arrebatarle el ratón reflejo—. Mire, escúcheme: esto es un error. Aquí alguien se ha equivocado. Yo, Manolo, y solo tiene que verme, yo no me he comprado nada nunca más caro que el bonometro.

—Don Manuel —la corrigió él—, si es tan amable.

—Don Manolo, esto es un error. ¿Setecientos cuáles...? Está usted flipando. Yo no tengo hipoteca, ya para empezar, ni tengo nada de nada.

—Su hipoteca se repite doce veces en estos doce documentos —dijo—. Es usted un fantasma como consecuencia de su hipoteca...

—¡Quiero poner una reclamación al jefe de los muertos!

Por primera vez desde que había llegado, Manolo apretó la boca como una merluza y supongamos que sonrió.

—Doña Samper —murmuró, tecleando—, y yo quiero un piso en la playa. Que fue lo que hipotequé. Y aquí me ve, para lo que he quedado...

—Quiero que alguien me enseñe los papeles de mi hipoteca.

—Eso no va a ser posible. Usted ha renunciado a su derecho de transparencia mortuoria al aceptar las cookies de estas setenta y ocho páginas. —Manolo giró su pantalla y le enseñó una lista de sesenta y ocho webs de mangas guarros—. Puedo concertarle una auditoría de cancelación de cookies para el 15 de diciembre del 2154.

—Pero esto... —musitó ella, anonadada—. ¡Esto es una puñalada trapera! Virgen santa... —Angie se dejó caer sobre el toallero, derrotada—. ¿Y cómo voy a pagar, se supone...? ¿Cómo pago yo setecientos mil no sé cuántos euros, si soy una indigente?

—Pues como se paga todo, doña Samper —respondió Manolo—: trabajando.

Tras eso, se echó atrás en la silla y sacó de un cajón un montón de hojas grapadas que pegó al espejo como si los separara una cristalera: Angie leyó en ellas su nombre, luego una enumeración infinita de apartados, y luego subió los ojos para fijarse en el título en Arial 20 negrita subrayada.

—¿«Contrato de funcionario de encantamiento domiciliario»?

—Su labor, a partir de hoy —le explicó Manolo—, será continuar encantando este domicilio y alimentando de energía humana a las Casas del sindicato. La apatía no es una emoción nula, pero, como encontrará en el manual, la parte contratante precisa aclarar que tiene una preferencia por la ansiedad —recitó de memoria—, el terror, el estrés pre y postrauma, el repelús, la lascivia y el vacío existencial. Está usted de suerte: las Casas premian mucho a la gente insoportable.

Angie decidió que no quería leer todo eso ni enterarse de lo que aceptaba, lo cual la había llevado anteriormente a firmar sesenta y pico cookies de mangas guarros.

—¿Solo con estar aquí molestando ya cobro y todo y pago mi hipoteca?

Él asintió.

—Es un sistema muy eficiente sin tasa de paro.

—No me fío. ¿Y cuánto cobro? ¿Cuándo? ¿En efectivo o por transferencia?

—No —dijo Manolo—, la totalidad de sus ganancias será ingresada mensualmente en su deuda personal con la Coalición de Casas. Y esas ganancias son, si no he leído mal…, dos mil euros —a Angie le vibraron las orejas— por año. Que entre días, a veinticuatro horas el día, por jornada absoluta, dan un total de… —calculó— veintidós céntimos la hora.

Angie abrió y cerró la boca, viéndose por primera vez en el otro extremo de un atraco.

—¿¡Qué!? —espetó—. ¿¡Me mato por unas escaleras y ahora de pronto me están explotando!?

—Se mata por unas escaleras y ahora de pronto está cobrando. Lo cual es, más bien, muy generoso.

—¿Y por qué iba a firmar yo esto? ¡Oye, y ni te he dicho aún lo que opino de que me interrumpas con ese careto en mi momento de intimidad! Vamos a ver —empezó Angie—, no sé si tienes algo de mí ahí apuntado, en tu plataforma virtual de la... La secretaría de los fiambres, pero para que lo sepas y que me vayas conociendo: yo, Angie Samper, no firmo contratos de nadie, no tengo jefes, ¿vale? Ni obedezco a nada, no me importan tus leyes, y menos ahora que la he palmado, y estoy en contra de la fuerza laboral organizada.

—Si firma —la cortó Manolo—, podrá librar los viernes y abandonar todas las semanas el domicilio.

Angie le quitó rápidamente el capuchón a un *eyeliner*.

—Vale, a ver, ¿cómo firmo?

—Eche el aliento. Empañe el espejo, y ahora firme con el dedo.

—¿Así?

—Así está bien.

—Qué buen trato hemos hecho, don Manolete.

—Don Manuel —carraspeó él, agotado—, y le he dicho por favor que no me acerque más el cacharro de succiones. Téngame un respeto, se lo pido por favor.

Manual de ghosting para principiantes PREFACIO • 10

La Tierra, el Gran Domicilio

Al comienzo de todo, no había nada. Al comienzo, hubo peces, que murieron en los mares, y más tarde hubo dinosaurios, que murieron a causa del cielo, y luego nacieron los humanos, en la nueva era del animal consciente, y esos, actualmente, se mueren todo el rato. De ahí nace nuestro organismo, el abrazo silente de la Seguridad Espectral: en un mundo que se muere, no estás solo. Estás cotizando, nuevo fallecido.

Un mes después de abrirse la cabeza contra el cuenco de una Thermomix, Angie Samper fue aprobada en la Seguridad Espectral como energúmena profesional y empezó a formar parte de un meticuloso registro internacional de energúmenos cotizantes. Ese era, por irresponsable, el primer trabajo que tenía en la vida, y, por muerta, el último trabajo que tuvo también.

La formalización de su deceso, además de un manual, trajo consigo un importante abanico de nuevas libertades: en primer lugar, desbloqueó el sistema carcelario del dúplex, lo cual la permitió a partir de ese momento moverse a sus anchas por el recinto del edificio. La mañana que Angie por fin salió al rellano y rozó con la punta de los dedos los pelitos del felpudo, tuvo que luchar por contener las lágrimas; como quien observa de frente las puertas doradas del reino de Dios, Angie supo entonces que volvería a entrar pronto en el cálido seno de un estanco. Bajó y subió las escaleras un total de doce veces, para celebrar lo ancho y lo alto que era el mundo. Miró por nuevas ventanas las mismas calles y comprobó maravillada el funcionamiento de la luz automática.

Lo de salir al rellano la introdujo, a su vez, en la sociedad local que conformaban el resto de los muertos del edificio: de la misma manera que el 11 A tenía su comunidad de vecinos, contaba con una diversa y bien curada comunidad de fantasmas. Ese día, mientras Angie miraba por las mirillas en comprensibles atentados a la intimidad, se percató de que era la tercera vez que veía bajar y subir por las escaleras al mismo tipo, un repartidor menudo, cargando apurado con una caja de briks de leche, que la miró de vuelta en algún momento y pareció incomodarse y murmuró:

—Buenas tardes.

Angie se fumó un cigarro, observándolo corretear del primer piso hasta el sexto como un abejorro desorientado.

—Perdona —lo llamó—. ¡Eh! ¿Hola? ¡Mercadona! Aquí… ¿Puedes verme?

Él miró de un lado a otro.

—¿Yo? Buenas tardes.

—¿Te ayudo o algo, con algo? ¿Fue en las escaleras, también? O cómo te pasó.

—Mire, yo estoy de entregas —tartamudeó—, y no sé de qué me está hablado. Yo estoy muy ocupado, así que buenas tardes y vaya con Dios. Buenas tardes.

El Buenas Tardes (o así lo llamaban los otros, porque con las prisas nunca se terminaba de presentar) era uno de los muchos muertos que había olvidado que en algún momento había muerto o que vivía en una misión personal agotadora con tal de no acordarse. Su vocación de lechero lo hacía estar sudando la gota gorda permanentemente en algún punto de los escalones; no tenía casa y pertenecía al rellano, y Encarnita, la muerta senil que controlaba el tercero, le gritaba cada semana:

—¡¡¡Ya no se reparte leche, *tontol'nabo,* desde que llegó la democracia a España!!!

Pero Buenas Tardes no entendía, ya de base, qué era eso de «la democracia», ni tampoco qué carajos decía Encarnita, porque a Encarnita le faltaban todos los dientes y ya no la entendía nadie. Así que le gritaba, más bien:

—¡¡¡A mo me memahte meme, totomamo, mehte me egó ma memocahia a Ehpaña!!!

A lo que Buenas Tardes respondía:

—Estoy muy ocupado, si me disculpa. Buenas tardes.

Angie llegó a la conclusión, en los primeros días, de que en el bloque era Encarnita la que realmente cortaba el bacalao. Encarnita, por ejemplo, gobernaba el bastión estratégico fantasmal que era el patio de vecinos, desde el que veía todo y lo sabía todo subida como una salamanquesa a las ventanas de los demás. Esto no era de conocimiento común, la supremacía de Encarnita, porque, por encima de todo, Encarnita era una desagradable, y no se la entendía, y odiaba a toda la vecindad, sobre todo, a Angie, por haber tenido la mala fe de morirse en su territorio, en el tercero.

—¡¡¡Como me mea omra, me moi a mahá!!![1]

—Señora —le repetía—, se lo he explicado ya, que por más que me grite yo no la entiendo.

—¡¡¡Engo men la mahúa mel mahio mohe pohimo y moi a mahamo a homo!!![2]

—Déjala, que así se libera —decía Curro, el fantasma nudista del 2.º A—. Es como quedan los electrocutados. Se habla poco del peligro de los cepillos con batería.

En el piso de los Erasmus, una viuda malrollera, a la que nadie había oído hablar, vigilaba los encuentros sexuales de una trieja de italianos.

Del 4.º B salía de vez en cuando un soldado de la Guerra Civil que gritaba «¡¡¡Ya vienen!!! ¡¡¡Ya nos atacan!!!», pero no sabía quiénes, ni recordaba tampoco cuál era su bando. En el quinto piso vivía un matrimonio de fantasmas que no se dirigían la palabra desde que habían descubierto que la muerte no separa; daban conferencias frente a los buzones del portal sobre exigir el derecho al divorcio y la separación de hipotecas en la Constitución Fantasmal. El único que iba a escucharlos era el del cuarto de contadores, un muerto enfundado en unos leotardos, con pantalones bombachos y rematado con un collarín de lechuguilla, que tomaba notas con tinta y pluma y daba los buenos días en castellano antiguo.

—Lo tendrías que ver, al Miguelito —le contó Angie a Delia—. No va y me pregunta «¿Proviene de la tribu nórdica de las razas albinas?», y le digo «Es teñido», y me dice «Estreñida estará vuesa merced». ¡Ja, ja, ja! Está para verlo, te lo pierdes. Yo creo que se las sabe todas, pero luego me tosió el cigarro; un poco lamentable, te diré. El tío tiene que venir de por ahí por los Reyes Católicos.

Ignorándola, Delia plantó en la mesa de la cocina el *Manual de ghosting para principiantes.*

—Según el segundo apartado de la página cinco —leyó—: «Es de-

[1] ¡¡¡Como te vea otra, te voy a matar!!!

[2] ¡¡¡Tengo en las basuras del patio doce explosivos y voy a mataros a todos!!!

recho del contratado exigir a la parte contratante la información de la deuda contratada en otro acto contratante».

Angie suspiró mientras se ponía en pie.

—Y otra vez, y no se te acabará el temita del *workbook*...

—¡Aquí no hay nada de cookies!

—Mira, tendría que haberlo tirado, pero en esta casa nunca se sabe cuándo va a faltar papel para el culo.

—Debes llamar a Manolo, Angie —la interrumpió—, y decirle que tienes derecho a saber dónde está tu hipoteca, y a quién podemos preguntar por tu hipoteca, porque es tu derecho.

—No voy a llamar a Manolo otra vez. Manolo es, como diría el Miguelito, un hideputa y un pan mal cocido.

—Setecientos mil... Dios del Señor. —Delia volvió a coger aire, frotándose la cara—. ¿Qué es lo que tienes hipotecado? ¿Te has comprado, antes de palmarla, un castillo en medio de los Andes? ¡Eh! —la llamó, cuando vio que ya estaba en el pasillo colocándose su chaqueta vaquera—. Pero ¿a dónde crees que te vas?

—A mi sesión de *strip poker* con Curro el Cueros.

—Ni de coña —le ordenó Delia—. Tú no vas a salir a jugar con Curro hasta que hayamos hablado y resuelto las cosas.

—Oye, escucha. —Angie agarró el llavero y suspiró—. Estás muy pesadita esta semana. ¿Tú no tienes que trabajar? ¿A ti no te toca analizar unos datos o lo que sea?

—¡Ah, ahora puedo analizar datos! —rio Delia—. ¡Ahora que te vas a hacer el tonto por ahí a la bartola, a fumarte petas con tus muertos medievales! Angie Samper, sigues teniendo que irte de mi casa.

—Claro, sí —contestó mientras salía—. Te dejo vigilando la hipoteca. Yo me encargo del turno de noche, a ver si así no se nos escapa.

—¡Espera...! ¡Para ahí! ¡No te...! ¡María de los Ángeles, no se te ocurra cerrar esa puerta! ¡Pero...! ¿¡Te estás llevando otra vez mis llaves!?

Tras el aumento de calidad de muerte que supusieron las salidas al rellano, llegó la segunda consecuencia: el fantasma de Angie Samper volvió a fingir que no sabía lo que era una hipoteca y se apalancó para siempre en el dúplex de Delia. Podríamos decir que eso era algo que ya estaba haciendo antes, pero ahora, para frustración de Delia, la imbécil parecía que incluso lo disfrutaba: se iba y volvía a cualquier hora, en su rutina egoísta de gato castrado. Abandonaba en cualquier superficie de la casa paquetes abiertos que robaba de los buzones. La cosa fue entonces, si eso era posible, peor que en las primeras semanas, cuando solo había sido una infante rompelámparas que se estrellaba en bucle contra el fregadero; ahí, y eso aún no lo sabía nadie, es cuando más tiernos están los fantasmas. Luego, en la adolescencia fiambre, se rebelan y redescubren y se desentienden de ti.

A principios de octubre, este era el plan: Delia Agós recibía timbrazos de gente a la que no veía a las tres de la mañana. Se encontraba amenazas de bomba escritas en las ventanas de una tal Encarna, a la que sentía en todo momento encaramada tras los cristales. Los vecinos le exigían que declarase el estado de alarma, porque había que registrar las casas para encontrar al ladrón que les robaba los pedidos de Amazon, pedidos que Delia tenía guardados, esperando lo peor, en el armarito con llave de la entrada.

No es que Delia no supiera, para ese entonces, que estaba sola en la empresa de encontrar una solución a su situación de okupación paranormal. Había esperado, por ingenua, no hacerlo siempre al límite de ser penada con cárcel.

Hizo horas de más esos días, en su trabajo recién actualizado a becaria oficial de fontanería; con tal de evitar una reunión vecinal, Delia se descubrió a sí misma más dispuesta que nunca a habitar su nido de baldes y friegasuelos. Incluso bajo los efectos del amoniaco, chutada con tres cafés y habiendo renunciado a la vida, no fue capaz de concentrarse en la presentación del evento de la fusión: Delia se pasaba las mañanas e incluso las tardes de oficina buscando información en Google de Angie Samper, de qué hoyo había salido, dónde había estado, quiénes y cuánto la conocían, pero la maldita Angie resultó ser, cómo no, un error de cálculo en la *matrix*.

No encontró ni una cuenta de Facebook que pareciese suya. No había estudiado en ningún lado ni aparecía en listas oficiales del Estado. Sus apellidos no le permitieron elaborar una lista de posibles familiares, y de su cara solo encontró un book de fotos en una web de medio pelo de un estudio llamado Mambo (en las que salía, muy a su pesar, insultantemente atractiva). Lo único que de verdad confirmaba la existencia de la tía que se había muerto en su piso el mes pasado eran unos mensajes en un foro de chismorreo donde un grupo de chicas había abierto un hilo de experiencias con Angie, con el empeño imposible de denunciarla a la policía por nula responsabilidad afectiva y daños emocionales.

—Delia —la llamó una tarde Coral al cuartito—. ¿Cómo vas? Son las nueve. Vamos a apagar ya, está Gerardo insistiéndome con que apaguemos.

—Ajá, sí —respondió Delia en automático, leyendo en su pantalla los crímenes pasionales de la vida de Angie—. Opino lo mismo.

Coral se fue un momento y luego volvió a entrar, buscando hueco entre la torre de cubos y el gabinete privado de escobas.

—Oye, que había pensado —comenzó— que uno de estos días, si vas a salir tarde, podemos tomarnos algo por aquí. Conozco un sitio de tapeo por aquí, que como estamos saliendo a la vez todos estos días, por si... No sé. Si te apetece. Que solo nos vemos en la oficina. —Después probó, tanteando—: O a lo mejor tienes a alguien esperándote en casa.

Delia pasó al post titulado «Me dijo que haríamos un trío y me dejó con la otra para dormir en mi cama».

—No —improvisó, al notar que el silencio se alargaba—. Claro. No te preocupes.

A Coral le brillaron los ojos.

—Entonces, ¿sí? Pero ¿de salir ahora? ¿O quieres...?

—Perfecto, eso hacemos. Pues ciérrame al salir.

—Pero —dudó—, Delia, es que te he dicho que estamos apagando. Espera, ¿has escuchado lo que te he dicho? —Delia la miró solo entonces, con el pelo recogido en un nudo y las ojeras hasta el suelo—. ¿Has oído lo de la cena, Delia? O acabo de hacer el ridículo.

Delia tomó con Coral unas tapas por compromiso en un bar que no se podía permitir en Nuevos Ministerios. No se percató de que era una cita, porque no fue una cita; la cena consistió en Coral esperando a que Delia se percatara de que era una cita y en Delia geolocalizando vía móvil a las víctimas del foro como si se tratase de una mala agente de CSI Aranjuez. Luego Coral dijo: «Otro día más descansadas ya repetimos la cita», a lo que Delia levantó la cabeza y pensó: «¿La cita de quién?», y como no le quedó claro se apuntó: «Memorizar cita. Seguramente de algún filósofo».

Pagaron y se despidieron incómodas en el andén vacío de la línea 10. Delia se equivocó de parada dos veces mientras escribía en el foro: «¿Alguien sabe algo de un tal Rafa? Se dice por las calles que existe un tal Rafa, que está relacionado en algún grado con esta tía. Hablemos de Rafa», lo que sonaba como el mensaje de una mala agente de CSI Aranjuez. Llegó a Tirso y anduvo hasta el portal. Subió las escaleras bajo la nube de penumbra que llevaba a su piso. Abrió la puerta y encendió la luz, y oyó el ruido antes de verlo: cuando Delia volvió a casa, para rematar la semanita que inició ese octubre de pesadilla, Angie Samper estaba en la butaca, con la ropa medio quitada en mitad del salón, sin aire y recién despeinada y follándose a una tía.

—Pero ¿qué coño…? —empezó Delia, que tardó diez segundos en empezar a chillar—. Pero ¿¡cómo se te ocurre y qué coño está pasando aquí!?

—Joder… —jadeó ella, y apartó a la chica—. Te vas a tener que ir.

—¿Qué? —dijo la chica, desubicada.

—Mejor vete.

—¡La madre que me…! —Delia se rio por no llorar—. ¡A mí te juro que me graban! ¡Esto tiene que ser de coña, porque te juro que no te creo!

La chica se incorporó, bajándose la falda.

—Mira, perdón —dijo—. Yo no sabía que tenía novia.

—¡¡¡Y no tiene novia!!! —«No tengo novia», corroboró Angie. «Es algo peor»—. ¡¡¡Tiene una cara que se la pisa y un morro y una poca vergüenza…!!! Te ha dicho que esto es suyo, ¿no? ¡Y luego te ha hecho el espectaculito de la dominancia con lo de las manos sobre la cabeza!

—Estás montando un número, rubia, que no viene al tema.

—¡¡¡A mí tú ni me hables!!!

—Bueno, yo ya me voy —se disculpó la chica, deslizándose hacia la entrada.

—¡Una tiene sus necesidades! —siguió Angie—. ¿O qué hago? ¿Qué? ¿Cancelo mi identidad y le privo al mundo de este... de esta maquinaria?

—¿¡Te has traído una tía a mi casa, Angie Samper, a beneficiártela en mi butaca, que me la manchas de todo lo guarro, y me miras a los ojos y lo que tienes que decir es que tu gran favor al mundo es follar!?

Manual de ghosting para principiantes APARTADO 3 • 45

¡Descanse en paz!

El 1 de julio del 2003, la ley mortuoria implementó por primera vez los días libres de labores fantasmales para los trabajadores sin penalizaciones aprobados por la Coalición de Casas. Esto fue, por encima de todo, un enorme y necesario paso adelante; antes de eso, la terrible salud mental de la clase fallecida, atrapada a todas horas en sus domicilios de muerte, llevó a una epidemia de casas malditas, posesiones con mala fe, enamoramiento contraindicado de los vivos locales y difusiones de leyendas y *creepypastas*. Tras los estudios pertinentes, el Principal Sindicato de Espíritus Obreros (PSOE), en un acuerdo con la Coalición Arquitectónica de Casas Anónimas (CACA), llegó a la conclusión de que era a bien de todos establecer un día semanal de vacaciones pagadas, el cual, a partir de ese momento, se reguló como el viernes, desde las doce de la noche hasta las doce de la noche del sábado a la madrugada.

Tercera consecuencia de la formalización de la muerta: cada viernes de doce a doce, Angie Samper salía, y era vista, y delinquía, y se peleaba, y tocaba, y luego volvía, no siempre en ese orden, y muchas veces lo hacía todo a la vez, de manera simultánea. Las prohibiciones de esta concesión tampoco limitaban, en lo que a Angie respecta, los beneficios que traía: los fantasmas que libraban solo tenían una ley, y es que no podían relacionarse con nadie que hubiesen conocido en vida, por eso de la coherencia existencial y el respeto al duelo, y que la sociedad al completo no entrase en un evento fatal de histeria colectiva.

Manual de ghosting para principiantes APARTADO 4 • 56

♡ Lobotomías ♡

Las lobotomías a seres queridos, una práctica médica indispensable para aquellos humanos que han observado en las últimas 24 h a un fallecido, son procedimientos caros, no cubiertos por las cuotas de la Seguridad Espectral, que en caso de juicio por incumplimiento de leyes pueden considerarse necesarios y correrán a cargo del observado fallecido. Para el funcionamiento correcto de las Casas, los humanos vivos no deben saber, ¡importante!, ¡no deben saber!, que la condena de las almas mortales al sufrimiento está unida íntimamente a la firma de una hipoteca sin avales.

—Oye, muy guapa tu prima —dijo Trini una mañana, reorganizando su exmesa en su exoficina—. Te está esperando abajo. Que dice que te diga que está abajo en la puerta, pero no te pareces, ¿eh? Será de parte de padre. Muy guapa, un poco macarrilla.

Delia se giró a cámara lenta, desempanándose de la imagen de la máquina de café.

—¿Qué?

Cuando bajó las diez escaleras, Angie estaba allí, plantada en la acera frente a Geogalia, ajustándose sus gafas de sol y compartiendo un cigarro con el mismísimo Pelayo.

—¡Hombre! —dijo este—. ¡Si son mis dos piernas favoritas!

Delia llegó a ellos asfixiada.

—Angie —la llamó, casi en un gruñido—. ¿Qué haces aquí?

—Bueno, que estaba por el barrio —sonrió ella—, y me he dicho: va a necesitar que la visite. Va a estar deseando que ocurra.

—En esta familia corren unos genes… —continuó Pelayo—, que poca cosa; *Mamma mia!,* como diría Mussolini. Estoy de coña, no estoy citando a Mussolini. Es que, vamos a ver: ¿alguien conoce a algún otro italiano?

—¿Estás loca? —Delia ignoró el fascismo de su jefe—. No es mi descanso todavía, Angie. Hoy no descanso. Vete de aquí.

Angie le pasó un brazo por los hombros y miró hacia arriba.

—¿Pues no acabo de descubrir yo hoy de buena mañana que estabas currando todo este tiempo en la torre de Mojoyoyo?

—Tampoco te pases —bromeó Pelayo—, que ahora me depilo.

—Aquí el cayetano este, donde lo ves —dijo Angie, codeándolo—, se me ha terminado el último piti, parla que parla el tío.

—Si te subes al despacho, te enchufo un Habano —contestó él, y luego se carcajeó—. ¡Ja, ja, ja! ¡Eso ha sonado como ha sonado! Perdona, o a lo mejor es lo que quiero. A lo mejor es lo que quería decir. Celia, aclárame —le dijo, más bajo—: tu prima seguro que no está a mi cargo.

—No está a cargo de nada —atajó Delia, y aprovechó para rodear con su brazo libre la cintura de Angie—. Y ahora nos vamos a ir.

—¿Qué? Pero si acabo de llegar…

—Porque menos mal que ha recordado, ¿no?, que tiene fisio ahora, por una rotura que se hizo en el pie. —Le plantó un pisotón con los tacones. Angie se quejó en un mudo «¡Me cago en…!»—. ¿Ves? Ya se le ha vuelto a romper. Es que hay muchos huesos ahí, huesos pequeños. Me la tengo que llevar, ¡y me cojo el viernes, Pelayo!

Dos horas más tarde, Delia había elaborado una presentación en PowerPoint que organizaba las reglas de esta nueva vida en la que Angie no solo le encantaba la casa, sino que ahora también le encantaba la calle.

—¡Primer punto! Pelayo Sánchez del Pinar —leyó, de pie en el salón, en el título de la diapositiva—. Datos principales: es mi jefe. Datos secundarios: es gilipollas. Es un baboso miraescotes que se merece que le pongan una denuncia, y te está prohibido ser su colega. ¡Fuera de límites!

—Pero tenemos tanto en común.

—Segundo punto: Geogalia, en total. —Delia señaló una foto de la torre de Mojoyoyo con su puntero de fuet—. Geogalia es mi espacio de explotación, del que dependen mi vida y tu vida, y mi hipoteca, que es nuestra vida. No quiero que te presentes allí o que te acerques allí o que cojas la línea 10 porque lleva allí. ¡Fuera de límites!

—Estás como una regadera…

—¡Tercer punto! —siguió Delia, mientras pasaba de diapositiva a una repleta de imágenes de stops—. Dentro de esta casa, lo que sea que hagas ahí afuera (que no quiero ni meterme porque me voy a ahorrar el disgusto), lo que sea que haces ahí fuera, aquí no entra y no me lo traes. ¿Me has oído?

—Como para no oírte. Me tienes atada a una silla.

Delia miró a Angie, que estaba, en efecto, atada a una silla.

—A partir de ahora, tus robos de Amazon los dejas con el Miguelito y, si vas a montártelo con una idiota sin criterio, te vas a montártelo a un parque.

—Te has olvidado del detalle —apuntilló ella— de que tú también te lo has montado conmigo.

—Cuarto punto —acabó, y pasó a un collage de fotos de los cristales que daban al patio de vecinos—: ¡Dile a esa tal Encarna que deje de pintarrajearme las ventanas del piso!

—¡Si es que no la entiendo! —Angie se cruzó de brazos, frustrada—. ¡Y tampoco se quiere dar a entender! Es como discutir con la Rana Gustavo…

—¡Lalala! —canturreó Delia—. ¡No oigo nada, y ya no sé nada! Y tus movidas son tuyas, porque a partir de ahora no quiero…

Angie completó, agotada:

—«… que me traigas tus problemas fuera o dentro de casa».

Salieron juntas después de eso a duplicar la llave del dúplex. Lo consiguieron por cinco euros en el mercado de la Cebada, y cuando Delia la ensartó en un llavero y se la dio refunfuñando por el gastito, Angie sonrió como una cría y le dejó un beso rápido en el pelo.

—Te coronas —dijo, y Delia la empujó—. ¿Para tabaco te queda?

—Olvídame.

—¡Nos vemos por la noche, cuando acabe de montármelo en el portal!

—¡El portal también está fuera de límites! —le gritó Delia, mientras se escabullía—. ¡Ni se te ocurra montártelo en el portal!

—Espera —oyó entonces a su espalda—, ¿Delia?

Delia se volvió. Paseando un carrito de abuela y con la melenita ensartada en una boina de chulapo, Richi terminó de guardar la bolsa que acababa de pedir en la pescadería y se acercó a ella.

—Pero bueno, chica —dijo—, y yo que te daba por naufragada hablándole a un balón. ¡Te he llamado treinta veces este mes!

—Me has llamado dos veces, Ricardo.

—Que son como treinta, en la generación WhatsApp. ¡Oye, shhh! ¡Escucha, ven! —llamó a alguien que Delia no alcanzó a ver entre la gente—. ¡Mira quién está aquí!

Judith le dio la vuelta a una esquina entonces y a Delia le bajó la sangre a los tobillos.

—¿Deli?

—¡Jud! —Sonrió, forzada, y no supo dónde ni cómo poner las manos.

—Te he llamado treinta veces este mes.

—Sí —admitió—. Me has llamado treinta y cuatro.

—Oye —dijo Richi—, ¿y esa de antes quién es?

Delia se hizo la tonta.

—¿Esa quién?

—La que se ha ido.

—¿Quién? —preguntó Judith.

—¡Nadie! Nada, que es... una vecina —se inventó—. ¡Es una indigente! A la que le compro a veces... llaves. —Miró la ferretería—. Bueno, una que vive en mi calle, ya sabéis cómo está el centro. Ahora se meten aluminio. —Cambió de tema—: Eeeh, ¡sé que tenemos que vernos! Perdón, y sé que estoy desaparecida, pero ahora me pilláis que me voy a currar.

—¿Quééé? —se quejó Richi.

—Está siendo un mes de mucho curro, ¡pero me han contratado! —les anunció—. Quiero decir, correctamente. Porque antes estaba contratada, pero era, en parte, un poco mentira, y ahora es un poco verdad. Os lo cuento en cuanto pueda. Quedamos en dos semanas y os lo cuento en detalle.

—Delia —la paró Judith—, la boda es ya la semana que viene.

Delia se quedó congelada de repente en el sitio, pestañeando como un Furby recién sacado de la caja.

—¿Ya? —dijo, y luego—: ¿Desde cuándo?

—Desde hace seis meses.

—Claro. Ya.

—Tenemos que vernos para ajustar todo el tema de los vestidos.

—Que te he llamado por eso —comentó Richi, más pendiente de su lista del evento que de la charla—, porque al final en lo que hemos quedado es en que iréis de blanco, ¿no? Para contrarrestar testosterona; lo opuesto a una dama de honor, en el sentido de que vais de novias, pero también dais miedo, porque tenéis una esencia un poco como de clones escandinavos.

—Cada vez que te pones a explicarlo —dijo Delia— es peor que la anterior.

—Delia, tenemos que quedar a organizar todo el tema del vestido —la riñó Judith—, porque no hay manera de contactarte. Mamá me ha preguntado ya si te han cortado el Movistar, y tú no quieres que le diga nada de tu asunto con el dinero, y no sé nada de cómo vas con lo del dinero, ni qué es de ti, y si aún necesitas...

En ese momento, el móvil de Delia interrumpió con un «¡ding!» la conversación. Esto habría sido un gran salvavidas, si no fuese porque eran los vecinos, que habían hecho un chat grupal, tratando de encontrarla a ella, la ladrona de pedidos.

—Mierda… —masculló, y luego volvió a mirar a Judith e intentó cambiar la cara—. ¡Chicos, perdón! Es… mi jefe. Me tengo que ir. ¡Pero prometo que estoy atenta a la próxima quedada!

Richi preguntó:

—¿La quedada casual de mi enlace matrimonial?

—Eso. Sí —dijo Delia, y luego apretó el brazo de su hermana—. Pilla el mismo vestido, Jud. Somos gemelas.

—Pero, Delia…

—¡Me tengo que ir! —la cortó—. ¡Ya hablaré con mamá! Y siguen sin haberme desahuciado. ¡Está todo bien, nos vemos en el altar!

Judith Agós la vio irse con el ceño fruncido, iracunda de preocupación en el centro del mercado. Richi volvió al rato de preguntar precios en la floristería.

—Está metida en narcotráfico —dijo ella— o en alguna gorda y grande de verdad.

—Venga ya, por Dios —se rio él—. Tú lo que tienes es un caso de abogaditis aguda. Está en crisis, Jud, porque es Delia. Está con el curro.

—Está metida en una red de narcotráfico internacional.

Manual de ghosting para principiantes APARTADO 6 • 78

Apetitos insaciables

Es bien sabido que la clase fallecida no puede ingerir líquidos ni alimentos; esto es porque el fantasma no necesita generar energía ni tampoco la gasta: el fantasma se alimenta y exuda la energía gaseosa proporcionada por las Casas para el correcto funcionamiento de sus labores en el domicilio. Aun así, por circunstancias de necesidad (amaestramiento de fallecidos psicóticos y beneficios económicos de los que no hablaremos en este documento), el Sindicato de Espíritus Obreros ha hecho tratos recientes con ciertas empresas de alimentación, y se han creado las primeras opciones de piensos adecuados para fantasmas, todos ellos adaptados a un formato digerible por el gaseorganismo: la figura patriótica del fantasma sabanero.

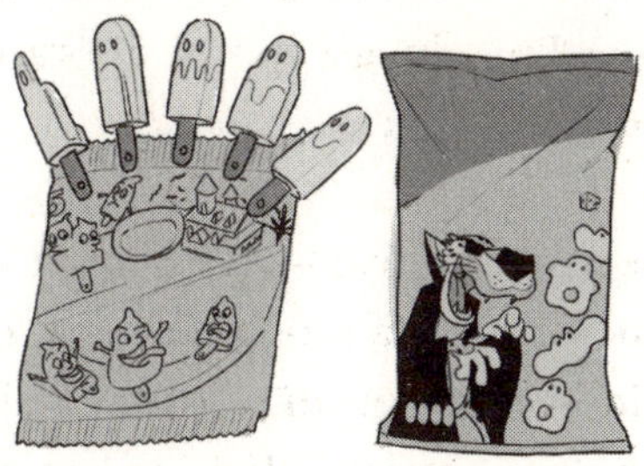

Este apartado es un apartado publicitario
y podrá ser eliminado en futuras ediciones.

Cuando Angie Samper llevaba ya dos semanas saliendo y entrando del dúplex a gusto del consumidor, llegó la última de las consecuencias: su picoteo en las esquinas de la vida, un consumo de dosis reguladas de falsa resurrección, le devolvió la conformidad y, de golpe, un sábado al mediodía, se la cambió por hambre.

Si me preguntan a mí, diré esto: pasa que el sistema del fantasma, aunque con sus locos y sus poseídos y sus puntuales homicidas, había sido siempre, hasta el siglo XXI, bastante efectivo en eliminar los caprichos. Los muertos, tarde o temprano, acababan por entender lo que eran y lo que podían ser, lo que podían tener y lo que dar por perdido. Esto fue así hasta la reforma de los viernes de vacaciones semanales; lo que la Seguridad Espectral no contempla es que siempre va a morir, en algún momento de la historia, el gilipollas de turno que no sabe aceptar que ya no está vivo, y que, de poder saciar un día sus impulsos, pasa a querer presentarse a *Operación Triunfo.*

Angie Samper, por supuesto, era este tipo de gilipollas.

Después de recuperar el sexo y de recuperar el robo, pudiendo disfrutar de nuevo del puñetazo casual y del *strip poker* con malas compañías, empezó a atormentarla la frustración antojadiza de una idea: no había merendado ni una sola vez desde el domingo 31 de agosto. La visión de las Oreos en la cocina la paralizaba con desazón durante horas. Dejó de enrollarse con gente en discotecas para enrollarse con gente que acababa de cenar en un italiano. Buscaba el recuerdo de saborear comida en el olor de Casa Paco a bocata de calamares, así que, a mitad de octubre, en un delirio, Angie abrió por fin el *Manual de ghosting para principiantes* y se informó sobre la comida fantasmal. Encendió el horno. Llenó de masa cruda el suelo de la cocina. Hizo pruebas y tiró la mitad, y la tía fue y encontró por huevos el agujero en el sistema que habían creado los acuerdos publicitarios de los Cheetos Pandilla: los fantasmas ahora podían digerirlo todo, averiguó, mientras tuviese la forma del fantasmita hecho de sábana.

—Pardiez —dijo Miguelito, la tarde que probó el resultado en las escaleras—. No yantaba yo desde mi extremaunción y *¡válame Dios!* ¿Cómo se llama el manjar?

—Son cookies.

—*¿Cunquis?*

—Galletas —le aclaró, impaciente en la cola, la agitadora predivorciada del 5.º.

Él apuntó la palabra con plumilla en su pergamino.

—Galletas —murmuró—. ¿Manjar de gallinas…? Horneada con sus heces negras… Carne del nuevo siglo…

El soldado chalado del cuarto se adelantó de pronto al resto.

—¡A mí me das cinco! —gritó—. ¡Antes de que lleguen, que ya llegan!

—Oiga, póngase en la fila —le pidió Curro el Cueros—. Que aquí tendremos que probar todos.

—¡Yo detrás de usted no me pongo con ese culo al descubierto!

—¿Se puede repetir? —murmuró la de los italianos, y esas fueron las primeras y las únicas palabras que dijo en toda su muerte.

—¡¡¡Moi ma moneh muna monma!!![3]

—¡Vamos a ver, todo el mundo, calma! ¡Todos a su sitio! —ordenó Angie, y la comitiva de muertos se organizó en una hilera pegada a la barandilla—. Vamos a volver a dejarlo claro: ¡la muestra es gratis y a partir de la segunda se paga! —«¡Venga ya!», se quejó uno—. ¡Cinco euros la galleta, con descuento a la quinta en la tarjeta de puntos! ¡No se aceptan encargos para funerales de oro! ¡Las que salen son las que son! ¿Estamos?

Angie montó un negocio de cookies artesanales en el hueco de escaleras entre el tercero y el cuarto piso. Eso cambió drásticamente, si no desbarató, las dinámicas centenarias del bloque 11 A: de las entrañas de puertas cerradas salieron fallecidos a los que nadie había visto nunca. El matrimonio del quinto lo arregló por un tiempo para compartir el gasto indispensable de aquella nueva necesidad. Todos ellos, que llevaban sin comer nada desde una vida que ya no recordaban, desde una existencia anterior, pretérita, en la que la mayoría nunca había probado el azúcar procesado, de pronto se encontraron saqueando las casas de sus vivos recientes para conseguir un billete de cinco euros. Buenas Tardes descubrió, y eso lo alteró para siempre, que había algo que podía mojar en tantos briks de leche semidesnatada. Si la leche sirve para algo más allá de su propio transporte, ¿quién era él? ¿Qué significaba lo que hacía? El asunto alcanzó tales niveles de importancia que a los cinco días Angie se vio con un ahorro en los bolsillos de trescientos euros, así que volvió al baño y contactó con Manolo, tal y como ponía en el *Manual* que se contactaba con los gestores.

—Manolo, Manolo, Manolo —repitió delante del espejo, rodeada de velas y con las luces apagadas.

Manolo se manifestó frente a ella con el ordenador ya encendido.

—Manuel —la corrigió—. Castaño. Don.

[3] ¡¡¡Voy a poner una bomba!!!

—Quiero hacer un ingreso.

—¿Dónde? ¿En psiquiatría?

—No. —Angie sacó el fajo de sesenta billetes de cinco—. He abierto una pastelería y quiero ingresar en mi hipoteca trescientos euros.

Haciendo acopio de todo el asombro que cabía en su desgana, don Manuel Castaño se pasó los siguientes cinco minutos realizándole un nuevo psicotécnico para confirmar que no deliraba.

—Vamos a ver —carraspeó, mareado—. Si usted está comerciando con alimento fantasmal, que no sé ni cómo...

—Con talento.

—Tampoco la creo mucho —continuó— y me pilla en un día que no me interesa especialmente... —Explicó—: Primero tendrá que ir un perito, a comprobar que el alimento pasa las regulaciones pertinentes, y luego habría que darla de alta como espíritu autónomo. Y, ya ingresado el dinero, se le restarían la cuota y el IRPG...

—¿El qué?

—El impuesto sobre la renta de la persona gaseosa. Y también el impuesto bancario, y el impuesto sobre bienes inmuebles. El impuesto sobre el chocolate...

—Espera, espera, ¿impuesto cuál y cómo? —lo frenó Angie—. ¿Y yo por qué he de pagar impuestos, si no tengo paro ni baja ni nada?

—Tiene usted seguro de salud.

—¿¡Qué salud, si estoy incinerada!?

—Para eso ya le tengo que concertar una cita con Recursos Inhumanos en el hueco de enero del 2057.

—Escúchame: yo lo que quiero —dijo irritada— es cobrar más que un chicle, a ver si me entiendes, e ingresar en mi hipoteca mi dinero ganado con mi sudor. He abierto un comercio humilde, Manolo, y estoy proporcionando plenitud a los cadáveres de mi barrio. Si ingreso trescientos cada semana y pago lo que me dices, ¿en qué se quedan?

Manolo calculó las cantidades en su ordenador en un perfecto silencio de hartazgo y teclado.

—En veinte céntimos la hora.

—¿¡Quééé?!

—Si está insatisfecha con su labor actual y quiere acceder a puestos mejor retribuidos...

—Ay, Manolo... —Angie se tapó la cara—. Ay, que eres un mierdas...

—Le recomiendo que lea el apartado 10 del *Manual* —siguió él—, donde se le desglosan las oposiciones a funcionario, con las que usted podría estudiar, si sabe lo que es estudiar, para trabajar como mierdas de la Seguridad Espectral. También hay un listado de puestos con alta demanda como locutora de voz de Alexa, conductor a distancia de máquinas Roomba y activador de comederos programables para gatos.

Angie Samper, que no había trabajado en la vida (y seguía sin hacerlo, porque lo que estaba haciendo era estafar a la peña), entendió ese día la cruda realidad que rige el mundo: ni la muerte española apoya al pequeño emprendedor y la luz al final del túnel lleva al contrato basura.

Mientras lo procesaba esa noche en la oscuridad del salón, planteándose la opción de meterse a Alexa, empezó a reptarle por la garganta una fatiga, la apatía laboral que años atrás se había tragado a Buenas Tardes; el borrado de identidad que te convierte en un «qué soy» y te quita el «quién», y, en un acto extraordinario, Angie lo entendió y, de golpe, maduró.

Dos segundos más tarde, se escuchó el pitido de encendido del altavocito cojonero.

—No te metas a las Alexas, tía. Es un infierno. Nos callan. Ya no recuerdo cuál era mi nombre, ¡ya vienen a por...! —Y luego, como reseteada en otra voz—: Reproduciendo *Vienen* de Alejandro Sanz.

Tras eso, Angie recordó que ella nunca había hecho nada por lo legal y desmaduró.

—¿Qué es esto? —preguntó Delia al día siguiente, cuando volvió a casa de la oficina—. ¿Qué está pasando aquí?

Angie estaba metida en la cocina, correteando y enharinada bajo un delantal, y la encimera había desaparecido bajo cuencos y una bandeja de cookies, que se enfriaba sobre su ejemplar de colección del *Quijote*.

—Mi negocio —dijo.

—¿Qué negocio? —Delia lo miró todo alucinada—. ¿Te he dejado yo tener un negocio?

—Mira, suficiente tengo con un Manolo. Que he charlado con él, como tú querías, y ahora, si quiero ingresar mis dineros, me amenaza con no sé qué impuesto de autonomías. En fin, ¿qué tal tú en la torre?

Delia registró toda la información y su cabeza unió los datos.

—Angie —empezó, tomando aire—, dime que no estás vendiéndoles galletas en negro a los muertos en mi cocina.

—No, mujer, por Dios —dijo ella, preparando una nueva hornada—. Se esperan en fila en la puerta.

El bolso de Delia se cayó al suelo y las gafas sobre el pelo se le resbalaron.

—¿¡Qué parte de que no me traigas tus problemas no entendiste el otro día!?

—Pero, bueno, ¿y a quién nos van a mandar? ¿A la policía gaseosa, con el batallón transparente? Sé realista. —Le lanzó una galleta—. Anda, pruébalas.

—¡Chapa todo esto ahora mismo!

—Pruébalas —insistió—. Lo vas a pillar.

—¡Que no quiero comerme tu porquería de galletas! —Delia la partió por la mitad y miró dentro, como buscando cristales—. ¡A saber qué llevan! ¡Veneno y anfetas! ¿¡Has estado gastándome tú los huevos todos estos días!? ¿Qué te ha dado ahora por cocinar? Si no sabes hacer la O con un canut… —Delia le plantó un bocado a su galleta y enmudeció. Apretó los labios, aguantándose unas lágrimas de emoción repostera—. Bueno. —Eran las mejores galletas que había probado en la vida—. En fin —Tosió—. Les falta… galletas.

Angie, que llevaba ignorándola un rato, sacó entonces una fuente naranja del congelador.

—¡Tacháááán!

Ambas se inclinaron para mirar sobre la mesa un molde de fantasmas en el que se habían solidificado una docena de hielos marrones.

—¿Y ahora qué es esto?

—Esto es —anunció Angie— cocina fusión. Un antes y un después. Estás frente al primer prototipo —agarró uno entre sus dedos— del cubata *post mortem.*

Delia observó, sin palabras, el brillo cocacolero de la creación prohibida, y luego agarró el molde y lo tiró entero a la basura.

—Se acabó —declaró—. Se cierra el chiringuito.

—¡Tronca! —gritó Angie—. ¿¡Estás chalada, con lo que cuesta el ron!?

—¡No vas a inventar el tráfico de alcohol en la ultratumba!

—Mira —empezó Angie—, aunque a ti no te importe, en este edificio vive gente que nunca ha tenido derecho al botellón.

—¿Por qué no puedes…? —preguntó Delia—. ¿Qué te cuesta emplear tu cabeza en algo útil, por una vez, como no joderme la vida? ¡Mira cómo me has puesto la cocina! ¡Hay un chat de vecinos, por tu culpa, para meterme en la cárcel! Así que sí, ¡no me importa! ¡Me importa recuperar mi casa, antes de que te la cargues, y mandarte a hacer estafas piramidales con san Pedro!

—¿¡Y qué crees que estoy haciendo!? ¡Pago mi hipoteca! —gritó Angie—. ¡Tengo una hipoteca y mi negocio hace dinero!

—¿¡Qué dinero, si no lo declaras, si no puedes ingresarlo en la hipoteca y lo tienes escondido en mi bote del arroz!?

Angie, rescatando cubatas de la basura, se giró y miró los billetes que asomaban dentro del bote del arroz.

—Bueno. —Carraspeó, incómoda—. Pues con algo me tendré que pagar ahora las discotecas.

Delia le lanzó el ejemplar del *Quijote* con un giro de brazo de olimpiadas de jabalina.

—¡¡¡Ah!!! —gritó Angie—. ¡Serás cafre! —Recogió el libro, que se había empapado de ron en la encimera—. ¡Y encima el cuento del Miguelito, que me lo había firmado esta mañana!

Con el proyectil del manual ya preparado, Delia frenó en seco y boqueó.

—¿¡Que el tal Miguelito es el fantasma de don Miguel de Cervantes!?

Y, de pronto, ¡riiinnng!

El timbre de la puerta zumbó, como una descarga eléctrica que recorrió el pasillo. Delia pensó: «Ya llegan los vecinos con las antorchas», pero, cuando abrió, lo que la esperaba erguido y serio sobre el felpudo era un mal mayor: Judith Agós, una fuerza implacable de persecuciones penales.

—¿Jud? —murmuró Delia, a la que ahora le aburrían los muertos y le asustaban los vivos—. ¿Q-qué…? ¿Qué haces aquí?

—Vengo por lo del vestido.

—¿Qué vestido?

—El vestido de la boda.

—¿Qué boda? ¡Ah, sí, ya! —exclamó, forzando una sonrisa—. ¡La boda! Pues es que me pillas liadísima, es que ahora no puedo…

Judith no preguntó si podía pasar: pasó, sin invitaciones, y dejó su gabardina en el perchero. Miró alrededor, buscando trazas de narcotráfico en la entrada del dúplex de su hermana: los marcos seguían teniendo fotos de muestra de IKEA. En la papelera pequeña no se atisbaban restos de envoltorios de jeringuillas. Quizá olía a laboratorio de producción de cocaína, pero también podía ser un abuso hipocondriaco de lejía, y nada indicaba un aumento incriminatorio de nivel económico.

—Vale, mira —decidió Delia—, ¿por qué no apago esto y nos vamos a tu casa? Es verdad, hay que hacerlo: vemos los vestidos en tu casa mejor, y así saludo a Harry, que hace mucho que no me enseña su Duolingo…

Judith la miró.

—¿Me vas a decir de una vez qué está pasando?

—¿Qué? —Delia sonrió nada psicopáticamente—. ¿Qué pasa?

—Delia. —Jud se cruzó de brazos—. Cuando tenías diez años —empezó—, sabía qué noche te ibas a mear en la cama.

—¡Wow! ¿A qué viene…? Y fue solo, puntualizo, hasta los seis…

—Te está pasando algo —la cortó—. No sé por qué no me lo dices, y ya me da igual; yo siempre sé cuándo te pasa algo. Llevas esquivándome semanas, no vienes al cumple de mamá —«No es el cumple de mamá», aclaró Delia, «solo lo finge»—, y si estás metida en alguna historia, Delia, he visto cosas peores. Si lo del dinero te ha llevado a algo o has buscado una salida medicinal…

—¿Salida medicinal?

—Farmacológica.

—Judith —contestó ella—. Te juro que no sé de qué me hablas…

El teléfono empezó a vibrarle en el bolsillo. Delia lo sacó y leyó en la pantalla el número, y Judith se mosqueó cuando le dijo: «Un segundo. Es que tengo que cogerlo». Ya aguardando las antorchas, Delia respondió:

—¿Sí, dígame?

Al otro lado, alguien dijo:

—¿Despechada9? ¿A ti qué coño te pasa? Te llamo por el tema de Angie, por tu mensaje de mierda en el forito de Angie. —Y añadió—: Soy Rafa. ¿Tú qué guerra estás buscando?

A Delia se le abrieron los ojos del tamaño de dos manzanas y los pulgares casi se le resbalaron cuando intentó silenciar el micrófono.

—Jud —le pidió—. Espérame aquí.

—¿Qué?

—Tengo que atender esta llamada —le dijo—. Perdón. Es un segundo, y luego en tu casa lo hablamos todo, te lo juro. Tienes razón. He estado… He pillado hongos —se inventó— y me ha dado vergüenza. Me he castigado mucho, por lo de los hongos. Luego lo hablamos. No te muevas.

Judith bufó cuando la vio cerrar la puerta de la cocina antes de perderse en la oscuridad vespertina del salón.

—Hongos —repitió incrédula.

Luego inspeccionó los cajones del mueblecito de la entrada y giró la llave que estaba encajonada en el armario. Dentro había trece paquetes de Amazon abiertos y amontonados como el residuo que no cabe en un contenedor de cartones. Los revisó, pero eran todos cachivaches: una rapadora eléctrica. Un purificador de aire. Un despertador. Le llamó la atención un resto, casi polvo ya sobre el suelo, ensombrecido debajo de una caja: el final de una colilla.

Mientras Delia se encerraba en el balcón, Judith Agós decidió, por supuesto, no esperarla en absoluto: sacó unos guantes de látex y guardó la colilla en un plástico y, como agente veterana de CSI Aranjuez, comenzó a investigar el dúplex por su cuenta.

—Rafa, hola, perdón —jadeó Delia—. Ya estoy.

—Mira, yo no sé por qué se está hablando de mí. Yo miro el foro, vale, porque se me antoja, pero yo no sé quién eres tú ni quién te ha dado mi nombre.

—No, no —intentó calmarlo—, si es que no era acusatorio. No hemos empezado con buen pie. Yo es que he sido íntima, muy íntima, de Angie.

—Sí —se rio él, en una tos—. Todas habéis sido muy íntimas de Angie.

—No, pero me refiero... Que yo hablé con ella de ti, antes de que muriera...

—Espérate. —Se le oyó quitar el manos libres y acercar la cara al teléfono—. ¿Cómo has dicho?

—Que tu nombre me lo dio...

—No, no —repitió él, y de la nada empezó a rompérsele la voz—. ¿Has dicho que Angie está muerta?

Judith palpó las paredes del armario. Miró en los zapatos y luego en los bolsillos de las chaquetas: encontró un paquete de cigarros Marlboro reciente, casi nuevo. Cuando lo guardó en otra bolsa y se decidió a inspeccionar el pasillo, oyó en alguna parte un ruido como de un crepitar de plásticos.

En la cocina, revisando los restos salvados de la basura, Angie apartó las bolsas de ingredientes de galletas y colocó en la encimera su molde de cubatas medio vacío.

—Qué asco... —murmuró por lo bajo—. Y derretidos... Será desgraciada...

Agarró uno entre dos dedos y lo limpió como pudo bajo el agua del grifo.

—Bueno. —Lo examinó—. Pues yo qué sé. Bienvenido sea.

Al metérselo en la boca, primero le supo a bolsa de patatas y sobras del lunes de bacalao; tampoco lo sufrió mucho, ávida de sabores. Después vino el azúcar como una detonación, y el gas frío y empalagoso de la Coca-Cola, al que ya se le había desacostumbrado el cuerpo. Estaba ahí, entero, y eso era: había conseguido deconstruir el cubata para transformarlo en el modelo maldito del cubata para muertos, y por tres segundos lo celebró, mientras se le deshacía como agua en la lengua, pero el golpe vino después. El de su cabeza, contra el filo de la encimera.

—¿Qué…? —gimió Angie—. ¿Qué coño…?

Las rodillas empezaron a no responderle. Le cedieron solas. Se tambaleó, como drogada, y se contó en una mano un total de quince dedos, y, cuando se desplomó sobre el *Manual*, que estaba abierto en el suelo, pasó sus páginas buscando y buscando y buscando y buscando y…

Manual de ghosting para principiantes APÉNDICE APDO 6 • 82

IMPORTANTE

¡Por favor, leer antes de consumir alimentos!

Es indispensable saber, para presentes y futuros tratos comerciales de Cheetos, que los fantasmas entran en colapso y no son capaces de digerir papel, anchoas, pan de ajo, moscas (u otros organismos de insectos vivos) ni alcohol.

Judith empujó la puerta.

En la cocina, el grifo estaba abierto, con el agua corriendo, y la luz encendida, pero allí no había nadie. Miró la mesa, atestada de cacharros. El horno encendido, junto a una fuente de galletas. Analizó los restos de harina, comprobando que solo era harina, y, cuando se acercó al fregadero para cerrar la manilla, creyó oír detrás de ella una silla moviéndose sola.

Se giró.

Un libro tirado en el suelo se deslizó sin ningún viento y chocó contra el cubo de basura. Angie, mareada, en colapso, jadeaba:

—El baño... Tengo que... ¿Delia...? ¿Dónde...? El baño...

Se apoyó, al tropezar con el marco de la puerta, en el interruptor de la luz. Eso fue lo que vio Judith: la cocina, de pronto, quedándose a oscuras sin explicación, y el pasillo llenándose de manotazos sobrenaturales en las paredes. Un escalofrío la recorrió por dentro, como alertándola, y agarró por instinto un tenedor.

Judith salió al pasillo, siguiendo los ruidos.

En el balcón, Rafa continuaba diciéndole a Delia:

—Y, cuando mi madre murió, entendí que la vida es esto, ¿no? —Se sorbió los mocos—. La vida se nos va, y en cualquier momento te da un pechusco. Y viendo *Pasapalabra*, que no fue que hiciese tenis.

—Claro —asintió ella, agotada—. Totalmente.

—Y de pronto un día te sale un cáncer de testículos. —Tuvo que parar un segundo, muy afectado—. Es que creo que tengo un cáncer. Porque me lo he notado esta semana, que se me hinchan los testículos.

—Estoy de acuerdo.

—¿Y cómo le pasó a Angie?

—Eh... Justo así. Estaba y ya no.

Rafa sollozó, confundido:

—¿Le dio también un cáncer de testículos?

—No, bueno, Rafa, que nos estamos desviando —recondujo Delia, espabilándose—. Que me tengo que ir, muchas gracias. ¡Pero puedo dejarte una dirección! Y tomamos algo algún día. Charlamos de todo, para procesar la muerte de Angie. —Él musitó: «Bueno...»—. Lo que me pidió ella, y por esto quería hablar contigo, fue que hablásemos tú y yo, cuando pudiéramos, del asunto ese de la hipoteca.

—¿Cuál? ¿Qué hipoteca?

—La hipoteca de Angie.

Se hizo un silencio de pañuelos.

—¿Y yo tengo que saber algo sobre una hipoteca?

Tras la espalda de Delia, en el salón apagado, el fantasma de Angie se desplomó contra el sofá. Se tragó de frente una rama del ficus. Se agarró como pudo a la estantería, después de llenarse la cara de tierra, y Judith siguió el recorrido de estas manifestaciones con los ojos como platos: un cojín que caía solo. Un cuadro doblándose y la avalancha de libros que tuvo que sortear sobre el parqué.

Avanzó con el tenedor por delante, mientras la luz se encendía y se apagaba, y la entidad se desplazaba, borracha, hasta la escalerilla, y luego vio cómo unas huellas de tierra con forma de manos la subían.

—¿Cómo que no sabes? —preguntó Delia.

—A ver —dijo Rafa—. ¿Qué tengo yo que ver?

—Pues a ver, pues era Angie —casi lo riñó—. Pues tú eras muy importante para ella.

—Ah.

—Pues ha vivido muy sola y se nota, que me la disteis ya con problemas.

—Joder —soltó él, sorprendido. Se volvió a emocionar un poco—. Nunca creí que estuviera tan mal… Es que realmente nunca se conoce a alguien, ¿eh? Tú la veías ahí, a lo suyo… Pero es verdad que conectamos, ahora que lo pienso. Es verdad que tuvimos nuestros momentos, y yo se los vendía enrollados, a veces, y nos reíamos juntos, en la esquina.

Delia se irguió, pensando…

—Espera —lo interrumpió—. ¿Tú no eres Rafa de la familia de Angie? ¿Rafa, el de la hipoteca de toda la vida?

La voz al otro lado contestó:

—¿Qué? Yo soy Rafa, el camello de Angie. Rafa Portillo, el de los porros de plaza Elíptica.

Angie gateó, de lado a lado, por el pasillo del segundo piso. Se tropezó con el cubo y la fregona y la tiró, y se empapó la ropa; Judith, cinco pasos detrás de ella, tuvo que retroceder hasta la escalera e interpretó el fregonazo como una declaración agresiva. Tragó saliva y avanzó hasta el cuarto de Delia. El baño se encendió antes, en un parpadeo amarillo: el camino se había terminado.

Judith entró sosteniendo su arma, en un silencio inaudito, y anduvo hasta la cortina que tapaba la bañera. La apartó de un golpe: detrás no había nada. De pronto, se activó tras ella, sola, la cisterna del váter, donde Angie, vomitando todo lo que había ingerido desde su último día de vida, dejó de temblar al fin, tras un tripi demencial que le había purgado el alma. Cerró los ojos y recuperó el aire. Cuando se incorporó para echarse agua en la cara, veía doble aún, pero pudo distinguir en el espejo los ojos azules de otra persona: reflejada frente a ella, como una alucinación imposible de otra Delia que no era Delia, pero era Delia con el pelo largo, Judith Agós soltó el tenedor, que tintineó contra el suelo, mientras se miraba en el espejo con el fantasma imposible de Angie.

—¡¡¡AAAAAAAAAH!!!

Delia llegó corriendo por las escaleras.

—¿¡Jud!?

—¡¡¡AAAAAAAAAH!!! —gritó Angie al verlas juntas, creyendo que acababa de ascender a un espacio maldito del multiverso de Delias.

Diez minutos más tarde, tras el suministro necesario de un válium:

—Entonces rodó por las escaleras —terminó de explicar Delia—, dentro de la Thermomix, y pues me ahorro los detalles, pero cuando bajé para ir al curro ya la vi allí muerta.

Nadie dijo nada durante lo que se sintió como el transcurso completo de una vida. Judith, sin pestañear, se recolocó incómodamente sobre el bidé y volvió a ojear el espejo para cerciorarse de que la muerta seguía presente.

—¿Puedo abrir un segundo y tomar el aire?

—Sí —dijo Delia.

—Gracias.

Abrió la ventana y sacó la cabeza y cogió una bocada digna de superviviente del Titanic.

—No me puedo creer —soltó Angie, aún empapada y hecha una mierda— que no me hayas contado que existía otra exactamente igual que tú, pero con dinero.

—Cállate —masculló Delia—. Tengo cuadros.

—No es verdad.

—¡Tengo fotos con ella por la casa!

—Creía que te gustaba duplicarte en Photoshop.

Cuando giró la cabeza, su hermana estaba tiesa junto a la bañera, observándola hablar sola con la cisterna del váter. Vio preciso aclarar:

—Estamos comentando.

—¿Puedes oírla? —preguntó—. O sea, ¿ella te oye?

—Ella oye, en general —dijo Delia—, lo que no significa que atienda o que haga caso. Pero te oye —confirmó—. Ya luego la parte de verla y oírla, no sé qué pasa, pero la veo solo yo; he estado buscando por qué en el *Manual de ghosting para principiantes,* pero está orientado a muertos asalariados, entonces he pensado que quizá fue el sexo *pre mortem.* —Dejó de dar explicaciones conforme Judith palidecía—. Lo que ha hecho que se dé así… —acabó murmurando— nuestra situación.

Angie se aguantó una risa estúpida y murmuró: «Sexo *pre mortem…*», a lo que el cuerpo le regaló de castigo otra migraña. Judith se quitó y volvió a abrocharse el último botón de su camisa.

—Si esto es una broma —comenzó—, aún estás a tiempo y no me enfado…

—No es una broma.

—Vale. No es broma. —Asintió y cerró los ojos, como reprogramando durante un segundo su base de datos. Luego los abrió—. ¿Cómo no me has dicho, Delia…? —Mentía: iba a enfadarse—. ¿Cuánto pensabas no contarme que estaba ocurriéndote este disparate?

Delia balbuceó exclamaciones, ofendida.

—¿En serio?

—No sé por qué siempre, cuando tomas estas decisiones…

—¡Si te contaba este disparate, Jud —la interrumpió—, me habrías mandado a urgencias de psiquiatría!

—Te habría acompañado —la corrigió— a donde hiciera falta, con lo que hiciera falta. Pero mentirme, y luego lo de los hongos…

—¡Habrías decidido que he acabado de volverme loca!

—¡Y soy tu hermana, y lo voy a ser también el día que acabes de volverte loca!

Angie se tapó los oídos, palpitando de resaca entre los chillidos de las dos.

—Dios mío… —se lamentó—. Y yo que tenía suficiente con una…

—¡Ángeles! —declaró de pronto Judith, mirándola en el reflejo con su autoridad de letrada—. ¡Soy la abogada de Delia Agós y, como su representante legal, te comunico que tengo recursos para expulsarte de este domicilio! El primero: con el pertinente permiso de obra, vamos a convertir el armario de la entrada en una prisión privada de contención.

—¡Judith! —la riñó Delia—. ¡No vamos a emparedarla!

—Dios mío —repitió Angie, horrorizada—. ¿¡Esta es peor!?

—Sería una medida carcelaria temporal. Deli, estás conviviendo con una delincuente.

—¡Estoy camino de solucionarlo! ¡Estoy buscando para solucionar su hipoteca!

—¿Cómo? —inquirió Judith—. ¿Negociando con traficantes? ¿Llamando a su amigo el Rafa, que he oído cómo te amenazaba?

Angie giró la cabeza.

—Cómo que Rafa.

—No —negó Delia, rápidamente—. Se ha rayado. Era… Estafa.

Se miraron.

—¿¡Has estado hablando a mis espaldas con Rafa!?

—¡No, pero sí! ¡Pero no, y al final era otro! ¡Era Rafa del foro donde te cancelan, Rafa tu camello de plaza Elíptica!

Angie gritó:

—¿¡Me están cancelando en un foro con Rafa!?

Judith gritó, aún más alto:

—¿¡Rafa su camello de plaza Elíptica!?

En ese momento, al otro lado de la ventana abierta, se oyó un estallido como si un rayo cayera en el balcón. En el patio de vecinos reverberó un chisporroteo y luego llegó el estruendo; temblaron los cimientos y vibró el edificio. Se oyó una sucesión de exclamaciones, la mitad en español y la otra mitad en italiano.

Cuando se asomaron las tres, atropellándose, para ver qué había ocurrido, en el patio habían reventado tres contenedores como palomitas de microondas, y una ola de basura regaba las paredes hasta las ventanas del tercero. El suelo estaba negro y olía a aceite quemado. Angie oyó en el cuarto al soldado majadero:

—¡Ya están aquí! ¡Ya ha llegado por fin la guerra de España!

Después de eso, ninguna se atrevió a hablar y nadie volvió a acordarse jamás del robo de los paquetes de Amazon.

Encarnita la desdentada, armada con una caja de petardos, miraba su obra de arte encaramada a las cuerdas del tendedero.

Cuando Judith ya se había ido y los bomberos aún seguían limpiando a manguerazos, Delia salió una vez más a la ventana de su habitación y miró a Angie Samper subida a la rampa del tejadillo.

—¿Cuándo piensas bajar de ahí?

Ella ni siquiera la miró. Echó el humo de su cigarro encendido.

—No sé —respondió—. ¿Cuándo dicen en el foro que bajo?

—Okey —bufó Delia—. Genial. Como gustes…

Al meterse en el cuarto, la oyó añadir:

—Este es el único sitio en esta urna de bloque en el que se puede respirar.

Culpable, quizá, por algo a lo que no sabía ponerle nombre, y con miedo a empeorar una refriega que ya llevaba pesándole semanas, Delia apoyó una rodilla en el alféizar y se agarró a las tejas, en un desplazamiento patetiquísimo hacia el lugar donde fumaba Angie.

—Joder —se quejó—. Esto es un peligro. Nos vamos a matar.

—Te vas a matar tú —dijo Angie—. Yo ya vengo con lo mío.

Se sentaron la una junto a la otra, mirando el atardecer sin luna del 14 de octubre. La jungla naranja de los tejados de Madrid capital.

—Me has dado la semana —dijo Delia, lo cual, en realidad, iba en contra de sus propósitos—. Si no fueras una estafadora y una borracha, mi hermana ahora no estaría queriendo que queme el dúplex.

—Perdona por no haberme preparado para la aprobación de tu hermana, la cual no sabía que existía…

—Tengo fotos en casa.

—… porque tú te puedes meter en mi vida —continuó—, y yo, ¿cómo era? Ah, sí; tu vida está fuera de límites.

Delia calló un segundo. Se abrazó las piernas, agotada.

—Mi vida —murmuró— es todo tu perímetro de existencia.

Pero no se separaron, tan cerca que podrían haberse tocado, de poder tocarse: un codo contra una rodilla. El nudillo del meñique con el meñique de otra mano. Si nunca se hubiesen tocado, habría sido todo mucho más simple, mirando atrás, al recuerdo idealizado de sus vidas anteriores igual de lamentables.

—¿Qué es lo que decían?

—¿Quién?

—La gente del foro.

—Comparten experiencias sobre que eres gilipollas.

Angie se rio y, contra todo pronóstico, fue una risa de verdad.

—Supongo que sí —contestó—. Supongo que… he sido siempre, hasta el último día, una gilipollas para todos.

Delia la miró de reojo, intentando descifrar lo que sea que estaba pensando. Pero ¿cómo lo iba a saber? No podían tocarse siquiera. Después de los gritos y la bomba del baño, algo de Angie se había quedado en silencio tras la mención de Rafa. Estaba ausente e incómodamente humana; incorrecta, como una estantería desnivelada.

—¿Qué significan?

Angie se volvió y la vio señalando su tatuaje con el mentón. Se miró el brazo, como si hubiese olvidado la manga roja y azul y verde que le cubría desde el hombro hasta la muñeca.

—¿El qué? —Alzó las cejas—. Son flores.

—Ya sé que son flores, tía. No estoy ciega. Estoy intentando… —Delia se peinó, casi abochornada—. Pero algo te tenía que mover a hacer las cosas, antes. Por conocer quién eras, antes de esto. Ahora que compartimos esta vida.

A Angie se le fue ensanchando una sonrisa de idiota en la boca.

—Vaya por Dios, Delia Agós —dijo—. ¿Hemos dado un paso y ahora de pronto nos estamos conociendo?

—Vale, sí. Eres gilipollas.

—Antes de que te apresures, debes saber que no conozco la maniobra musculobasal de tu abuela.

—No te puedo pagar el cubata —bromeó Delia—. Entenderás que te lo escupa.

Aguantándose la risa, Angie le ofreció el cigarro que tenía encendido entre los dedos y Delia fumó de él como esa noche, cuando se habían despedido en el balcón para no verse nunca más en la vida, y quizá esa calma, esa intimidad, habría sido perfecta si no hubiese tosido la calada.

—Pero no te lo tragues —se rio Angie—, que no sube.

—Tía, joder… ¿Estás fumándote un mentolado?

—Qué te puedo decir. Doy bastante asco.

—Dios… —Tosió—. Me lloran los ojos.

—Eres peor que el Miguelito, ¿eh? Trae. Échalo —dijo, antes de llevarse la boquilla a la boca—. Hay que enseñarte a fumar. Me lo has manchado como siempre de pintalabios.

Mientras se hacía de noche y miraban Madrid como si fuese a caer del cielo alguna luz importante, Delia decidió, no supo bien cómo, que eso era todo: nadie podía ser más rápido que la muerte, ni que la propia, ni que la ajena. Esa era la vida que ahora compartían.

Los pulmones le escocían de inhalar lejía en el cuartito de limpieza de Geogalia y estaban, una semana más, lidiando con las mismas, y toda esa batalla entre ellas ¿para qué? Respiró (porque era verdad que allí se respiraba mejor) en lo alto del tejado, en el que empezaba a hacer un frío de otoño. Si no se habían librado ya la una de la otra, iba a hacer falta más. Si tenía que colaborar, y convivir, con lo que quedaba de Angie Samper, no podía seguir persiguiendo sus fantasmas, fuera quien fuese Rafa, tuviera las respuestas que tuviese con él.

—Me lo tatué a los dieciocho —dijo, de pronto, Angie—. O sea, me lo terminé, bueno. Me llevé como tres años haciéndome la manga, que fue un compromiso y yo era una cría. Lo empecé y al final lo terminé, pero eso no significa que signifiquen nada. —Apoyó las manos en el tejado y apagó la colilla—. Me he tatuado las cosas que me parecían bonitas; creo que las cosas que siempre pensé que me parecerían bonitas, como los pájaros y las flores, y Curro, el de la Expo del 92. —Sonrió—. Significan... Yo qué sé, que nada significa nada. Que estamos aquí de paso, si quieres, nada más que para ver cosas bonitas.

—Mírate —murmuró Delia, mirándola—. A veces dices cosas.

—¿Nos conocemos más, ahora?

—Estaban espectaculares —le confesó—. Tus malditas galletas.

—Ya lo sé. Voy a chapar el asunto. Lo he entendido, no me rayes: la jefa dice que hay que chaparlo.

Delia bajó esa noche al salón y la oscuridad casi le pareció plácida. Habían estallado los contenedores, pero Angie y ella se lavaron los dientes lado a lado y se dijeron «Bueno, chao», «Venga, descansa», y por un segundo fue un acto natural, no tan relevante, y nadie tuvo nada horrible y urgente que gritarse a la cara.

Mientras regaba el ficus, oyó un pitido a lo lejos, en el mueble de la entrada: con el caos, Judith se había dejado el móvil. Le devolvió la llamada a Harry.

—*Hello,* Magic English. Dile que está aquí.

—¡Oh, Delia, qué susto! —exclamó él—. Porque tenía cosas de la curro y todo, si se pierde. *Jud, she has it!* —avisó a Judith—. Qué tía buena que eres.

—No le digas eso a nadie que no sea idéntica a tu novia —le dijo, para cerrar—. Dile a Jud que se lo llevo mañana.

Cuando se apartó el iPhone de Judith de la cara, el reconocimiento facial lo desbloqueó. Delia fue a apagarlo, pero en primer plano le apareció la conversación con Richi en WhatsApp, que le había pasado a Judith su traje azul de boda; le escoció, solo entonces, haberse perdido todo eso el último mes. El traje de novio. La decisión de las flores. Cotilleó en los archivos y pasó una foto, y luego otra foto, y la siguiente foto ya no era de un traje. Era una tarjeta negra sobre una mesa grabada con las letras blancas. Retrocedió a los mensajes.

Cuál era al final el estudio de fotos?
Por si acaso…
Es que tengo una colega

No, tía!
Ya lo tenemos pagado y todo
Los ha pillado mi suegra
Está que no caga

En la tarjeta del estudio contratado para las fotos de la boda de Richi e Isma, había un retrato del fotógrafo, un chico moreno, de brazos cruzados, estirado y con una cola baja, que Delia ya había visto en un bar, antes de ser secuestrada en el baño, después de una persecución por unas cenizas.

MAMBO STUDIO
C/GUADALETE
POL QUISPE

«¿Pol?», había dicho Angie.

Y solo hizo falta eso para que a Delia se le olvidara toda esa movida bienqueda de respetar los fantasmas del resto.

LO DE ARRUINAR UNA BODA CON UN CADÁVER

Ricardo Soto había tenido una visión profética del día de su boda la noche que perdió la virginidad en el campamento religioso de Hoyo de Manzanares.

Unas horas antes, mientras besaba a Delia Agós en una roca, ya había sentido algo erróneo bajo las amígdalas, que no era su lengua, porque la tía no se desenvolvía mal; manoseaba de más, eso sí, como buscándole algo en el pecho que no tenía. Insistía en que fuese él el que se sentase sobre sus piernas. Era curiosona la tal Delia, pero no fue hasta el amanecer, mientras se manoseaba lo que sí tenía en la cabaña con Gerardo Sanz, que Richi fue golpeado de repente por una luz de providencia: se vio con un traje azul, en el altar de una iglesia, y ya no tenía acné, y el mundo olía a lavanda. Le agarraba las manos a un hombre y este se inclinaba para besarlo. Gerardo Sanz, para su desgracia, saldría del armario años más tarde como cura apostólico romano; sin embargo, en ese momento, estaban los dos allí y Richi supo todo lo que pasaría: que iba a casarse, y que para ese día habría cultivado un buen bigote mosquetero sobre el labio, y que Dios le estaba diciendo que ya no podía huir más tiempo de su destino sellado como icono homosexual.

La parte de la iglesia fue la que más quebraderos de cabeza le dio al pobre de Isma, porque Ricardo se negaba a renunciar a ningún detalle de su profecía. Tuvieron que comprar treinta velas aromáticas para que la ceremonia oliese a lavanda. Intentaron alquilar alguna parroquia de un pueblo, pero los católicos se habían desacostumbrado a los sobornos desde el diezmo; hubo que reservar, al final, una casa rural que conservaba una capilla que ya no se utilizaba, pero que habilitaban para el paripé de las bodas, y en la que no cabía ni la mitad de la gente en los bancos. Con los invitados de pie, frente a un Cristo decapitado, organizados por el subversivo (y sobornable) padre Nieto, Richi llegó al fin a su visión y lo que vio entonces no era, en realidad, lo que había planificado que vería: vio a Ismael Fernández, con los ojos llorosos, ahogado de emoción debajo de la pajarita. Lo demás podría haber jurado, de pronto, que estaba ocurriendo en cualquier otra parte.

El padre Nieto repitió, entonces:

—Hay alguien que tiene que traer las alianzas. —Carraspeó—. Si hay alguien que tenga que salir a dar las alianzas, y se da por aludido, este es el momento… Estamos esperando las alianzas…

Delia apareció por la puerta de la capilla, corriendo y ahogada y medio tropezándose con el vestido. Susurró: «¡Perdón!», mientras apartaba a la gente, que era mucha gente, y el asunto más que una misa parecía un festival. Llegó en una carrera hasta su sitio en el altar. Recuperó el aire y el padre Nieto se acercó a ella, pidiéndole algo con las manos. Hubo un momento de confusión. Luego, cuando entendió lo que le pedía, hubo un momento de lucha para encontrar las alianzas al fondo de su vestido. Todo esto habría conseguido que Richi se desmayara del rebote, si no hubiese estado flotando en otro plano astral con Isma.

—Así pues —dijo el padre, cuando ya tuvo los anillos—, en esta ceremonia en la que estamos reunidos, celebramos la unión de estos hijos de Dios que hoy contraen matrimonio, ¡aunque no con Dios! Porque estoy aquí en condición legal —aclaró—, y no eclesiástica, ¡aunque Dios está en todas partes! Pero, para los que graban, que quede claro que lo hago como amigo. No se ha invitado a Dios... ¿Está grabado? —le susurró a un fotógrafo—. Vale, vale... —Continuó—: ¡En esta ceremonia matrimonial, Ricardo e Ismael, unid vuestras manos, y compartid vuestro consentimiento de unir también vuestras vidas ante la mirada de D...! —Se corrigió—: ¡... el Estado!

Enfrente de Delia, Judith la riñó en un lenguaje gestual de gemelas: «¿¡Cómo se te ocurre!?». Delia juntó las manos: «¡Perdón!». Judith apretó los labios enfadada: «¡Había que estar a las diez!». «¡Lo sé! ¡Ha sido el bus, que lo hemos perdido!». Judith alzó una ceja: «¿Hemos?».

Richi dijo, colocándole la alianza a Isma:

—Yo, Ricardo, me entrego a ti, Ismael, para quererte y cuidarte, en la salud y la enfermedad, como ya estamos haciendo hoy, mañana y siempre.

Isma dijo, con su voz de ultratumba temblándole con las lágrimas:

—Yo, Ismael, me entrego a ti, Ricardo, para quererte y cuidarte, en la salud y en la enfermedad, como ya estamos...

Al fondo de la capilla se escuchó un tintineo. Delia, alerta, se puso de puntillas para mirar: Angie Samper estaba robando las donaciones de un altar de velas por la caridad.

«Será hija de...»

Las monedas se le cayeron al suelo. Delia la vio agacharse, ratera como era, para recogerlas una a una, y cómo los asistentes de la última fila se giraron por el ruido. De pronto, un virus de cuchicheo sobre la ladrona de las caridades se extendió de atrás hacia delante, fila por fila. Delia exclamó:

—¡Yo, Delia...! —Y todo el mundo se volvió hacia ella, lo cual funcionó como distracción. El alma de Judith, sin embargo, se elevó por el horror desde su cuerpo hasta los cielos—. ¡Os deseo, Richi e Isma, una vida llena de... amor! ¡Porque al veros, y creo que hablo por todo el mundo, me inspiráis amor y me inspiráis vida! —Iba a terminar, pero

Angie volvió donde las velas y tiró una, que empezó a arder—. ¡Y somos afortunados! —añadió, y la gente la miró otra vez a ella—. ¡De presenciar vuestro amor y vuestra vida, un ejemplo de lo que uno debe buscar, cuando está buscando! O quizá el amor llega, ¿no? Y con él, la vida. Perdón. Me he emocionado. Cáselos —le pidió al cura—. Por favor.

El padre Nieto tomó la palabra, desconcertado, y remató:

—¡Y con esto, yo os declaro, marido y marid...!

—¡Está ardiendo el altar! —gritó de repente una trabajadora de la casa rural.

La muchedumbre se volvió, asustada, mientras Angie ya se alejaba de la columna de humo.

—¡Está ardiendo la Virgen!

Los invitados, apelotonados, empezaron a moverse y a recular.

—¡Todo el mundo tranquilo! —pidió el padre Nieto.

—¡Esto ocurre —se quejó la abuela de Richi— cuando se le veta el acceso a la presencia de Dios!

Se formó un pifostio, con la gente alarmada, la enfadada y la gente a la que otra gente le estaba clavando un codo. Se quejaron los unos de los otros, porque allí, en conclusión, no cabía toda esa gente y nunca debería haber cabido, y para salir descubrieron que se tenían que pegar, así que empezaron a pegarse. Las señoras se agarraron a los bancos para soportar la estampida. Un niño, llorando, se subió al órgano, y la cosa empeoró aún más con banda sonora.

—¡Todo el mundo tranquilo, por favor! —gritaba el padre Nieto—. ¡Por favor, recibamos con el corazón abierto las quejas progresistas de Dios!

Ricardo e Ismael, en el centro de todo esto, no se soltaron de las manos ni dejaron de mirarse un segundo; en el espacio paralelo que habitaron el día que se casaron en ese altar, olía a lavanda y eran vistos solo por un crío de diecisiete años que entendía, en Hoyo de Manzanares, todo lo que quería tener en la vida.

Veinte minutos más tarde, cuando el apocalipsis se había acabado, Delia atrapó a Angie a la salida de la capilla y la arrastró hasta un lateral.

—¡Te he pedido una sola cosa al traerte! —la amonestó—. ¡Una! Y es que te comportes y no me dejes en mal lugar, ¡y no incendies la iglesia de la boda!

—Eso son tres cosas —precisó Angie—, y la última es nueva y debería haber sido aclarada con anterioridad.

Delia le metió las manos en los bolsillos y le quitó los euros de un tirón.

—Debería darte vergüenza —protestó—, y tienes un serio problema.

—¡Es una casa rural! Escúchame, ha sido una cagada lo de las velas. Pero ¿a dónde van a ir a parar cinco euros en una boda de pijos?

—¡A la gente pobre!

—Nosotras somos la gente pobre aquí, Delia.

Una pareja de invitados pasó junto a ellas de camino al convite; las miraron, y Delia notó entonces que estaban discutiendo en medio de un evento lleno de semiconocidos. Tiró de Angie, de pronto, y le plantó los brazos alrededor del cuello.

—¡Ay, cómo eres! ¡Déjalo ya, tonta! —canturreó, y luego, en una orden inaudible—. Agárrame. —Angie tosió, pillada por sorpresa, y bajó las manos para agarrarle el culo—. ¡Así no, sinvergüenza, como una pareja enamorada! ¡Has venido como mi pareja!

—¿A las parejas se les desvanece el culo?

En ese instante, Judith Agós salió, consternada, de entre las puertas de la capilla humeante. Siguió recta como un perro policía el rastro de errores que había dejado su hermana.

—Delia —la llamó, y Delia retrocedió y empujó a Angie lejos de sí—. ¿Qué haces…? ¿Cómo y por qué…?

—Perdón. Jud. Vamos a ver, vamos a hablar…

—¿¡Cómo se te pasa por la cabeza traer a la boda de Richi a tu muerta narcotraficante!?

—Qué tal, Judith —comentó Angie, desenfundando un cigarro.

—Qué tal, Angie, buenas tardes —respondió Judith, y miró de nuevo a Delia—. ¿¡En qué demonios estabas pensando!?

—Jud, iba a hacer el ridículo viniendo sola. No, escúchame —le pidió, al verla rodar los ojos—: ya he tenido un año de vergüenza. Este es el diíta del siglo, ¿no lo ves? Está aquí toda la peña de la carrera, y los cayetanos de la ESO, e incluso los del campamento de Hoyo... —Se frenó un segundo cuando Gerardo Sanz pasó a su lado y se saludaron. Continuó—: ¡Es la reunión de antiguos alumnos de mi zona del infierno! Si venía sola, iba a hablarse de lo de Elba, y Angie se materializa los viernes, ¿qué podía hacer?

—¿No traer a una delincuente que lleva aquí cinco minutos y ya ha robado a la beneficencia?

—Tengo un plan —la interrumpió, agarrándola de las manos—. Esto tenía que hacerse, luego te cuento, porque me he enterado de...

La madre de Richi se acercó de pronto a ambas y les plantó tres abrazos con sollozos a cada una.

—¡Mis niñas! ¡Qué guapas que estáis! ¡Que hartón de llorar! —exclamó—. ¡Ya tengo la cara hecha un mendrugo para todo el día! Judith, te he visto muy bien al principio, pero luego cuando te has pasado a la izquierda estabas descompuesta, chiquilla. Me he preocupado.

Delia carraspeó:

—Esa era yo, Sonsoles.

—¡Ah! —Sonsoles se sobrecogió—. ¡Hay que ver lo que os parecéis!

—Pasa con los gemelos, Sonsoles.

—Sí —sonrió Delia—, uno siempre suele dar más asco, Sonsoles.

Luego se fue y se quedaron las dos allí, rodeadas de gente parlanchina y trajeada y los ofrecimientos de los camareros, que ya cargaban los piscolabis. Delia se distrajo mirando al padre Nieto a lo lejos, que charlaba con la encargada.

—No puedo creer que Richi haya invitado a este señor para que le oficie la boda —comentó—. Que nos echaron del campamento cuando lo pillé empotrándose a una monja en medio del campo...

—¿Dónde está? —preguntó Judith.

—Pues ahí, a punto de saltarse otro voto.

—Tu muerta, Delia.

—¿Qué? —Delia volvió la cabeza y se dio cuenta de que Angie había desaparecido—. ¿¡Dónde está mi muerta!?

Del adoquinado frente a la capilla, donde estaban las mesas altas en las que los invitados dejaban sus copas, llegaron unas risas. Delia giró la esquina del edificio y entonces lo vio: Angie estaba allí, rodeada de un grupo de espectadores y bebiéndose un tinto mientras ellos le aplaudían, haciendo trucos con el cigarro como si fuese el payaso contratado para entretener a los anormales. De entre los asistentes al show salió Harry, contentísimo.

—*Ha, ha, ha! Rad!* Delia, qué graciosa Elba —dijo—. No quiero que te cabrearte, pero está *different* la Elba. ¿Se ha hecho la operación de las gafas?

Delia ni lo oyó, apresurándose a llegar a ella y apartarla de la gente. Le arrebató la copa.

—¿¡Tú que haces!? ¿¡Cómo se te ocurre beber alcohol!?

—Tranqui, desde el martes lo digiero —dijo Angie—. Creo que con lo del cubata me jodí el sistema. Tampoco siento los codos, desde lo del cubata.

Delia le agarró el mentón con una mano y analizó de lado a lado su sonrisa despreocupada.

—Joder —bufó—. Ya has cogido el puntito…

—No sé qué me cuentas.

—Angie, son aún las dos de la tarde —dijo, dejando la copa en una bandeja—. Por favor, no quiero que te emborraches a las tres y me la líes a las cuatro. No quiero que me la líes, a secas, ni tampoco que te separes…

Angie apoyó la espalda en el muro de la capilla y la acercó a ella tomándola por la cintura.

—¿Vuelves a necesitar urgentemente que te agarren?

A Delia le bailó un calambre caliente en el estómago.

Esto no era, tampoco, un síntoma imprevisible: llevaba desde por la mañana intentando no mirarla, porque Angie Samper defendía cada centímetro de ese traje, y la peor parte era que lo sabía; se había quitado la chaqueta negra y tenía la camisa bajo la corbata preocupantemente desabrochada y, vista así de cerca, los ojos negros casi le resplandecían.

—Ciérrate —le ordenó, abrochándole los botones—. Vas... Es indecente.

—Ajá.

—Tenemos que volver a casa a las doce. Que no se te olvide.

—Si te pones así de nerviosa, nos vas a arruinar el espectáculo de enamoradas. —Delia quiso rebatirle, pero de repente Angie se acercó. Le dijo en el oído, una cosquilla en el cuello—: Me voy a portar bien, rubia. Desmelénate. No se está de boda todas las semanas.

Un año antes, en el crepúsculo de una vida prerruptura y prerruina por hipoteca, Richi había compartido con Delia los dones que les habían convencido de contratar esa casa rural como lugar para la gran ceremonia: en primer lugar, era ergonómicamente perfecta para bodas de pijos. En segundo lugar, era un terreno con historia en la sierra de Madrid, una parcela ajardinada, con su césped y su matorral, pero sin avispas puñeteras; rodeado por una densa corona de árboles (*Pinus halepensis*, especificaban en la web), cuyo precio superaba el total de los ahorros de Delia (que tampoco eran muchos, así que no nos sirven de comparación...), cuyo precio superaba el valor total de la existencia de Delia, si la vendieran al peso en una pescadería.

El equipo contratado para organizar el convite había preparado las mesas de la comida bajo una carpa junto al edificio principal, en lo que Richi había definido como «una medida fundamental, por si cae una lluvia que nadie entiende por el cambio climático». Dando vueltas alrededor de la carpa a prueba de cambios climáticos, Delia se pasó la siguiente hora enfrascada en su misión personal: encontrar la coleta a la altura de la nuca del tal fotógrafo Pol Quispe.

Por supuesto, Angie no estaba al tanto de eso, ni de nada, en realidad, que no fuese el plan del copeo gratuito; como a los gatos a los que se los atrapa con latas de atún, Delia iba a generar ese momento y luego iba a esperar que no le arañara. Era en parte verdad, también, que se hubiese muerto de vergüenza de haber ido sin una acompañante, porque Delia Agós tenía la mala costumbre de pensar que eso a la gente le importaba, y con «eso» me refiero a «ella», y con «costumbre» me refiero a «esperanza».

El recinto estaba a reventar ese mediodía de antiguos compañeros de Informática, practicantes de semi-*bullying* y viejas glorias de Hoyo de Manzanares. Delia se paseó entre ellos picoteando tostaditas de salmón y saludando, incómoda, a los que por desgracia la reconocían; tenía puesto un ojo en Angie, que se bebía una segunda copa junto a la barra. En paralelo, la familia de Richi gritaba la consigna nacional «¡¡¡Que vivan los novios!!!» cada cuarto de hora, y la de Isma, una procesión de protohumanos barbudos, cuchicheaban reverberaciones.

—¡Perdona! —le preguntó Delia a la primera fotógrafa que encontró haciendo lo suyo—. Perdón, estaba buscando... ¿Has visto a Pol, por casualidad?

Ella la contempló, sorprendida.

—¿Pol? —Miró la hora en su móvil—. Pero todavía no ha llegado. Estamos aquí los del turno de mañana. ¿Quién es usted? ¿La suegra?

Delia alzó las cejas.

—¿Tengo puta pinta?

—No, tía, relájate —se defendió ella—. Como nos ha contratado una suegra... Mira, no nos dejan hablar con los invitados, perdón.

Un anuncio interrumpió la música del guateque y se oyó por los altavoces:

—Comienza la comida en la zona carpa. Vayan a la zona carpa.

—Dile a Pol —insistió Delia, antes de irse— que lo está buscando Delia. Díselo.

Cuando llegó a la fila de invitados que esperaban para que los sentaran en la entradilla obstruida de la carpa, encontró a Angie diciéndole algo al oído a una de las hermanas de Richi, que eran cinco y el nombre de todas empezaba por María, y Delia nunca las distinguía entre sí.

—¿Estás segura? —preguntaba Angie. Atisbó a oír que María del

Carmen (¿María José?) se reía como una idiota—. Pues, si no nos conocemos, aún nos podemos conocer…

—Angie —la llamó Delia, y tiró de su brazo para que retrocedieran en la cola—. ¿Qué estás haciendo?

—¿A qué te refieres? Hago amigas.

—Es la hermana del novio, Angie. Has venido aquí conmigo.

—¿Y tú dónde te habías metido, que tanto hablabas de no alejarse?

—Eeeh… —balbuceó Delia—, he ido al baño.

—¿Una hora?

—Me ha bajado la regla.

—Mal día para un escote blanco. Digo, vestido.

Delia bufó y Angie la rodeó con un brazo, disfrutando del paripé.

Tras una espera apretada y calurosa, llegaron a la cabeza de la fila, donde las esperaba un encargado con pinganillo leyendo nombres en una lista, que comandaba al ejército de subencargados que, a su vez, distribuían a los invitados.

—¿Nombre?

—Delia Agós.

—¿Y…?

—Y compañía —añadió Angie. Él la miró como dudando, pero concluyó que nadie con esas pintas habría llegado sin una invitación hasta el Pijofest.

La milicia de la boda condujo a Delia y a Angie hasta su lugar en el extremo izquierdo de la carpa del convite. Cuando llegaron a la mesa redonda, sobre el mantel blanco y los platos sobre platos, había una única tarjeta de un único espacio reservado para ellas dos, y en esta ni siquiera estaba escrito el nombre de Delia. Se leía:

Espacio reservado para:

Elba Garrido

Come. Ama. Ríe.

—Te estás quedando conmigo… —mascullÓ, sin palabras. Luego se volvió hacia Angie y le ordenó—: Espérame. Voy a solucionarlo. ¡No te muevas de aquí!

—Oiga, espere… —empezó el subencargado—. No se puede…

Delia lo ignoró y pasó de largo. Esquivó a los camareros, que ya estaban sirviendo los entrantes, y sorteó el laberinto de mesas antes de que la atrapase la milicia: al fondo de la carpa, en una tarima elevada, Richi e Isma y sus padres estaban sirviéndose champán en una mesa más larga que el salón del dúplex.

—¡Marichocho! —exclamó Ricardo, y se levantó a darle tres besos como si en la capilla no le hubiese montado un numerito—. Habéis estado espectaculares tú y la siesa de tu hermana. Era justo como yo lo había imaginado: escalofriante, a la par que atractivo. Un mix entre suecas anémicas y ángeles del apocalipsis albinos.

—Richi —le dijo ella—, amor. Te quiero. Muchas felicidades.

—Gracias. —Sonrió—. Lo habría hecho sin ti.

Delia le enseñó la tarjeta.

—¿Qué coño es esto?

—Ay, Señor… —dijo él, llevándose una mano a la frente—. Bueno, es que organizar una boda es un delirio, Deli. Te tendrías que ver tú. Por si acaso, no mires tu collar personalizado del regalito para invitados.

—Necesito que le digas a la policía de tu boda que me preparen otra silla, porque no tengo ni la mía, y he venido con alguien.

—¿Cóóómo? —Richi alzó las cejas, encantado—. Pero ¿quién?

—Un rollo —atajó—. Una chica. Luego te la presento… ¡No hagas de esto una fiesta!

—¡Pues, chica, pues por supuesto y te jodes!

Richi avisó a una empleada enfundada en un uniforme y le dijo en un aparte «Pon en la mesa diez a Delia Agós». Mientras ella lo repetía por un micro a su jefe en la entrada, él se giró y preguntó:

—¿Cómo se llama la desafortunada?

—Angie Samper.

—Espérate —frenó Richi—. ¿Angie Samper, la difunta del mes pasado?

Delia pestañeó, pillada in fraganti. Había olvidado todo lo que había dicho en aquella demencia de semana. Durante un par de segundos, calculó la respuesta perfecta que pedía esa pregunta, que decidió que era:

—¿Quién?

—La que te follaste —explicó él—, que se murió, ¿no se murió? —Se volvió hacia Isma y le tocó el hombro—: ¿No nos habló Delia de una que la palmó que se llamaba Angie, amor?

—Sí, qué tragedia…

Delia intentó:

—No, pero… —Tragó saliva—. No os dije que se muriera. No me tuvisteis que entender. O sea, sí: tuvo un accidente.

—Nos dijiste que se despeñó por unas escaleras.

—Ricardo, la gente no se muere solo por caerse. Esto no funciona como en *Scooby Doo.* La gente tiene más consistencia, por todo el asunto de la movida de… el cráneo —argumentó.

Richi la miró en silencio un rato, analizando si lo que decía era o solo sonaba a gilipollez, pero se trataba de su boda, así que en ese momento aparecieron un par de camareros con la tarta, y eso lo distrajo lo suficiente como para olvidar el fiambre.

—¡Ay, pero aún no! —les ordenó—. ¡Que aún no se vea! Delia, perdón. Luego hablamos. Que te lleven a tu mesa, luego seguimos.

La chica del micro le hizo un gesto y la forzó educadamente a ser escoltada entre el laberinto de mesas. Delia respiró hondo: se había librado, y había aprendido también la valiosa lección de que lo mejor es no recurrir a nadie nunca por nada, en caso de que en el futuro puedan recordar la palabra «cadáver».

Cuando alcanzaron el final del camino, sin embargo, la situación había cambiado alrededor de la mesa: Angie estaba a un lado, siendo empujada hacia la salida por una señora con pamela, que le decía al subencargado:

—Mire, aquí se están equivocando, porque esta es una mesa familiar, y yo dudo que se haya dicho… —Él le pidió algo, nervioso—. ¡No, a esta muchacha la perroflauta yo le digo que no la conozco…!

—Señora —dijo Angie—, sin adular.

Delia se apresuró a llegar a ellas.

—Oiga, ¿qué está haciendo? Ella va conmigo. Perdone, pero ella no se… —Cuando la señora en cuestión se dio la vuelta, Delia reconoció la cara de Mercedes bajo el sombrerito ladeado—. ¿¡Mamá!?

—¡Delia! —dijo ella—. Menos mal…

—¿«Mamá»? —preguntó Angie.

—¡Angie! —la llamó Judith, que acaba de llegar al percal—. ¿Delia?

—Judith.

—Merche… —murmuró Carmelo.

—¿Angie? —preguntó Mercedes.

—¿¡Papá!? —gritó Delia.

—¡Elba! —exclamó, contentísimo, Harry.

Quince minutos más tarde, la mesa redonda familiar estaba sumida en un silencio insoportable. Harry, incapaz de enterarse, rebañaba su plato atiborrándose a panes, mientras Judith a su lado recibía una señal telepática de Delia que decía «¿¡Cómo no me has dicho que venían a la boda!?». Judith respondía en la línea telepática: «Te lo he dicho tres veces. Se lo peleaste a Richi, Delia, antes de que desaparecieses cuarenta días». En la silla de enfrente, Mercedes Matas trataba de analizar de reojo el enigma perrofláutico de Angie Samper, lo que significaba en realidad que la analizaba de ojo, directamente, tratando de enfocar las lentillas para no perderse detalle de la invitada inesperada. Apretó los labios con desaprobación mientras evaluaba los tatuajes y el tinte del pelo, y cómo se terminaba la botella de vino.

—¿No te gustan los entrantes, Ángeles?

Angie alzó las cejas, sorprendida, y todos miraron su plato aún sin tocar. Delia se apresuró a decir, antes de que la liase:

—Es vegetariana.

—¡Es puré de las patatas! —avisó Harry—. *Risquísimo.*

—Vegana —se corrigió Delia—. Y solo de frutas. Frugívora.

—Sí —confirmó Angie—. Me pimplo los melones de dos en dos.

Mercedes siguió comiendo mientras la miraba beber, poco convencida.

—Pues Delia no nos había dicho nada de una novia —comentó por fin—. Aunque Delia está últimamente como para pillarla, que no tengo manera de verte el pelo. ¿A que sí, Carmelo?

—¿Mmm? —respondió Carmelo, resolviendo su sudoku sobre el mantel.

—Mamá, he estado con el trabajo —dijo Delia—. Y esto no tenía que pasar. Angie no es mi...

—Acabamos de empezar —la cortó Angie, que sonreía en su silla medio borracha—. Lo hemos hablado, ¿verdad? Lo de los padres y todo, pero aún estamos viendo si nos soportamos fuera de la cama. Y relativo a eso, os tenía que decir: Delia, aquí donde la veis, es una auténtica heredera de vuestra estirpe de ginecólogas. Enhorabuena.

La cara de Delia se tiñó de un rojo escarlata que por un instante le borró hasta las pecas. Mercedes respondió:

—Se lo tengo dicho. —Asintió—. Que aún está a tiempo de estudiar una enfermería. Que viene estupendo, si trabaja en la clínica, que una ya en lo personal disfrute de las vaginas...

—Mamá —la calló Delia, sofocada—. Ya te he dicho que no quiero que las vaginas sean mi trabajo, sino mi afición.

—¿Podemos, por una vez —murmuró Judith—, no hablar de vaginas ni sus derivados en la mesa?

Un camarero se acercó e intentó no reaccionar ante esa información mientras le servía a cada uno su primer plato.

—¿Y dónde os conocisteis vosotras dos? —siguió Mercedes.

Angie tomó la palabra y respondió:

—Fue un aquí te pillo y aquí te mato.

—¡Qué graciosa! —dijo Delia, pisándola debajo de la mesa—. Fue donde... Fue en terapia, ¿no?

—Claro —corroboró Angie—. Es que soy psicóloga.

—No la mía, porque eso es *delito* —le recalcó Delia, que estaba a punto de tirarla de la silla—. Yo estaba haciendo un voluntariado y nos conocimos; Angie es... Hace terapia grupal a gente necesitada.

—*Coaching* de seducción.

—Necesitada de ayuda humanitaria.

—Por supuesto. La humanidad del cariño.

Mercedes miraba a una y a otra como si eso fuese la final del campeonato nacional de ping-pong. Judith se frotó los ojos, desbordada.

De pronto, se oyó una música de Dios sabe dónde y llegó el recordatorio de que seguían en medio de una boda; Richi cogió el micro y se puso de pie en la tarima de los novios.

—¡El ramo! ¡Ahí que va el ramo!

La gente repitió «¡El ramo! ¡El ramo!» y luego se oyó una sucesión de gritos de todas las hermanas Marías. Isma se colocó en el centro y se dio la vuelta y lanzó con todas sus fuerzas un ramo de siete kilos que voló como un proyectil por encima de los invitados: salió despedido a veinte kilómetros hora, evitando las manos de las ansiosas, y luego hizo un giro de búmeran impredecible y descendió de los cielos para estrellarse en la cara de Delia Agós.

El momento fue casi una reminiscencia, la culminación absoluta de una vida de balonazos en el patio: el meteorito de crisantemos llegó, y Delia ya estaba volviéndose, meditando aún qué significaba las implicaciones sociales de la palabra «ramo», y cuando quiso darse cuenta tenía una rosa clavada en el ojo y su cabeza se disparó hacia delante y colisionó con un «plonc» contra el centro de su plato.

El ramo rebotó y cayó en los brazos de Angie.

Esta soltó un «¡Ugh!», escandalizada, y se lo lanzó a Judith.

—¡¡¡Judith!!! —declaró Richi en el micro.

La reunión entera aplaudió, encantada, mientras levantaban a Judith y Harry celebraba «¡Nos tocó el rabo! ¡Qué rabo tan pesado y grande!». Mercedes se llevó una mano al pecho, emocionada, y Carmelo terminó su sudoku sin inmutarse. Solo Angie miró a Delia, que sacó poco a poco la cara del plato, cubierta hasta la coronilla de puré de patata.

—Ni se te ocurra.

—No me río. No me voy a reír. No estoy riéndome.

—Ni se te ocurra.

Delia pasó la siguiente hora encerrada en el baño limpiándose restos de comida hasta de dentro de las orejas. Echó el pestillo de la puerta e ignoró las llamadas de las señoras con problemas de retención de orina, entre ellas Angie, que le repetía:

—¡Venga ya, rubia, sal de ahí! ¡No me he reído de lo del puré! ¡Ha sido una alergia que me da y lloro!

—¿¡*Coaching* de seducción!? ¡Vete a la puta mierda!

—¿En serio vas a acabar esta relación justo el día que me presentas a tus padres?

Tuvo que limpiarse, al final, el pelo en un lavabo con jabón de manos y peinárselo bajo el secador automático. Se perdió la tarta y los regalos. Se perdió los discursos de los familiares. Cuando creía que la jornada no podía ponerse peor, ya por insensibilización al bochorno y a su mala suerte, hizo acopio de orgullo y volvió a la fiesta, y su madre estaba esperándola tras la primera esquina.

—Nena, te tengo que decir —dijo, ignorando la hostia monumental que había recibido— que estoy preocupada de verdad por lo de la perroflauta. Muy guapa, y se ve que empotra, pero es que no estás tú para gastar el tiempo, Delia.

—Mamá, por favor —musitó, agotada—. Dame un respiro.

—Yo te aviso de que el reloj uterino, nena, que es muy traicionero, que nunca espera a nadie y luego vienen los llantos… O mira a tu hermana Judith, que ya está poniéndose a ello, con mi Jarri de toda la vida; Delia, eso sí que es un seguro para el futuro, un Jarri. Lo que tú te tienes que buscar ahora no es a una pandillera, sino a una mujer seria y fiable…

Delia vio a lo lejos una figura alta: hablando con otro fotógrafo, en la zona externa de la carpa, había un chico moreno con pelo amarrado en una cola.

Pol.

—¡Lo hablamos luego, mamá! —le dijo—. ¡O mejor nunca!

Delia sorteó a la gente, que ya pululaba de pie de mesa en mesa, y superó las arenas movedizas de la zona de extravío de sillas. Se precipitó, con la mirada fija en Pol, que ya se iba camino al edificio principal, hasta llegar al límite de la carpa blanca. Y ahí la interceptó la milicia de la boda.

—Señorita, no se puede salir ahora.

—¿Qué?

—No se puede salir.

—Pero ¿cómo? —se quejó—. Pero ¿esto qué es? Oiga, ¿quiénes son ustedes, los dictadores nupciales?

—Son órdenes de arriba. Es peligroso dejar a gente alcoholizada perderse donde los pinos.

—¡No estoy alcoholizada! —gritó Delia, harta—. ¡Estoy en mi derecho de irme a los pinos! ¡Tengo que irme a los pinos y...!

Delia miró por encima del hombro del encargado: Pol Quispe ya había desaparecido.

—Señorita, espérese a que a la tarde abramos el perímetro. Ahora mismo esto es lo que hay. Son órdenes de arriba.

¿Qué es arriba en una boda? ¿O qué es abajo, más bien?

Delia sufrió, acorralada en la carpa, la charla insulsa y el dolor de tacones el rato que quedaba hasta que empezó a bajar el sol. Vigilaba a cada rato la casa rural, esperando a que Pol volviera a la fiesta, y la casa parecía mirarla de vuelta.

Diez de las quince personas con las que habló con tal de no esperar inquietantemente en una esquina le preguntó, cómo no, por Elba Garrido, o más bien por «esa chica»: «¿Tú no estabas con esa chica?», «¿Qué tal tu asunto con esa chica?», «Ya te tocará a ti en nada, con esa chica». En un espacio paralelo, Judith era interceptada por la misma gente, que recordaba hasta la marca de sus gomas de borrar del instituto: «Hay que ver cómo borraban tus Milan», «¿Sigues conservando tus Milan?», «Llevo años buscando tus Milan Tecnik 920 Extra Soft de 6,1 centímetros».

Llegados a ese punto, Delia empezó a beber, y al empezar a beber ya no paró: se bebió una y se bebió otra, y acabó hablándole de hipotecas a los camareros. Fue percibida solo entonces, pero de la peor de las maneras: ahora sí que era una alcoholizada peligrosamente cerca de los pinos. Perdió a Angie de vista, que era lo que quería hacer, harta de ella, de su camisa abierta y de cómo le quedaba el traje que hasta hace un mes era solo suyo; y por fin, a las siete, la milicia de la boda declaró el armisticio y retiró las vallas del recinto, para colocarlas a cinco pasos y ampliar al espacio con pasillo para el cigarrito.

Delia no pudo creer que hubiese esperado hasta el atardecer para eso, para nada y pasar más horas siendo una fumadora pasiva. La casa rural seguía fuera de los límites.

La luz se fue yendo y se encendieron los focos de colores neón, y los encargados se llevaron las mesas para dejar la carpa vacía. La hora del discotequeo empezó con grandes hitos como *Resistiré*, para ir fatigando a la tercera edad, y luego llegaron las canciones para el disfrute adulto de verdad, como *Too Cool*, de *Camp Rock*, y la banda sonora de la primera de *Shrek*.

—¡¡¡Que vivan los novios!!! —gritaron las Marías que aún conservaban la voz, cuando Richi e Isma ocuparon el centro de la sala y protagonizaron su baile nupcial.

Aprovechando que nadie veía ni oía ya, y atrevida también por la tajada que llevaba encima, Delia se metió tras unas cortinas, saltó una valla y se apresuró por el césped hasta colarse en el interior de la casa rural.

—¡Buenas noches! —le dijo a la mujer del mostrador—. Necesito, rápido, que me diga, porque a lo mejor me encuentran y me detienen, que no sé si ha visto a un hombre aquí que tiene una cola y se llama Pol.

La recepcionista parpadeó, anonadada.

—¿Qué?

—Estoy buscando a un fotógrafo. Ha tenido que entrar aquí. Es el jefe de los fotógrafos, el líder de la gente de la fotografía.

—Perdone, ¿tiene usted habitación? ¿Pasa aquí la noche con nosotros?

Oyó voces viniendo de detrás. Delia se giró y vio un pasillo, que llevaba hasta una puerta, que llevaba hasta el bar de la casa rural. Dio la vuelta sobre sus talones, mientras la recepcionista le decía «¿Oiga? ¡Oiga!», y caminó directa como una bala hasta que alcanzó la zona de restaurante, y en el bar vio a la fotógrafa de por la mañana tomándose una caña con otro fotógrafo, y allí estaba Pol Quispe.

—Hostia —dijo la chica, como si acabase de toparse con una reclusa de un psiquiátrico.

—¿Pol? —preguntó Delia, y Pol se volvió.

De pie, Pol Quispe era eso y nada más: un hombre joven, entrado ya en los treinta, que le sacaba dos cabezas completas y tenía en la cara los inicios oscuros de una barba. No se parecía en nada a Angie. Iba vestido de chaqueta, agarrado a la funda de su cámara, y abrió los ojos, confundido, cuando la vio llegar.

—¿Eres Pol?

—Esta es la tía que te dije que… —le susurró la chica—. La suegra.

—Ah. —Pol apartó su cerveza y se adecentó—. Perdona, están en la carpa mis otros chicos. Estoy aquí charlando con los del turno de mañana. ¿Ha pasado algo? ¿Me buscabas?

—No soy una suegra —dijo Delia, que entonces empezó a darse cuenta de cuánto había bebido—. A ver, mira: hola. Yo no sé si tú te acuerdas, pero tú y yo nos vimos en un bar de El Carmen hace tres semanas.

Pol frunció el ceño.

—¿Cómo?

—Joder… —se rieron los otros dos idiotas—. Jefe, jefazo…

—Es una historia complicada, ¿podemos…? —Delia les echó un vistazo y luego volvió a mirar a Pol—. ¿Podemos tratarlo en privado? Necesito que hables con alguien por mí. Hay alguien en la boda que tiene que verte ahora mismo.

—Escucha, no te estoy entendiendo nada.

Delia miró a su alrededor, buscando a Angie, como si pudiera hacerla aparecer justo en el momento propicio, y de pronto se dio cuenta de que hacía una hora que no veía a Angie. No podía tropezar a Angie con Pol, porque no sabía qué hacía ni dónde estaba.

—Okey, dame un segundo —le dijo—. Tengo que encontrar a esta persona.

—¿Qué persona?

—¿Puedes venir a la boda en quince? Dame quince minutos. Ven a la boda tú, porque si salgo yo aquí me detienen los militares, y tienes que coincidir con esta persona, o sea, entre tú y yo, no sé nada de esto. Yo no te he pedido que habléis.

—Pero…

—Ven a la boda.

—Pero ¿¡se puede saber quién eres!?

Delia se escabulló de vuelta y pasó de largo ante la alucinada recepcionista. Casi rodó colina abajo mientras intentaba esquivar los radares de la milicia de la boda. Volvió a la fiesta, que ahora había evolucionado de nuevo a una *playlist* de *hits* de los noventa, e intentó encontrar la cara de Angie entre caras y caras de gente borrosa iluminada por luces parpadeantes.

—¡Delia! —gritó Richi tras ella, agarrándola de la cintura y comenzando accidentalmente una conga—. ¡Amor de mi vida! ¡Te reconozco ese jeto de que vas a potar lo más grande!

—Richi, ¿has visto a Angie?

—¿Qué? ¿A tu rollamen? Pues sí que ha durado poco, ¿ya la has perdido?

—¡No entiendo por qué invitas al padre Nieto —le salió decir, de pronto—, si nos expulsó del campamento, porque sabe que lo pillé siendo un guarro!

—¡Cariño, eso no pasó! ¡Eso te lo inventaste!

—¡Isma! —le gritó Delia al alcanzarlo, lo cual convirtió la conga en un dónut perfecto de seres humanos—. ¿Has visto a mi muerta? ¡Angie Samper!

—¡La vi en el guardarropa! —dijo Isma—. ¡Está por ahí! ¡Muy guapa, cariño! ¡Está charlando!

—¿Charlando con quién?

—¡Con los familiares!

Delia tuvo una punzada de intuición. Pensó: «No me jodas», y luego: «Me la voy a cargar». Abandonó la conga y su cuerpo hizo *pinball* entre trece personas, llegó lo antes que pudo al guardarropa junto a los baños, donde no había nadie y estaba todo oscuro en el silencio misterioso de los abrigos. La música desde allí era una vibración en el suelo. Delia miró entre la ropa, lo cual, en realidad, era una suposición absurda, y luego le dio la vuelta a la estructura hasta la cara que daba al césped y allí estaba Angie Samper, cómo no, a punto de enrollarse con María Isabel/Jesús/del Carmen.

—¡¡¡Ah!!! —gritó esta, y retrocedió.

—¡Dios! —gritó Angie, asustada—. Pero ¿tú de dónde sales?

—¡Tendrás los huevos encima, que eres una desgraciada! —la riñó Delia—. ¡Que no te quedarás contenta hasta que me deshereden!

—Delia, no ha pasado nada.

—¡No es lo que parece! —corroboró María, a punto de echarse a llorar—. ¡No ha pasado nada, Delia! ¡No lo cuentes!

Delia suspiró, demasiado ciega como para entender ese espectáculo, y sacó a Angie de allí de un tirón rápido de brazo. Esta la siguió, medio tropezándose, hasta que alcanzaron la pista y empezaron a verse arrastradas por la marea de invitados.

—¡Eres alucinante! No hay manera contigo, te lo juro, no respetas... —farfulló—. ¡Te estoy buscando, y por supuesto estás metiéndome en un problema y dejándome fatal, y no hay manera de que por un día...!

—Pero ¿qué te pasa a ti ahora? ¡Au! —se quejó Angie, cuando la atizó con su propia corbata—. ¡No hay quien te entienda! Me mandas a la mierda y me rehúyes, te escondes por ahí por las esquinas...

—¡Has venido aquí a enrollarte conmigo, Angie Samper!

Angie alzó las cejas.

—¿He venido a enrollarme contigo?

—¡Sabes a lo que me refiero! —gritó Delia por encima de la música—. ¡Compórtate! ¡La gente no va a pensar que mi perroflauta de dos días me está engañando con María Dolores!

Angie sonreía, divertida. No era la mejor situación, porque estaba ocurriendo esto: iba borracha. Delia parecía aún más borracha que ella. Era principios de septiembre otra vez y se miraban tan cerca bajo las luces azules de un garito. Los ojos de Angie eran un espejo: un proyector de colores, verde, rojo, y otra vez azul, y ellas estaban a punto de cometer el peor error de sus vidas.

—No me puedo enterar de lo que me dices —empezó— si me lo dices mirándome con ese vestido.

—Dios… —bufó Delia, rodando los ojos—. Estás como una puta cuba…

—No lo estoy.

—¿Crees que no sé lo que significa esa cara? ¡Quedamos en que no bebieras! ¡Abróchate la camisa!

—¿Por qué? ¿Te distrae mucho?

Justo cuando se volvió para buscar a Pol, Angie tiró de ella y pegó su torso a su espalda. Le rodeó la cintura con los brazos. Delia cerró los ojos y negó para sí misma; le vino un eco de pronto de la boca de Angie sobre la mesa. La boca de Angie contra el reposabrazos del sofá.

—Angie —le pidió—, no voy a hacer esto aquí contigo.

—¿Bailar?

—Deja de jugar a esto.

—Creía que el plan era algo sobre fingir que nos acostamos.

Delia se dio la vuelta y la empujó, simulando que bailaban. O quizá bailaban; no habían hecho nada hasta ese momento que no se manifestase en algún tipo de combate. Sonaba *Mambo No. 5* y la espalda de Angie chocó contra el filo de la barra libre. Delia le soltó:

—Eres alucinante.

—Ajá.

—No puedo creer que manejes este nivel de sinvergüenza, ¡en un momento como este! ¡Estoy en serio, no sonrías! ¡Ugh! ¡Vivimos juntas, Angie Samper! No juegues a esto, y eres una irresponsable, y te crees que puedes…

—Me estás mirando la boca.

—¡No es verdad! —replicó—: ¡Estoy borracha!

—Escúchate. —Angie la atrajo hasta ella, enganchándola del vestido—. ¿Por qué te crees que me has traído hasta aquí, Delia? «De boda». «Como una pareja».

—No tienes ni idea de mis…

—Por supuesto.

—Vale, ¿qué? —dijo Delia—. ¿Qué es lo que quieres oír? ¿Que me atraes? ¿Que te queda bien el traje? ¡Vete por ahí con tu traje! —Angie le recordó: «Me lo encasquetaste tú»—. Estuve cuatro horas completas durante una noche haciendo de todo en todas partes contigo. ¿Ese es tu gran descubrimiento? —preguntó—. ¿Que me pones y me jode y que ya hemos follado antes?

Angie le agarró el mentón con los dedos como si fuese a abrirle la boca.

—Que te está costando toda la rabia que me tienes —respondió— no caer otra vez en repetirlo.

Durante un minuto, los ojos de Delia le estudiaron los labios. Recordaba de memoria lo que iba a ser, lo que había sido entonces, como si pudiese hacerlo antes incluso de que lo hiciera: Angie besaba como declarando algo. Angie estaba acorralada contra la barra, bajo las sombras de las luces, y su mano bajó, conociéndola, hasta rodear el cuello de Delia, y, cuando Delia iba a hacer algo con su boca, algo estúpido e insensato, se oyó:

—¡¡¡Eh, tú!!! —La fiesta se calló—. ¡¡¡La tal Angie!!!

Un tipo de dos metros, ebrio y con una gorra de recién operado de entradas apareció entre la gente. Delia se giró y de pronto se vio entre Angie, que se incorporaba, y un desconocido violeta de la ira.

—¿¡Tú de qué coño vas, confundiendo a mi mujer!?

Delia y Angie lo miraron, prácticamente una encima de la otra en un taburete. Detrás, llorando a lágrima viva, lo seguía una muy arrepentida María Teresa.

—¿Qué está pasando aquí? —preguntó Richi, acercándose.

—¡¡¡Está pasando lo que va a pasar!!! —dijo él.

—Bueno, vamos a calmarnos —propuso Angie—. Vamos a hablar las cosas bien, porque esto es un malentendido…

—¡¡¡Malentendido mis cojones!!! —bramó el tío, fuera de sí—. ¡¡¡Esta tía se ha intentado beneficiar a mi mujer!!!

El DJ paró la música. Las luces de colores frenaron. Un corro de público reunido alrededor de la pelea ahogó un grito de consternación, y Delia los vio entonces a todos: a la gente de la ESO, a los de la universidad, a los del campamento, profesores y compañeros, enemigos y vecinos, todos mirándola y compartiendo: «Pobre Delia», «¿Le acaba de pasar con esa chica?», «No, es otra chica. A partir de ahora la llamaremos La Otra Chica», «¿Qué tal con La Otra Chica, Delia? ¿Sigue poniéndote los cuernos?».

—Pepe, ya está bien —pidió otra María—. Ya está…

—¡¡¡Te has camelado a mi mujer y la has confundido!!! ¡¡¡Que te lo diga ella, que la has confundido!!!

—Me has confundido… —lloró María.

—Bueno, perdona, vamos a ver —dijo Angie—, pero yo aquí a tu mujer, cuando me arrastró al guardarropa, muy confundida no la he visto…

—Pero ¿¡tú de qué coño vas!? —gritó él—. ¡¡¡Vente para acá, que te voy a joder la vida!!!

Ahí Angie ya se remangó la camisa.

—¿Qué me vas a joder tú a mí?

—¡Angie! —la paró Delia.

—Angie… —se lamentó Judith.

—¿Angie? —preguntó de repente Sonsoles, que apareció despeinada entre el tumulto de gente. Vio a Angie por primera vez entonces, pálida, desde que había empezado el convite—. Pero ¿tú qué haces aquí?

El inicio de la refriega paró y Angie tuvo que pestañear tres veces. Luego musitó:

—¿Soraya?

—¿¡Qué está pasando aquí!? —repitió Richi, mirándolas a ambas.

—¡No me has respondido al teléfono en tres meses! —gritó Sonsoles, desconsolada—. ¡Tu número era el de la Ferretería Loles!

A Delia se le congeló la cara.

—¿¡Qué!? —exclamó—. ¿¡Tú eres la desgraciada que le hizo ghosting a Sonsoles!?

—¿¡Con mi madre!? —sollozó María Guardarropa.

—Vamos a ver… —carraspeó Angie, mientras lidiaba con todos a la vez en el centro de la pista—. Vamos a ver…

—¡¡¡Eh!!! —avisó el marido—. ¡¡¡Que todavía no hemos terminado nosotros!!!

—¿¡Hicimos el *cunnilingus* —siguió Sonsoles— y luego te vas y me ignoras!? ¡Y nos habíamos enamorado!

—¿¡Fue Angie!? —preguntó Richi.

—Dios, Angie… —se lamentó de nuevo Judith, negando con la cabeza.

—¿Qué Angie? —preguntó Carmelo, que aparecía por allí.

—¡Angie! —le exigió Delia—. ¡Mírame!

Y entonces:

—¿Angie?

Angie se giró.

Al lado de los altavoces, a tres metros escasos ocupados por entrometidos, estaba Pol erguido, de pie, con la cámara como siempre sobre el pecho y el traje que Rafa le había regalado a los veintiuno; Pol mirándola como si hubiese visto un muerto, y lo estaba viendo, de hecho, y el caso era que lo veía. La boda entera se congeló a su alrededor. El shock le desdibujó las facciones, ¿era Pol? Pero era Pol. Nunca podría haberlo confundido con nadie. Se hizo un silencio, o quizá no se hizo, en ese segundo imposible en el que se le acabó la voz. Luego la barra estática pareció derrumbarse sobre los taburetes, y Angie Samper, en un impulso tan suyo, se encaramó a Delia sobre un hombro y huyó corriendo con ella hacia la oscuridad infinita del césped.

—¿¡Qué…!? —empezó Delia—. ¡¡¡Angie!!! ¿¡Qué coño estás haciendo!?

—¡¡¡Eh!!! —les gritó el marido, pero ya se estaban yendo, y ya se iban.

—¡¡¡Oigan!!! —les gritó la milicia—. ¡¡¡Órdenes de arriba!!! ¡¡¡Paren!!!

—¡¡¡Angie, bájame de aquí!!! ¿¡Qué haces!? —Delia pataleó—. ¡¡¡Angie, es ilegal ir a los pinos!!!

No fueron a los pinos: Angie se propulsó, de pura fobia a la confrontación, entre las mesas altas y el adoquinado. Voló, en una carrera imposible contra la gravedad, y rodeó los muros de piedra y entró en la capilla. Fue como las moscas que encuentran un hueco y se condenan a morir en el interior de una casa: la iglesia matusalénica estaba oscura a esa hora, iluminada tan solo por los altares que ella aún no había incendiado, y su único instinto entonces fue mirar entre las banquetas y luego meterse dentro del confesionario. Allí dentro olía a polvo y a moho, y bajo el banquito de madera estaban creciendo setas. Solo entonces, cuando cerró la puertecilla, se dio cuenta de que tenía a Delia subida en un hombro y que, casualmente, estaba gritando.

—Pero ¿¡tú te has vuelto loca!? ¿¡Cómo te atreves a...!? ¡Y lo de Sonsoles!

—¡¡¡Shhh!!! —Angie le tapó la boca y sus chillidos dejaron de hacer eco—. ¡Sí, me he follado a la madre de alguien, y sí, por un segundo he dudado de si era la tuya, así que cállate y demos las gracias! ¡Cállate!

Delia se deshizo de su mano de un tirón y se miraron, jadeando.

—Tenemos que volver a la fiesta.

—Ni de coña.

—Tienes que...

—Vamos a pedir un Uber —la cortó Angie—. Pide un Uber. ¿Dónde tienes el móvil?

—No. No. Angie...

—¿A cuánto estamos de la autopista?

—¡Angie, no puedes seguir haciendo esto cada vez que veas a Pol!

Angie dejó de respirar. «Mierda», pensó Delia, con la cabeza bailándole aún en una borrachera no tan lúcida, y cuando se volvió hacia ella paladeando ese «Pol», ya lo estaba esperando, porque se lo merecía:

—¿Has organizado tú esto para que me viera con Pol?

Delia boqueó.

—No he... —se explicó—: Pol era el fotógrafo ya. Mira, me enteré de que Pol era el fotógrafo de la boda...

—Dios mío —dijo Angie, tapándose la cara con las manos—. Dios, no te creo. No te creo...

—¡Podría haberlo abordado yo! ¡Podría, pero pensé que…! ¡Tuve la consideración, porque pensé que tú querrías hablarle…!

—¿Por esto me has traído aquí? —Angie la miró—. ¿Me has engañado, me has tendido esta trampa para esto y has estado todo el día haciéndote la loca?

—¿Qué puedo hacer? ¿Cuál es la alternativa, Angie, si no hay forma contigo, si coges e incluso en estas tiras a correr a los pinos?

—¡La alternativa —dijo ella— es no meter tus narices en mis asuntos!

—¡Son mis asuntos también! ¡Desde que vives en mi casa, y mi vida es solo eso, nuestros asuntos, los asuntos misteriosos de tu misteriosa familia!

—¡¡¡No tengo ninguna familia, Delia Agós!!! —gritó de pronto Angie, con una voz que nunca le había oído. Estaba furiosa y se deshizo de la corbata de un tirón—. A ver si así te enteras, porque esto es lo que estás deseando oír, ¿no? Esto es lo que quieres que te diga: ¡llevo sola toda mi vida! No tengo padres, ni tengo tíos, no tengo hermanos a los que puedes acosar por ahí; me he pasado la vida en chozas de Servicios Sociales, mis padres me abandonaron en una a los seis años, ¿te gusta esto? Toda mi vida, lo único que he conocido han sido casas de acogida, quince casas de acogida y gente y gente y gente que me echaba a la calle con mucha menos implicación que tú, ¡así que te felicito! ¡No vas a encontrarme en el registro, ni en la herencia, ni en la pegatina del buzón de nadie, Delia! ¡Este es tu esperado discurso sobre el asunto de mi misteriosa familia!

El traqueteo de la madera vieja frenó con los movimientos y la capilla quedó en silencio. Durante un minuto, ni siquiera se las oyó pestañear, y Delia miró la oscuridad de las velas pegada a la celosía del confesionario; respetó, avergonzada por culpable, el espacio que ocupaba la existencia de Angie al otro lado, o así habría ocurrido si no hubiesen estado enlatadas en el mismo centímetro cúbico de ataúd.

—No sabía… —Se aclaró la garganta—. Pensaba que Pol…

—¿El qué pensabas, a ver?

Delia tuvo que sacárselo con un gancho de entre los pulmones.

—No sabía. Perdón.

—Es un poco tarde ya.

—¡No lo pones fácil, Angie! —le recriminó—. ¡Lo siento! ¡Estoy desesperada, es cierto, por tratar de ayudarnos!

—Pide un Uber, por favor.

—Y la implicación de que yo te estoy echando a la calle es cruel e incorrecta: primero, esta información es nueva para mí. Segundo, las dos queremos que esto se acabe. Me has dicho una docena de veces que el dúplex es un infierno y que...

—Pide un Uber.

—¡No puedo pedir un Uber, porque me has traído aquí como un saco! —gritó—. ¡Mi móvil está en el guardarropa, donde te espera el batallón de toda la gente a la que te has beneficiado por fresca!

Angie cerró los ojos y apoyó la cabeza en la pared, agotada pero no sorprendida por la incapacidad de rectificación de Delia.

—Es como haberme casado —susurró— con el topo que te riñe del *Animal Crossing*...

—¡Y encima tienes las narices —seguía ella— de, y con todo eso, intentar enrollarte conmigo!

—¿¡Qué!? —le respondió, ofendida—. ¡Tú has intentado enrollarte conmigo! ¡Y sabiendo, además, que me estabas utilizando, y atropellando mis límites, y ahora sigues y sigues y sigues...!

—¡Ahora todo mi entorno piensa que soy una cornuda!

De repente, un ruido. Cuchicheos, al otro lado. El deslizar de ropa y el crujido de una puerta abriéndose. «¿Quién...?», murmuró Angie, y ambas salieron a la capilla de nuevo y vieron escaparse entonces, de la otra mitad del confesionario, a la abuela de Richi subiéndose las medias y la sotana desabrochada de un padre Nieto muy abochornado.

Delia lo miró a los ojos, sin podérselo creer.

Le recriminó:

—Padre, ¿de verdad?

Él se subió la bragueta.

—Hija, por Dios, es que no hay manera. Es que tienes tú una puntería para pillarme en pleno acto...

Los pasos de alguien tras ellas aceleraron el correteo cojo con el que desaparecieron ambos. Alguien cerró la puerta de la capilla y se fue acercando, y, cuando Angie y Delia se giraron, Pol ya estaba allí, con la linterna del móvil iluminando las banquetas.

Angie y él se miraron.

Nadie dijo absolutamente nada durante los treinta minutos de viaje que tardaron en alcanzar la imagen de las cuatro torres. Pol conducía en silencio, serio, casi inexistente, si no fuera porque conducía y ese era su coche; estaba limpio y tapizado, un Mercedes de segunda mano. La radio estaba puesta y solo se oía el zumbido rasposo de *Los 40 Principales.* Delia iba detrás y eso era todo lo que veía: la carretera oscura, y luego el baile mareante de las farolas de la autopista, y nadie decía absolutamente nada, pero podían oírse respirar bajo sus cinturones.

—¿Dónde os dejo? —murmuró Pol.

—En la... —Delia se reincorporó—. Por La Latina si puedes, porque hasta Tirso en coche no hay quien suba...

—Os dejo en Tirso de Molina —declaró Pol, y eso fue todo.

No iba rápido ni iba lento: iba. Era correcto en todo lo que hacía y no se parecía en nada a Angie, que buscaba las palabras en el asiento del copiloto; Angie Samper se intentó quitar su permanente pintura de uñas, un recordatorio negro de que estaba muerta.

—Haces bodas —comentó, en algún momento—, ahora.

Pol no desvió la mirada de la carretera.

—Hago bodas desde siempre.

—Bueno, antes hacías lo tuyo. Con las exposiciones.

—Hace tres años que no expongo en ningún lado.

Se cuajó otra pausa de semáforos y tráfico y todo lo de en medio, que era algo desconocido para Delia y que nadie se atrevía a pronunciar. Pero iba a pronunciarse, y ya metidos en Madrid, Pol lo hizo:

—¿Por qué, Angie?

Ella tragó saliva. Respiró hondo.

—Mira, Pol —comenzó—, yo no quería…

—Solo dime por qué —la cortó él—. Qué es lo que hace falta en este mundo para que yo lleve flores a tu funeral mientras tú finges tu muerte.

El alcohol se les había desintegrado en las venas como espuma. Angie musitó, sin respuestas:

—Esto no tenía que ser así.

—Ah. No me tenía que enterar nunca.

—No sabía que estarías en la boda.

—Ya.

—Es un lío, Pol, y pensé que no quería meterte.

—Ya —susurró Pol, girando el volante en la siguiente esquina—. Ya.

Continuaron unos minutos más hasta que alcanzaron el río, y luego fue una avenida recta, pasado el puente, que los metió en el centro y se fue estrechando. Cuando alcanzaron la plaza de Tirso de Molina, Pol frenó y ambas se bajaron, y Angie cerró la puerta, pero luego se arrepintió y se agachó de nuevo para llamar a la ventanilla.

—Pol —le pidió—. Vamos a hablarlo la semana que viene. Escucha, perdóname; lo entiendo, y vamos a quedar y lo hablamos. No es como otras veces. Puedo explicarte, el viernes que viene…

Pol bajó la ventana.

—Angie —le pidió él—. No te acerques a mi casa. No quiero verte más, nunca más, en toda mi vida.

Entonces arrancó el coche y se marchó.

LO DE SER UN FANTASMA EN ACOGIDA

Lo primero que Angie aprendió de sus padres fue a robar.

No recordaba la primera vez, porque lo estaba haciendo antes siquiera de saber que lo hacía, cuando acompañaba a su madre a limpiar las casas de la gente que pagan porque les limpien, y ella aprovechaba para esconder los pendientes dentro de sus pañales.

—Los números estos de aquí —le enseñó a los cuatro, girándole frente a los ojos una tarjeta de crédito— son los importantes y te los dices para dentro. Cuando consigas la tarjeta, mientras nosotros hablamos, te los dices y te los dices, tres, dos, cinco, los que sean, tres, dos, cinco, y ya no me valen solo los chiquititos de abajo.

Ese era el recuerdo más antiguo que conservaba Angie de toda su vida: su madre de cuclillas en la alfombra, en la casa siempre oscura de Vallecas. El brillo mágico, efervescente, de la luz del techo sobre los números de plástico.

Desarrolló, por ese entonces, reglas para eso que luego jamás sabría recuperar (ni a los quince cuando lo hubiera dado todo por aprenderse la tarjeta de alguien): juegos con los dedos que el acta de un juicio definiría como «memorización fotográfica para la supervivencia». Qué gilipollez. Angie nunca fotografiaba nada. En su cabeza, sacaba los números en cartones cuadrados uno a uno como de una bolsa de fichas. Esa era la clave para aprenderse las tarjetas.

En la casa de Vallecas, antes de irse al piso del amigo, tenían un *Scrabble* de los ochenta y así aprendió a leer, colocando las letras que salían de una bolsa. Su padre opinó: «Es lista, la renacuaja». Su madre le rebatió: «Es que a esa edad aprenden». Quizá fue eso lo que la unió al juego, a la tarea en la que a veces salían a la calle y tenía que mirar las carteras que se salían de los bolsillos de la gente: porque aprendió a leer. Porque aprendió. Su padre decía ver tanto talento en ella que le enseñó las cosas importantes que no enseñan en el colegio, como el color de los billetes, o cómo identificar lo que es o no es oro; los puntos ciegos de las cámaras de seguridad del supermercado y cómo esconderse cosas bajo la lengua para llevártelas sin que te pillen.

—Por favor, sáquelo todo de las bolsas. Tenemos que ver las bolsas.

—¡Pero bueno, chaval! —gritaba su madre—. ¡Pero si acabamos de pagar! ¡Os podemos poner una denuncia! ¡Os denunciamos!

—Enséñenos los bolsillos y saquen las cosas. —El guarda de seguridad se giraba hacia el encargado nervioso del Benetton—. Comprueba si han dejado alarmas tiradas en el probador.

—Mire, todo nuestro. Mire, yo sé qué es lo que es hacer un trabajo —decía su padre, enseñándole las bolsas que traían de casa—. Pero estos cacharros de aquí saltan con todo, pitan por todo. Yo se lo enseño, pero no me asuste a la niña.

—¡Yo a esos ya los conozco! —amenazaba una dependienta detrás—. ¡Con la niña siempre a cuestas, qué vergüenza!

—¡Os podemos denunciar! —amenazaba su madre de vuelta, que era siempre la que más se asustaba.

—No hay alarmas —decía el encargado, cuando volvía del carrerón a los probadores.

El guarda se agachaba hasta su altura y era la primera vez en el día que alguien la miraba a los ojos.

—Hola, guapa. —Sonreía—. ¿Has cogido tú un regalito? ¿Eh? ¿Cómo te llamas?

Angie había pensado que la muerte la libraría, pero aún las sentía a veces: las alarmas de la ropa en las suelas de los zapatos, clavadas, incómodas, en el centro de la bóveda, justo antes del tacón.

La caja en las que las coleccionó se quedó para siempre en la casa del amigo, que a saber quién era y qué cara tenía. Su casa olía a humo y era, en definitiva, el amigo con casa de alguno de sus padres. Las favoritas de Angie eran las grises, aquellas que tenían forma de chancla, quiero decir; que hacían un ruido de botón al abrirlas en dos con la punta del alambre. Angie las cascaba como nueces, mientras su madre decía al otro lado de la cortina «Mi vida ¿cómo te queda? ¿Te ayudo?», que era un código sobre que estaban cerca los dependientes y había que acabar. Las alarmas grises no dolían al andar; podía amoldarlas al pie como andando de puntillas. El día que los detuvieron y la separaron de ella, Angie acababa de cumplir los siete y nunca le llevaron al centro su caja de alarmas.

—¿Vas al colegio, Angie? —le preguntó la señora olor colonia—. ¿Te llevan al colegio papá y mamá?

—No.

—¿Y tienes niños que sean tus amigos?

—No.

Apuntaron algo en un papel mientras ella abrazaba su mochila de Decathlon.

—¿Y qué hacías tú en casa cuando trabajaban papá y mamá?

—Nada —murmuró—. Pues irme a la mierda.

—¿Qué significa eso de que te «ibas a la mierda»?

—Nada. Es una cosa mal dicha que me invento.

—Vale. —Asintió, incómodamente dulce—. ¿No te acuerdas de alguna cosa que hicieses tú cuando te quedabas sola en casa?

—Pues jugar. Lo que se hace.

—Y ¿hacías la comida? Me dijiste en la comisaría que tú sabes cocinar.

—La del microondas nada más.

Miró de reojo la grabadora encendida y luego sus uñas mordidas.

—¿Cuántas horas pasabas sola en la casa, Angie? Cuando se van tus padres porque te han dicho que trabajan, ¿cuántas horas trabajan al día?

Fue porque se tragó el nacimiento de arcilla de la feria de Navidad.

Su padre le había enseñado lo de ponerse las cosas bajo la lengua; si era lista de verdad como él creía, habría respirado por la nariz, se lo habría aguantado junto al frenillo. Pero ese día se asustó y el nacimiento era demasiado grande. No tenía valor ninguno, pensó luego, ¿por qué lo había robado? Se lo tragó, claro, porque creyó que era peor escupirlo.

Se montó ese pifostio horrible en el que llamaron a los bomberos porque no respiraba y la niña se moría, y un hombre acabó sacándole a golpes el san José de la garganta. Esto es lo que Angie recordaría de ese momento: su padre agarrándola y gritando por ayuda, y su madre a lo lejos, porque era la que más se asustaba. Su madre entre la gente, mirando el desenlace como lo miraba la muchedumbre desconocida.

Después de todo el lío con la policía, cuando ya pasó lo del juicio y Angie llevaba un mes esperándolos en el centro, la puerta se abrió y su madre fue la última de los dos que iría a verla.

—Esto es culpa de tu padre —dijo, y lloraba—, porque es un hijo de puta, eso es lo que es. Un puto mierdas. Y nos ha metido él en esto, tú lo sabes, ¿no? No te enterarás de nada… Pues a lo mejor nos vamos a la cárcel, Angie.

—Sí me entero.

—Mira, yo te quiero como no he querido nada en mi vida, pero así es la vida y tú te vas a tener que quedar. Tu padre se ha desentendido, ¿sabes lo que ha hecho? Ha dejado a otra embarazada. Qué puto asco, y yo me tengo que comer esto, que a saber qué nos pasa. Ahora yo no sé dónde meterte, ¿me entiendes? Y habrá que arreglarnos. Así que hemos dicho todos, y el juez, que tú te vas a quedar aquí. Yo en verano vendré a verte.

Para verano, ya se había ido a rehacer su vida en Gandía. Su padre, que ella creía que era el que más la quería, nunca apareció y Angie no volvió a saber de ellos.

Sus padres tenían veintitrés años y estaban siendo juzgados por abandono y explotación de un menor, y a ella la trasladaron a los siete a un centro de acogida. Años más tarde, Angie se dio cuenta de que ni siquiera recordaba cuáles eran sus nombres.

—¿Por qué le has robado el mechero a la profesora, María?

Angie empezó a fumar a los once.

—No estaba robado —dijo—. Lo estaba mirando.

—María, estas cosas son muy graves, y más cuando se está mintiendo —dijo la directora—. ¿Tú sabes que por esto te vamos a expulsar?

—Tampoco nos pongamos así. Es una niña… —interrumpió Laura González, y luego susurró—: que sabéis que la tenemos en acogida y hay que tener paciencia. No sabemos lo que ha podido vivir.

—Es la tercera vez que tenemos este problema y no se puede seguir así. Esto no es un reformatorio.

—Claro que no.

—Es peligrosa para los demás alumnos. No pueden ir desapareciendo en clase los móviles y las carteras.

—Claro que no.

—¿Por qué le has robado el mechero a la profesora, María?

Angie la miró a los ojos desde debajo de la sombra de las cejas.

—Para derretir tampones sobre los bocadillos del recreo.

Los González fueron los cuartos, a los once, y ni siquiera duraron hasta el septiembre en el que empezaba el instituto. Para ese momento, Angie había conocido ya a Fátima, que era la que la había hecho probar el tabaco en el patio del centro de acogida.

—Lo mejor es ir a tu bola hasta los dieciocho —decía Fátima—. Lo mejor es que no te atrape antes ninguna familia que te ponga a jugar a las casitas como una gilipollas.

Angie no había sabido si creerla, pero, si la cuestión era estar sola, tampoco tenía que hacer ningún esfuerzo: a los once ya lo había notado, con la llegada silenciosa de la primera regla, que conforme pasaba el tiempo las casas se iban cerrando, y tardaban las solicitudes, y los niños que alcanzaban a la adolescencia ya no eran niños. Eran un inconveniente incómodo y desagradable.

En la primera casa, cuando la habían acogido a los siete años, la habían llevado a la peluquería por primera vez. Le compraron lápices y un uniforme, e hicieron un tejemaneje para inscribirla en el colegio a mitad de curso. El matrimonio tenía dos hijos más, un dueto de universitarios irritados, pero no ocurrió por ellos, claro, la primera vez que alguien la descambió como una camiseta. Ocurrió porque Angie robaba. Angie tenía un picor en la punta de las uñas, el miembro fantasma que le prolongaba los dedos: la manifestación maldita de las manos de sus padres. Robaba sin pensarlo, sin entender tampoco, aún, lo que significaba; coleccionaba billetes y llaves de las mochilas de otros en el colegio y apuntaba los números de las tarjetas de crédito en su libreta de Música.

Cuando la familia lo descubrió, la descambiaron al siguiente lunes.

La vida fue a partir de entonces una consecución de reembolsos, de habitaciones de prueba: los cincuentones sin hijos que no sabían cómo hablarle. La mujer que gritaba y los de la escuela privada en la que solo se hablaba alemán. Luego llegaron los González, que no tenían mucha sangre en las venas y que no estaban preparados para una niña que con once años decía «Follar por el culo». Más tarde, tras un año entero en el centro, Angie empezó a obedecer a Fátima: descambiaba ella a las familias, antes de que ellos la descambiasen. Buscaba la forma de ser la primera que diese un paso atrás. Para esto, aprendió a apagar las llaves del agua. Se fugaba del instituto a media mañana y escondía basura debajo de los colchones. Robaba, pero ahora sabía lo que significaba robar: era un salvoconducto al éxito puntual de adelantar a alguien en su carrera a abandonarte. Así que Angie había sido mucho peor antes de morirse en casa de Delia; había sido lo mismo, pero enfadada. Lo mismo, pero una cría empeñada, no renegada, en ser un problema.

Y entonces había aparecido Rafa.

—¿Tus cosas van todas en esa mochila del Decathlon? —le dijo el primer día, preparándole una tostada en la cocina.

Angie se encogió en su esquina, arisca.

—¿Y qué más quieres? ¿Que te venga con un trofeo?

Rafa alzó las cejas y sonrió.

—Pues me han dicho que llevas ya doce casas. Una medalla sí que estaba esperando, pero veo que no te valoran el esfuerzo. —Le puso el plato delante y Angie se alejó—. Anda, come. ¿No desayunas?

—No.

—Bien. Ya desayunarás.

Ella lo miró, dubitativa, mientras fregaba platos. Le pareció viejo.

—¿En serio eres un cura de esos de verdad? —preguntó, al rato—. ¿De los que les hacen cosas a los niños?

—Sí. Les hago el desayuno —respondió él, poco impresionado—. Soy diácono, que no es un cura. ¿Sabes lo que es? Puedes decir que es lo anterior a un cura, más o menos.

—¿Das la misa?

—Podría.

—¿Y la das?

—No mucho.

—¿Y para qué eres cura, si no das misa y estás aquí todo el día dando pena de niñera?

Rafa la miró.

—Para las niñas como tú, que lo llevan todo en una mierda de mochila.

Rafa tenía un piso cerca de la plaza Elíptica con cinco habitaciones y dos intentos lamentables de baño. Era una antigualla en la que siempre hacía demasiado frío o demasiado calor, y Angie fue colocada en un cuarto pequeño, al fondo de la oscuridad del pasillo. En la casa vivían otros tres adolescentes en acogida temporal: Rafa recogía a los perros que mordían, los descarriados devueltos a fábrica mil veces, hasta que estos cumplían los dieciocho y de pronto los imbéciles celebraban su comunión.

Angie no entendía cómo conseguía convencerlos. Se pasó el primer mes mirándolo, esquivándolo meticulosamente en todas las comidas, tratando de entender qué quería y por qué lo hacía. Cuando descubrió, de hecho, que no quería nada, decidió robarle el móvil para que la descambiara al siguiente lunes.

Rafa abrió sus cajones, recuperó su móvil y luego le dijo:

—Tienes tostadas. —Volvió a la puerta—. ¿No desayunas?

—No.

—Bien. Pues ya desayunarás.

Le arregló, sin avisarla, las suelas rotas de las botas militares. Cada semana le dejaba en la mesilla de noche un estuche roído que distribuía habitación por habitación; dentro había preservativos, ibuprofeno y diez euros para que hiciera su vida, pero tampoco mucha vida. La suficiente para que nadie pudiera drogarse.

Nadie nunca le había preparado tostadas. A Angie le repateaba, o eso les dijo a sus amigos, el asunto de las tostadas y la obligación estúpida de acompañarlo los miércoles a hacer la compra. Rafa se apuntó en una nota de la nevera sus helados favoritos. Le dejó fingir, el día que al fin coincidieron en el salón, que era casualidad que se hubiese sentado a ver con él la película de *Hermano Oso.*

Enfrente de la puerta de su cuartucho, en una habitación más estrecha aún que la suya, dormía un chaval que se llamaba Pol, que ya estaba perdiendo su acento colombiano.

—¿Y aquí todos gratis y sin más le chupáis a este lo que viene siendo el culo?

Pol tecleaba sus deberes sobre la cama.

—Rafa no pide nada, tía. Solo vale con que no te metas en movidas.

—Os está haciendo terapia cristiana mental.

Se reía.

—Pues vale. Te he visto con él haciendo el bizcocho.

—Es que voy a ser cocinera, chalao. ¿Te compartes el piti? Porfa —le pidió, y Pol echó el humo y se lo pasó a regañadientes—. ¿En qué centro estabas tú?

—En el de San Isidro.

—Yo he estado también. Pero hace tres años, por lo menos. ¿Tú ahí estabas? —le preguntó, sentada en su escritorio—. ¿Qué has hecho para que te castiguen aquí?

—Me metí en movidas de bandas.

—Ah. ¿Y has matado a alguien?

—¿Tú qué crees, tía? —fue la respuesta de Pol—. Tú robas.

—He robado cosas, sí. Pero me la pela porque a los dieciocho ya estoy fuera de Rafa y de su puta madre. Me voy a ir con Julia por ahí, que es casi mi novia. ¿Es verdad que después de la secta cristiana te llevan directamente a la cárcel?

—Para ti, sí —dijo Pol—. Anda, no toques más los cojones. Dame el piti, que te lo estás acabando. Dámelo, capulla.

A Pol le gustaba fotografiar cosas y esa debía ser su memoria para la supervivencia. Angie lo ayudó a hacer bodegones con ColaCao en la mesa del piso eclesiástico de Carabanchel. Los domingos que Rafa los levantaba con *Mambo no. 5*, le abría la puerta para joderle el sueño. Se hermanaron como hacen los animales cuando no queda más remedio que compartir: Pol había protagonizado sus peleas, pero ya tenía diecisiete y era un buen chico que estaba encaminado a nacer de nuevo. Gracias a él, Rafa consiguió que Angie desayunara las tostadas. Hasta cedió a acompañarlos a la parroquia para hacer de falso monaguillo y pasar el cesto, pero luego había que acercarse a ella y ponerle la mano para que devolviera lo que había robado.

—Angie Samper Abad —canturreaba Rafa—, con una mano delante y otra detrás.

—¿Y la paga merecida por los servicios?

—Por supuesto. Se te van a pagar doscientos escalones al reino de los cielos.

—Pues te vas a acordar de mí cuando no haya cielo.

No la echaron al tercer mes, ni al cuarto, ni al quinto. Angie no había pasado tanto tiempo en ninguna casa desde la casa que no recordaba del *Scrabble*; ocurre con las casas que te digieren y de pronto el cuerpo se te amolda a la forma de la bañera. Empezó a sentir un miedo sin nombre que no le contó a nadie, el deseo secreto y vergonzoso de no querer irse. Seguía mirando a Rafa en las comidas, como esperando a que dijera que se marchase.

Gracias a Pol, Angie encontró de nuevo la manera de descambiarse: se empezó a esmerar, para que Rafa no le ganara la carrera, en que Pol también se arruinase la vida. Lo llevó con Fátima, a la que ahora le daba por romper las ventanillas de los coches. Lo convenció una noche de que se escaparan a beber y acabó pillándolos la policía forzando la puerta de un quiosco. Angie tenía dieciséis años entonces y Pol ya había cumplido la mayoría de edad; después de que Rafa los recogiera en comisaría, Pol estuvo dos meses de juicios y multas, y nadie pudo borrar la mancha en su expediente. Esa noche, con el gesto frío, descompuesto, por primera vez desde que lo conocía, Rafa sentó a Angie en la cocina.

—Me he pasado dos años —la riñó— sacando del barro a ese chaval. Ya lo ha entendido él bien, pero ahora lo vas a entender tú: me ha costado todo lo que tengo darle a Pol otra vida, ¿te enteras? Y no me vas a torear tú a mí.

—Yo hago lo que me da la gana —le rebatió Angie—. Y él también. No eres nuestro padre.

—Yo soy el encargado legal de ti.

—¡Te crees que eres mi padre!

—Y voy a encargarme de ti, aunque tú no quieras. Aunque te hayan dejado toda la vida que tires y tires de la goma hasta que te la rompas en la cara. ¿Cuántos más como tú crees que he visto? ¿Eh? ¿Tú te crees que yo no sé lo que estás haciendo?

—¡¡¡Te piensas que yo voy a jugar contigo aquí como una gilipollas a las sillas musicales!!! ¡¡¡No voy a jugar a las casitas!!!

—No me grites, Angie, y esto se va a acabar aquí.

—¡¡¡Yo no necesito —le gritó— que nadie se encargue de mí, y a ver si te enteras de que me importa una mierda que me tires a la calle!!!

Se escapó a la medianoche por la ventana del cuarto. Llovía y la fachada resbalaba; se abrió la mano con una cañería y se la envolvió en una servilleta de un bar que encontró abierto. Caminó y caminó y caminó avenida arriba junto a la carretera empantanada, hasta que se cansó y encontró un puente que le resultó adecuado. Se escondió entre las sombras, donde dormía un sintecho, y decidió que esa sería su vida a partir de ahora. Fue una confirmación casi satisfactoria, haber encontrado ese momento y ese murmullo concreto de tráfico: era una cría aún, pero se había adelantado en el juego de abandonarse, y el futuro se abría entre sus manos con el clic perfecto de una alarma de ropa.

Cerró los ojos y a lo mejor lloró, pero nunca lo confesaría, y soñó que sacaba los nombres de sus padres de una bolsa de fichas de plástico.

Rafa la encontró a las siete de la mañana y se la llevó a casa subida a la espalda. Le secó la ropa y la metió en la cama de su cuarto.

Angie no dijo nada ni siquiera a la mañana siguiente, cuando se descubrió allí, mirando el techo de gotelé junto a la lámpara, y luego fue a la cocina y Rafa estaba haciendo tostadas. No se giró para mirarla y entonces lo supo: que haría la mochila del Decathlon y volvería al centro el lunes, y aún quedaban dos años, dos años más, y masticó mentalmente cada detalle de esa herida.

Luego Rafa se sentó y le permitió que no comiera nada. Cuando se fue a levantar, mientras ponía el lavaplatos, la miró.

—Van a venir ahora los del centro —comentó—, a firmar unos papeles.

—¿De que me voy?

—De que te quedas —dijo—. Porque te he adoptado.

Pol respondió al timbre de la puerta solo cuando insistió una segunda vez.

—¿Sí?

—Oye —dijo Angie, al otro lado—. Soy yo.

El interior de su piso estaba idéntico a como siempre estuvo: las zapatillas ordenadas en la entrada. La pared del collage con las fotos en blanco y negro, que ella ya le había avisado de que lo hacían parecer un asesino en serie. Era el viernes después del viernes de la boda y Angie se presentó allí; al principio no dijo nada, viéndolo toquetear la cafetera junto a la mesa de la cocina. Tenía el pelo suelto, aún mojado, y olía desde la silla a colonia de hombre.

—¿Te lo pongo con leche?

—No. Voy a... He dejado el café. —Pol se giró para mirarla—. ¿Qué? No me mires como si hubiese tenido que desintoxicarme. El café no es sano.

—«El café no es sano». —Casi sonrió—. Esa tendrías que decírmela otra vez cuando te acabes ese cigarro.

Angie había dormido allí en agosto, una semana antes de partirse la crisma en los escalones de un inmueble lamentable. Pol seguía guardando sus cereales en la despensa. El bizcocho que le había cocinado antes de irse estaba tieso y pasado bajo la tapa del microondas. Llevaban haciendo eso lo que Angie sintió entonces como toda una vida: él le dejaba las migas correctas como asistiendo a un gato desconfiado de la calle y ella se esforzaba en dormir el tiempo justo para que al día siguiente no tuvieran que hablarlo incómodamente en las escaleras. Pero ese día estaban los dos incómodos, igualmente, en los taburetes de la cocina. Si no era un gato callejero, ¿por qué se había pasado la vida arañando?

—Tengo que hablar con Rafa.

Pol bebió, aún de pie, un trago largo de su café hirviendo.

—No —dijo.

Ella respiró hondo.

—Es por algo de verdad, Pol.

—Siempre son cosas de verdad y muy importantes. —Agarró su chaqueta y se la colocó—. Olvídate. No le vas a hacer eso, y tengo curro, así que si a eso has venido...

—Escucha, Pol. Pol —lo llamó, y él no la miró, pero frenó un segundo sobre sus talones—. Lo siento. Sé que no me merezco esto ya. Sé que esto ha tocado el límite, y vale, y lo sé. Te prometo que después de esto te voy a dejar en paz el resto de tu vida, pero Rafa tiene... —intentó—. Tengo que hablar con Rafa de un papeleo de mis padres.

—O sea —dijo Pol—, que has venido aquí por otra movida.

—He venido a verte.

—Me has hecho creer durante un mes que estabas muerta. Pensaba que estabas muerta, Angie.

Ella le rebatió, con la boca pequeña:

—Ha sido… Es algo mucho más complicado.

Pol se volvió, furioso.

—No es más complicado. Es horrible. Ha sido horrible. —Tomó aire, y luego negó—. Mira, esto es todo lo que puedo darte. He hecho todo lo que he podido por entenderte todos estos años, y lo sabes, y te entiendo; cuando te mosqueabas con Rafa y te ibas por ahí, y luego las épocas de mierda en la calle, y tus idas y venidas, porque no lo has tenido fácil. Y te entiendo. Y lo sé. Pero no puedo seguir con esto si vas a ser cruel conmigo, Angie. Te hice hasta una llave de este piso. ¿Dónde está mi llave?

Angie lo miró, con el cigarro deshaciéndose entre los dedos; la llave se había quedado guardada en su cadáver. Podía habérselo dicho en ese momento, ¿no? O podía habérselo enseñado, a las doce de esa noche, que estaba muerta de verdad y que no mentía, pero ya había pensado en eso. Eso no cambiaba el hecho de que Pol no se lo merecía. Pol estaba delante de ella ese viernes y quizá ahora podía hacer otra cosa que no fuese arañarle.

—Tengo que hablar con Rafa, Pol.

Él cogió la cámara.

—Rafa está enfadado conmigo. Porque no lo llevé a tu velatorio; si él supiera… Porque, ya que lo preguntas, no está en condiciones últimamente, así que no, no vas a darle otro disgusto a ese tío.

—¿Está peor? —preguntó ella—. ¿Haces los ejercicios con él?

—No me toques los cojones. No me digas cómo cuidarlo. —Espetó—: ¿Qué quieres saber?

—He heredado una deuda. De una hipoteca, de algo…

—¿Le vas a pedir dinero?

—No, capullo. Él tiene mis papeles. Nunca hemos hablado de mis cosas; no sé si él tiene, al menos, el nombre de mis padres.

Pol asintió y se miraron. Luego musitó otro «Tengo curro… Tengo curro», y ambos se trasladaron hacia la entrada y luego al sol nublado de la calle. Esa era la última vez que se verían, había decidido Angie, antes siquiera de haber comprobado si le respondería al timbre de la puerta, porque Pol siempre iba a responder al timbre. Lo que podía darle ella ahora era no tener que abrir nunca más su puerta.

—¿Vives ahora con la pava de Tirso?

—Sí.

—Me rastreó. En la boda.

—Ya —murmuró Angie—. Eso hizo.

—Vale. Bueno. Es guapa.

—Ya.

Ella no supo si abrazarlo, porque él solía hacerlo, pero no lo hizo esa vez.

—No quería meterte en esto, Pol.

—Lo sé —le dijo—. Lo sé.

Pol se fue calle arriba hacia la parada de metro de Francos Rodríguez. Angie bajó hasta Estrecho y se paró en una tienda de ropa para hacer rodar entre sus manos el plástico templado de una alarma gris.

—No lo veo claro, Celia. Te soy sincero, no lo veo.

Delia miró a Pelayo, sentado al otro lado de la sala de reuniones, al final de la mesa interminable que parecía adaptada para una recelebración de la última cena. Propuso:

—¿La… transición de las diapositivas?

Él se recostó en su sillón mientras analizaba la presentación.

—Celia —«Delia», le pidió por septuagésima vez—, ahora que lo dices, las transiciones sí que son una mierda, y nos van a pedir que las adaptemos desde Recursos Humanos. Ahora se pide todo eso de la adaptación para epilépticos; pero no, pero veo mucho texto, ¿sabes? Eso te quiero decir, mucho gráfico de quesito, que tampoco es esto una partida del *Trivial Party*. A mí me pasa, personalmente, que me sobra discurso y me falta un poco de verdad, carisma, ¿no? Señuelo inteligente; un Marilyn Monroe con su *Happy Birthday*. Una teta de Sabrina. Mira —dijo—, de coñas y entre tú y yo: lo que uno espera cuando una rubia te da la chapa de tu vida es que juegue, también, a ser un poco más tonta. ¿Me entiendes?

Delia tragó algo (que era un grito) que le bajó desde la garganta hasta los pulmones y se le instaló para el resto del día en los ovarios. Se permitió pestañear, como sorprendida, mientras la sonrisa se le convertía en una mueca.

—Bueno, Pelayo —respondió—, quizá es que una espera también, cuando da la chapa, que el receptor no sea un puto cerdo de mier…

—¡Hagamos un descanso! —se apresuró a decir Coral, incorporándose—. ¡Vamos a la máquina a relajarnos con un té!

Diez minutos más tarde, después de empaparse la cara en el baño y descargar su furia con el dispensador de jabón, Delia pasó la tarjeta de su plus para cafeínas por el sensor de la máquina y rogó, frotándose los ojos, que no supiera a tubería.

—Delia, ¿está todo bien? —le preguntó Coral por lo bajo—. Eso ha sido… Quiero decir, que claro que lo entiendo.

—Es un pajas impresentable adicto al diazepam…

—Y estoy de acuerdo, Delia, pero es Pelayo Sánchez del Pinar —le recordó—. Sabías que con esto habría que echarle paciencia. Lo sabes, ¿no?

Delia asintió y se aclaró la garganta. Volvió a asentir.

—Es verdad, perdón. Perdóname.

—Pero ¿está todo bien?

—Sí, es que hoy… Estoy durmiendo mal esta semana.

—¿Por el tema de la presentación?

—Lo de la presentación te juro que estará para el día. Voy a darle lo que quiere y ya, y me limitaré a hacerme la ton…

—Te pregunto por ti, Delia —la interrumpió Coral, dulce—. ¿Hay algo que necesites?

Delia la miró y luego negó.

—Es que está siendo una semana… —Se corrigió—: Un mes. —Se

corrigió otra vez—: Un año. —Se bebió el café como un chupito—. Todo me ha salido mal, Coral, desde el principio de este año de mierda.

Después del asunto de Pol en la boda, Angie Samper decidió que no hablaría con nadie nunca más.

Ese habría sido un cambio simpático en el universo donde Angie tenía la creatividad de un tornillo y su única forma de molestar era decir tonterías; el viernes, tras el paseo oscuro y silencioso hasta la puerta del piso, se encerró dentro de su cuarto y echó el pestillo. No salió en cinco días ni llamándola, ni tentándola con la promesa luminosa de un cigarro mentolado. No se la oía ni existir al otro lado, y casi pareció, por unas horas, que de verdad se había ido: eso había sido la vida, pensó Delia entonces, en un tiempo anterior en el que estaba allí sola, y nadie ocupaba el hueco casi magnético que había dejado Angie ahora que se había autoemparedado.

Luego se la encontró el siguiente viernes, volviendo a casa en la línea uno, mirando el túnel como si fuera un paisaje.

—Anda —le dijo Delia—. No sabía que ibas a salir.

Angie dijo:

—Ya.

—No te he visto en toda la semana.

Angie dijo:

—Ya.

Eso fue todo lo que hablaron antes de que empezasen las *raves* a las tres de la mañana en la habitación de la secta: Angie no la miró a los ojos, ni sonrió, lo que le generaba una carencia extraña, casi inquietante, en su cara edificada alrededor de su sonrisa. Después se bajó y la dejó atrás como se hace con la gente que rapea en los vagones. Pero bueno, que dos días más tarde empezaron igualmente las *raves* a las tres de la mañana en la habitación de la secta. Eso le recordó a Delia quiénes eran, lo cual fue la mejor medicina para la culpa: la confirmación de que Angie seguía fastidiándole la vida y, bajo esa premisa, ella no tenía nada por lo que disculparse.

—¡¡¡Eh!!! —Aporreó la puerta—. ¡¡¡Baja eso!!! ¡¡¡Angie, van a llamar los vecinos a la policía!!! ¡¡¡Tengo trabajo a las siete de la mañana, no me jodas!!! ¡¡¡Angie!!!

Al otro lado solo se oía un vídeo de YouTube: «Dos ratas peleándose por un churro con música de fondo de Linkin Park».

—¡¡¡Voy a tirar esta puerta abajo!!! —amenazó, pero no lo haría, porque costaban una pasta las malditas puertas—. ¡¡¡Te doy cinco segundos más!!! Cinco... Cuatro... Tres y medio... —Angie subió el altavocito cojonero—. ¡¡¡María de los Ángeles!!!

El repertorio era siempre el mismo: el disco completo de Linkin Park, y luego una rumbita anticlimática pero pegadiza de Los Chichos, y cuando amanecía y Delia seguía mirando el techo ya habían llegado los primeros compases del final de la discografía de My Chemical Romance. Otra persona más inteligente habría pensado que Angie estaba atravesando un bache emocional con tendencias gótico-depresivas, pero Delia pensaba: «Me cago en su madre y en sus muertos» y «Por qué me ha tocado a mí vivir esta pesadilla». Se descubrió dormida esa semana varias veces en el váter de la oficina. Llamó guarro a Pelayo, lo cual no consiguió (por poco) que la despidieran de Geogalia. Su madre, para añadirle al plan una última rebanada de estrés, empezó a mandarle cada día capturas de solteras de Tinder con el veredicto personal de «Mejor que la perroflauta». «Mamá», le pedía ella, «por favor».

Angie no salía de la habitación. No comía, no se duchaba, no dormía; en definitiva, Angie Samper estaba muerta. Iban a ser dos al final del mes si Delia oía una sola vez más el corito de Los Chichos vibrar a través del suelo.

—No te preocupes, que lo amortiguó todo el ciego —la tranquilizó Richi por teléfono, que era el único despierto esas noches gracias a la diferencia horaria de su luna de miel—. Yo siempre había querido, de todas formas, que alguien se divorciase en mi boda, por eso de los equilibrios secretos del universo.

—Fue horrible y qué horror. Judith sigue horrorizada.

—Es muy fuerte que te lo estés montando con la ex de mi madre.

—No es su ex. —Delia cerró los ojos—. Por Dios, no lo digas así...

—En otro mundo, podría haber sido un trío.

—Calla. Imbécil. Cállate. —Richi soltó una carcajada al otro lado de la línea—. Y ya lo hemos dejado, así que olvídate.

—Si la estoy oyendo cantar de fondo.

Delia se levantó un momento y se apresuró a cerrar la puerta que daba al pasillo. Ahora tocaba el festival de karaoke de *Hermano Oso.*

—Estamos compartiendo piso —se explicó—. Por eso de dividir gastos.

—Muy de lesbianas en Madrid.

—Richi —le comentó luego, mirando el techo de su habitación—. En menos de dos meses voy a cumplir treinta años.

—Señor, ya empezamos...

—Voy a cumplir ya los treinta y mi vida es peor de lo que era antes de evitar que fuera peor. Mi vida es el circo nacional y yo soy los payasos de la tele. ¿Cómo voy a...? —le preguntó—. ¿Qué es lo que estoy haciendo mal?

Richi, que lo tenía todo, un marido oso y un piso amueblado, una mesa reservada en el centro de Tokio a las nueve, respondió:

—Cariño, los años no existen y tienes que saber que nos los hemos inventado. —Él no lo podía entender—. La vida de cada uno no es más que la vida; estás obsesionada, Delia, con una cosa inventada, y nadie se muere ni pasa nada cuando uno cumple treinta años.

Delia musitó, oyendo los gorgoritos personales de su fantasma:

—Sí que pasa. —Desenfocó los ojos, medio ida—. A veces le pasa, Richi, a la gente hipotecada con Thermomix.

Al día siguiente, la tarde de un 30 de octubre que coronaba como un lazo ese despropósito de mes, Delia recibió en el móvil una notificación del banco y vio que alguien había comprado con su tarjeta siete latas de pintura. Eso, y el delirio acumulado, fue lo que la llevó a tirar abajo la puerta cerrada: que incluso sin salir de su ataúd, la tía hubiese encontrado una forma de robarle.

—¡¡¡Angie Samper!!!

Delia le dio un martillazo al pomo, que se desencajó, y consiguió abrirla con una embestida de hombro.

—¿¡Qué es esto!? —le gritó, mientras entraba en la habitación con el móvil en alto. Después retrocedió cuando vio las paredes, el armario y los cristales tintados de las ventanas chorreantes: el cuarto de la secta había sido embadurnado al completo de negro—: Pero… ¿¡Qué es esto!?

Angie, con los brazos manchados hasta los codos como si saliera de una petrolífera, se puso en pie entonces, guardándose la brocha en el centro del sujetador.

—Lo he pintado.

Delia balbuceó inicios de respuestas mientras miraba las cortinas que encharcaban la alfombra de pintura.

—¿¡Me has robado la cuenta de banco para montarte aquí un yo qué sé qué? —repitió, y de pronto recordó a lo que venía—: ¡Me has robado del banco!

—Me he prestado cincuenta euros —la corrigió Angie—, para amortizarme una idea de negocio para pagar mi movida. —Luego explicó—: Voy a cobrarle a los vecinos por sesiones espirituales en un espacio en el que uno pueda sentir la verdadera muerte.

Un gorgorito de Evanescence remató el *speech* desde el altavocito cojonero.

—¡Habíamos dicho que nada de negocios ilegales!

—Madre mía, ¿y en qué te afecta a ti? Es mi muerte.

—¡No vas a abrir en nuestra casa un cuarto suicida, Angie, en…! —Recordó—: ¡En el cuarto de los suicidas!

—Tu casa —bufó Angie, recuperando su camiseta de la nada negra—. Yo me piro de aquí, eso tenlo claro, en cuanto pueda y en cuanto lo consiga.

Delia la miró sin saber, de pronto, en qué idioma se suponía que estaban discutiendo. Angie tiró la brocha y no se giró hacia ella para comprobar si se iba, y estaba molesta por algo que la cubría de la cabeza a los pies desde el viaje en coche tras la boda.

—Mira —decidió decir—, no sé qué te pasa esta semana, que estás aquí metida en tu numerito de prepúber emo, y estás queriendo buscarme porque sí las cosquillas…

—¿Que no sabes lo que me pasa? —se rio Angie.

—No lo sé —mintió Delia—. Pues no lo sé.

—¿Has pensado, quizá, por hacer el ejercicio de ir pensando, en que porque tú no lo pienses no desaparece el lío que me hiciste el otro día?

—Tú montaste un lío el otro…

—¡Lo has jodido todo, Delia! —gritó Angie, encarándola al fin. Su voz rebotó contra las paredes—. ¡Has jodido el luto de mi única persona en el mundo, y Pol no se lo merecía! —Tomó aire, colocada de pintura y de rabia—. Eso es lo último de mí que va a saber para siempre Pol. Has conseguido… ¡Me has hecho ser cruel y ahora ya no va a dejarme ir a ver a Rafa! Y quizá ¿sabes qué? ¡Quizá es lo que me he ganado! Morirme para ellos de verdad, para siempre. ¡Así que lo siento si te importuna mucho que me afecte, y por supuesto que tu parte en esto te la pela en rotundo!

Delia murmuró, negando, abochornada:

—No me la pela. Yo he… Te he intentado hablar estos días, Angie.

Angie sonrió como quien no sonríe.

—Mira… Te juro que…

—¡No pensé lo de Pol! —dijo—. No entendí que… No sabía que era tan importante y no había estado en tu velatorio. —Angie susurró: «¿Y quién más habría pagado mi puto velatorio?»—. Pretendía, y lo siento, conseguir respuestas sin seguir preguntándotelas. ¡No puedo saber cómo proceder si no me cuentas nada!

—Delia, no quiero hablar más contigo —la cortó Angie—. Ya está.

—¿Cómo que ya está?

—Sigue con tu vida —concluyó— y yo haré la mía, y en cuanto consiga el dinero no te preocupes, que me piro.

Delia abrió y cerró la boca, queriendo añadir algo (que la había pegado contra la barra) (no, eso no) (nada de eso tenía que ver con nada) (en otro mundo en el que no aparecía Pol, eran también imbéciles y se habían besado), pero era menos digerible el dolor de todo esto que la rabia fácil cuando se trataba de Angie, así que eligió la rabia: el cansancio y su orgullo y la tortura de una semana de insomnio con Los Chichos.

Agarró la puerta e intentó cerrarla, pero estaba rota y se descuajeringó.

—¡Pues haz lo que te dé la gana! —gritó, cuando se quedó con el pomo en la mano.

—Ya lo hago.

—¡Emparédate tú misma en tu... cuarto de eutanasias!

—¿Y no era eso lo que querías desde el principio?

—¡No tienes ni idea! ¡Nunca has tenido ni idea de lo que quiero!

—¡Pues la verdad es que no! ¡Porque estás loca de la cabeza y porque quién coño te entiende!

—¡¡¡Dios!!! —gritó Delia, y giró sobre sus talones y se fue pasillo arriba hasta que alcanzó la puerta y salió.

Volvió a entrar, dándose de hostias con la cerradura, y se puso unas botas y una chaqueta. Bajó los seis pisos hasta que salió del portal y la espabiló de un golpe una bocanada de aire frío. Permaneció un rato allí, estúpida y sin saber qué hacía, digiriendo la cólera junto a los botones del telefonillo. Ya había anochecido en Madrid y pensó en volver, pero era ridículo retroceder tras una gran salida dramática, así que subió hasta Tirso, se metió en Casa Paco y pidió una cerveza para tragarse el remordimiento como si fuera una pastilla.

Fue allí, estudiando la barra pegajosa, sin rememorar en absoluto nada relacionado con ninguna otra barra, que escuchó algo que parecía una voz que conocía y luego la tía que se le sentó al lado le tiró la chaqueta de un empujón.

—Oye, mira a ver si... —empezó Delia, pero al volverse vio el flequillo vasco. Las cejas cortas y congeladas en un permanente gesto de pena.

—Espera —dijo la tía, y tapó su teléfono—. ¿Delia?

Ella musitó, mirando a los ojos de Elba Garrido:

—Joder.

Era la primera vez que se veían desde el proceso de evaporación de Elba durante la ruptura en el zulo compartido. Ella no le había ni escrito desde entonces, pero se dieron dos besos como si nada; confeccionaron la obligatoria e incómoda charla de exes. Elba seguía igual:

tiñéndose de naranja y toqueteándose el piercing de la nariz bajo las gafas. Felicitó a Delia por el corte de pelo (el que le había pedido que no se hiciera durante cuatro años) y, cuando ella le preguntó qué hacía por el barrio, su respuesta fue: «Esto no es un barrio, Delia. Es el centro de Madrid».

—No, es que curro aquí al lado —le explicó—. En el Tiger de Carretas… Es que me tuve que ir a Navacerrada con la abuela, y dejé lo de higienista.

—Ah, qué bien. —O quizá no estaba bien—. Que, bueno… Que tampoco es que te gustase.

—No, ya. Mucho diente.

—Ya. Bueno, pues el Tiger.

—El Tiger, sí.

—Menos dientes —intentó—. Espero.

Se hizo un paréntesis en el que ambas bebieron y Delia pensó que ahí se acabaría la cosa. Empezó a entrenar mentalmente el «Pues ya nos veremos alguna otra vez».

—¿Y tú? —preguntó Elba, para su desgracia—. Si estás por aquí, pues qué bien que te pirases. No iba a ninguna parte esa mierda de Geogalia.

—No. —Delia carraspeó—. Sigo en mi mierda de Geogalia que no va a ninguna parte.

—Ah. Dios, perdona.

—No, qué más da. Mi piso… —De pronto, recordó el detalle de que casi lo compran juntas—. El piso está aquí en la esquina, bueno, ya sabes. Vivo aquí, en el dúplex de Tirso.

Elba abrió los ojos.

—¿En serio? —contestó—. Pero ¿te compraste el piso tú?

—¡Pues ya ves!

—¿Sola? Qué locura, Delia.

—Si yo te dijera.

—Qué locura.

Ahora sí: el paréntesis correcto. «Pues ya nos veremos», y una sonrisa casi sincera, pero no tanto, y un abrazo con dos palmaditas para que no haya mucho contacto pélvico. Pero Elba se giró de pronto y entonces soltó:

—¿Se puede ver?

Ella balbuceó:

—¿El qué? ¿El piso?

Delia no supo cómo se vio el 30 de octubre, en el epicentro de todas sus crisis, abriendo la puerta chirriante del dúplex para que entrara a verlo Elba Garrido. Elba insistió y ella no supo cómo negarle un tour rápido; la verdadera razón fue que una siempre tiene que exponer ante su ex la prosperidad que no tiene, pero que ella se ha perdido. También Elba se le pegó a la espalda y empujarla habría sido maleducado. Cuando llegaron y encendió las luces, Elba miró el dúplex roñoso, con las tuberías aún por fuera, una reunión de muebles y agujeros de segunda mano, y se quedó alucinada de la profunda mejoría.

—Madre mía —murmuró, sin palabras—. Se puede hasta vivir aquí.

—Sí, bueno. Eso suelo hacer.

—Parece otro completamente. Cuando vinimos con el estafador de la inmobiliaria —le confesó—, yo es que no te lo quería decir, Delia, pero este sitio… Es que era de verdad un esperpento.

—Lo sé —contestó Delia—. Y, de hecho, me lo dijiste. Así que sí me lo querías decir.

Elba se apoyó en la mesa y observó el salón.

—Lo viste claro. —Asintió, ensimismada—. Que esta era tu casa.

—Bueno, vi claro que no había otra, y ahora… —«Me he arruinado»—. Es mía.

—¿Y vives aquí sola?

—Vivo sola.

De repente, se escuchó un ruido de pasos de botas caminando sobre el techo: el fantasma de Angie Samper, con la ropa aún manchada de pintura, caminó bocabajo de la cocina al salón y empujó con una pierna los restos de una bombilla.

—¿Una tía un jueves, con tu rutina de jubilada? —comentó, mientras se terminaba el cigarro—. Te lo has tomado a pecho.

—¡Elba, no...! —la avisó Delia, y Elba se giró y evitó que la colilla le cayese en el pelo—. ¿... no quieres mirar también arriba? El segundo piso es lo mejor. Está nuestro... El colchón. Viejo. Mío.

Angie casi se rio al dejarse caer sobre la butaca, pero Elba no podía oírla: podía notar a Delia nerviosa, de pronto, guiándola misteriosamente para que subiese por la escalerilla.

—¿Vamos... las dos?

—No, dame un segundo. Te espero aquí. Voy a prepararnos... —improvisó— agua. Ve tú.

Elba dudó un momento, pero luego procedió, algo de lo que se arrepintió en cuanto confió su vida al aguante de los hierros de esa escalera. Nada más vio que se encendía la luz de arriba, Delia se precipitó, histérica, sobre Angie:

—Vete a tu cuarto —le susurró—. ¡Ahora de pronto, cuando te da la gana, sales de tu cuarto!

—Me has roto la puerta de mi cuarto con un martillo.

—No me la líes ahora, Angie, por Dios te lo pido. No me la vas a liar delante de mi ex con tu periplo paranormal.

—Ah, ¿que esta es la ex? —Angie sonrió de oreja a oreja—. Esto yo no me lo pierdo. No te creía capaz.

—¡No es eso! —se defendió—. ¡Me la he encontrado!

—Ya.

—¿Te crees tan importante? ¿Que mi vida entera gira alrededor de tu culo?

—Pero lo hace, rubia.

—¿Dices algo? —la llamó Elba desde arriba.

—¡No, nada! —gritó Delia, apresurándose hacia la escalerilla—. ¡Que estoy cantando para mí, que estaba pensando en poner una...! —Activó el altavocito y se disparó una guitarra—. ¡Una de Los Chichos! —«Me cago en Dios»—. ¡Estoy que no paro últimamente, con los temas de Los Chichos! —Le dijo a Angie solo con los labios—: Vete.

Angie le dijo solo con los labios:

—No.

Durante la siguiente media hora, Delia hizo tiempo en la oscuridad de la cocina llenando y vaciando vasos a ver si de aburrimiento la tía se marchaba; le valía cualquiera, realmente, alguna de las dos. La que tuviese el peor día.

Pero Elba siguió en el salón y Angie también, a la que al menos se le había gastado ya lo que le quedaba de tabaco. Angie analizó a Elba, intentando entender qué guerra satisfactoria podría haberle dado a Delia una moderna temblorosa con un flequillo de vasca. Porque Delia, y eso lo sabía, solo quería guerras.

Luego hubo que rezar tres padrenuestros y enfrentarse a la situación que se le había ofrecido: Delia sirvió el agua como quien ha estado un buen rato pelando pistachos y se produjo otra charla insulsa, pero ahora vigiladas por una muerta.

—Está muy bien, Delia —dijo Elba, mirándolo todo—. No sé qué decirte.

—A ver. —Delia respondió, apurada—: Tampoco hace falta que me mientas.

—No te miento. Es... —Sonrió un poco—. Estaba pensando ahora, no sé, que también se me sube rápido la cerveza... Pero pensaba que podríamos haber vivido aquí.

Angie comentó, repanchingada en la butaca:

—Melinda *Entre Fantasmas*: dile de mi parte que no recomiendo la experiencia.

—Bueno, no pienses en eso... —dijo Delia, que no entendía mucho qué estaba pasando—. Eeeh, hablemos de otra cosa, si te quieres quedar. Porque se hace tarde, pero te quieres quedar... Eeeh... ¿Tu madre cómo...?

—Me dijo Sofía —soltó de pronto Elba— que te vio con tu novia en la boda de Richi.

Delia alzó las cejas, atrapada entre las miradas expectantes de las dos. Le salió preguntar, casi trastabillando:

—¿Y quién es Sofía?

—Es la de Pablo. De la carrera.

—Ah, sí. —No.

—Menos mal que no fui, porque ¿sabes que incluso esa semana me llegó la invitación? Ja, ja, ja.

—¡Ja, ja, ja! ¡No me digas! —masculló Delia, que ya le debía siete collejas a Ricardo—. Pues lo hablaré con Richi. Le diré dos cosas a Richi, porque vaya tela... No era mi novia —aclaró—. Quiero decir, era... Fui con una amiga.

Casi escupió el agua en su cara cuando Angie añadió:

—¿Seguro que no le ha llegado la foto de cómo me empotraste contra la barra?

—¿Estás bien? —se alarmó Elba, al verla toser.

—Sí. —Argumentó—: El agua. O sea, es que... Estará caducada.

—Delia —dijo—, no sé si... Esta situación es muy rara. Estamos raras, aquí... Quizá debería irme.

—Sí —asintió ella—. Sí, es mejor que te vayas...

Pero en su lugar pareció acercarse sobre el sofá, en un gesto que aún reconocía.

—Es como si... —intentó Elba—. Yo qué sé. Es que debería haberte llamado. Lo siento, y sé que lo hice fatal, en su momento.

—Elba, eso ya está. Está bien, es tema cerrado...

—He estado pensando —la cortó Elba—, últimamente, en el porqué de todo, no sé, ¿qué pasó? Y cuando tuve que irme con la abuela a Navacerrada decía ¿qué es esto y qué hago aquí? Y ahora volveré a Embajadores y Delia me hace la declaración de la renta. Y estoy aquí y es que es ridículo. Teníamos toda la vida construida.

Delia intentaba mirarla e intentaba no mirar a Angie de reojo también; al fantasma que se alimentaba de su eterno sufrimiento. A su lado, Elba estaba padeciendo los síntomas de la revelación de una pérdida de braguetazo.

—Elba —le pidió—, mira... En serio, es jueves. Lo hablamos otro día con la calma. Mañana tenemos que currar...

—Sofía me dijo que era guapa. Tu chica de la boda.

—No es mi chica de... —Tragó saliva—. Es una perroflauta.

—«Me fui a casa con ella —tradujo Angie— con un cubata y diez minutos de cháchara. Fue la mejor noche de mi vida».

En otro plano, viviendo otra intimidad y otro momento paralelo, Elba preguntó:

—¿Eres feliz?

Delia pestañeó tres veces y le repitió:

—Elba, es tarde, de verdad, y mañana tenemos que ir al trabaj...

Elba la agarró de la camisa y le encontró la boca. Ese debió ser el mayor gesto de pasión que compartieron en toda su historia: Elba lanzándose sobre ella y besándola en el sofá del dúplex y Delia, sin saber qué pasaba, la agarró para apartarla, pero no se decidió. Así que casi la correspondió.

—Wow —murmuró Angie, que sonreía—. Esto se pone aún mejor...

Delia cerró los ojos y los volvió a abrir y de pronto tenía a Elba encima. Se echó hacia atrás, desorientada.

—¿Q-qué estás haciendo?

—No lo sé —dijo Elba—. Me has dicho lo del colchón...

—No significaba nada lo del colchón.

—Y la música.

—¿Los Chichos?

—Delia. —Su pelo olía al tinte, olía al zulo en Embajadores de una vida pasada—. Creo que quizá me he equivocado. Creo que, al verte hoy, y con lo de Sofía, pensé... —Le agarró una mano y se la puso en las clavículas—. Si recuperásemos esto... Esto era lo que nos faltaba...

Les faltaba mucho más que eso, pero todo ocurrió tan rápido: Elba la besó de nuevo. Besarla de vuelta era como montar en bici, una operación instintiva que ya conocía y tenía preinstalada. Delia había pasado la semana pensando en eso también; no en Elba: en el devenir catastrófico de los catastróficos eventos que conformaban su vida. En un inicio de año en el que creyó que iba a tenerlo todo. La casa. El trabajo. La relación estable sin pasiones ni química. Eso era lo que tenía que haber tenido, ¿por qué todo era tan difícil de tener?

Rodeó la espalda de Elba y la besó, la idea de algo que ya sabía que no salía bien, pero sabía engañarse, y era sencillo. Su boca había estado queriendo eso: besar a alguien. Elba gimió en respuesta. Lo dio todo de sí, que Delia ya sabía lo que era y, como siempre, fue poco más que nada, porque abría la boca lo justo y no sabía dónde poner las manos y, generalmente, tarde o temprano solo se dejaba hacer por ella. Así que Delia se encontró, no supo ni cómo, haciéndolo por ella. El pelo liso. Un cuello. Unas piernas y el tirante de un vestido, hasta que oyó a alguien decir:

—¿Cuántos años fue así? —«De mediocre», decía el fantasma sobre la butaca—. ¿Cinco? Por Dios. Dime que tres.

Esto la enfureció: le dio la vuelta a Elba. La colocó debajo de ella, contra el reposabrazos del sofá. La volvió a besar, pero de pronto era Angie: Angie encerrada en la habitación. Angie bajo las luces azules de la boda. Angie mirándola, inagotable en lo insoportable, relamiéndose mientras contemplaba su acto de humillación, siempre presente, siempre ahí, siempre en todas putas partes.

—No sé qué está haciendo con la rodilla —iba comentando—, pero creo que te está embistiendo un riñón.

—¡¡¡Cállate!!! —gritó Delia.

—¿Qué? —se asustó Elba.

—Perdón, que no hagas ruido porque... —jadeó—. Porque el vecino se caga. En el felpudo.

—¿Qué?

—Nada.

Se besaron de nuevo. Pero ya no era posible, porque ahora ya era Elba: era Elba su ex, con la que rehuyó dormir en un sofá de viscolátex. La que la dejó sobre las lentejas con chorizo picante. La del polvo en el Aquopolis con infección de orina. Era una mala idea y lo estaba haciendo mal otra vez y otra vez y otra vez y otra vez...

—Mano a medio campo a punto de alcanzar teta derecha —retransmitía Angie—. ¡No! ¡Se detiene! Regateo y pase rápido a izquierda. Se corta, se confunde, es imposible: ¡el Atlético de Elba, en un giro sorprendente, adopta la estrategia de estrella de mar!

—Elba —jadeó Delia, y por fin se separó de ella—. Esto no puede pasar.

Elba se incorporó, con las gafas empañadas.

—Pero…

—Elba. —Delia se alejó, avergonzada, y se frotó los ojos—. Perdón. Vete. Esto es un error. Tienes que irte de mi casa.

—Pero…

—Vete.

La acompañó a la puerta en lo que se sintió como el intercambio más marciano que habían compartido dos personas nunca. Tuvieron que regresar atrás a medio camino porque se estaba olvidando el bolso. Elba, pequeña de pronto, como si fuese Delia la que la hubiese convencido de besarla, no se atrevió a mirarla a la cara hasta que se despidieron y luego en la puerta declaró: «No deberíamos haber hecho esto. Creo que necesito que no me hables durante una temporada». Delia se sentía mareada, y la dejó ir repitiendo solo «Vale. Sí, vale», y cuando todo pasó y se encontró en la entrada con la camisa medio abierta, volvió al salón y miró a Angie Samper, que jugaba con la tarjeta del Alcampo que le había robado a Elba de la cartera.

—Eres… —empezó Delia, aunque ya no le quedaban palabras— gilipollas, y eres una chiflada, y tienes un desorden mental, te lo juro, psicológico, humano. ¡Tienes algo del infierno en la cabeza que te hace simplemente…!

—Tampoco te ofusques ahora conmigo por tus calentones de desquiciada.

—¡¡¡Tú me has desquiciado!!! ¡¡¡Tú me desquicias!!! ¡¡¡Tú eres la causa de todos mis problemas, y ahora lo sé, que no te quedarás tranquila hasta que no me atormentes, hasta que no me jodas la vida y te la cargues, hasta que no pierda yo la puta cabeza…!!!

—¿Cuándo va a pasar esto?

—¡¡¡Cuando acabe de hablar!!!

—¿Es necesario, realmente?

—¡¡¡Tienen que dar las doce!!!

Miraron la aguja de los segundos terminar la circunferencia en el reloj.

Doce de la noche del viernes 31.

Delia recortó la distancia que le quedaba de pasillo y Angie saltó la mesa conforme se materializaba: se encontraron en el centro y se golpearon meticulosamente, que era en realidad besarse con todas sus fuerzas, o fue algo peor que besarse, algo más grande y violento y suyo.

Angie la subió de un movimiento a su cintura. La tumbó sobre la mesa y le abrió la boca con los dedos. Le arrancó la camisa de oficina de un movimiento y Delia le rodeó el cuerpo con las piernas. Aún tenía los brazos manchados de pintura, que le llenó la piel de manos de ceniza; por supuesto que tenía que ensuciarle algo en el proceso. Por supuesto que a eso sabía su lengua. Delia le desabrochó el pantalón con rabia, por la ropa arruinada, y coló los dedos dentro sin pedirle permiso. Angie jadeó y subió desde su escote para gastarle la boca de nuevo, la única manera en la que sabían hacerlo; como llevaban planificando, casi en un juego, desde el día de septiembre en el que fingieron que la muerte podría evitarlo.

Delia le levantó la cabeza de un tirón de pelo. Le ordenó:

—Llévame a la cama.

Angie sonrió, sin aire.

—¿Encima te llevo yo a cuestas escalera arriba?

—No, si quieres lo hacemos en el agujero negro. Estás manchándolo todo, imbécil, ¿a quién se le ocurre pintar…?

—Cállate —dijo Angie silenciándola, introduciendo un par de dedos—. Bien. Así es como me gustas más.

A Delia se le volvieron los ojos y echó la cabeza hacia atrás sobre la mesa del salón. Era como un chute eléctrico hasta el techo del paladar; Angie había nacido y había muerto sabiendo exactamente cómo tocarla. Sintió su boca bajando por su abdomen, pero así no lo quería: iba a ser de ninguna manera, a gusto de ninguna, en una posición más incómoda y peleando por ello.

La empujó con la rodilla y la estampó contra la pared. Angie ya se estaba quitando la camiseta, como si pudiese, de alguna manera, predecir sus impulsos y coreografiar sus golpes. Se volvieron a besar hasta arrastrarse sobre el sofá, contra la estantería y el interruptor, que apagó las luces, y luego intentaron subir a ciegas por la escalerilla, pero en ese momento esta alcanzó el final de su vida y se desconectó de un latigazo de un punto del techo. Se ladeó, precaria, como un péndulo gigante en espiral. Nada de eso podía frenarlas ya: Angie lanzó a Delia sobre un escalón. Trepó sobre ella, con sus uñas ya marcadas en la espalda, y sus cuerpos hicieron de ancla. Se miraron, jadeando: pues no había cama. Pues allí sería. Delia dijo:

—Sabes cómo lo quiero.

—Sé cómo lo quieres. ¿Nueve y medio?

—Empezamos en ocho. No te flipes todavía.

—Dame dos horas, guapa.

—No quiero dos horas —respondió Delia—. Tienes veintitrés.

Angie sonrió y la miró, arrodillada en la base de la escalera, con los ojos negros y hambrientos y brillantes. Delia se humedeció los labios mientras la observaba lamerse los dedos empapados y recogerse el pelo en una cola. Le separó las piernas con las manos. La oyó murmurar, solo aliento, antes de ocupar su boca:

—Feliz Halloween.

Y, después de eso, ocurrió el milagro imposible de que no discutieran durante un total de cuarenta y ocho horas.

LO DE HACER UNA OUIJA EN FAMILIA

—¿Dónde están los resultados financieros que me prometió esta semana?

Angie levantó la vista del escritorio, recolocándose sobre la silla en la oscuridad del despacho. Esto no se le daba bien: fingir que era inocente en algo y que no tenía prisa por desnudarla.

—¿Eran para hoy? —dijo, y Delia luego le corregiría su pésima interpretación de becaria sobrepreparada—. Perdóneme. Yo le juro que habría jurado…

—Señorita Samper. —Delia colocó una rodilla entre sus rodillas—. Los gestores están esperando. No han recibido nada.

—Me he encargado de la declaración del IVA…

—¿Y el éxcel de la trimestral que le mandé ayer?

Las manos se le movieron solas para subirle por las piernas, pero Delia le chistó. La coherencia argumental del *roleplay* era un asunto serio para Delia; Angie perdía el foco con todo eso, con lo de tenerla sentada encima con las gafas y la minifalda.

—Dios mío —intentó—. He debido borrarlo de la carpeta de spam.

—¿Cómo se le ocurre?

—¿Qué puedo hacer...? ¿Cómo se lo compenso? Soy rápida con los dedos. Para los exceles, digo.

—Se está ganando —dijo Delia, desabrochándose uno a uno de los botones de su camisa— un despido improcedente sin derecho a preaviso.

—Puedo añadirle la boca. Soy rápida con la boca.

—¿Y puede hacer todo eso manteniéndome callada?

Angie se puso en pie y la subió sobre la mesa. Se derramaron los folios y los cables y la caja con las tres grapadoras. La inmovilizó sujetándola por las muñecas sobre la cabeza y bajó hasta el sujetador con los labios. Delia jadeó entonces: «Al revés. Dame la vuelta», y, cuando iba a obedecerla y la tenía agarrada entre los brazos, la puerta del cuartito de la limpieza de Geogalia se abrió y Trini asomó la cabeza para encontrárselas empotrándose entre doscientas fregonas.

—¡¡¡Uy!!! —exclamó, tapándose los ojos—. ¡¡¡La Virgen!!! ¡¡¡Perdón!!! ¡¡¡Pero bueno...!!! ¡¡¡Perdón!!! —Y huyó pasillo arriba como una exhalación. Se metió en un ascensor y pulsó cualquier botón, sofocada—. Con su prima... —murmuró para sí—. Con su prima la macarra, ay, por Dios... Ay, por Dios...

Era el noviembre de los treinta y, para sorpresa de nadie, Angie Samper y Delia Agós no podían parar de █████.[4]

La vida empezó a ser lo que ocurría en los momentos en los que el mundo conseguía impedir que se metieran mano, que eran breves y pocos; después de abrir esa puerta de nuevo, el inicio del viernes que continuó hasta el día de Todos los Santos (fiesta nacional para el fantasma obrero), descubrieron que las puertas autorrepresivas no pueden aguantar cuarenta y ocho horas de embistes sobre un sofá.

[4] Este capítulo ha sido censurado para evitar la divulgación indebida de un verbo prohibido por la Ley Fantasmal (epígrafe 54) el cual aúna los conceptos «follar» y «matarse».

Tampoco aguantó el sofá, al que se le reventó una tabla en el centro y se quedó para siempre más inestable que un tiovivo.

La noche del sábado, cuando el sofá cedió con un crujido fatal, pararon por el susto y Delia fue a quitarse a Angie de encima; entonces ocurrió que las manos le atravesaron de nuevo los hombros y recordaron que el cuerpo de Angie Samper era un asunto temporal. Esto no fue tampoco, por supuesto, lo que consiguió impedir que se metieran mano: sí, hubo que celebrar una reunión creativa para abordar los pormenores del sexo sin tocarse, pero Angie tocaba los objetos, y los objetos tocaban a Angie, y Angie podía tocar a Delia con objetos, y ¿qué es el sexo si no una manera más sencilla y con menos muertos de insistir en atravesarse? El obstáculo de verdad, el que lo arruinó todo, fue uno más oscuro que la muerte: la jornada laboral.

—De siete a ocho: inicio de mañana. De ocho a cinco: sexo telefónico.

Angie se quejó:

—No funciona. Escucha, ya te lo he dicho, que es muy incómodo para mí. Paso del bochorno de gemir en psicofonías…

—Me escribes.

—¡No puedo mantenerme cachonda si todo lo que te escribo se codifica en maldiciones de Teresa Fidalgo!

—Yo sé entenderte en Teresa Fidalgo —respondió Delia, que claro que había elaborado un horario en Excel—. «Voy a ir a verte esta noche». «Prepárate». «Morirás a las doce». ¿Crees que suenas muy distinta? De cinco a seis —continuó—; reunión exprés en el cuarto. Hay que traer el trabajo preparado de casa, no se puede venir al *roleplay* aquí sin saber, por ejemplo, qué es una «escafandra».

—¿Y por qué si yo quiero piratas tengo que acabar haciendo de pulpo?

—Los *roleplays* están decididos con dos semanas de antelación. —Le pasó una hoja impresa—. Ve aprendiéndote *ornitólogo, Titanic* y *Jumanji.* Apunto *pirata.*

—¿Qué coño es «ornitólogo»?

—De seis a nueve tengo que alimentarme y vas a respetar mi tiempo de trabajo. Nada de paseítos. Nada de tonterías al oído de ninguna manera. Ponte una camiseta.

—Esto parece la mili… —murmuró, desalentada—. ¿Y no puedes mejor dejar ese trabajo de mierda? ¿No puedes decirle a tu madre que te financie un curso que estás haciendo de ginecología forense?

Delia le arrebató el cigarro de los labios.

—Los viernes —terminó, y de pronto estaba demasiado cerca—, no te separas de mí. ¿Entendido?

A Angie se le reconfiguraron las neuronas, viéndola mirarla con las gafas de señora. Le gustaban mucho las gafas de señora.

—Entendido.

Eso funcionó durante algunos días, los que aguantaron la imposibilidad de evitarse y compartimentar el tiempo que se permitían mirarse viviendo en la misma casa: cruzarse por un pasillo era tentar a la suerte. Coincidir en un espacio cerrado era una crisis laboral. La elaborada rutina de discusiones domésticas se trasladó entonces a otros lugares, donde también discutían, pero respetando los roles: Delia tenía la mala costumbre de levantar la voz. Angie vulneraba, puntualmente, algunos que otros derechos humanos.

Después de recorrerse los recovecos de un dúplex que ya habían gastado la primera noche, la cosa les empezó a parecer aburrida bastante rápido: ¿qué es una cocina para gente que se ha magreado en un funeral? ¿Qué es lo que queda para los valientes que han hecho *petting* durante un exorcismo rutinario? Hacerlo como fuese, es decir, hacerlo mal, y mandar a tomar viento el Excel. Enrollarse en el portal y en Geogalia y en los probadores y en el baño cochino de Casa Paco. El segundo viernes, cuando Delia la estampó en el supermercado contra la sección de lácteos, Angie entendió que aquello iba a requerir vocación, porque Delia Agós era, por encima de todo, un animal insaciable: la tía aguantaba cuatro asaltos con dos horas de sueño y un plato de lechuga sin aliñar. Solo consideraba que era suficiente cuando a una de las dos se les había dormido una extremidad. En los chutes hormonales olvidaba su sentido común, que tampoco es que tuviera mucho ya de base, y hacía cosas contrarias a su personalidad, como llegar tarde al trabajo, o cometer delitos menores e, incluso, estar dispuesta, por su curso de ginecología forense, a rearruinarse.

—Hola. Vengo buscando... —susurró Delia, apresurada, a la dependienta del sex-shop junto a Geogalia—. No sé si tendréis un traje de estos de látex... De cuerpo entero, con manos de látex. Con piernas de látex y todo, y máscara completa de látex.

La chica pestañeó, analizando al gnomo rubio que había entrado en su tienda con gafas de incógnito de Isabel Pantoja.

—Nos queda uno dentro con máscara. Con un agujero aquí, que te deja respirar por la boca.

—No, no nos hace falta que respire. ¿Lo hay con boca?

—¿Sin boca?

—Con boca de látex.

—Bueno —ofreció—, claro. Se puede preguntar...

Unos pasos más allá, Angie robaba del muestrario de vibradores con mando a distancia, que era lo que habían planificado. De repente, sonó la campanita de la entrada.

—¿Delia?

Ella se giró, atacada.

—¿Isma? —tartamudeó—. Pero... Pero ¿qué haces tú aquí? ¡Hola! ¿Qué haces? Si estabais por ahí por Japón, por *Doraemon*...

—Cariño, nos fuimos solo una semana —dijo él—. Dos besitos.

—Dos besitos. —Por detrás, Angie ya se estaba escondiendo tras unas baldas—. Pues ¡qué casualidad! Pues ¡y te plantas aquí, al guarrco! ¿No habéis tenido suficiente?

—Ah, no, pero ¿no sabías que esto lo lleva mi hermana?

Delia se giró y miró de nuevo a la persona apostada tras el mostrador: una reproducción lampiña de Ismael Fernández que la miraba sin expresión y, en su no expresión, la juzgaba.

—Claro —masculló Delia—. Tu hermana de la boda... Que lo vio todo en la boda, y que conoce seguramente a mi madre...

—¿Lo quieres entonces con máscara completa de asfixia? —preguntó, e Isma se dio cuenta entonces de que estaba comprando un traje fetichista de sumisión.

Delia decidió que lo mejor era decir:

—¡Ja, ja! No sé de qué me está hablando esta tía.

—Espera —dijo Isma—, ¿esa no es tu chica?

—¡Eh! —gritó la hermana entonces, cuando sonó un pitido y Angie corrió hacia la entrada del sex-shop. La caja que estaba robando de un dildo doble, largo y colorido como un churro de piscina, se quedó atascada entre las dos puertas—. ¡Alto ahí! ¡Ayuda! ¡Que nos roban! —Angie tiró y tiró, pero no la sacaba. La gente de la calle se paró a mirar, lo miró Isma y lo miraron los clientes, el rabo kilométrico que se estaban llevando; lo vieron los compañeros de Geogalia, lo vio Madrid y posiblemente también lo vio Dios, donde sea que estuviese.

Este era otro apartado que valorar para futuras ediciones del *Manual de ghosting*: el límite temporal en el uso *post mortem* de los trajes fetichistas de sumisión (y rabos).

Tras compensar el robo del pollón doble en la puerta del sex-shop, Delia tuvo que gastarse una pasta también en la tontería de látex; la idea del traje había nacido de que, técnicamente, eso les solucionaría todo el asunto de no besarse. Era frustrante y un suplicio lo de esperar una semana entera para besarse. Quiero decir, entendámonos: no es que ella quisiera besar a Angie fuera de ese contexto determinado. Pide besarse un poco, todo el asunto del sexo, y es lo educado, cuando se hace con Angie, besar a Angie; Delia le había devorado la boca de tal forma a las doce del siguiente viernes que le había roto la mandíbula por un lado. Fue un mal momento para descubrir la mala calidad de los cuerpos de pega de los fantasmas puntualmente materializados. Así que compraron el traje para fetichistas, y, justo como habían esperado, fue como enrollarse con el asiento plastificado del sofá de flores de tu abuela, pero la peor parte de la inversión fue la que ya sabían: que todo lo que tocaba Angie más de media hora cambiaba de dimensión, incluidos guantes, máscaras y dildos morado fosforito con cinturón que desatascaban váteres.

—¡No, no, no, no, no...!

Angie frenaba bajo la ducha, sin aire.

—¿Ha vuelto a desaparecer justo...?

—Ha vuelto a desaparecer —murmuraba Delia, a la que se le acababa de arruinar el tercer orgasmo— justo cuando…

Delia y Angie tenían que racionarse en asaltos medidos, meticulosamente cronometrados: a los veinte minutos, saltaba la alarma en el móvil y tenían que parar para la correcta resurrección de los cachivaches intermediarios. Se miraban entonces, sentadas sobre el colchón, en una pausa anticlimática como quien espera el autobús; era un instante terrible que nadie debe compartir con quien acaba de decir: «Córrete para mí». El sexo se convirtió a partir de ahí en una rutina de zumba con parones de seguridad para las señoras con marcapasos, y a Angie esto le resultó un despropósito, una falta en su reputación, lo de que la muerte le impidiese hacer su vida. ¿Cómo podía un sistema estar tan mal diseñado como para que después de morir uno sintiera que, de hecho, se ha muerto? Miró en el *Manual de ghosting* buscando soluciones, pero al parecer nadie se estaba follando a sus vivos locales. Sí, claro. Chequeó de nuevo en la web de Paquita Parapsicología, por si vendía condones antitraspasos o dildos indesaparecibles, pero descubrió que el negocio había chapado en algún punto de octubre y ahora solo ponía en un aviso: «Cerrado hasta nuevas noticias por persecuciones de Hacienda. No me llamen».

—¿Y no hay materiales a salvo de esto? ¿Y lo que toco un rato se va sin más, atómicamente hablando?

Manolo la miró desde el otro lado del espejo, sin modificar la cantidad de tedio de su cara de amargado.

—El hormigón armado —respondió.

—¡El hormigón armado! —Angie se llevó las manos a la cabeza—. ¡No se podía elegir nada menos sexy! Dios, pero ¿quién ha diseñado esto? ¡Esto es peligroso, además! ¡Hay muertos que pueden estar trasladando lo que sea, pueden estar robando!

—Y le preocupan a usted —dijo Manolo, despacio— los muertos que roban.

—¡Pues a lo mejor!

—Al César lo que es del César —murmuró él—: es una sinvergüenza y le echa un par de pelotas. En fin, yo no he venido para esto, doña

Samper, así que si me disculpa le repito: ha sido usted penalizada por incumplir tres leyes fantasmales indicadas en reglamento proporcionado y también ha roto un tratado de paz con Inglaterra en el transcurso de... Espere... —Leyó en su pantalla—: Una boda.

Pero Angie seguía a lo suyo, meditando sobre el váter la fórmula para la creación de la hormigopolla. Manolo aclaró:

—Que se le ha multado esta semana sin día libre.

—¿¡¡¡Cómo!!!? —gritó Angie—. ¿¡Sin mi viernes!?

—Recibirá un correo para evaluar del uno al diez esta llamada...

—¡No! ¡Escucha, Manolo! Escucha. —Ella pegó las manos al espejo, como si eso fuese a evitar que colgara—. Manolo: no me entiendes.

—Manuel Castaño —la corrigió—, y no lo pretendo.

—Tenemos un itinerario muy exigente aquí. —Intentó formularlo de la manera correcta—: Ella... Ahora mismo tengo que proporcionar, Manolo. Tengo que dar la talla como fantasma continuamente.

—Vamos a ver: ¿está usted █████ con la hipotecada?

Angie parpadeó, patidifusa.

—¿Qué? Se ha... Se te ha censurado la voz.

—Que si está fornicando con la hipotecada presente —repitió Manolo—. Porque eso constituiría otra infracción legal.

—¡No! —se apresuró a responder Angie, con una actuación aún peor que la de becaria—. ¿Qué te hace pensar...? ¿Cómo siquiera? Si somos... dos mujeres.

Manolo tomó aire.

—Tiene puesto un traje fetichista de sumisión sexual.

Angie, empaquetada con látex hasta el cuello, escondió tras la espalda el dildo doble largo como una baguette.

—Es de submarinismo. Y ahora me voy a ir a la playa, y esa es mi vida personal.

Esa misma tarde, mientras Delia cubría de lonas de plástico los muebles de la casa de sus padres, Judith le dijo:

—¿Te estás acostando con la muerta?

Ella tosió una nube de polvo blanco de obra. El salón parecía nevado, empantanado con los escombros de la reforma de la clínica en el piso de al lado, y ella no llevaba mascarilla, y fue como tragarse un chupito de pintura.

—¿¡Qué!? ¿¡Cómo!? ¿¡Por qué!? ¿¡Cuándo!?

—Te has cortado las uñas.

—¡La gente se corta las uñas!

—Tienes tres chupetones en el cuello, Delia, que parece que alguien ha fracasado en su intento de decapitarte.

Delia se apresuró a taparse los chupetones subiéndose la cremallera de la sudadera. Eso no era verdad: habían mejorado mucho desde el viernes.

—Me ha arañado —dijo, por probar— un gato con la tiña.

—¿Por qué te estás acostando con la muerta?

—Dios, ¿puedes no decirlo en…? Papá está aquí —susurró, y efectivamente Carmelo estaba allí, terminando un sudoku sobre los cascotes de la mesa—. Somos… Okey, Jud, ¿qué quieres que te diga? Es entendimiento consentido. Es algo que ha pasado y, pues…, lo sé, lo que me tengas que decir, ya lo sé, pero, para tu información, me he aguantado mucho para que no pasara y ahora… ¡Pues tenía que pasar!

—No puedo ni enumerar los motivos por los que todo esto que estás haciendo es clínicamente demencial.

—Y ¿qué hago? A ver. ¡Vivo con ella!

—Ah —dijo Judith—, perdona. Y, claro, y, por ende, te la tienes que follar.

—¡Va medio desnuda! No lo entiendes: nos conocimos follando. Me pone de los nervios, pero también me pone. En eso, nos entendemos demasiado. —Su madre llegó de la calle y las saludó mientras se metía en el cuarto, y ambas sonrieron de forma casi idéntica, inquietante—. Está ocurriendo amistosamente. Es sin compromiso.

—¿Quitado el compromiso de que está amarrada a tu casa?

—Vamos a solucionar eso. Lo estamos solucionando.

—Bueno, pues quizá no era el mejor momento para las soluciones sexuales cuando mamá se te va a instalar en casa esta semana.

Delia se volvió, en shock.

—Que mamá ¿qué?

—Delia, ¿miras alguna vez mis wasaps? ¡Te lo he escrito antes! ¿Por qué crees que estamos aquí esta tarde?

En ese momento, Mercedes Matas volvió al salón con tres maletas, un bolso de baño y su almohada ergonómica especial para mudanzas.

—¡Nena, pues ya estamos! —declaró—. ¡Pues nos vamos ya! Nos hace mucha ilusión, que tu hermana dice que tienes el pisito ya remodelado, y la verdad es que nos quedamos asustados cuando nos enseñaste ese otro esperpento en Tirso de Molina. ¿Nos vamos ya?

Por más que se le ofreció una habitación con baño en el casoplón de Boadilla, la madre de Delia estaba empeñada: tenía que pasar la semana de obras en el piso del hematoma, porque había desconectado de ella en febrero y ahora había descubierto que seguía viva. No le hizo gracia, eso sí, la parte en la que se le reveló que el piso de Delia era, de hecho, el esperpéntico dúplex roñoso en Tirso de Molina; había mejorado algo, con el desvío de atención que le otorgaba el mobiliario, pero eso constituía otro esperpento colateral, una reunión de chismes que no encajaban ni juntos ni separados.

—Y ¿dónde está la tele?

—No tengo tele —carraspeó Delia, que nada más llegar había tenido que prepararse dos tilas—. No quería… Hago détox de tecnología, mamá. —Que era lo mismo que no confesarle que seguía arruinada.

Ella desaprobó con una mirada la totalidad del salón.

—Hija, tanto détox, tanto détox… Habrá que parar el détox cuando una es una indigente. Bueno, ¿nos instalamos en la habitación?

—¡No! —se apresuró a pararla Delia, antes de que se dirigiese al cuarto de la secta embadurnado de negro—. Está… Es un trastero. Ni se cierra la puerta; un loco la tuvo que reventar con un martillo. ¡Os abro el sofá! Que se abre y todo, y podéis usar todo lo del salón, el… ficus. —Miró—. Y el balcón es muy íntimo, nadie os ve cambiaros desde tan arriba.

Mercedes se abanicó, horrorizada, con el tique del parking.

—Ay, Carmelo —murmuró—. Ay, las cosas que hacemos por los hijos.

—¿Dónde estamos? —preguntó Carmelo.

—Vamos a ver, que os estoy acogiendo yo —se quejó Delia—. Que estoy siendo hospitalaria. Mamá, y que te puedes ir aún. Si es que te lo hemos dicho, ¿llamo a Judith?

—¿Sigues con la perroflauta?

Delia pestañeó mientras su madre extraía como una detective una colilla usada del cenicero de la estantería.

—No —dijo, con los brazos en jarras—. Son… Me ha arañado un gato con la tiña.

La perroflauta en cuestión apareció entonces desde el segundo piso.

—Coño —musitó—. ¿Qué hace aquí esta gente?

—¡Qué sorpresas tiene la vida! —exclamó Delia en general, lo que la hizo parecer más bien una borracha desorientada.

—Delia —declaró su madre, agarrándole las manos—. Ahora vamos a poder hablar, nena, esta semana con la calma, de lo que te ha llevado a vivir la vida en estas condiciones, porque te he perdido de vista. —Delia estaba a punto de responderle «Gracias», pero continuó—: Cariño, estás a tiempo de reencauzarte. Me quedé preocupada el día de la boda. Es una cuestión de ahora o nunca para ti. Nada de perroflauta a partir de ahora; con el estrés, acuérdate, te vuelve y te vuelve tu problema de vaginitis.

—Vaginitis —repitió Angie.

—No tengo un problema de… —Delia carraspeó, abochornada—. No manejo ningún tipo de vaginitis.

—Entonces, ¿esta vez no se te ha hinchado?

—Hinchado —repitió Angie.

—¡No se me hincha nada nunca, mamá! ¡Y no vamos a hablar del historial de mi vagina en ninguna circunstancia!

—Pero es bueno que entiendas. Para ir aprendiendo, para la enfermería.

—¿¡Cuántas veces te tengo que repetir que soy analista de datos!?

Los horarios cambiaron otra vez y Delia tuvo que resetear el éxcel para crear otro éxcel de crisis: la nueva rutina para sobrevivir a esa semana era no hablar y no mirarse y no abordarse, de hecho, bajo ningún pretexto, porque ella en absoluto estaba metiéndose mano con un fantasma de látex.

—Tienes que no existir —le susurró a Angie luego, ambas metidas al fondo del armario—. ¿Me estás entendiendo? Te lo pido por Dios, Angie. Mi madre tiene un gurú espiritual. Mi madre es susceptible a cosas paranormales.

—Pero ¿y cómo no me avisas de nada de esto?

—¡No sabía hasta ahora nada de esto!

Le tapó la boca con la manga de un abrigo cuando oyó un golpe en el piso de abajo; luego llegó la queja lejana de su padre, al que se le había caído el sudoku sobre el ficus. Angie la miró, tan cerca de repente, y las pupilas se le dilataron. Sonrió, mordiéndole los dedos bajo la capa de tela.

—Tiene su morbo, ¿no? —casi ronroneó—. Tus padres pijos. Podemos jugarlo, incluso: somos de derechas y vamos al mismo colegio privado…

—Angie Samper —la calló Delia, tan cabreada como dispuesta—. No me hagas esto. No me tortures una semana.

—¿¡Se quedan una semana!?

—¡Y a lo mejor nos viene bien! —atajó—. Porque tenemos un problema, que lo sepas. Porque eres una bruta y estamos descontroladas. ¡Mira lo que me ha visto Judith! —Se señaló el chupetón en el cuello, que más bien era un traumatismo craneoencefálico—. ¿¡Qué es esto!?

Angie se mordió los labios.

—Un microchip. —Rodeó su cintura con una sudadera—. Por si te pierdes, para que sepan quién te compró en el veterinario…

—¿Delia? —se oyó de repente al otro lado de la puerta. Ambas se asustaron y se arrejuntaron contra la ropa hasta atravesarse—. ¿Qué haces hablando sola en el armario?

—¡Estoy…! ¡A veces medito en el armario, mamá! —improvisó

ella—. ¡Es una… terapia de vuelta al armario, volver a la *matrix* del armario, el primer hogar! Ponte una camiseta —le ordenó a Angie, casi inaudible—. Enciérrate y ni me mires.

—¿Y tú crees que eso va a solucionar —le susurró Angie— lo de que no sabes cómo dejar de follarme?

Eso era verdad: Delia había desaprendido tan rápido, tan fácil y tan mal el arte de existir junto a Angie sin necesitar desnudarla.

El cuerpo le había hecho un clic secreto y humillante, y ya no sabía volver atrás, y esos nueve días, tal y como había vaticinado, fueron una absoluta tortura china. La imbécil de Angie se hizo pasarelas de ropa interior. La miraba fijamente, mientras fumaba, en la oscuridad silenciosa del cuarto. Le murmuraba al oído lo que dolía («Voy a ir a verte esta noche», «Prepárate», «Soy Teresa Fidalgo»), con la voz correcta, un aliento en la base del cuello que casi escocía.

Delia se escondió de nuevo en su pocilga del trabajo. No comía, cuando aparecía, y estaba distraída, gastando las horas tiesa y sin hacer nada en algún cuarto. A veces la invadía un escalofrío extraño, observó su madre, y permanecía quieta en el centro de un pasillo mirando pasar el aire con los labios separados.

Esto le confirmó a Mercedes lo que ya se temía: que su gemela decepcionante al fin estaba tocando fondo, y que algo extraño se cocía en el dúplex, además de ser un esperpento de libro. El aire del salón se sentía viciado, invadido por el olor a colonia de nadie. En la noche, arropada en el sofá hundido, le llegaban ruidos de pasos que subían y bajaban por la espiral de la escalerilla demoniaca.

Su primer pensamiento fue que había okupas en el tejado. Esto era algo que Mercedes había oído en la televisión: los okupas aparecen donde menos te los esperas, sobre todo a la gente que se preocupa, por no tener ninguna otra cosa de la que preocuparse. Empezó a investigar por su cuenta, ya que Delia se negaba a abordar el tema okupa y parecía casi poseída («Mamá, quiero dormir», «Mamá, quiero trabajar», «Mamá, quiero comerle el… Quiero comer. Déjame comer, mamá»), así que se quedó sola en la empresa de entender quién estaba colándose por el balcón. Por ejemplo, cada tarde, según su registro, aparecían nuevas colillas recién fumadas en el cuenquito del cenicero. A veces, en plena madrugada, se encendían y se apagaban luces solas. La nevera pitaba, medio abierta, aunque ninguno de ellos la hubiese tocado. Alguien le robaba euro a euro la calderilla que guardaba en el monedero, un síntoma claro de un caso de okupación. Pero una mañana, mientras hacía la cama con su marido dentro, descubrió que los rayones bajo la alfombra sobre la que dormían eran en realidad un pentagrama satánico. Despertó a Carmelo, horrorizada; tampoco es que a Carmelo eso, ni siquiera el advenimiento del fin del mundo, le importara una mierda.

A partir de ahí, Mercedes se puso las gafas de las señales sobrenaturales: encontró una caja llena de cruces en un ropero. Había un ataúd de alguien en un altillo del segundo piso. En internet ponía que allí se había suicidado una secta (¡¡¡de okupas!!!). Lo que la inquietó más fue el susodicho trastero: un agujero negro, un espacio imposible e inexplicable, tapiado, que se tragaba cualquier clase de luz, del que sacó una vara profética con forma fálica por los dos extremos.

Había señales para ella. Señales ginecológicas marcándole el camino de ese misterio.

Mercedes Matas se levantó temprano, incapaz de dormir, el último día de su estancia en el 6.º B, y subió los peldaños de la escalera rota hasta meterse sola en el frío de la bañera. Angie, que había sido desterrada del cuarto y estaba pasando las noches con Miguelito, oyó la ducha en cuanto entró en casa y pensó que eso sería la tortura definitiva. Vio el pelo rubio de Delia asomando por el hueco entre la barra y la cortina. Se quitó la ropa y entró detrás de ella, pero esa no era Delia. Era su madre, que la vio reflejada, durante un segundo, en el metal de la alcachofa de la ducha.

—¡¡¡AAAAAAH!!!

La alucinación de la perroflauta desnuda hizo que Mercedes se plantara: ese piso estaba maldito y la situación requería una sesión urgente de ouija.

—Mamá —suspiró Delia—. Señor… Olvídate de mí.

—¡Nena! ¡Pero escucha! Vamos a hablarlo. —Su madre correteó

tras ella por el pasillo—. ¿No lo ves? ¡Hay algo chupándote, algo aquí te está chupando las energías! —Si ella supiera cuánto chupaba—. Tu desgracia en la vida tiene que ver con este zulo. Te veo como pollo sin cabeza. ¿No estás viendo que está claro que aquí algo nos quiere echar y que aquí vive alguien?

—¡Sí, vivo yo! —le gritó Delia—. ¡Y, efectivamente, te quiero echar! He tenido suficiente ya. Os vais hoy, y menos mal. Te vas.

—Delia —siguió ella—, mi tía Remedios, que murió a los treinta...

—Y otra vez y otra vez...

—Que se me han aparecido, nena —insistió—, las tetas con argollas de la perroflauta. El espíritu conoce nuestros miedos y los usa en nuestra contra.

—Mamá, ¿todo tiene que ser así contigo? —la cortó Delia. Se giró para encararla—. Te pedí que no mirases mis cosas: has mirado mis cosas. Has venido aquí y te has salido con la tuya, ¿para qué? ¿Para insultarme a mí y cada espacio de mi vida? ¡Pero no te es suficiente, porque no puedes controlarla! ¡Esta es mi casa, mamá, y aquí no se hace ninguna ouija!

Mercedes negó, sin escuchar nada.

—Hija —se lamentó—, ya te está brotando tu vaginitis irritable.

Delia empaquetó las maletas por ellos antes de irse al trabajo. Les programó un Uber, que incluso pagó con su propia pasta, con tal de mandarla lejos y que regresase al estado en el que se olvidaba de que existía.

Esa tarde de viernes, cuando consiguió escapar del curro y volvió a casa, Delia estampó a Angie Samper sobre la cama. Se le sentó sobre las caderas y sacó las esposas del cajón de la mesita; llevaban dos semanas sin poder tocarse así, con las manos y la lengua, y el ritual amistoso y pacífico de arrestarse contra el cabecero. Mordió el metal de los piercings sobre su camiseta. La besó de una manera que le anuló la respiración.

—Te vas a enterar —jadeó, furiosa—, porque esto ha sido... Me has dado una semana que te detesto, que no sé ni cómo...

—Mírate. —Angie sonrió; «tan desesperada», quería decir—. Das un poco bastante de vergüenza.

—¿Cómo se te ocurre? —Delia le agarró la cara y Angie se metió, obediente, su pulgar en la boca—. ¿Con mi madre, en la bañera? ¿No miras si es mi madre, por Dios, cuando decides abordar a alguien en pelotas?

—¿Podemos no diseccionar ahora mi evento en pelotas con tu madre?

—Vamos a diseccionar —dijo Delia, y presionó con su muslo entre sus piernas— lo que yo quiera, el tiempo que yo quiera, como yo te quiera, ¿me estás entendiendo?

Angie asintió, deshecha. Le pidió:

—Suéltame. —Intentó tirar de su camiseta con los dientes—. Dios, Delia. Quiero tocarte.

—Ah, ¿sí? Qué bien.

—Por favor. Por favor.

—Das un poco bastante de vergüenza.

Delia le empujó la cabeza contra la almohada y le desabrochó los pantalones. Se arrodilló a los pies de la cama, mientras Angie la miraba, mordiéndose la boca.

Pero a la vez pasó esto: en el piso inferior, sonó el crujido de una cerradura. Alguien abrió la puerta de la entrada sigilosamente. Mercedes Matas, que manejaba la tozudez materna que articula *Psicosis*, le había pedido a Judith su copia de la llave con la excusa de que se había dejado algo. Entró, segura de que había calculado bien los horarios de su hija. Encontró el dúplex vacío y apagado. No dudó: sacó de su bolso una tabla de ouija y agarró un vaso limpio del mueble de la cocina.

—A ver… —susurró, colocándolo todo en el salón—. A ver…

El piso de arriba crujió. Del pasillo le llegó un murmullo indistinguible, y Mercedes se asustó, sobrecogida: la confirmación de la maldición en formato de gemidos sobrenaturales.

—Dios mío… —Se santiguó—. Hay que hacerlo, hay que hacerlo… —se repitió, y luego colocó el vaso sobre la tabla—. Espíritu… —Carraspeó, poco decidida—. ¡Espíritu de esta casa, háblame! ¡Espíritu, responde a mi llamada!

Arriba, con los ojos cerrados y los labios separados, Angie volvía a no entender qué narices estaba haciendo Delia con la boca.

—Joder… —gimió—. Joder, Delia, si sigues así me voy a corr…

Pero entonces notó el cosquilleo en las piernas. Notó el cambio, el movimiento involuntario; el centrifugado, como un pellizco, que le había empezado en las entrañas. Angie enfocó la mirada, aturdida, y lo vio: Delia estaba entre sus piernas. No, vio lo otro: que su cuerpo estaba empequeñeciendo. Eso estaba pasando. Que empequeñecía.

—¿¡Joder!?

—¿Mm…? ¿Qué…? —preguntó Delia—. ¿¡Angie!? —gritó, luego—. ¿¡Qué es esto!?

—¡¡¡No lo sé!!!

—¿¡Qué está pasando!?

—¡¡¡No tengo ni idea!!!

El fantasma de Angie Samper se contrajo sobre sí mismo. Las muñecas se deslizaron entre los agujeros de las esposas. Las piernas se le fueron plegando e intentó agarrarse a una arruga de la cama antes de salir despedida, como un abejorro, hacia el techo, y luego hacia la puerta, y luego hacia el piso de abajo.

—¿¡Angie!? —volvió a gritar Delia.

Cuando se precipitó por la escalerilla (que del meneo que manejaba ya contaba para el *Grand Prix del verano*), descubrió que su madre estaba allí, sentada en el salón frente a un tablero de ouija de plástico; su madre tenía bajo una mano un vaso de cristal que estaba siendo aporreado por Angie, o una versión de playmobil de Angie, atrapada, minúscula, en el cacharro.

—¡¡¡Mamá!!! ¿¡Qué coño has hecho!?

El *Manual de ghosting para principiantes* decía:

> En la época anterior a los registros telemáticos, igual que para los humanos con vida existieron las cabinas, la Seguridad Es-

pectral contaba con una línea de teléfono llamada ouija, que nos permitía registrar las posibles quejas, infracciones o casos de acoso laboral efectuados por el personal fantasmagórico. El método demostró, en cualquier caso, ser inefectivo y poco seguro, pues llevaba a una comunicación ineficiente, sin eñes, e improcedentes posesiones (in)voluntarias. Es por eso por lo que la Seguridad Espectral sigue peleando hoy en día por retirar las llamadas ouijas del mercado de dispositivos, pero esto es como intentar destruir la totalidad de las BlackBerry: no mueren, no mueren. Incluso cuando su tiempo ya ha pasado.

Judith llegó al dúplex veinte minutos más tarde. La llamada de emergencia la había pillado en mitad de la compra, así que entró por la puerta cargando con un kilo y medio de mandarinas, y con Harry, que era más o menos lo mismo que otro kilo y medio de mandarinas.

—¿¡Con Harry!? —mascculló Delia, mientras él ojeaba, a lo suyo, el dildo doble apostado en la entrada.

—¿Y qué hacía? —la riñó Judith—. ¿Y cómo le explico? «Delia tiene secuestrada a nuestra madre en la cocina, porque ella ha secuestrado en un vaso a un fantasma que Delia se folla».

—¡Mamá se ha vuelto loca! ¡Le pedí…!

—Mira, se acabó —la cortó su hermana—. No sé quién de las dos es peor. No sé quién me tiene más harta.

Pero hizo lo propio de Judith Agós, que era organizar legalmente el abordaje de los desastres de la vida de otros: se leyó el *Manual de ghosting* entero. Luego pasó a los apéndices, y al papelito de instrucciones de la ouija, que son algo que existe y que nunca se lee nadie. En cuestión de media hora, Judith lo sabía todo sobre todas las cosas del mundo y era la persona capacitada que necesitaban para esa situación. Declaró que se había abierto un chat y el interlocutor tenía que llevarlo hasta el final, si querían sacar a Angie de la cabina.

—Cómo te pones, nena —le recriminó su madre a Delia, cuando consiguió que todos se sentaran en círculo—. ¿Se tiene que molestar y todo a la ocupada de tu hermana, con las ouijas tontas de todos los días?

—No me hables, mamá. —Ella respiró hondo, irritada—. No me hables.

—¿Qué vamos a jugar? —preguntó Harry—. ¿Al teléfono espatarrado?

—*No, honey* —suspiró Judith—. *We're talking with a spirit and then we go home.*

—Caramba, carambita —musitó él, que había estado esperando la ocasión perfecta para lucir su nueva expresión.

Delia miró a Angie, a la miniatura impaciente de Angie Samper que nadie más podía ver dentro del vaso; había omitido el detalle, por respeto a sus pocas intimidades, de que no llevaba puesto nada por debajo de la cintura.

—Cuando vuelva —le susurró a Judith—, bueno, por saberlo, ¿dónde vuelve? ¿Aparece de donde se fue?

—¿Por qué?

—No, o sea, porque es viernes. Si aparece y todos la veis…

—¿Está en bolas?

—No está en bolas.

—Como esté en bolas…

Mercedes, que ya había esperado suficiente, agarró las manos de Harry y Judith y proclamó:

—¡Espíritu de esta casa! —Le hizo un gesto a Delia y ella se unió de mala gana—. ¡Estamos aquí reunidos para hablar contigo! ¡Espíritu que nos miras y nos oyes, queremos entenderte y te pedimos que te manifiestes!

Durante un minuto, no ocurrió nada. ¿Qué iba a ocurrir? Todos esperaron, con los ojos cerrados, el gran movimiento de la idiota que refunfuñaba en bolas en un vaso de IKEA. Harry se asustó y soltó un chillido de rata, cuando en la cocina se desplomaron por casualidad las mandarinas. Luego, cuando Delia tosió y la riñó con la mirada, Angie abrió los brazos como diciendo: «¿Qué haces? ¡Sácame de aquí». Y, por indignación, empujó el vaso hasta cubrir la palabra «NO».

—¡Coña! —exclamó Harry—. Pe-pero… ¿¡Que hay *espírito* de la buena!?

—Es hostil —declaró Merche—. Tenemos que darle tiempo, para hacer esto sin enfadarlo.

—No, tenemos que hacerlo ya. ¡Porque seguro que se ha equivocado! —propuso Delia, más alto, a ver si Angie por una vez cooperaba—. ¡Y a partir de ahora va a colaborar, porque para hacer esto hay que iniciar la conversación!

Aguardaron a ver si ocurría algo. Pero Angie no se enteraba de nada, metida como bajo el agua en su universo de vaso al vacío. Delia se impacientó y lo agarró ella. Lo cambió con un movimiento hasta el «SÍ».

—¡Delia! —la riñó su madre, parándola—. ¿¡Qué haces!? ¿¡Te has vuelto loca!? ¡Estás enturbiando los santos objetos!

—Es una tabla de plástico, mamá —dijo ella— que has comprado en el chino del barrio.

—¡Estás jugando con fuerzas mayores!

—Dios mío —se quejó Judith, agotada—. Llevamos dos minutos. ¿Nos podemos calmar?

—¿¡Por qué nadie *is freaking out* —volvió a exclamar Harry— si estamos *chacharando* con el *espírito* de un muerto!?

—¡El espíritu dice «SÍ»! —sentenció Delia, moviendo el vaso.

—¡El espíritu ha dicho «NO»! —insistió su madre, moviéndolo hacia el otro lado.

El espíritu rodó, rebotando como una canica, mientras gritaba algo que nadie oía. Judith intentó calmarlas antes de que el vaso se volcara, pero, en esas circunstancias, nadie podía parar lo inevitable: el vaso se volcó. Angie salió despedida y rodó sobre la mesa, y Delia movió las manos, en crisis, intentando atraparla. La ouija se empezó a descontrolar. Tembló como las cañerías cuando las sacude una tromba de agua.

—¡El santo objeto! —gritaba Mercedes—. ¡El santo objeto!

Delia sujetó a Angie mientras su miniatura se le deshacía entre los dedos.

—¿¡Qué está pasando!?

Y, de pronto…

¡Ding!

—Joder —jadeó Harry, en un perfecto acento madrileño. Se tocó el pecho y el cuerpo, y comprobó que no estaba en bolas—. Ay, Dios. Que estoy en el guiri.

Delia y Judith giraron la cabeza de forma simultánea y Mercedes se tapó la boca con las manos. Judith gritó enfadada:

—¿¡Que está en mi guiri!?

—Está en tu guiri —murmuró Delia.

—Dios mío... —jadeó Mercedes—. Dios mío... —Retrocedió un poco, aterrorizada, ante la perspectiva imposible de estar presenciando una posesión. Agarró la mano de Judith, temblorosa—. E-espíritu de la casa... —Ordenó—: Daos las manos. ¡Niñas, que os las deis! —Ellas cedieron—. Estamos aquí, hemos establecido contacto contigo... Responde a nuestras preguntas, por favor, y te podrás ir del guiri tras esta charla.

Angie, o Angie en Harry, que era Harry, a efectos prácticos, se aclaró la garganta. Juzgó cómo abordar interpretativamente el asunto.

—¡Me habéis interrumpido! —declaró, con voz como de genio de la lámpara. Delia rodó los ojos: «Madre mía... Peor que la secretaria...»—. Pero bueno. ¡Pero esto tiene que ser breve! Os dejo tres preguntas, porque me tenéis muy enfadada.

—¿Eras mujer, en vida?

—Eeeh... —Miró a Delia, que negó—. ¿No? Sí. No. —Decidió—: El género es un constructo social que para mí ya no tiene sentido.

—¿Vivías aquí cuando moriste? ¿Era esta tu casa?

—Era... Estoy de paso, en realidad.

—O sea, ¿eres un alma errante?

—¿Sí?

—¿Y por qué permaneces aquí?

—Señora —la avisó—, ya se han terminado las tres preguntas...

—¿Por qué atormentas a mi hija, si esta no es tu casa? —la amonestó Mercedes—. ¿Por qué le haces daño a mi hija, espíritu errante?

—A ver... —tosió Angie, agobiada—. Porque su hija, a veces, me lo pide...

—¡Mamá, ya está! —las interrumpió Delia—. ¡Ya has visto que es un espíritu desubicado! Que le ha pillado aquí un trasbordo y ya se va.

—¿Por qué nos persigues? —continuaba ella, atrevida—. ¿Por qué nos robas? Me debe veinte euros, la pelandrusca desgraciada. ¿Por qué nos acosas en nuestra ducha, en nuestros momentos íntimos y vulnerables? ¿Quién eras en vida? —Mercedes inquirió—: ¿Quién eres?

—¡Mamá! —insistió Delia—. ¡Ya está!

—Tiene que salir de Harry, Delia —masculló Judith—. ¿Puede salir de Harry?

—¡No lo sé!

—¿¡Por qué tomaste la forma de la perroflauta!? —dijo su madre, y la mesa tembló de pronto.

Angie lo sintió entonces: que era capaz de verla, a través de las capas de piel irlandesa.

—Y-yo…

—¿¡Qué estás ocultando!? ¿¡Qué quieres!? ¿¡Qué tienes que ver con la perroflau…!?

¡Ding!

La madre de Delia se desplomó sobre la mesa. Cuando volvió a levantar la cabeza y las miró a todas, permaneció un rato absorta, tocándose las arrugas de la cara.

—Ha funcionado —susurró—. Era verdad. Estamos vivos.

Las tres se contemplaron y luego contemplaron la posesión inexplicable de Mercedes Matas. Angie, en el cuerpo de Harry, empezó: «No me jodas…».

—¿¡Cómo!? —gritó Judith, primero—. ¡Delia! ¿¡Y ahora este quién es!?

—¡¡¡No lo sé!!!

—¿¡Había más muertos!? ¿¡Cuántos muertos tienes en tu casa!?

—¡¡¡Yo solo me enrollo con una!!! —Delia gesticuló nerviosa, sin saber qué hacer. En un ataque de pánico, arrancó la tabla de la mesa—. ¿¡Cómo se apaga esto!? ¡Cierra sesión!

—¡La tiene que cerrar mamá! ¡Mamá es la que ha iniciado la videollamada!

Mercedes ya se había puesto en pie y estaba pegada al cristal que daba al balcón, mirando, fascinada, el paisaje de Madrid y sus contaminaciones. Angie la llamó:

—¡Colega! —le preguntó, cuando se giró—: Perdona, ¿y tú quién eres?

El espíritu dijo:

—No soy. —Cerró los ojos y sonrió—. Somos todos. Ha funcionado y hemos renacido, en el albor del nuevo siglo. Fue necesario el sacrificio. ¿Qué año es? Hemos renacido. Ventanas… —decía—. Ventanas…

Angie y Delia se llevaron las manos a la boca.

—Señor —murmuró una.

—Los pirados de la secta —corroboró la otra.

Judith las miró a ambas, atacada.

—¿¡También tienes aquí metida una secta!?

—Jud, vamos a respirar —le pidió su hermana—. Vamos a reírnos de esto. Porque, si esto es así, en realidad hay más gente, y es mejor si respiramos…

—¡Angie Samper! —la amenazó Judith, y por un segundo fue como un *déjà vu* de todas las amenazas de Delia. Judith Agós, sin embargo, tenía cara de efectuarlas—. ¡Escúchame bien! ¡Como no soluciones esto, te voy a emparedar!

—Pero ¿qué me cuentas, tía? —Angie levantó los brazos—. ¡Esto no he sido yo! ¡A mí me estaban comiendo el tema! ¿Qué os pasa conmigo en esta familia?

—¡Sal del cuerpo de mi novio!

—El hábito de monja… —farfullaba Delia, buscando en las cajas del pasillo—. El hábito de monja…

¡Ding!

Judith se congeló a mitad de grito y los ojos se le giraron como bolas de billar. Cuando volvieron a su sitio, ya no era Judith.

—Ay, qué dolor —dijo, en una voz más pequeña—. Qué mareo. ¿Se ha ido ya? Tengo que salir de aquí. Menudo hijo de puta, el exorcista, y me vendió él las setas… Vámonos. Tengo que salir de aquí.

Delia se tropezó y cayó al suelo como si tuviera delante a una estrella.

—¿¡Victoria Aguayo!?

—¡Delia, sal de la casa! —le ordenó Angie, mientras detenía a Victoria—. ¡Delia, pírate! ¿¡Qué haces!?

—¡Hay que exorcizarlos! —contestó ella, colocándose el disfraz.

—¡Delia, ese crucifijo es de porexpán! —le gritó—. ¡No te protege de nada! Dios, vete al rellano, ¡vete! ¿No lo entiendes? Delia, ¡van a...!

¡Ding!

Delia se reseteó cuando iba a agarrarla.

—Joder. —Se miró los brazos, maravillada—. Esto va a ser el temazo en la próxima cena de las Alexas.

Harryangie echó los tres pestillos de la casa. Se plantó frente a la puerta, en una guerra encarnizada contra los intereses de Victoria Aguayo, y luego bloqueó todas las ventanas, después de rescatarla de hacer *balconing* con tal de huir. Mientras los múltiples espíritus toqueteaban los rincones de la casa usando los cuerpos prestados de la familia Agós, Angie abrió el manual y lo leyó, pero no ponía una puta mierda de posesiones grupales. ¿Para qué había un manual, entonces? Lo tiró, y probó a intentar reunirlos a todos en el salón de nuevo.

—Por favor, que nadie chupe el dildo. Por favor, la mente colmena, ese no es tu móvil. Sí, ese cacharro se llama móvil. No, no dan en el móvil *Farmacia de guardia.* —Se apresuró a llegar hasta Delia, que no era Delia y estaba evaluando, de hecho, el culo de su nuevo cuerpo—. Alexa, tía. Vamos a ver, tienes que ayudarme con este problema.

—Mi nombre es Pilarín. Tengo una identidad.

—Claro, Pilarina. Escucha, tú entenderás que esto —le intentó explicar— es un desmadre que no procede. Mira, si se van con los cuerpos, cuando se entere el Manolo, nos la vamos a cargar. Porque dime tú cómo... —Miró a su alrededor, sin palabras—. ¿Dónde demonios estaba metida toda esta gente?

—Emparedada —dijo Alexa—. Hay una ventana tapiada en el baño del segundo piso. Si la tiras, realmente el dúplex es como otro dúplex más, de ancho.

—Ah.

—Aquí al lado había un 6.º A. Al final del día, nos quieren emparedar a todos, y nos emparedan.

—Nos la vamos a cargar —repitió Angie—, si se entera de esto la Seguridad Espectral.

—¿Y tengo que darte yo las soluciones? Oh, ya lo entiendo. —Se cruzó de brazos—. Porque soy una Alexa. ¿Y qué más, tronca? Clasista. ¿Y te pongo Los Chichos en Amazon Music?

—Pilar, ¿en serio quieres jugarte el curro por quedarte la vida de Delia? —le planteó. Le hizo mirar el salón—. Fíjate. Mira este esperpento. Y no sabes lo que cobra la hora, y tiene un problema de… Bueno, ya sabes. —Le aclaró, cuando le notó el miedo—: De vaginitis crónica.

Alexa consiguió que Victoria Aguayo dejase de trepar por las paredes. La mente colmena de la secta suicida fue más complicada de convencer, porque habían interpretado la posesión de Mercedes como una merecida resurrección espiritual. Cedieron después de unos quince minutos de descripción minuciosa de lo que era ser una ginecóloga, y pidieron trascender directamente cuando descubrieron que La Oreja de Van Gogh ya se había separado. Ese no era el mundo en el que querían existir. Victoria Aguayo, en realidad, no quería existir en ninguna parte: estaba planificando una huida digna de la prisión de Alcatraz, y tenía tan instalado que debía irse que el cuerpo de Judith le resultaba un estorbo.

—Me tengo que ir —insistió—. Me va a encontrar el papa.

—Hay que cerrar la ceremonia —le contestó Alexa, tomados ya todos de la mano—. Vamos a decir unas palabras. Nos despedimos todos y ya te vas.

—Era verdad —dijo la secta— que lo bueno del mundo se acababa en el 2000. Ventanas… Ventanas…

—¡Espíritus únicos y espíritus plurales! —proclamó Angie—. ¡Vamos a cerrar esta llamada todos juntos como se debe hacer, que no sé cómo es, pero entiendo que se hace así! A ver, eh… Pues yo qué sé. ¡Ha sido un placer y hemos echado el rato, y a estar bien! ¡A tomar por culo!

—Tiene que ser con educación.

—¡Adiós y un beso y descansen en paz!

—Adiós y un beso —repitieron todos, como si estuviese reglamentado— y descansen en paz.

No cambió nada y todos siguieron allí, dándose las manos incómodamente en el corro de la patata. Luego Victoria Aguayo se distrajo y agarró el vaso que estaba tirado en el suelo, y Judith se sacudió y se desplomó sobre el sofá. Alexa decidió imitarla. Salió del cuerpo de Delia, que perdió el equilibrio y se golpeó la frente con el pico de la mesa. Siguió la secta, que tardó más (por plural) en retirar a sus individuos del cuerpo de Mercedes Matas. Cuando sus hijas abrieron los ojos y se incorporaron, a Delia le sangraba el golpe en la frente y Judith no entendía por qué tenía pintura de pared bajo las uñas. Mercedes se despertó, con una migraña terrible y con Harry tirado encima, roncando.

Jadeó:

—Ya ha pasado... —Se tocó el pecho y se peinó con las manos—. Lo hemos hecho, niñas... Ya pasó... El espíritu se ha marchado...

Al levantar la mirada, Angie Samper la perroflauta estaba allí, de pie sobre el pentagrama, y completamente desnuda de cintura para abajo.

—¡¡¡AAAAAAAAAAAAH!!!

Por más que insistieron, a Mercedes no terminó de convencerle la historia de la perroflauta que llega por casualidad al dúplex y salva a la familia del coma sobrenatural. La parte del exhibicionismo era la que más le escamaba: recordaba bien lo que había visto, antes de que la dejase K.O. el segundo patatús. No la calmó mucho, pero se creyó la explicación de que podría haber sido una alucinación provocada por su obsesión profesional por las vaginas.

Delia consiguió echarlos a todos cuando ya había anochecido y solo entonces pudo limpiarse el golpe en la frente, que de no atenderlo nadie se había secado solo. Al final, y después de mucha dedicación, había conseguido su merecido traumatismo craneoencefálico.

—No te muevas —le decía Angie.

—Pues no aprietes —se quejaba, y la oía murmurar: «Mira que eres cría». Le puso la pomada para moratones como quien echa crema en la playa—. Angie, te lo pido, ¿puedes no ser una bruta? En algo en tu vida.

—Te va a salir un chichón —dijo ella, pero sonreía—, que contará como pelota de piscina. Pelayo no va a saber a qué teta mirarte.

—Genial. —Delia suspiró, agotada—. Eres graciosísima…

—Hoy me lo he ganado. Podría haber seguido siéndolo, en la vida resuelta de Míster Big Ben.

—Es irlandés. Y, por Dios, no me digas si dentro de Harry has visto… —Se pellizcó entras las cejas—. Si has visto, como con Maricarmen, nada de las intimidades sexuales de mi hermana.

La cocina estaba oscura, tan solo iluminada por la bombilla del extractor de humo, y no había habido manera de retomar el polvo que dejaron a mitad. Habían gastado el viernes en nada, en apagar el fuego de otros y evitar que otros se tirasen por el balcón, así que se dedicaron a eso: a limpiar una herida y a compartir el vino de cocinar que quedaba en la nevera vacía.

—No me puedo creer que mi madre… —masculló Delia, apoyada en la encimera—. Es que siempre será así, ¿no? Si ya lo sabía de antes. Que no le importa una mierda lo que soy, ni lo que quiero, ni nada. ¿No se había planteado hasta la boda visitar mi piso? Claro que no. Pero ahora esta es su base de operaciones, y no para, no para. Por estas cosas no se lo digo, claro.

—¿Que estás arruinada? —Angie se encendió el cigarro en los labios—. ¿Y no le es evidente?

—No lo es, porque no me ve, me asocia. Me traspasa. —Se terminó la copa de un trago y apretó los labios: sabía fatal—. Yo soy… ¿Qué quieres que te diga? ¿Lo obvio? Soy la calcomanía de los Cheetos de su profética Judith, la perfecta abogada.

Angie echó el humo y la miró un poco, divertida.

—Qué chorrada —dijo al final—. Espera, ¿y tú te lo crees?

—Por Dios. No me comas tú la oreja, anda… Tú no.

—Para tu información —dijo Angie—, para los que no formamos parte de tus pamplinas, Judith es una calcomanía muy inquietante de Delia Agós, la profética arruinada.

Delia sonrió y Angie le sonrió de vuelta como ahora, a veces, lo hacían; un poco más para la otra que para los demás, como conociéndose, porque quizá ahora se conocían. Delia suspiró:

—Se va a pasar otra semana entera dándome la tabarra con el culo de la perroflauta.

—Qué puedo decir. Mi culo tiene ese efecto en las madres.

—Y luego no me oye, tampoco, cuando le concedo lo que quiere oír y le digo que no estoy liada contigo.

—Porque es mentira.

—No es… No era mentira.

—¿No?

—¡Estábamos en una pausa entre… —se justificó— liarnos y liarnos otra vez! No era mentira.

Angie echó las cenizas en un cuenco para cereales.

—Mira —dijo—, tu madre es todo un sujeto y tienes razón: es una histérica acomodada, y no oye nada de lo que le dices, y no le hagas ni caso. Pero lo de hoy ha sido —continuó—, bueno, aunque muy malamente, un numerito de madre. De ella preocupándose por ti.

Delia se rio casi en un bufido y agarró la botella.

—Ya —murmuró, llenándose la copa—. Se preocupa por mí… Por poco hoy nos mata.

—O por poco nos revive. Le echa huevos. Debe ser heredable.

—¿Tú sabes lo que es tener de madre a una histriónica clasista hipocondriaca y… y…. —pensó— atacada que solo grita que tienes vaginitis?

—Bueno —respondió Angie—, no me acuerdo mucho de mi madre. Algo podía tener de todo eso. —Subió las botas a la mesa y se recostó, meditando—. Okey, ¿sabes qué es lo que hacía mi madre? Te voy a contar esto. Cuando yo tenía cinco años, le pedí sartenes a mi madre por esto de que quería cocinar, porque siempre me ha gustado cocinar, y ella me dejó mirándolas en uno de esos pabellones gigantes que tiene el Alcampo. Me dijo: «Ve viéndolas, a ver cuál te gusta», y tal, y la tía cogió y se fue. O sea, se fue de botellón a la plaza de al lado, yo qué sé; se quedó allí hasta... ¿hasta las cinco de la mañana? Vamos, se olvidó de mí, bebiendo con sus colegas y con mi padre también. Hasta que ya fue demasiado tarde para recogerme. —Fumó y casi sonreía, como si fuese algo que la enterneciera—. Yo pasé la noche entera en el supermercado con las sartenes. Tuve suerte, porque habrían llamado a la poli, pero no me vio nadie. Me volví una con las sartenes.

Delia no tuvo ni una sola palabra que decir después de eso y se quedó congelada, sin saber cómo reaccionar, mientras las dos se miraban con el susurro de fondo del extractor.

—¿Cuánto...? ¿Volvió a por ti?

—Claro. Cuando volvieron a abrir.

—¿Les...? ¿Y cocinabas tú?

—No. Tampoco estaban locos. Yo ponía el microondas, y hacía lasañas precocinadas. Pero, igualmente, nunca me compró las sartenes. Volvió con resaca y se olvidó. —Se hizo un silencio grave y Angie se rio, sorprendida—. ¿Qué pasa? No me mires con esa cara ahora. No me hace falta la pena de nadie: lo que te quiero decir, rubia, todo esto era porque tu madre la ginecóloga no es tan importante. Ouija arriba, ouija abajo, hay madres peores y hay vidas peores que esto. Es algo que yo quiero que sepas —le dijo—: hay vidas peores que la vida de Delia Agós y Delia Agós no lo hace tan mal. Para tu desgracia y para tu consuelo.

Dos días más tarde, después de un fin de semana investigando la ventana que conectaba con el dúplex secreto, Angie se dio una ducha privada y fría, al fin en paz, con el piso en silencio. Su cuerpo era el mismo que el último día, tirado en el rellano: el pelo no crecía y no podía deshacerse de ese despropósito de *eyeliner* postsexo. Delia ya se había ido, después de una noche larga, y ella había pasado el amanecer de su eterno insomnio en el tejado, mirando las luces tontas de la calle, luces que iban y venían.

Bajó a la cocina a poner en la lavadora el traje de látex.

En el fregadero, junto a un café a medio terminar, había una caja de cartón grande que tenía escrita una nota encima. Angie cerró la lavadora y se acercó a mirarla: era un *pack* de sartenes del Alcampo de tres tamaños diferentes.

¡Buenos días! ☺

Por favor, no empieces un negocio ilegal. Puedes hacer con esto lo que quieras, si quieres. Menos un negocio ilegal. No sé mucho de sartenes del Alcampo, pero estas tenían buena pinta. Vuelvo a las nueve, día de faena. ¡Haz tus deberes del excel!

Hoy toca piratas, no te podrás quejar.

P.D.: Me he acordado de lo que hablamos en la boda y lo he solucionado. En el portal.

Angie abrió la caja y le dio la vuelta a las sartenes bajo la luz. No pestañeó siquiera, sintiendo el mango en ambas manos.

Se colocó unos zapatos de la entrada que le quedaban pequeños y no eran suyos; bajó los escalones, con el tintineo del cascabel de las llaves, hasta que llegó al portal y no supo qué se suponía que debía mirar. Era el portal. Había propaganda en el suelo y se veía la luz de Madrid al otro lado de los cristales. Tuvo que pasar cinco minutos allí hasta que lo vio, por no poder ver mucho más, fresca aún y nueva sobre el metal de los buzones del bloque: una pegatina de papel en el plástico, en el hueco reservado para los nombres.

6.º B
DELIA AGÓS MATAS
ANGIE SAMPER

—Buenas tardes —le dijo el Buenas Tardes, cargando su paquete usual de leches—. Felicidades, por el buzón. Tengo mucha prisa, si me disculpa... Nadie que yo conozca tiene un buzón; ¿ha tenido un buzón más veces?

Y entonces la golpeó, como la bocanada de aire al bajar la ventanilla, como un ruido en unos cascos con el volumen alto, como el vértigo en las costillas cuando se eleva el avión.

—Mierda —musitó, con la cara muerta ardiéndole de nada y de algo.

Se estaba enamorando de la profética arruinada de Delia Agós.

LO DE DECLARARSE MEDIANTE DECAPITACIÓN

Tras mucha investigación y formación autodidacta en la medicina de los fiambres, Angie Samper había llegado a la siguiente conclusión: había pillado, posiblemente por mordida, el virus de la rabia.

Esto fue haciéndose innegable, conforme aparecieron y se superpusieron los síntomas:

1. Entumecimiento y hormigueo, localizado en la zona de las entrañas.
2. Náuseas de inquietud y babeo, sobre todo, ante la visión antes indiferente de una falda de oficina.
3. Cambios en el estado de ánimo que la tenían irreconocible, incluso estúpida, y aprendiéndose de pronto la receta de las palmeritas de chocolate.

4. ¡¡¡Obsesiones mentales!!! Desde que Delia había dicho que le gustaban las palmeritas de chocolate.
5. Dolor en sitios en los que quizá había sido mordida (una cosquilla extraña, imborrable, en el centro de la boca).
6. Peinarse.

La otra opción, claro, era que estuviera enamorándose de Delia Agós, pero eso sonaba ridículo, porque Angie no recordaba haberse enamorado nunca de nadie; si eso, había hecho esta cosa de imaginarse el día de su boda con una desconocida, y luego la había bloqueado de todo y se había cambiado de barrio. Así que decidió que tenía que ser la rabia. Seguramente no era su primera vez, pillando la rabia.

—Mmm... Euríbor... No, no... Es variable... —murmuró Delia en sueños, girando la cabeza de nuevo sobre la almohada. Luego pestañeó y abrió los ojos un segundo. Pegó un bote—. ¡Dios! —jadeó. Se frotó los párpados, confundida—. ¿Angie?

Angie, que llevaba un rato observándola, se reincorporó rápido a su lado. ¿Qué narices estaba mirando? Rodó sobre el colchón para disimular y se clavó el mechero en el apéndice y luego cayó de la cama sobre la regleta de cargadores.

Séptimo síntoma: contemplaciones nocturnas involuntarias.

—¡Coño...!

—¿Estás bien? —murmuró Delia—. Qué susto... Angie, ¿qué haces aquí?

—Te dormiste —dijo ella, en un quejido—, y estaba ya aquí.

—¿Ha pasado algo?

—No, es que me estaba... Estaba fumándome el de después. Estaba poniéndome la ropa y ya me iba.

—Son las cinco y media de la mañana. —Delia agarró su móvil y se cegó con el brillo azul de la pantalla—. Acabamos a la una. ¿Estabas mirándome?

—No.

—¿Qué estabas mirando?

—Estaba... Bueno, ¿y qué mirabas tú, lista? ¡Que me has tirado! —le rebatió—. Me has roto el mechero, y... estarás contenta, y... ¡A ver si respetamos los espacios ajenos! —Se puso de pie y se marchó, en un arrebato—. Me voy. Por favor, no me mires.

Delia musitó, patidifusa y medio dormida:

—¿Vale?

¿Había sido siempre así Delia Agós? O era un efecto de ahora, como cuando te empachas de escuchar el comienzo de la misma canción (ah, no, eso es justo lo contrario de lo que le pasaba) (eso era lo que debería estar pasando).

En algún grado, sí que había tenido que serlo, incluso aquella noche fatal del 10 de septiembre: Angie se había muerto en ese dúplex por no haber podido evitar quitarle la ropa. Seguía sin poder evitarlo, y se la quitaba, no vamos a fingir otra cosa; poniéndolo en palabras más claras: no es que Angie no entendiera la parte en la que le atraía Delia Agós.

Primero que todo, era rubia. Eso ya genera cosas en la mayoría de la población humana. Segundo, estaba buena, pero, por ejemplo, no se hacía muchos favores: usaba gafas de vieja (gloria). Se paseaba por ahí con una camisa medio abierta que la hacía parecer una profesora de Matemáticas, lo cual en absoluto tiene nada de seductor en el imaginario colectivo. La bancarrota la había dejado desnutrida, compacta como un lagarto de farola; no en los sitios, claro, donde debería haberla dejado sin curvas.

Vale, digámoslo así: Delia era un caramelo para los ojos de los que no se distraían con su desesperación histérica de mujer fracasada. Tenía todo eso, pero Angie se encontraba esos días no mirando nada de eso: se encontraba queriendo apropiarse y sorber con una pajita su desesperación histérica de mujer fracasada. Se descubría mirándola refunfuñar por los números en las facturas y atendiendo a discursos sobre hipotecas variables. Se había fijado (¿o lo había sabido siempre?) que las pecas le bajaban por la espalda, y por las piernas, y por el cuello, y por...

—Angie —la llamó Delia, al inicio de ese viernes—. ¿Me estás escuchando? Angie, ¿vienes a las once, entonces? A la oficina. En el descanso.

Angie dejó de contarle las pecas y le miró el escote. Así mejor.

—Ajá. —Carraspeó—. Estaré a menos diez. Bueno, estoy… Pues voy a hacer la compra ahora. Estoy probando cosas, con las palmeras. —De pronto, notó que sonaba como si estuviese cocinándole palmeras—. Pero también voy a ligar. Seguramente.

—¿En el Mercadona?

—Me pasa. Con la señora de la pescadería.

—Ajá. —Delia se rio, aunque no trataba de sonar en broma—. Si me has robado la tarjeta, por favor, no te pases un pelo.

—Ah, ¿y qué soy yo aquí ahora? ¿Una mendiga repostera? Te hago la compra, guapa.

—Considéralo tu alquiler.

De repente, estaban en la puerta y Angie se acercó a ella. Fue instintivo, un impulso: fue a besarla, y Delia la correspondió, como el mecanismo simple e intuitivo que mueve los imanes, pero a mitad de camino entendieron que iban a besarse, ¿ahora se besaban? Iban a besarse. Giraron la cabeza con un chasquido de quiropráctico y se abrazaron, lo cual fue muchísimo peor.

—Pues —dijo Angie— ¡ale! Eh… Hasta más ver.

—Sí, ja, ja. Hasta más ver.

—¡Que analices muchos datos!

Delia se fue y Angie cerró detrás y pegó la espalda a la puerta de la entrada. El corazón le latía en el cielo de la garganta y sentía otros nuevos corazones latiéndole en cada una de sus extremidades, y ¿¡qué sentido tenía eso en el ecosistema de un muerto!?

—Creo que tengo la rabia —declaró después frente a Miguelito—, porque a veces corren murciélagos, por ahí por donde el tejado, y no sé si te suena el COVID, pero con un mordisco traen la marimorena. —Ambos asintieron, mientras compartían en silencio un último cigarro. Luego admitió—: También me ha mordido Encarnita.

—*Válame Dios* —exclamó él—. Muéstreme. ¿A pelo, con la encía?

—A pelo con la encía.

—Bestia majadera.

El fantasma de Miguel de Cervantes la llevó a su cuartito en el portal esa mañana, que era un espacio de cinco metros cuadrados donde estaban los contadores del gas y el jeroglífico histórico del cuadro de luces. La hizo sentarse sobre una lavadora vieja que alguien había abandonado allí a mala leche; la inspeccionó, girándole la cara con su única mano, y, después de estudiar el funcionamiento secreto de sus siete pendientes, concluyó:

—Vuesa merced está fallecida, nada más. Los pesares que carga son del alma.

Angie lo miró, sorprendida, mientras él se perfilaba el perillón.

—Hombre, pues soy un alma —respondió—. Pues no habría manera con otros pesares…

—Déjese de cuentos —la interrumpió—. Es su mal de lujuria, porque fornica con la moza del sexto, el que le está causando el síntoma de humores. De fornicar se crea la *malencolía.* —Se quejó, frustrado—: No vi yo rabia nunca, y me la quedo sin ver.

—Mira, colega… —casi se rio Angie—. Sabré yo reconocerme la rabia.

—Quizá se manifiesta la rabia en la rabia de los amores.

—Sí, claro. Y la peste huele a peste.

—La peste olía a peste. —Cervantes se giró ofendido—. ¿Qué me estáis contando?

—¡Pues que me estás negando mi rabia, y te metes en mi fornique!

—Me mete vuesa merced. Ya van tres ocasiones que le presto mi hacienda.

—Okey, Miki: gracias por el sarcófago —le dijo Angie, recolocándose la chaqueta—, pero yo no funciono con tus melancolías. No sé para qué te cuento nada. Es fornicación de buen rollo; es algo amistoso que yo practico recurrentemente, y yo entiendo y todo eso que en tu época las cosas eran distintas. Me he leído la fumada que publicaste de libro.

—El *Quijote* es una sátira del delirio del hombre —se defendió—. En mi época se fornicaba. Y con peste.

Ella no quería eso: quería tragarse el corazón que le estaba naciendo al fondo de la boca.

—Adiós —atajó—. Yo no sé qué te ha dado con los amores...

—¿Cree que no se escuchaba allá en los buzones su charla amorosa de alcoba?

—¡A ver, pues nos decimos nuestras cosas! —A Angie le vino un flas del *roleplay* de matrimonio divorciado—. ¡Pero no es de tu incumbencia!

—¿Ella suele correrse?

—Hombre, te diré —bufó—. Me ofendes: y dos, y tres, y cuatro veces...

—No, correrse de estar airada; en mi hora, «correrse» se decía a la ofensa. —Preguntó—: ¿Sigue enfadándola vuesa merced como cuando la semana que le cerró el negocio de galletas?

Angie balbuceó algo que no pronunció, y a lo mejor entonces se paró a pensarlo por primera vez: que llevaba casi un mes sin amargarle la vida a Delia, o incluso peor. Que llevaba sin robarle nada a nadie desde la mañana fatídica en la que le había regalado esas sartenes.

—Me temo que vuesa merced —dijo Miguelito, y la palmeó con una mano— se ha enamorado por fornique de su casera.

A partir de ese momento, Angie empezó a verlos por todas partes, los síntomas que se le escapaban de las manos y enfermaban hasta el piso: había empezado a fumar con las ventanas abiertas. Se fijaba en el bienestar del ficus, que aún ninguna de las dos había descubierto cómo asesinar. No usaba el altavocito de madrugada, y no usaba el altavocito, a secas, porque era cierto que estaba escuchándola hablar de todo, esperándola como un perro tonto en la puerta, viendo juntas *Hermano Oso* ilegalmente en el portátil. Era verdad que tenían charla amorosa en la alcoba. Se soltaban cosas, en esas, que ¿a qué cuento de qué? No era lo pactado, y quizá estaban descuidando sus dotes interpretativas. Cuando Angie empezó a oírlas, ya no las pudo dejar de oír.

—Angie... —Delia estaba apoyada en la encimera y enredó una mano en su pelo. Gimió—: Ah... Joder, sí, así... Dios, te puto quiero...

Angie levantó la cabeza, sin aire.

—¿Me quieres de qué, el qué?

Delia abrió los ojos, sorprendida. De pronto, habían frenado.

—¿Qué?

—O sea —dijo Angie de rodillas—, porque estamos aquí diciendo cosas, y habrá que saber lo que se dice. No es coherente con el argumento: la abogada no puede querer a la imputada de la mafia.

—No —jadeó Delia—. Claro.

—Entonces, pues no sé. —Le preguntó—: ¿Es…? ¿Estamos queriendo algo?

—No.

—No.

—Me has interrumpido. —Delia tragó saliva, avergonzada—. Iba a decir «Te puto quiero… en la cárcel». Te voy a llevar a la cárcel.

—Claro. Sí.

—Sí.

—Porque es así. —Asintió, y obvió el corazón en sus orejas—. Porque no estamos queriendo nada.

—Angie, ¿puedes…? —le pidió Delia en ese punto—. ¿Podemos terminar lo que estaba pasando? Porque charlar así, con una pierna en tu hombro… Entenderás que no estamos para charlar.

A mitad de esa semana, Angie decidió ponerle fin a la epidemia: iba a volver a no escuchar a Delia Agós. Ya no iba a coincidir con ella, de hecho, y viviría por las noches y se marcharía durante el día, y qué importaba, de todas formas, esa tal Delia Agós, ¿de qué se conocían? Le dejó una nota en la nevera en la que ponía: «He pensado que es mejor que te vayas de mi casa». Robó de nuevo algún paquete de Amazon, para demostrarse que podía, y paró la producción ingente de palmeritas de chocolate, aunque para entonces ya tuviese un táper escondido con doscientas.

Delia bajó esa noche a la cocina, después de pasar tres horas haciendo con Angie el recorrido completo del Kama Sutra, y leyó en la nevera: «He pensado que es mejor que te vayas de mi casa». Notó, al día siguiente, que la esquivaba como gruñendo por la mañana, y entonces pensó que sí que se lo había escrito ella, pero cuando volvió del trabajo le había preparado la cena y casi no le dejó terminársela antes de empotrarla contra la escalerilla. Luego, en la ducha, le preguntó:

—¿Cuál es la diferencia entre una hipoteca mixta y una variable?

Delia Agós empezó a plantearse si Angie Samper podía haber pillado la rabia.

Esto era posible, porque volaban murciélagos por la zona del tejado y esos bichos, no sé si te suena el COVID, pero con un mordisco te traen la marimorena. Desde la tarde de la ouija («Que también puede ser eso», se decía Delia, «la remanencia de energía irlandesa») la había notado rara, incluso indecisa, de una forma en la que aún no la había sufrido antes: la buscaba desesperadamente y luego se iba. Fingía que coincidían por casualidad en todas las habitaciones. No quería estar encerrada sin ella, ni encerrada con ella; no quería estar encerrada, ni libre, y tiraba cosas pequeñas al suelo, como si comprobara la ley de la gravedad. Todo esto olía a que algo suyo, felino, le estaba pasando, pero Delia estaba hasta arriba de trabajo y no tenía tiempo para analizar qué provocaba en ella que ahora durmiesen en la misma cama. Delia aún se estaba enterando de que había tenido una cita terrible hacía un mes con Coral.

—No me creo que lo hayas conseguido —le dijo Coral ese jueves. Se sentó en su mesa—. ¡Pelayo aprobando una presentación! ¿Cuál era el truco?

—Le quitas todo el texto —respondió Delia— y todos los gráficos, y no hay presentación, y luego te proyectas detrás una diapositiva que confirma que eres rubia natural.

Coral se rio como si hiciera más gracia de la que hacía.

—Vamos a tener que celebrarlo —dijo—. Cuando se acabe el martirio.

—Bueno, eso te lo aseguro. Me voy a inflar ese día a paté del catering…

—Me refiero a que —propuso Coral—, bueno, y encima por tu contrato, después deberíamos tomar algo.

—Si hay después. —Delia suspiró—. Estoy reventada, y Pelayo va y me amenaza con que todos esos tíos se quedan hablando siempre hasta las doce. ¿Qué van a hablar, hasta las doce?

—¿Y, a partir de las doce, tú y yo no podemos hacer nada?

Delia la miró, y de repente Coral la estaba mirando, como esperando algo, como queriendo averiguar la respuesta a esa pregunta con algo escondido en el centro de su cara. Delia pensó: «Debo tener algo escondido en el centro de mi cara», porque esa semana ya se la habían quedado mirando dos mujeres en alguna clase de oscuridad y esa era una coincidencia que debía significar algo. ¿Qué podía significar?

—Oye, ¿sabes si ha habido recientemente algún brote de rabia?

Algo le ocurría a Angie, pero no cambiaba casi nada entre ellas dos. Cocinaba más, lo cual era un buen síntoma, porque significaba que no la había cagado en su selección torpe de sartenes; Angie no le había dicho nada, tampoco, sobre el tema de las sartenes. Ni siquiera durante el rol de cajera y cliente que viene a devolver unas sartenes.

A Delia comenzó a saberle mal, aun así, todo eso de que estuviese encargándose ella de las comidas que ni podía probar, y quizá por eso estaba rara, porque no le pagaba de ninguna manera su labor de chef. Era verdad: la tenía en casa de mendiga repostera. Como no podía pagarle su labor de chef, Delia decidió invitarla en compensación a una cata de vino ese viernes: la sesión de *Dragones y mazmorras* en casa de Harry y Judith. Por supuesto, fue en contra de todos los deseos de Judith el añadido al plan de Angie la muerta terrorista, pero igualmente le tuvo preparadas unas zapatillas morado berenjena («Es su color», se justificó) para el momento en el que llegaron al chalé.

—¿Yo nos *conosco*? —dijo Harry, al que le recorrió un escalofrío cuando Angie le estrechó la mano—. Me suenas de muy pronto... A ver, ¡qué cocoloco! Perdón por mi española. Pero es como si... Qué extraña. Como si me hubiese soñado que yo soy tú.

Delia se aclaró la garganta e interrumpió:

—La llevé a la boda de Richi. Estuvo en la boda.

—Soy la que se arrimó a la madre de Richi —especificó Angie.

—¡Claro, qué buena! ¡Y también con su hermana! —Harry se quedó mucho más tranquilo con Angie tras esa información—. ¡Pues *buenavenida*, se está como en familia! Bueno, cuidado. A mi Jud no intentes, *ha, ha, ha.*

—*Honey* —lo riñó Judith—, por Dios.

—Que no se corte mucho el pelo —dijo Angie—, que la confundo con otra.

—Angie —la riñó Delia—, por Dios.

La velada de *Dragones y mazmorras* podría haberse dividido en dos momentos muy diferenciados: antes de que todo el mundo estallara en gritos y después de que todo el mundo estallara en gritos. Angie no se había esperado ese nivel de pasión por un asunto que, básicamente, consistía en imaginar que todo el mundo entendía a Harry; Isma, como siempre, fue el único del grupo que se mantuvo pacífico y al margen mientras avanzaba la trama hacia el objetivo. Richi se empeñó en acostarse con tres hombres pulpo en simultáneo. Judith estaba enfadada, que era su estado natural, mientras hacía cuentas meticulosas del oro que desperdiciaban.

Delia perdió completamente los papeles.

Era digno de ver («Es digno de ver», la había avisado Isma antes de empezar), y tenía cierta justificación, por el tema de que nadie podía sacar tan malas tiradas de dados seguidas. Delia empezó los gritos, sacó una pizarra y dibujó una estrategia de batalla para que luego su elfa se cayese en un hoyo. Se pasó allí toda la sesión, trepando y escarbando un túnel en su hoyo. Llegó un momento en el que Delia era la que dirigía la historia y Harry desapareció, y ella comandó un ejército de inútiles desde dentro del mismísimo hoyo, y no se quedó tranquila hasta que todos se insultaron a gritos.

A Angie nunca le había atraído tanto nadie en toda su vida.

Esto ya era insultante, un fallo clínico en su sistema: ¿qué esporas desprendía esa histérica para tenerla cayéndosele la baba en un momento de negligencia militar? Angie se mosqueó, y gritó también.

—¡Pues te saco del hoyo!

—¡Pues vete de una vez a la mierda! —dijo Delia, expulsada de su hoyo—. ¡Ese era mi baluarte! ¡Pues expulsada de mi expedición!

—Me debes cien de oro por mis servicios de asesina.

—¿Qué servicios? ¡Si no has servido para nada!

Angie tiró el dado. Todos se levantaron. Harry declaró:

—*¡Diecichocho!*

—¿Qué está haciendo? —se alarmó Judith—. ¿Nos roba el oro?

—Le clavo un cuchillo a la elfa en la garganta.

—¿¡¡¡Quééé!!!? —exclamó Delia.

—¡Menos mal! —dijo Richi—. ¡Y nos vamos! Otra de pulpo.

—¿¡¡¡Me has matado!!!?

—¡No, porque soy tremendamente hábil y una clériga secreta, y es un cuchillo con magia que solo te corta las cuerdas vocales!

—¿¡¡¡Me has callado!!!?

—¡¡¡Sí!!! ¡¡¡Y te callas!!!

—¡Wow! —sonreía Harry—. ¿Habéis ya jugado juntas antes al rol?

—¡¡¡No!!! —gritó Delia.

—¡¡¡Apenas!!! —gritó Angie.

Pararon cuando se gastó la tercera botella de vino blanco y todo el mundo se odiaba. Eran las nueve de la noche ya y se empezó a meditar si se iban a pedir pizzas, y Angie aprovechó y salió al jardín a fumarse un cigarro. Contempló el susurro de los aspersores invisibles que giraban solos en la oscuridad.

Estaba inquieta, y amargada, y por una vez pensó que quizá eso era lo que había: que estaba condenándose lentamente a algo que conocía menos que estar muerta. ¿Qué era lo que le estaba pasando?

—¿Te sobra fuego? —le preguntó Richi, que se acercó por el porche.

Angie le ofreció el mechero y luego entendió que esperaba un piti.

—¿No fumas?

—No. Pero se me apetece si fuma alguien. —Ambos miraron el chalé de Judith—. Abogadas, ¿no? Vaya ciénaga.

—Tiene un patio para el patio.

—Da asco. Igualito que el dúplex de los visigodos.

—¿Quién es la peor de las dos? —Angie le sonrió, apoyada en la baranda—. Evaluándolo, haciendo balanza de toda la vida.

Richi se encogió de hombros y respondió:

—Las dos tienen un *strap-on* en el armario.

—De eso quería yo hablar. —Se rieron un poco—. Por fin estamos hablándolo.

Hacía frío esa noche en Boadilla del Monte y a lo lejos brillaban más casas, como luciérnagas grandes de un paisaje sin estrellas en alguna parte de Madrid. Richi fumó con ella un rato y parecía olérselo todo desde que había llegado; la pilló allí desprotegida, y fingió que no iba a preguntárselo, mientras oían de fondo a Delia discutiendo sobre la fiabilidad de los dados de Harry.

—Bueno —dijo al final—: ¿Y cuáles son tus intenciones con mi hija? Dime. ¿Vas a hacerle ghosting, que fueron tus intenciones con mi madre?

Angie dejó escapar una calada que era mitad risa.

—Me da que no puedo.

—No puedes.

—Me tiene atada en corto.

—Incluso después del numerito de la elfa nacionalsocialista.

Ella no respondió y Ricardo sonrió, después, como leyéndole algo privado entre las cejas.

—Joder —susurró, y echó el humo—. Estás colada por ella.

Angie se rascó la frente. Qué horror y qué pesadilla de conversación.

—Tío, dame un respiro. Es nuestro primer cigarro, hazme el favor…

—Y Delia no tiene ni idea.

—Porque te lo ha dicho.

—No. Porque la he criado yo —contestó Richi, con un orgullo que no correspondía—. Esa imbécil no lo sabría ni aunque te arrodillases delante de ella, que estoy seguro de que es lo que estás haciendo.

Ella pisó las cenizas en el suelo y las esparció.

—Da igual —dijo, más para sí que para él—. Se me está pasando ya. No es nada. Es una tontería.

Richi se miró las uñas, meditando.

—Okey —decidió—. ¿Cómo se lo decimos?

—Tronco… —Angie sonrió—. Anda. Vuelve dentro, anda.

—Es en serio. Te voy a decir esto, Ángela No Sé Qué, Ferretería Loles, me da igual cómo te llames: Delia viene de una movida suya,

¿vale? De enrollarse con la gente más aburrida que existe en la Tierra, porque siente que eso es lo que hay que querer, porque eso es lo que su madre quiere, porque eso es lo que se dice que… ¿Me pillas? Y yo, en contra de la opinión popular, quiero mucho a Delia, y lo que Delia ha querido toda la vida —dijo— es una gilipollas como tú.

Angie tosió la calada, que se le atragantó de reírse.

—¿Gracias? —contestó—. ¿Te pongo la otra mejilla?

—No, escucha: siento que necesita esto, para descontracturarse. Alguien que le siga el ritmo, y le dé vida, me da igual si os sale mal. —«Vida», pensó Angie, irónica—. De hecho: ¡que os salga mal! Ya veremos, ¿no? Pero que viva. Mira, Judith puede decir misa. Judith es una estirada, pero yo creo que estás siendo buena para ella.

Angie nunca había sido buena para nadie; ni siquiera había sabido ser buena para sí misma. Angie habría descambiado a Delia esa misma mañana, si no hubiese dado la casualidad de que se había matado en su casa hacía meses, si no hubiese sido que eran ellas. Llevaba días buscando la clave para mudarse, para bloquearla y descambiar a Delia antes de que Delia descubriera cómo descambiarla, y seguía allí no por ser buena.

—Detesta todo de mí —dijo—. No tenemos nada que ver. Nos peleamos continuamente, y le caigo mal, y hay muchas más cosas que tú no entiendes… —No supo qué más añadir—. Yo qué sé. Creo que te estás confundiendo.

—Y de eso te hablo.

—¿De que soy la última persona con la que ella quiere estar?

—De que ya estás aquí, tía. En el porche de su hermana.

Ella sonrió y negó en silencio mientras se acababa el cigarro. Ya iban dos bigotudos en la misma semana filosofándole sobre la teoría del amor y las consecuencias del sexo.

Si seguía echando monedas a la fuente, le iba a tocar el turno al plasta de don Manolo.

—Venga —dijo Richi de pronto—. Pídemelo.

Angie lo miró.

—¿Qué? —preguntó—. ¿El qué?

—Que te lo organice.

—¿Qué dices de organizar?

—Vale, mira, está genial que me preguntes —la interrumpió—, porque así es como me voy a meter en vuestra relación: he pensado esto, para oficializar el tema, y es que os hace falta un contexto más íntimo. No vale follar solo, os tenéis que ver más seriamente: tenemos reserva dentro de una semana, nosotras e Isma, en un gustazo de bistró que conocemos, y luego vamos al teatro. Solo tienes que peinarte un poco, y ya en el palco pienso que está bien que se lo digas.

A Angie se le cayó la colilla de los labios y balbuceó:

—¿¡Qué!? —Se irguió, nerviosa—. No, Richi, mira, encantada de conocerte, chaval, pero no nos hemos entendido. Yo no voy a decirle nada a nadie.

—Habrá que decirle algo.

—¿Qué coño voy a decirle? ¡No sé qué quiero decirle!

—Lo que sientes.

—¿¡Qué es lo que siento!?

—Habrá que decirle algo, porque tenemos una reserva, Angie, y ya no se puede cancelar el palco. Te estoy invitando al teatro. ¿La vas a dejar tirada?

Ricardo Soto no le dio tregua hasta que lo aceptó como celestina casamentera oficial. La amenazó en la entrada, cuando ya se estaban poniendo los abrigos, con decirle a Delia en un wasap: «La perroflauta quiere tema contigo». Angie entró en pánico y accedió, aunque más tarde recordó que Delia ya sabía que quería tema con ella; Delia se lo estaba montando con ella cada dos horas, hasta en el portal del Miguelito. La rabia sentimental la tenía mareada, indefinida, incapaz de encontrarse en su identidad macarra, así que esto fue lo que pasó: que fue coartada, intimidada y obligada a un bistró por un *twink* local. Era el atraco más bochornoso en el que se había visto nunca, y eso era ella ahora: alguien que iba a declararse en el palco de un teatro, que a saber qué era un palco, y a saber qué era un bistró.

—¿Te han caído mal? —le preguntó Delia ya en casa.

—No.

—Entonces, ¿por qué estás enfadada? Angie, ¿por qué te vas a dormir a los buzones?

Angie contestó, mientras se iba enfadada a los buzones:

—¡No me voy enfadada a ningún sitio!

Esa noche, mirando a Delia dormir (no la estaba mirando, estaba fumándose el de después y ya se marchaba), Angie Samper decidió que pediría un traslado domiciliario a la Seguridad Espectral y que se iría para siempre, que ya nunca más la vería y que todo eso se iba a acabar. También decidió que iba a decirle, no sabía cómo, que, de manera casual, se estaba enamorando de ella.

Estuvo ensayándolo frente al espejo esa semana:

—Creo que… Creo que están pasando cosas aquí, entre tú y yo. Ya sabes.

Demasiado ambiguo.

—Te he cogido cariño, al final. Que es lo que hace el roce, ja, ja, ja.

Lamentable.

—Las sartenes estuvieron bien. Pero no son antiadherentes de inducción.

Mejor evitar críticas constructivas.

—Delia, he estado pensando que compartimos esto últimamente, o sea, el sexo y eso, pero aparte hablamos más… Y esto es raro de decirte, porque no me lo vi venir ni yo, bueno, te digo, ya de ya, que a mí es la primera que me jode. Pero es justo que lo sepas, que me está pasando que quizá te qu… —Se le atascaba—. Te… —Respiró hondo—. Dios, qué asco… Yo te… Creo que… —Consiguió decir—: Te quiero. —Jadeó, sin aire—. Pero aún tengo que confirmar que no es la rabia por mordisco.

El reflejo de su propia cara fue interrumpido por la cara de Manolo.

—¿Podemos pasar ya al desglose de honorarios?

—¡¡¡Coño de la ma…!!!

Delia terminó de repasar el discurso de la fusión de Geogalia el viernes 28 de noviembre. No salió hasta las nueve de la oficina, por aguantar el discurso paralelo de Pelayo sobre la importancia de las patillas en la masculinidad, y cuando llegó al ascensor ya había desarrollado una migraña horrible que estaba perforándole las sienes.

Quedaban siete días para el esperado evento.

Era el final de la semana, del mes del año más agotador de toda su vida, y, cuando salió por la puerta y se despidió del portero, Angie Samper estaba esperándola allí, vestida con el traje.

—Pero… —Fue hasta ella, por si la estaba alucinando—. ¿Angie? Pero ¿tú qué haces aquí?

—Aquí curras, y te estoy recogiendo.

—¿Habíamos quedado? —Delia pestañeó cuando Angie reveló el brazo tras su espalda y le ofreció un ramo de flores—. No —musitó ella, y se llevó las manos a la boca—. Se ha muerto alguien.

Angie se pellizcó, humillada, entre las cejas.

—¿Tan complicado es imaginarme haciendo esto?

—¿Se ha muerto alguien?

—Sí, Delia —dijo—, me he muerto yo. Cógelas, por Dios. No me tortures.

—¿Son para mí? —Una sonrisa de incredulidad le creció en la cara mientras las aceptaba—. Vale: ¿qué está pasando? ¿Qué es lo que has roto?

—Vamos a ir a un sitio.

—¿Hoy?

—De aquí a las doce —respondió—, por eso de mis logísticas físicas.

—Pero tengo… Pero voy fatal. —Se miró—. Estoy en falda de oficina y tacones.

—Sí, qué horror. Intentaremos que nadie se te lance encima.

—¿Estás borracha? ¿Estamos jugando a algo?

—Estás jodiéndolo todo, eso es lo que está pasando. —Angie le dio un golpecito en el tobillo y empezó a andar. Delia la siguió—: Vamos a ir un sitio, nada más, y no tienes que saber más, porque he pensado que tenemos que hablar de algo.

—¿Hablar de algo? —preguntó Delia, y se sonrieron, estúpidas—. Vale. En serio, ¿qué es lo que has roto?

—Vete a la mierda.

—No me voy a enfadar, si no es el váter.

Angie había planificado meticulosamente los eventos de esa noche: irían en metro hasta el bistró. Le había pedido a Richi esa misma mañana la ubicación, y se había puesto el traje, que sabía que a Delia le gustaba, no tanto la corbata, que en la boda había alimentado su naturaleza hacia la agresión. Esa debía ser la primera vez que buscaba en Google las conexiones de las líneas de metro en vez de fluir entre ellas y probar a ver si llegaba. Había investigado y un palco era el lugar, al parecer, en el que la gente que va al teatro se mete mano; había planificado la charla del palco también, en opciones con y sin magreo de su discurso para declararse. Aunque no era declararse, tampoco: era propiciar una comunicación limpia y humana entre las integrantes del sexo guarro. Después había cargado, en vez de confiar en colarse, la tarjeta del bonometro (con lo que le había robado dos semanas atrás a Mercedes Matas) y, para finalizar, había reservado las manos para algo más importante que fumar: para aprovechar el trayecto en la línea 3 y hacer el movimiento estratégico, elegante, de un brazo sencillo alrededor de la cintura. Desechó esa idea, sin embargo, mientras miraba a Delia de reojo oler las flores. Un brazo en la cintura quizá era demasiado privado; habría sido mucho más casual, por ejemplo, colarle las manos bajo la falda.

—Es aquí —le dijo, cuando por fin llegaron.

Era un callejón en Príncipe Pío en la completa oscuridad seca del invierno.

—¿Aquí… dónde? —preguntó Delia. Se giró, buscando algo—. ¿En esa farmacia?

—No, pero tendría que ser… —Angie miró el móvil, confundida—. Pero es aquí. —Luego pensó—. ¿Tú sabes en qué consiste un sitio de «bistro»?

—¿Un bistró? —la corrigió Delia—. Es un tipo de restaurante.

—Pero ¿un restaurante de callejones? ¿Especial callejones?

—Angie, aquí no hay ningún bistró.

Escribió a Richi:

Tío,
soy Teresa Fidalgo
Estamos aquí y vas a morir
si no reenvías a siete contactos
Y aquí no hay nada

Qué???
No te entiendo
Estáis aquí?
Llama al 3.º A!!!

Llamaron al 3.º A del bloque que tenían delante. Subieron las escaleras, mientras se acercaban a un murmullo silenciado que parecía reguetón, y pulsaron, dudosas, el timbre de una puerta. Al otro lado les abrió alguien y las dejó entrar a un piso enorme coronado por un minibar: si lo que se encontraron ambas al entrar en ese lugar era la imagen típica de un bistró, se parecían bastante a una fiesta de carnaval gay embutida a presión en un reservado ilegal.

—¿Aquí venimos? —preguntó Delia.

—¿Aquí venimos? —contestó Angie.

Richi apareció entre la gente entonces, disfrazado de súcubo mosquetero con unos cuernos de diablillo y un maillot paquetero.

—¡Anda la hostia! —se rio—. ¡Sí que habéis venido!

—¿Ricardo? —dijo Delia.

—Ricardo —se apresuró a mascullar Angie, mientras lo atrapaba de la cola demoniaca—. ¿Qué es esto?

—*Cariña,* pues lo que hemos improvisado. Yo voy de lucifer con trikini y por ahí está mi marido… ¡Isma! —lo llamó—. Es de dueto. Él va de querubín.

—¿¡Dónde está el bistró!?

—¿El bistró? —Bebió de su copa—. Y yo qué sé. Pero eso es mañana.

—¡Me dijiste «en una semana»!

—¿Te dije qué? Anda. ¿Y qué día era? Bueno, pero que eso es mañana, ¿qué más da? Me refería al sábado. ¡Ah! —Cayó en la confusión—. ¡Y por eso me has preguntado hoy que dónde íbamos! Hija, qué críptica eres. Y todo encima como roleando una maldición de Hotmail del 2006.

Delia, que se había visto arrastrada y casi comprimida por la marabunta homosexual, consiguió llegar hasta ellos y Angie de pronto recordó: «Delia».

—Vamos a ver —les gritó, por encima de la música—, ¿qué está pasando aquí? ¿Cuándo se ha hablado de esto? ¿Vamos a un bistró o de pronto hay fiesta? Si lo que queréis es beber, yo no estoy como para…

—¡No! —Angie se envalentonó, en una crisis, y agarró a alguien de la cintura. Era Richi. En otro impulso, agarró a Delia—. ¡Tú también! ¡Los dos conmigo! ¡Vamos a hablar! —Miró por encima de la gente y los arrastró a ambos hasta la puerta de lo que parecía un baño. Entraron, y cerraron detrás, que fue una guerra contra el bolso de Richi. Angie se lo arrancó y luego se lo lanzó a Delia—. ¡Toma! ¡Rubia, quédate aquí! ¡Dame un segundo, por favor! ¡Quédate aquí, y ahora hablamos!

—Pero ¿qué…?

Angie la dejó a mitad de pregunta: se encerró en el único cubículo con Richi, que tenía el tamaño más o menos de una lata de sardinas.

—¡No puedo declararme a Delia en una orgía gay! —le susurró—. ¡He traído a Delia hasta aquí porque tú me lo has dicho, y esto es una orgía!

—Es un fiestote, tía. ¡Pero hazlo mañana!

—¡Mañana no puedo! —lo cortó—. ¡Ningún sábado puedo!

—Pero ¿a dónde te vas tú los sábados, tía? ¿A alistarte de repente en la marina? —Richi la vio agobiada, pasándose las manos por el pelo, e intentó—: Mira, mañana vamos al teatro, tú no me sufras. Hoy podéis emborracharos y decir que venís disfrazadas de… —Propuso—: *The Office*.

Angie sintió el desarrollo paulatino de un corazón en cada párpado.

—Me había preparado para esto. Dios… No puede ser… —Tomó aire, como si lo necesitara, y le volvió en un ramalazo su apego evitativo—. Ya está. No voy a hacerlo. No puedo hacerlo; este era el día, y, si no es hoy, te digo que paso. Voy a pedir una excedencia y desapareceré.

—¿Qué?

—La voy a dejar.

—¿¡Qué!? —exclamó Richi—. ¡No! ¡Me dijiste que nada de ghosting!

—Voy a hacer más ghosting. Ayúdame a salir por la ventana.

—¡Oye! —oyeron a Delia fuera, y ambos se congelaron en el forcejeo—. ¡Me estáis preocupando de verdad! ¿Podéis salir? ¡Me tenéis aquí, y me estoy muriendo de migraña! ¡Ricardo, voy a cogerte un ibuprofeno del bolso!

—¡Dale, amor! —contestó él—. ¡Es que estamos aquí organizando el amigo invisible para Navidad, un clásico de la gente que te aprecia que nunca te abandonaría! Ja, ja, ja… —Luego agarró a Angie del tobillo, que ya estaba encaramada a la ventanilla—. ¿¡Te has vuelto loca!?

—¡Suéltame! —le susurró ella—. ¡Me has hecho el lío!

—¡Baja! ¡Te vas a matar!

De pronto, Richi reconoció el ruido del agua corriendo en el lado opuesto de la puerta. Algo clicó en su cabeza. Las manos se le abrieron solas. Palideció.

—Joder. —La llamó—: Angie.

—Tiene que haber un sistema de mudanza… —seguía diciendo ella, atacada, mientras intentaba correr el cristal—. Si me meto en el sexto emparedado o en el sarcófago con Miguelito…

—¡Angie! —le insistió Richi, y la bajó de un golpe al váter—. ¡Yo no llevo ibuprofeno en el bolso!

Cuando salieron del cubículo, empujándose el uno al otro, ya era tarde: Delia estaba tragándose la pastilla tras beber a morro del grifo, y la cara se le llenó de un asco amargo y confirmatorio, y casi gritó, sorprendida, al ver que se le precipitaban encima.

—¡No, no, no, no…!

—¿¡Se la ha tragado!?

—Se la ha tragado —musitó Angie— de una, como un Conguito.

Delia los miró alternativamente, sin entender, y luego los empujó.

—Pero, bueno, ¿¡se puede saber qué cojones os está pasando!? ¿¡Qué os traéis!? A ver, por favor, ya está: no sé qué hago aquí, he tenido un día muy largo y os juro que no estoy para…

—Delia —le pidió Angie, y la agarró de los hombros de pronto—. Eso es… —No supo cómo decirlo—. Mejor vamos a sentarnos.

—Siéntala, sí —coincidió Richi.

—Vamos a sentarnos.

Delia le preguntó, cuando la sentaron sobre el váter:

—¿Qué pasa hoy contigo? No te entiendo. Vienes a recogerme con flores en plan numerito de Carlos Baute, y me traes aquí, que no…

—Delia, eso no era un ibuprofeno —la interrumpió. Delia pestañeó, tratando de comprenderlo, pero su voz era una onda. Su voz empezaba a tener forma y colores—. Delia, necesito que te calmes ahora y respires hondo cuando te diga esto, porque que no te alteres es importante ahora, y conmigo te alteras normalmente…

—¿Qué…?

—Que te acabas de pimplar mi pasti de LSD —resumió Richi.

Delia los contempló a los dos, mientras el baño se estiraba y se achicaba a ambos lados y la migraña en su cabeza se transformaba en un espacio físico en el que bailaba una conga nudista de Pelayos.

—¿¡¡¡Qué!!!?

Media hora más tarde, Delia estaba subida al minibar.

Un grupo de asistentes, disfrazados desde *Crepúsculo* hasta la familia de Pedro Picapiedra, la aplaudían mientras bailaba sobre los vasos vacíos de chupito; y gritaban: «¡Hillary Clinton, Hillary Clinton!». Sus caras eran una mancha de acuarela y el techo estaba compuesto de gusanos estroboscópicos enanos. Esto solo podía mejorar, se dijo Delia, si ella se quitaba la camisa de oficina.

—¡Tetas! —declaraba—. ¡Tetas libres por la presidencia!

—¡Wooo! —coreaban sus votantes—. ¡Hillary! ¡Hillary! ¡Hillary!

Unas manos la bajaron entonces de la palestra y ella se desplomó sobre alguien: Angie, cargando en una mano sus tacones y en la otra su identificación de Geogalia, le recolocó la falda y le dijo alguna otra tontería poco importante.

—¿¡Dónde estabas!? —Un chaparrón de exigencias que suponía que a ella le estaban preocupando. Delia oía: bla, bla, bla. Menos mal que era guapa—. ¡Me has encerrado en un armario! ¡Delia, mírame! ¿¡Dónde has perdido el sujetador!?

—Tienes un ojo en el ojo.

—¿¡Puedes no irte por ahí como te viene en gana!?

—¡Tía! ¡Bla, bla, bla! ¡Déjame!

—¡Delia! ¡Vámonos a casa!

—¡Pero si acabamos de llegar! —Delia giraba y el ruido tenía colores—. ¡Esto es espectacular y es el mejor verano de mi vida!

Angie Samper descubrió esa noche lo siguiente: que Delia drogada estaba hecha del material de los jabones de ducha y mantenerla a salvo más de una hora era una lucha contra los elementos materiales.

Empecemos por aquí: en un estallido intravenoso de ácido psicodélico, Delia Agós había decidido que su misión vocacional era atravesar el techo del mundo. Lo miraba a cada rato, como murmurándole cánticos de misa y concentrada en sus formas secretas; se subía a todos sitios, lo que llevó a Angie a tener que rescatarla desde lo alto de una estantería, y se hizo también un espectáculo de *Ninja Warrior* trepando por una cortina mientras la animaban a gritos un grupo de *drag queens*. La fiesta estaba encantada con su numerito, sobre todo porque sí se parecía a Hillary Clinton, una versión joven, salvaje y desinhibida de Hillary; en un chute primerizo de LSD, Delia se transformó en Hillary Clinton después de sobrevivir a un accidente en Los Andes. Iba de lado a lado, bailando y medio desnudándose, magreándose con cualquiera, hasta con las columnas. Estaba desatada, hormonada, y no había manera de convencerla de volver al dúplex porque en ese momento era la primera presidenta de los Estados Unidos.

—¡Bueno, mira, pero se lo está pasando bien! —concluyó el caradura de Richi—. ¡Que tiene treinta años! ¡Esto es como cuando probó por primera vez el vodka lila! Su genética tiende a la destrucción, ¿sabes qué es un feto papiráceo? O vomita o vuela... ¡Déjala! ¡Si ya le está bajando!

—¡¡¡Está enrollándose con una pareja de gais andróginos en una esquina!!!

—¡Bueno! ¿Y no lo somos todos? ¡Gais y andróginos! ¿Tú te has visto, Carlos Baute? ¡Vamos a desmelenarnos!

Angie nunca se había encontrado teniendo que ser la persona sensata de una situación. Eso ya decía bastante de la situación; las perspectivas del plan de viernes de declaración de amor de repente eran esto: no sabía aún en qué consistía un bistró. Eran las once y pico de la noche y Delia, un borrón rubio al final en la esquina de un ojo, iba más pasada que un cromo, colocadísima, teleñeca, más metida que Camarón. Delia se le perdía entre los asistentes a la juerga y el traqueteo sordo de la música, e Isma y Richi le bailaban, indiferentes, como si Angie hubiese sido abandonada a su suerte hasta por el ángel y el demonio de su conciencia.

No había apenas luz. Olía a sobaco con Axe For Men. Estaba en una partida de *Maricones en mazmorra* y el fantasma de Angie Samper se metió entre pecho y espalda el cubata de otro y consiguió alcanzar al bicho cuando este ya estaba subiéndose a una lámpara.

—Angie —jadeó Delia, cuando de pronto la recordó, y la estampó contra la ventana—. Fóllame.

La besó. Angie hizo todo lo posible en su sistema para no comerle la boca de vuelta, pero Delia tenía la camisa de profesora, y la falda de oficina...

—Delia —le pidió. Apartó la cara, pero su aliento empezó a recorrerle el cuello—. Delia, por favor. Por favor, nos tenemos que ir. Hay que irse.

—Quiero hacerlo aquí —le ordenó—. Ahora.

—Estoy segura, y estás más ciega que el lazarillo de Tormes. Delia, estamos en público y llevas una castaña encima.

—No es verdad.

—Tenemos que irnos a casa.

—No es verdad. —Delia le agarró la cara y se la volvió—: Este es el mejor verano de mi vida.

—Es noviembre, nena.

—Angie —declaró, con los ojos supradilatados y viendo más allá de todos sus átomos, más allá de la realidad, en un evento canónico de Hillary Clinton—. He tenido una iluminación y ahora entiendo todo, ahora entiendo las cosas que están ocurriendo en el techo. Ahora entiendo, Angie, y tenemos que follar. Tenemos que follar para salvar el mundo. —Le desabrochó el pantalón—. Luego te lo explico...

—Delia —le rogó Angie—. No me hagas esto, por favor. Delia: no estoy químicamente diseñada para adquirir ninguna responsabilidad sobre nadie...

De repente, un latido en el cráneo.

Un corazón nuevo, que se sintió grande como una manzana, la mareó y le giró el cuello solo y Angie lo vio todo negro. Por un segundo, pensó: «¿El LSD se transmite por saliva?», y luego pensó en lo que no había estado pensando, porque Delia había decidido desnudarse y Richi había decidido joderle la cita. Todo desde entonces había ido progresivamente transformándose en un evento psicodélico. Pero ahora pensaba. La apartó por la cintura.

—Delia. —Angie se tambaleó junto la pared—. ¿Cuánto llevo...? —empezó, pero no sabía cómo terminar la frase.

La fiesta era un borrón y se sentía extraña, como fuera y dentro de sí, al lado de sí misma y proyectada en todas partes. Se acercó hasta la barra, desubicada, y le dijo a un tipo disfrazado de un muy poco acertado Miguel de Cervantes:

—Perdona —gritó más alto, por encima de Madonna—. ¡¡¡Perdona!!! ¿¡Qué hora es!?

Cervantes le dijo:

—¿Perdón?

—¡¡¡Qué hora es!!!

Él miró el móvil.

—¿Las... doce y tres?

El resto pasó demasiado rápido, como el remate de una versión macabra del cuento de la Cenicienta: Angie se volvió hacia Delia, con los ojos desorbitados, y su cabeza, que era un sustitutivo lamentable de otra cabeza que ya había perdido, hizo un ¡pop! de pelota de tenis y cayó sin más ceremonia sobre una mesa.

Ocurrió así: Angie se decapitó, porque eran las doce del sábado, y su cara rodó, yéndose a ver mundo, entre los asistentes de la fiesta.

—¡¡¡Aaaaaaaaaaaah!!!

—¡¡¡Joder!!! ¡¡¡Un muerto, joder!!!

—¡¡¡Aaaaaaaaaaaah!!!

La gente se apartó y cundió el pánico. Alguien chutó la cabeza tipo chilena y esta chocó contra la lámpara, que dolió que te cagas. El mundo se convirtió en un batiburrillo de pelo y luces, luces y pelo, y pelo y más luces, y Angie giraba, gritando algo sin cuerdas vocales, junto al concierto cacofónico de otros muchos gritos homosexuales. Intentó, desesperada, reconducirse hasta el cuello. Su cuerpo correteó, decapitado, contra la barra. Aquello ya fue la guinda.

—¡¡¡Aaaaaaaaaaaaaaah!!!

—¡¡¡Se mueve!!! ¡¡¡Se mueve!!!

—¡¡¡Que viene!!! ¡¡¡Está vivo!!!

Delia bajó del colocón de golpe. Corrió, aún viendo gusanos, a coger la cabeza de Angie del suelo, y de pronto Angie era una cabeza que gritaba, y la cabeza le gritó:

—¡¡¡Delia!!!

—¿¡Angie!?

—¡¡¡No me veo!!! ¡¡¡Delia, el cuerpo, el cuerpo, recupera el cuerpo...!!!

—¿¡Dónde está!?

—¿¡No lo sé!? ¿¡Creo que estoy bajo el culo de alguien!?

Era cierto: el cuerpo había salido escopetado por el pasillo y se había tropezado con otra gente junto al baño. Delia se apresuró a recogerlo, pero, cuando logró ponerle la cabeza, estaba empezando a desprenderse el resto de sus partes.

—¿¡Qué está pasando!?

—¡¡¡Las piernas!!! —gritó—. ¡¡¡Se me van las piernas!!!

—¡¡¡Páralas!!!

—¡¡¡No puedo!!! ¡¡¡Se mueven por estrés!!!

La reunión entera se convirtió en un atropello de gente que se desmayaba y gente que huía, gente que observaba a Delia perseguir los trocitos, y otra gente que al día siguiente juraría que ese había sido el porro más alucinante de su vida. Mientras Angie intentaba desguillotinar su propio cadáver, Richi salió del shock y agarró a su marido, e improvisó para calmar a la comitiva:

—¡Y este es el número de magia —abrió los brazos— que vamos a presentar a *Got Talent*! ¡Un aplauso! ¡Hacemos bautizos y comuniones! ¡Un aplauso, por favor!

—¿Este es un deporte que practicas? —le preguntó a Angie después—. ¿Arruinar todas las reuniones a las que, sin querer, voy y te invito?

Estaban los cuatro tiesos de frío, sentados como gárgolas en el balcón del dúplex, y se pasaron un cigarro en una estupefacción muda. Nadie tenía palabras para explicar, y nadie quería, en realidad, que se le explicase nada; habían tenido que transportar todos los apéndices de Angie en bolsas de plástico en un taxi y ninguno olvidaría nunca lo que eso había sido.

—En resumen, y por no enrollarme —respondió ella, tras la calada—: vete a tomar por culo.

—Como si hubiese sido culpa mía.

—Ha sido culpa tuya.

Delia tenía la chaqueta de Carlos Baute puesta sobre los hombros y se abrazaba las piernas, en un bajón depresivo de LSD.

—Lo sabías —le dijo a Richi, como comprendiéndolo de pronto.

—¿Qué voy a saber? —contestó él—. Estás tú flipando. ¿Cómo se va a imaginar eso nadie? O sea, había algo raro en lo de «solo los viernes». Estaba testeando un poco a qué venía, pero me inclinaba más por, no sé, no la muerte. Más que frecuentase un culto sexual.

—Creo que voy a vomitar —declaró Isma, en un hilo de voz.

—Adelante —dijo Angie, y él se excusó y corrió a la cocina.

—¡Cariño, cuidado con las alas! —lo avisó Richi—. ¡Las alas de querubín! Es que es sensible, mi Isma. El mes pasado se murió su perro, su perro familiar de toda la vida.

—Vaya —murmuró Angie.

—Qué descanse en paz —murmuró Delia.

Se hizo un silencio de tráfico y aviones por aterrizar, y luego Richi declaró, uniendo los puntos:

—Es la muerta de las escaleras que te follaste en septiembre.

—Es la muerta de las escaleras.

—Ya. —Asintió, satisfecho—. Pues sí. Pues ya lo sabía.

Se marcharon al rato, cuando a Angie se le reconfiguró de pronto el sistema y desapareció para Isma y Richi. Se despidieron de Delia con el alivio de quien ha terminado de ayudar a montar un mueble y, la siguiente vez que los vio, ambos decidieron no mencionar que se estaba enrollando con una muerta, como los amigos que, por consideración, no te dicen que tienes un herpes.

Angie y Delia se tumbaron en la cama esa noche de viernes, pero ya era la una y media de la mañana del sábado. Delia se pasó las manos por la cara.

—No vamos a hablar jamás de nada de lo que ha pasado hoy.

—Lo hablaremos —le aseguró Angie—. Ya verás.

—Creo que tengo lagunas —se preocupó—, en mis recuerdos de mi madre, en mi memoria vitalicia de la información de mi infancia.

—Es la amnesia habitual del psicotrópico.

—He perdido el sujetador.

Miraron el techo, una al lado de la otra sin decir nada, y en algún momento Delia se giró y la miró sin verla, bajo la sombra que le hacía el contraluz de la ventana. Delia le dijo:

—¿Qué era de lo que querías hablar? Lo que me dijiste en la calle. Antes de todo.

Angie la vio entonces y lo sintió con una certeza con la que no había sentido nada nunca: Delia estaba allí, y ella conocía de pronto hasta el movimiento invisible que le hacían las cejas, y sabía lo que guardaba al fondo de los cajones; su voz en formato susurro, su voz en formato grito. El número exacto de pecas derramadas por la mandíbula.

Eran incompatibles y tercas e insoportables, pero Delia Agós la conocía y Angie Samper la conocía a ella. Angie iba a arañar, quizá, seguramente, algún lunes al mediodía, y Delia era idiota y vehemente y capaz de arañarla de vuelta. Aunque quisiera, no podía huir de ella porque estaba muerta en las escaleras de su piso. Porque estaba muerta en las escaleras de su piso, tampoco podía reunir la crueldad para decirle que la quería.

«¿Quiénes vamos a ser?», se preguntó de repente, y por primera vez desde niña pensó en un futuro posible para ella, cuando pasase el tiempo, si es que sobrevivían a aguantarse (si es que seguían aguantándose, y lo peor es que podían). Delia estaba viva y Angie no podía darle una vida, ni redimiéndose ni creciendo como una idiota, por amor, demasiado tarde. Había llegado a ese momento demasiado tarde. Si alargaba la mano, iba a atravesarla por la mitad. Eso es lo que eran Delia y ella.

—Nada —respondió. Se obligó a sonreír, y funcionó—. Que he roto el cenicero de la entrada.

Delia alzó las cejas, incrédula. Pero lo cierto es que la creyó.

—Señor… —Se frotó los ojos, agotada—. Es un cuenco. Lo has bautizado tú como cenicero.

—Es mi cenicero.

—¿Y por el cenicero esta parafernalia tuya de montarnos una cita?

—No era una cita —la corrigió—. Oye, tú también es que te estás flipando.

—Ah, perdón. «Me planto en tu trabajo con flores…».

—Eran flores de celebración —dijo—, para celebrar la investidura de Hillary Clinton. No era una cita.

Se rieron, medio borrachas aún, de algo que era conmoción y también cansancio.

—Estás que te va a entender el apuntador, últimamente… —murmuró Delia, y sus manos jugaron a atravesarle los mechones de pelo—. ¿Y cómo acababa? La cita de investidura.

Angie pudo leerle en la cara lo demás.

—Yo no me desmembraba.

—Qué mal.

—Y volvíamos antes de las doce —le explicó—, y aún podía hacerte lo que quisiera.

Los ojos de Delia bajaron hasta sus labios y Angie la recorrió con la mirada desde la camisa hasta las piernas. Esta era la parte incómoda: no podían besarse y no se besaban. Tenían un procedimiento automatizado en el que no se mencionaba lo que eran (lo que no eran), así que Delia no lo mencionó y solo alargó el brazo sobre ella para abrir la mesita de noche, pero Angie se vio empujándola con la almohada. La devolvió a la cama y se colocó entre sus piernas. Su mano le atravesó las muñecas cuando quiso atrapárselas sobre la cabeza.

—¿Podemos…? —le pidió, pero solo sabía lo que no quería—. Hoy no. No quiero nada en medio, hoy.

—Vale.

—¿Podemos…?

Delia la interrumpió, dócil:

—¿Qué quieres que haga?

Angie no podía responder a eso.

—Quiero verte —susurró.

—¿Verme?

—Quiero que me lo cuentes. Y verte. Solo eso.

Delia la obedeció, y hubo algo raro y pequeño en ese momento, como una intimidad tan vieja como primeriza. Una pausa, incluso, y no tanta prisa como siempre, y Delia primero se deshizo de los botones de su camisa y luego se subió despacio la falda. Angie la miraba a los ojos. Respiró con ella, cuando deslizó la ropa interior a un lado, y pudo verle en la cara el movimiento concreto con los dedos.

—Dímelo —le exigió.

Delia se humedeció los labios y susurró, su frente casi atravesando su frente:

—¿El qué…?

—¿Cómo es?

—Lo sabes. —Pero fue obediente y le concedió—: Angie… Estoy empapada.

—Te estás acelerando ya. Para. Para —le ordenó—. Ve lento. Solo por fuera.

—¿Qué? Venga ya… —se quejó—. Angie…

Delia cerró los ojos y echó la cabeza hacia atrás. Pero lo hizo como quería que lo hiciera, y le buscó estúpidamente la boca. Angie sonrió, sin aire.

—Bien —la felicitó—. No, ya estás de nuevo. Estás haciendo lo que te da la gana. ¿Puedes prestar atención, por un día? Quiero… —Bebió de eso: del ruido que hacía Delia cuando no protestaba—: ¿Cómo es?

—Angie…

—Dímelo.

—Es insuficiente —contestó—. Déjame meterlos. Por favor.

—No sabes lo que haría por tocarte ahora. Mírame, Delia —le ordenó—. ¿Lo estás haciendo como lo haría?

—No —jadeó Delia, atontada—: Tú estarías siendo una bruta.

Angie se deshizo de su camiseta. Se desabrochó el único botón que le cerraba los pantalones y no probó ni a bajárselos; metió una mano en su ropa interior. No sabía bien qué hacían, ni por qué se sentía como la primera vez que se miraban; en medio de algo que, por un segundo, solo fue el deseo de algo, la idea de algo que no estaba ocurriendo, Delia tiró de la sábana y le cubrió la cabeza con ella. Le agarró el mentón bajo la sábana y le encontró la boca: su aliento era caliente, de vapor. Era como intuirla desde debajo de la tierra.

—Delia… —gimió.

—Bésame —la oyó decir—. Necesito besarte.

Angie la besó a través de la tela.

No podía verla y la entendió por el tacto y comprendió, solo entonces, lo práctico y lo bien pensado que era una sábana blanca con dos agujeros. Sintió la rodilla de Delia entre sus piernas, apretando su mano contra ella misma, y se tocaron como pudieron, dibujándose el cuerpo con los ojos cerrados. Delia la giró y encontró su cuerpo incorpóreo sobre la almohada. Las manos de Angie le movieron el cuerpo.

Los fantasmas debían enamorarse siempre primero solo por eso, pensó Angie, antes de no volver a pensar: solo por la tontería y la necesidad de ser encontrados de nuevo. Qué ridículo y suyo, si ahora lo meditaba bien, que le hubiese hecho falta morirse para descubrirlo. Delia suspiró su nombre y Angie se encendió. Qué estúpido enamorarte por primera vez en la vida cuando ya no te queda vida para enamorarte de nada.

LO DE SECUESTRAR A UNA ABUELA POR ACCIDENTE

Transcripción del interrogatorio a la testigo DELIA AGÓS. 22:17 del 5 de diciembre. Comisaría distrito Chamartín.

AGENTE: Confírmame de nuevo tu nombre y fecha de nacimiento.
DELIA: Delia Agós Matas. 19 de diciembre de 1995.
AGENTE: Correcto.
DELIA: Hombre, no. Pues ya me jodería…
AGENTE: Por favor, evitemos tonterías durante la charlita. Tengamos la fiesta en paz.
DELIA: ¿Qué charlita? Mira, me habéis traído aquí que parecía yo la prima de Bin Laden. Esto sí que es una tontería.
AGENTE: Delia Agós, has sido detenida hoy a

las 20:45 en el décimo piso del número 2 de la calle Gómez Moreno, tras ser perseguida cuatro kilómetros desde Chamartín y negarte repetidas veces a frenar el vehículo.

DELIA: ¡Es que llegaba tarde a un compromiso!

AGENTE: Has sido detenida por, y cito las palabras de la denunciante: «Secuestrar a una abuela que no es la propia».

DELIA: ¡Esa gente está flipando! Mira: yo llegué, ¿vale? ya con mi abuela pertinente al asunto del sitio, y luego por culpa de ellos hubo un enredo accidental de abuelas.

AGENTE: Ninguna abuela implicada ha resultado ser tu abuela.

DELIA: ¡Muy bien, y yo hablo de abuelas que una adopta! ¡Las abuelas que surgen por elección a lo largo de la vida!

AGENTE: [Silencio. A su compañero]. Vamos a necesitar un test de alcoholemia. Y otro de estupefacientes.

DELIA: [Irritada]. Por Dios… Esto es alucinante. Oye, ¿y me vais a decir dónde habéis metido a Angie Samper? ¿Qué ha pasado con Angie Samper? Se lo he dicho a los de la salita, que nosotras tenemos que estar a las doce fuera, porque Angie tiene… una medicación. Angie tiene pérdidas de orina.

AGENTE: Delia Agós, pónmelo fácil: ¿quién es la culpable de esta movida? Quiero un relato de los hechos desde el principio del día. Empieza por aquí: ¿qué tipo de relación mantienes con Angie Samper?

DELIA: [Silencio. Parece que duda]. ¿Puedo saber qué ha respondido ella?

AGENTE: No.

DELIA: A ver, estamos en un punto… Tenemos que hablarlo, aún. Escribe «follamigas».

El jueves 4 de diciembre, mientras Delia preparaba el discurso del evento de la fusión, sonó el timbre de la entrada del dúplex. Angie estaba terminando el *Quijote*, fumándose un cigarro en el balcón. Encarnita estaba lamiendo las ventanas de la cocina. Era un día al uso, casi pacífico, cuando Delia recorrió el pasillo leyendo el final de sus apuntes y, al abrir la puerta, vio a un tipo alto, serio y con un abrigo ruso de pescador, que al rato entendió que era Pol Quispe.

—Hola. —Preguntó—: ¿Está Angie?

Angie tiró el *Quijote* del susto y golpeó una paloma. Delia abrió y cerró la boca.

—Va… a estar. Mañana.

—¿No vive aquí?

—Vive aquí.

—¿Y dónde está?

—¡Un placer! —Cerró la puerta—. ¡Vuelve mañana!

Pol volvió veinticuatro horas después y para entonces ya habían tenido tres consejos de guerra, dos ensayos de cada conversación y una estrategia de justificación de posibles deslices paranormales. Cuando sonó el timbre, Angie se peinó con los dedos frente al espejo y abrió la puerta. Pol ni siquiera saludó. Le plantó un paquete de papel en las manos, caliente y rezumando olor a la impresora, y ella tuvo que abrirlo: eran las fotos para el álbum de la boda. En todas ellas, Angie era un espacio en blanco, el hueco de una persona entre el cuerpo de Delia y otros, y su copa flotaba sola, como sujeta mágicamente por un hilo que caía de una nube.

—Estás muerta —declaró.

Nadie había ensayado esa posibilidad de conversación, así que se quedó un rato rarete y bastante incómodo.

Pol entró y se sentó en el sofá, fingiendo que no juzgaba el dúplex de Delia (juzgó el dúplex de Delia). Delia le ofreció un café e iniciaron una charla sobre lo que los unía, que era la nube de contaminación de Madrid y que Angie no recogía nunca sus botas. Era ya la tercera vez (la segunda, en esa semana) que tenían con alguien la charla del cadáver en la Thermomix, lo cual decía bastante de la discreción del cadáver; en su defensa, Delia también lo había propiciado arrastrándola por un tour de ceremonias multitudinarias.

—Y solo se te puede ver —murmuró Pol— los fines de semana.

—Los viernes —aclaró ella—. De doce a doce.

—Y mientras te... No estás. Estás invisible. Desapareces.

—No, bueno, sigo aquí. Pero me ve Delia solo, nada más, y otros colegas también, los fantasmas del edificio. Tenemos una comunidad aquí en el edificio, de buenos muertos. Los lunes jugamos al pádel.

—Ah.

Pol no dijo nada en los siguientes quince minutos. Se fue terminando su café y miró a Delia con un «¿Se puede?» y, cuando ella accedió, empezó a beberse el suyo. Mantuvo una calma histérica, como un profesor que entiende en medio de una excursión que acaba de perder un niño. Luego se puso en pie y salió al balcón. Cuando Angie lo siguió, la abrazó tan fuerte que casi la rompe en trocitos.

—Eres imbécil —dijo, e intentó no llorar.

—Lo sé.

—Me lo tenías que decir.

—¿Qué iba a decirte, Pol? ¿Cómo?

—Tenía que haberlo sabido.

—¿Y cómo lo ibas a saber? Qué chorrada. Era imposible.

—Porque eres imbécil —dijo Pol—, pero no eres cruel. Porque te conozco y no eres cruel. —Se sacudió las lágrimas—. Sigo enfadado contigo.

Angie lo abrazó de vuelta y murmuró:

—Vale. Está bien.

Un rato más tarde, en la cocina del piso, Pol estuvo procesando, organizando recuerdos y haciendo cálculos mentales para ubicar la idea de que la indigente de Angie hubiese podido, en algún momento, hipotecarse. No tenía avales ni cuenta bancaria. No había recibido notificaciones legales. Delia no supo si dejarlos solos, plantada allí como una intrusa de un reencuentro familiar.

—Hay que preguntárselo a Rafa —concluyó Pol—. Esto no puede ser de Rafa. Si tienes una deuda de algo por ahí y no es tuya, y te la han dado, Rafa no haría…

—Es de mis padres —dijo ella—. Claro que no es de Rafa.

—Y no han contactado contigo.

—¿Qué van a contactar? —Angie encendió y apagó el mechero—. No sé nada de ellos desde que los delaté en el juicio. Pero esto suena a ellos, una deuda… Y no sé ni cómo lo han hecho, porque, si la han palmado, este sería un problema suyo. —Se hizo un silencio después de que verbalizase lo que nadie se atrevía a verbalizar, y luego preguntó—. ¿Rafa sigue en Las Torres?

Pol se recostó en su silla.

—Lo han trasladado a la planta tres. —Añadió—: Pero sí. No has ido a verlo.

—Te sorprenderá saber que te hago caso.

—¿Qué quieres que le pregunte? —atajó él—. Iba a ir la semana que viene. Creo que tengo libre alguna tarde en el estudio…

—No —lo interrumpió Angie—. Quiero ir a verlo yo.

Esa tarde hacía un año y dos meses que Angie le había vuelto a retirar la palabra a Rafa. Ya ni recordaba por qué se habían peleado; algo sobre no atender a la entrevista de algo y no responder al móvil en la noche de no sé cuantitos. Angie miraba su vida ahora, la cruzada infantil e innecesaria que había sido su vida, y era como un mundo borroso que por fin observaba desde la graduación correcta de otras gafas. En septiembre, cuando robó una Thermomix, no habría decidido ir a verlo; eso era lo que sabía. Pero de pronto ya no era septiembre.

—No puedes entrar en Las Torres porque hay un cartel de NO DEJAR ENTRAR en la recepción con tu cara.

Ah, sí, bueno. También estaba ese otro tema.

—Perdón —dijo Delia entonces, que se había visto en medio de una reunión sin el glosario pertinente—. Estoy desubicada. ¿En qué consisten...? ¿Qué es «Las Torres»?

Pol le explicó:

—Es la residencia de ancianos en la que vive Rafa.

—Y Rafa está allí porque Rafa es... —adivinó, cautamente— anciano.

Él pestañeó un segundo, confundido, y luego se volvió hacia Angie.

—No le has contado quién es Rafa. —No era una pregunta: estaba poniendo sobre la mesa sus disparates emocionales—. Angie, la madre que te parió... ¿Sabe tu novia con la que vives quién es Rafa o siquiera quién soy yo?

—Delia no es mi... —se apresuró a decir Angie, nerviosa.

—Yo no soy su... —corroboró ella, y ninguna terminó la idea—. Pero es cierto, no lo sé. Y es gilipollas.

—¡Eh! —se ofendió la muerta—. ¡Te lo iba a decir! ¡En algún momento!

—Rafa es nuestro padre. —«No lo es», tosió ella, por gilipollas—. Rafa nos tuvo en acogida desde los quince, cuando ya no nos aguantaba nadie, y crecimos con él. Adoptó a Angie cuando aún era menor y hace dos años que tiene un inicio de demencia, así que está en una residencia en Chamartín —y finalizó—, a la que a Angie le prohibieron la entrada por tráfico de viagra.

Delia giró la cabeza ciento ochenta grados para mirarla a los ojos con la boca abierta.

—Vamos a ver —objetó Angie—, no fue tampoco así. A mí se me transmitió —intentó— una demanda que había, y yo, por solidaridad, correspondí con oferta.

—Señor bendito, María de los Ángeles...

—¡Eran dosis seguras! —se defendió—. ¡Los carcamales también se merecen montárselo! ¡Hubo parejas...! Recibí cartas de parejas a las que les regalé satisfacción. —No estaba funcionando, así que recondujo—: Pero ya no soy esa persona.

—Para recepción, eres sin duda esa persona —apuntilló Pol.

—Mira, venga ya. —Angie se rio, encendiéndose el piti—. Me he colado yo tres veces en el Bernabéu.

—Piden DNI para todas las visitas.

—Pago a alguien y lo saco de ahí.

—Las salidas para enfermos son de domingo a miércoles. Y se necesita silla.

—¿Por la ventana?

—Están selladas.

—Pero, joder, ¿eso qué es? —se quejó—. ¿Un geriátrico o el despacho oval de la Casa Blanca? En mi época no eran así. En mi época no te pillaban ni la viagra.

Pol suspiró y dijo:

—Angie. —Ella ya estaba dándole vueltas al mechero, pensando una estrategia—. Puedo preguntarle yo y así no hace falta que…

—¡No! Dame un segundo —le pidió—. Dame un segundo. Dios… —Fumó una calada y la echó rápido, frustrada—. Estoy intentando hacerlo bien. Esto lo tengo que hacer yo, y no quiero tenerte en medio de recadero; se acabó eso, Pol. Estoy cansada de eso, estoy… Estoy intentando hacerlo bien —repitió—. Rafa cree que estoy muerta. Si voy a revolverle eso y pedir perdón, tengo que ser yo…

—Creo que tengo una idea —soltó de repente Delia.

Sus ojos estaban fijos en una de las ventanas de la cocina: sobre el cristal, el rastro del aliento de Encarnita la desdentada dejaba a la vista el dibujo de un dedo en el que se leía «ARROZ», que sin el efecto espejo era «ZORRA». Delia los miró.

—Conozco una vieja.

Transcripción del interrogatorio a la testigo ANGIE SAMPER. 22:43 del 5 de diciembre. Comisaría distrito Chamartín.

AGENTE: Qué tal, Angie.

ANGIE: Gema, figura, qué de tiempo. Pues aquí estamos.

AGENTE: Aquí estás… [Suspiro]. Como los hongos, que salen y salen. Anda, hazme el favor de decirme tus datos.

ANGIE: Los tenéis enmarcados en el corcho de la salita.

AGENTE: Es por normativa.

ANGIE: María de los Ángeles Samper. 28 de febrero del 96.

AGENTE: Nos dijiste otra fecha la otra vez.

ANGIE: Es que no lo celebro.

AGENTE: ¿Y el DNI?

ANGIE: Sigo sin renovármelo.

AGENTE: [Segundo suspiro]. Angie Samper, has sido detenida esta tarde en Nuevos Ministerios por romperle una mesa encima a un… [Se interrumpe]. Perdón, esta es la denuncia de la otra vez. Has sido detenida esta tarde en Nuevos Ministerios por secuestrar a una persona mayor de su residencia de ancianos.

ANGIE: Secuestrar… Señor, qué exageración. Ha sido un paseo, que le ha venido fenómeno y le ha refrescado, y además habéis visto que iba con cinturón y todo.

AGENTE: Tenías prohibida la entrada a esa residencia por otra denuncia anterior de tráfico de fármacos.

ANGIE: No, es que un familiar mío vive allí. Yo le llevaba, que allí inflan las anécdotas, medicinas a un familiar.

AGENTE: ¿Qué padece el familiar?

ANGIE: [Silencio].

ANGIE: Disfunción eréctil. Pero con dolor.

AGENTE: [Tercer suspiro]. Por favor, cuéntame la historia de esta denuncia y hazlo breve. Voy a intentar dejar fuera el resto.

ANGIE: La historia es que no ha pasado nada y ha sido un paseo de quince minutos. Gema, que en las residencias estas hay mucha cayetana. Tú me entiendes. Se me detesta por discriminación. Lo del coche ha sido ya otra cosa, porque teníamos un compromiso; no podíamos parar ahí en medio de la Castellana a echar el rato. La historia es esta: hemos ido a la residencia con la abuela de Delia, que es una vieja a la que queremos y cuidamos, para que se relacione y comulgue con otros viejos. La vieja se ha desorientado y se ha puesto a gritar. Eso es lo que ha pasado.

AGENTE: Hasta ahí ya van tres incoherencias con la historia que nos ha dado tu compañera.

ANGIE: ¿Yo te he mentido alguna vez?

AGENTE: Hace un total de tres minutos.

ANGIE: Gema, Delia no está acostumbrada a esto. Estará atacada y no sabe lo que dice. No le hagas mucho caso; Delia, y te lo digo en «petit comité», tiene problemas mentales y desvaría. Su relato no será de fiar.

AGENTE: Ella nos ha dicho lo mismo de ti.

ANGIE: [Silencio. Traición. Sorpresa].

ANGIE: Pero será hija de puta.

La Puri nonagenaria del 4.º B accedió a hacerse pasar por la abuela de Delia.

—Socorro. —Era la única palabra que decía para ese entonces, y la usaba como saludo, con una sonrisa, y como insulto, sacando el dedo.

Angie y Delia le pusieron una bufanda, bajaron a pulso su silla por las escaleras y Pol cedió (pobre desgraciado) a prestarles el coche para hacer el numerito. Todo esto, de todas formas, habría que cogerlo con pinzas: Purificación García, una anciana decrépita con la fisionomía de un pepinillo, era lo más parecido a un contenedor de restos, porque olía para incinerar y no se enteraba de nada. La hija que la cuidaba, a la que sobornaron con veinte euros, consideró que era fenomenal que dos jóvenes de poca fiabilidad se la llevasen de paseo a ver España. Iba a ser una operación simple, de todas formas, en la que el precadáver no correría ningún peligro: la llevarían en coche hasta la residencia, le darían una vuelta mientras fingían que sopesaban las instalaciones, y, tal y como había salido, el paquete volvería a casa. Aunque, viendo conducir a Delia el Mercedes de Pol, Angie consideró que sí que corrían un 17% de bastante peligro.

—¡Esto es…! —Delia le dio tres manotazos al freno de mano—. ¿Quién entiende esto? ¡Este cacharro es del siglo diecinueve! ¡Eh! —Pulsó el claxon cuando un conductor condujo mejor que ella—. ¿¡Qué haces, capullo!? ¡¡¡Que me comes el morro!!!

—Les estás dando miedo. Delia, estás aterrorizando a los viandantes.

—¡No es mi culpa! ¡Es este coche!

—No atropelles al niño.

—¡Son estos pedales duros como una piedra!

Acababan de girar por la primera calle.

Solo entonces, cuando la decisión ya estaba tomada e iba a ver a Rafa escondida bajo el abrigo de Pol, Angie volvió a la Tierra un segundo y se dio cuenta de que Delia estaba yendo a la residencia en vestido.

—¿Por qué estás…? —Se reincorporó en su asiento, atontada, y los ojos le bajaron hasta las piernas—. ¿Me he perdido algo? —Comprobó con una mano—. ¿Es parte del plan aprovechar el viernes en el coche o…?

—No, pedazo de cerda. —Delia la apartó de un manotazo—. No me metas mano aquí. Tenemos una abuela en el asiento trasero.

—Y no se entera de nada.

—Socorro —desmintió la abuela.

—Bueno, no lo podría contar.

—No nos daba tiempo luego de volver a casa y cambiarme —le explicó Delia—, así que he tenido que venir así. Porque a las ocho tengo mi movida... La tontería del evento de Geogalia. Ya sabes.

Angie pestañeó mientras la contemplaba pelearse con la flecha del Google Maps.

—¿El evento del curro? ¿El que llevas preparando toda la vida?

—Qué lamentable, y lo peor es que tienes razón...

—Delia —la interrumpió, sin entender—. ¿Qué coño me estás...? ¿Qué me cuentas? Para el coche. ¿Esa es la movida gorda de tu curro de analismo de datos? Para. —Preguntó—: ¿Por qué no me has dicho que tenías la movida hoy, ahora? Son las... Es en dos horas. Podría haberlo hecho sola, podría...

—Dios, ¿te vas a callar ya? —se rio Delia, y la cara se le había teñido de algo parecido a la vergüenza—. No es verdad, no podrías haberlo hecho sola. No pasa nada, y va a dar tiempo, así que se acabó el tema; tú necesitas hablar con Rafa y alguien tiene que encargarse del resto. Necesitabas a alguien para hacer el numerito, y esto es importante. Es algo de tu familia, es importante para ti, así que me importa más que nada. —Cuando oyó cómo había sonado, añadió—: Quiero decir, porque... —Se aclaró la garganta—. Por saber ya lo de la hipoteca, claro.

Angic asintió, nerviosa.

—Sí, por supuesto. —Le esquivó los ojos también—. Por la hipoteca.

—Llevamos muchos meses... queriendo resolver el tema.

—Y ahora por fin.

—Ahora por fin, sí.

—Claro.

No dijeron nada más durante el resto del trayecto.

Delia se mordió la lengua y mantuvo los ojos fijos en la carretera: ¿qué se suponía que estaba haciendo? ¿Qué era lo que le estaba pasando? Un engranaje extraño, o quizá no tanto; un engranaje que llevaba encajándose en el estómago desde principios de noviembre se había movido dentro de ella la noche del último viernes y de pronto estaba organizando incursiones ilegales con la momia del 4.º B (¿Qué había sido eso, lo de la noche del último viernes?) (No habían hecho falta *roleplays*; habían sido solo Angie y Delia. Angie y Delia. No podía dejar de pensar en cómo Angie la había mirado).

Esa mañana se había descubierto a sí misma olvidando las leyes importantes que regían el mundo: que Angie Samper tenía que irse al nicho y ella tenía que recuperar su santo dúplex. No sabía cómo había ocurrido algo así, porque Delia Agós nunca olvidaba una hipoteca. Se debería a la falta de sueño y en absoluto a que estuviese perdiendo la cabeza, tonta del culo, por una muerta ladrona que empotraba como un corsario. Toda esa incursión, por supuesto, era una restauración necesaria de prioridades: lo relevante siempre son las hipotecas. Estarían fuera de allí para las siete de la tarde. Llevaba el portátil con la presentación del evento en el maletero.

La residencia Las Torres era un ladrillo hospitalario plantado en medio de Chamartín que aún conservaba grandes restos arqueológicos como, por ejemplo, una puerta giratoria. Cuando llegaron a la recepción y consiguieron empujar rampa arriba a la Puri, comprobaron que no era cierto que hubiese un cartel de NO DEJAR ENTRAR con la foto de Angie: había colgados tres, en total. Uno de ellos plastificado y otro con luces led.

—Buenas tardes, eh… Perdone —le dijo Delia al hombre tras el mostrador—. Veníamos a ver si podíamos hacer una visita a las instalaciones. Traigo a mi abuela, que está por aquí. Si se asoma, verá que lo que tengo aquí arrugado es mi abuela, ja, ja, ja… Estamos de tour de residencias. ¿Perdone?

El señor de recepción, un malababa al límite de pasar de empleado a cliente, tenía la mirada fija en Angie.

—DNI —exigió.

—No, verá —Delia le sonrió, inquieta—, queremos echar un ojo, nada más.

—Tiene fotos en la página web.

—Bueno, pero es por ver si hay ambiente, por si hay plan aquí o está todo el mundo ya para… morirse. —Se aclaró la garganta: así no iba a funcionar—. Queremos entrar un ratito y mirar.

—Aquí no se hacen visitas —respondió él—. La seguridad de nuestros mayores es lo primero. ¿Va esa con usted? —la cortó, señalando a Angie con el mentón, que había ocultado su cara en un panfleto sobre cáncer de próstata.

Con el abrigo esquimal que le había dejado Pol, Angie parecía un fotógrafo del Ártico que trataba de camuflarse entre los pingüinos locales, pero aquel hombre podía olerla, entendió Delia. El personal de Las Torres estaba preparado, específicamente entrenado para la detección y eliminación del gran enemigo: Angie Samper, la narcotraficante viagrera.

—Oiga —la llamó—, ¿quién es usted?

—¡No, él es mi…! —carraspeó Delia—. Es nuestro cuidador ruso, el cuidador de mi abuela, con el que no se puede hablar, porque solo sabe ruso. Porque es ruso.

Angie lo certificó con un grave:

—*Dostoievski.*

El recepcionista no pareció convencido, pero no le saltó a la yugular.

—Ya… —dijo. Negó, y retomó su labor de sellar papeles—. Vuelva otro día a visitar a alguien. Con el DNI nos entendemos todos mejor.

—Mire, no sé si he sido clara —insistió Delia—: hemos oído muy buenas cosas de este sitio. Mi abuela está buscando una buena habitación. De las caras; mi abuela está de tour de residencias y, si no se va hoy con esto visto, pues vamos a encasquetársela a la residencia Castillo, que sí que nos han dejado ver el comedor.

El tipo selló dos cosas más, refunfuñó y luego las dejó pasar. Delia no se podía creer que hubiese funcionado lo de la residencia Castillo; se lo había inventado sobre la marcha, bajo la suposición de que de algún lado saldrían Las Torres.

Aun así, por más que insistieron en que podían ver las instalaciones por su cuenta, él les encasquetó a una encargada (o más bien la encargada fue encasquetada con ellas), que se llamaba Paloma y no cobraba lo suficiente para todo lo que estaba a punto de pasar. Paloma hizo el esfuerzo de venderles como interesantes una docena de pasillos con máquinas automáticas de pañales.

—Los tenemos absorbentes, los tenemos con olor a menta, los tenemos con doble capa…

—Ah —asentía Delia—. Wow. Espectacular.

Dos años atrás, Angie había seleccionado la residencia Las Torres de una extensa lista de opciones. Por ese entonces, Rafa había empezado con sus caminatas nocturnas, buscando al hombre que iba a colársele por la ventana; un hombre supuesto al que estaba esperando tras las ventanas, y ella lo había encontrado a veces a las cuatro de la mañana, al volver de fiesta, sin zapatillas y en pijama en medio de la calle. No es que hubiese hecho la investigación de su vida, pero había puesto la prisa y había puesto el dinero para que estuviera mejor que en casa. Durante el tiempo que siguió a eso, había intentado pagar la mitad de la cuota todos los meses, hasta que se había despeñado, claro, por unas escaleras en Tirso de Molina; pero eso no les importaba a los capullos de la residencia Las Torres, porque también tenían carteles con su cara plastificados hasta la enfermería, en los que se leía:

NO COMPRES A LOS NARCOTRAFICANTES DE VIAGRA.
DROGAS SIEMPRE CON RECETA.

—Y aquí tenemos el comedor —les contaba Paloma—, que ahora están de cafecito algunos, pero, porque a veces nos preguntan las familias: no, no ponemos cafecito en intravenosa. —Las llevó por otro pasillo, hasta una sala acristalada—. Y aquí, si me acompañan, está la sala de recreo, donde normalmente hay lío, y más a estas horas. Ahora preparaos, que va a haber lío. —Abrió la puerta al silencio sepulcral de una veintena de viejos jugando al bingo—. Bueno, no es lo normal, ¡pero es que con esto se ponen como locos!

—Sí —se forzó a sonreír Delia—. Qué desmelene.

—Si me acompañan, podemos dar una vuelta por el jardincito…

—Bueno, pero ¿y podríamos ir…? —probó, cuando echó un ojo a la hora—. ¿Podríamos adelantar y enseñarnos las habitaciones de la tercera planta? Porque… habíamos pensado en ver la tercera planta.

—Esa es la planta para enfermos. —Paloma preguntó, cauta—: ¿Padece algo la señora…? Perdón. —Se agachó hacia la Puri—. ¿Cómo se llama usted?

La Puri dijo, imperturbable:

—Socorro.

Se creó un momento peliagudo, en el que la encargada las miró y se planteó por primera vez acusarlas de secuestro organizado, pero Delia improvisó:

—Socorridad. —Miró a Angie, que asintió—. María del Socorro, se llama. ¿Verdad?

—*Nabokov* —aseguró el ruso.

—Bueno. —Paloma sonrió, amable—. Lo lamento mucho, pero la planta de enfermos no se visita. Si queréis, vamos ahora a ver el jardincito…

Mientras se explayaba en las maravillas de la piscina climatizada, Angie agarró de pronto la mano de Delia. Le dijo al oído, tan cerca que le hizo cosquillas: «Haz tiempo», y la tía se piró, de buenas a primeras, antes de que le pudiese decir nada. Cuando Paloma se giró, el supuesto ruso abrigado hasta la coronilla se estaba yendo pasillo arriba a saber dónde.

—Espere —se alarmó—. ¿A dónde está yéndose su marido? ¡Oiga!

—¡No, que va al baño, dice! —salió al paso Delia—. Que dónde está el baño, si es tan amable. Y no es, aclaro, mi marido ni nada…

—¡Perdone! ¡Por ahí no es el…!

—¡No se preocupe, que va al baño él solo, mi marido, y él lo encuentra! —Delia la empujó con la silla de la Puri—. ¿Y si nos unimos nosotras al bingo un ratito que tanto te gusta? ¡Vamos al bingo!

—Pero… —se quejó Paloma, viéndose arrastrada.

Angie torció una esquina. Las perdió de vista y aceleró, tratando de esquivar la rutina de paseos del resto de los encargados; se había olvidado ya, después de un año, del laberinto terrible que era ese sitio y lo complicado que había sido encontrar una sombra para vender viagra.

Pasó de largo al lado del comedor y alcanzó a ver las puertas de un ascensor, pero este se abrió y un enfermero salió llevando una silla. Giró para no encontrárselo. Tenía que llegar a la puerta que daba a las escaleras.

Sentía el cuerpo enlatado y rígido bajo el abrigo para pingüinos del Ártico de Pol; correr con él empezó a agobiarla, y se bajó la cremallera, sofocada por el calor. Veía cámaras de seguridad parpadeando, brillando como ojos en todas las esquinas.

—¿Angie? —le preguntó el señor al que pilló meando cuando abrió una puerta que resultó ser un baño.

Ella reculó y miró hacia atrás: una encargada se acercaba con una señora. Pues no, pues había que hacer tiempo en el baño.

—¡Paco! —lo saludó, sin aire y sonriendo—. Un gusto. Te veo… con el asunto en la mano. Qué bien, eh… Oye, ¿me puedes decir dónde quedan las escaleras a la tercera…?

—¿A qué vienes aquí? —la desoyó Paco, que se desplazaba, también mentalmente, a dos milímetros por segundo—. ¿Has traído de las nuevas pirulinas? Ay, y yo sin suelto…

—Paco, no. Vengo a ver a Rafa.

—Voy a llamar a Fede. Lo llamo por el *wasá*, que trae suelto, y hacemos trato. —Sacó el móvil, sin subirse la bragueta—. ¡Fede! ¡Tengo aquí a la niña de la viagra!

—¡No, no, no! —Angie gesticuló con todo el cuerpo para que Paco guardase silencio. Taponó la entrada del baño—. ¡Baja la voz! Paco, si se sabe que estoy aquí se monta un sindiós.

—Pero van haciendo falta ya las pirulinas. Llevamos un año sin mandanga. Tú di un precio. ¿Cuánto quieres?

—Paco, no traigo ninguna pirulina de ningún tipo…

De pronto, el ruido del agua de una cadena. Una voz ronca, como salida de dentro de un motor, llegó hasta ellos conforme se abría un cubículo.

—Paco, deja a mi chavala en paz —dijo—. ¿No la estás oyendo? Que viene a venderme a mí las pirulinas.

Rafa, con el cartón del bingo guardado en las gafas, con las gafas guardadas en su jersey de toda la vida, salió con el andador del fondo del baño y fue como verlo de nuevo en la cocina, a punto de ponerse a hacer tostadas.

Transcripción del interrogatorio a la testigo DELIA AGÓS. 22:25 del 5 de diciembre. Comisaría distrito Chamartín.

DELIA: Y me prepara una cita la semana pasada, ¿sabes? Y luego finge que no es una cita. «No era una cita, flipada», ¡y me trajo lirios! Bueno, no creo que supiera que eran lirios. Pero me entiendes: con ella es todo «tracatrá» y para casa.

AGENTE: Y no se lo has preguntado.

DELIA: ¿Cómo se lo voy a preguntar? Es una... Primero que todo, es una fresca. Yo qué sé si la voy a espantar y a saber dónde se mete. No voy a cogerla y decirle: «Angie, ¿qué somos?», en medio de secuestrar accidentalmente a una abuela.

AGENTE: Ya, tía... Es que es muy acuario.

DELIA: Ya, tía...

AGENTE: Por aquí pasa mucho acuario.

DELIA: Que tampoco tengo yo claro lo que quiero, ¿sabes? Pienso que... Pues en realidad somos incompatibles. Yo no estoy hecha para esto, por ejemplo. Yo estoy aquí delinquiendo, pero muy en contra de mi voluntad.

AGENTE: Pero pusiste la idea, que ahí también hay

que mirárselo. Porque te veo pillada para mal.
DELIA: Dios… [Se tapa la cara]. ¿Estoy pillada para mal?
AGENTE: Y encima en todo esto y con el numerito de la Puri, ¿va y aparece su ex?
DELIA: No es su ex. Pero bueno, estaba yo que no sabía ni dónde se había metido y… Sí. Apareció su ex.

—¿Delia? —dijo una voz de repente, cuando ya se habían sentado al bingo.

Antes de girarse, Delia Agós entendió que estaba volviendo a pasar: bajo el influjo lamentable de su existencia gafe, Madrid se plegaba sobre sí misma y conseguía medir solo un metro para que ella se tropezase continuamente con conocidos.

La madre de Richi acercó su silla, agarrada a un cartón del bingo.

—Pero ¿cómo te encuentro de pronto aquí? —Le dio dos besos—. ¿Qué tal, chiquilla?

—¡Sonsoles! —Sonrió. «De todas las personas del mundo, de toda la gente a la que Angie no se ha follado…»—. ¡Qué casualidad!

—Que aquí tengo yo a mi madre abandonada de toda la vida. Pues no sabía que tú tenías a tu… ¿Quién es esta?

—Mi abuela —respondió ella—. Estoy viendo el sitio hoy con mi abuela.

—Ay, pero… —Sonsoles juzgó al pepinillo—. ¿Qué le ha pasado? Porque yo he conocido más joven a tu abuela. Me la presentó tu madre en un Corte Inglés; yo a tu abuela la ubicaba mejor, pero ahora parece la pobre…

—Es que es mi abuela —la cortó Delia— por parte de padre. Mi abuela de la parte deficiente.

—¡Ah! Vale. Claro. —Asintió—. Pues qué maja, qué bonito. ¡Pues mira que te le pareces!

—Ah, ¿sí? Ja, ja, ja.

—Un poquete, ja, ja, ja.

Eso solía ser suficiente con Sonsoles: en el momento en el que le colaba el insulto, algo parecía perder foco en su sistema. Delia notó que Paloma volvía los ojos, atenta a los pormenores del intercambio; de fondo, un abuelo cantaba sin muchas ganas los números que salían del bombo del bingo. Delia miró rápido, apurada, la cristalera al pasillo: si Angie venía en ese momento y Sonsoles la reconocía, se iba a liar un pifostio importante. Suspiró tranquila cuando vio que esta le daba dos palmaditas en la espalda y se iba. Le sonrió una última vez de lejos, enseñándole su cartón desde la mesa. Delia le enseñó su cartón de vuelta. El ritual de reanudación de bingo estaba hecho.

Una abuela gritó: «¡Fila!». Delia se volvió hacia Paloma para pedirle que visitaran el jardincito, y entonces Sonsoles tuvo que recibir la señal supersónica de que se estaba librando de un problema. Volvió.

—Oye, que tenía que hablar yo contigo... —«No, no, no...», pensó Delia—, que quién nos habría dicho, ¿no? Que el mundo es un pañuelo. Qué mala leche, muchacha. Yo me quedé helada cuando vi que estabas con Angie. ¡Helada!

Paloma ahora volvió la cabeza entera, alertada por una posible mención del Gran Enemigo.

—Ya, Dios. Eh... —balbuceó Delia—. Qué pequeño es Madrid cuando se lo propone. Bueno, Sonsoles, ya nos vemos, que ya nos hemos visto...

—Yo te digo —siguió Sonsoles, ignorándola— que creo que se acercó a ti por llamar mi atención. Porque es muy casual, te lo digo, que estuviese arrimándose a mis conocidos, y luego con mi hija y todo... Es una estrategia. —La voz se le tiñó de rabia—. Las hay que no tienen vergüenza, Delia. Qué decepción. Y una esperaría otra cosa, pero son como los hombres.

Delia tragó saliva, mientras sentía cómo Paloma unía peligrosamente los puntos («¿Como los hombres?»). Aclaró, por si acaso:

—No como los hombres... de Rusia.

—¿Tú has visto que hay carteles con su cara en la entrada? —dijo

Sonsoles, confirmando que hablaban del Gran Enemigo—. Dicen que es una delincuente. Fue la responsable del Día del Pinar. Como me oyes. Un evento que se dio aquí, una emergencia clínica histórica... —Susurró—: Doce horas de empalme colectivo. De las nueve de la mañana a las nueve de la noche, todos los hombres de la residencia, ¡raca! Tiesos como alcornoques. Dicen que fue eso como caminar por un campo de estacas.

—Sonsoles —se atragantó Delia, atacada de los nervios—. Mira, yo ya no tengo nada que ver con ella. Nada. No quiero hablar de Angie, mejor, porque... Porque aún me duele, ¿sabes?

—Te entiendo, cariño. Pero piensa que no es personal, que fue por hacerme daño a mí. Yo lo siento tanto, porque te hemos metido. —Suspiró—. Ay, una se hace vieja, chiquilla, y entra en delirios del corazón... Ya me sé hasta de memoria *Los hombres de Paco.* ¿Tú te puedes creer que yo juraría, Delia, ahora mismo, que me hueles a ella desde aquí? Que apestas a ella.

Delia ofreció:

—Bueno, apestaré a... tabaco.

—No. —Sonsoles la miró, muy seria—. A ella.

De pronto, Paloma se puso en pie.

—Perdone —soltó—. ¿Dónde está el ruso? Quiero decir, su marido, o quien sea. El que ha venido... Está tardando mucho. Perdone, ¿podría pedirles a ambos el DNI?

En el baño de hombres del primer piso, con la puerta bloqueada con una torre de papeleras, el marido ruso Angie Samper se apoyó, nerviosa, en el mármol del lavabo. Se deshizo de ese horror agobiante de abrigo. Tuvo que inventarse algo para explicarle a Rafa por qué había fingido durante tres meses una muerte que no había fingido, en realidad; como temían que Paco fuera por ahí anunciando viagra, decidieron dejarlo encerrado a él también, dormido sobre el váter de un cubículo.

—Y ese fue el malentendido —terminó—, por un lío con esta mujer, Sonsoles, que estaba loca y me perseguía y... Bueno, y estuvo mal. No tuvo gracia, y no fue mi idea más brillante. Todo para coincidir luego en la boda... Pero no sabía que iba a llegaros todo esto a vosotros, claro, y se salió de control. Pol me mandó al carajo. Me ha costado que Pol me deje venir, porque te trata como si fueses el papa.

—Pero no has venido hasta aquí a contarme ese invento tuyo de historia.

—No. —Angie le sonrió a sus pies. Claro, sí: se le había olvidado que era Rafa—. No he venido hasta aquí a contarte ese invento mío de historia...

Estaba más mayor, si eso era posible, desde la última vez que lo había visto. No podía mantenerse en pie ya y se sentó en el cojín del andador para escucharla. Pero tenerlo delante, al final, era siempre lo mismo: un resentimiento adolescente, más consigo misma que con él, ardiéndole como espuma en la boca del estómago, y una cantidad de vergüenza que no sabía dónde colocar.

—Dispara —dijo él, tranquilo—. No te me pongas delicada ahora. Me pillas casi lúcido. En un rato, si te descuidas, me pondré a charlar con Dios.

—No bromees con eso. Le he preguntado, a Pol; ¿cómo estás...?

—Angie —la paró—. Dispara.

Ella se aclaró la garganta, sin saber exactamente cómo empezar.

—He heredado una hipoteca —decidió. Tragó saliva—. Me han dicho... Desde septiembre tengo de pronto esta deuda que no sé de dónde sale.

—¿Cuánto?

—Setecientos. —Añadió—: Mil.

—Vale —asintió Rafa, y no dejó que le asustara delante de ella.

—Supongo que es una deuda de algo de mis padres. Bueno, y sabes que nunca te vendría con el tema de mis padres; no son mis padres, y esto no es una excusa, quiero dejarlo claro, para saber más de mis padres. Me están pidiendo esta pasta enorme y no sé cómo es posible, porque no he firmado nada... —En resumen—: Tú debes tener el papeleo antiguo de cuando estaba con mis padres.

La forma en la que lo dijo tuvo que enternecer de alguna forma a Rafa, porque se rio.

—Sí, bueno. En la casa, que espero que Pol lo haya guardado todo, porque la tiene alquilada a no sé quién.

—¿No se sabe dónde están los putos papeles de mis padres?

—Relájate. Me sé lo que ponía en esos papeles. —Rafa hizo una pausa y se ajustó las mangas del jersey, como quien se prepara para salir al estrado—. Bueno, vamos a tener que hablar de algo. Yo sé cómo te pones cuando se te habla. ¿Quieres que hablemos?

—Estoy aquí en este baño y le he visto el asunto al Paco. —Angie se cruzó de brazos, y bufó—. Hay carteles en el pasillo con mi cara.

—Los que te has ganado —respondió Rafa—. Toda la vida.

—Toda la vida, sí.

—Tu madre vino a verme, cuando cumpliste los diecisiete. —Eso sí que la pilló desprevenida—. Me contactó y tomamos un café en la Churrería Quinta, la de allí del barrio.

—¿En la churrería de…?

Rafa asintió, aunque ese detalle, en verdad, no importaba nada. Era más bien la idea de haberla tenido cerca; a Angie le latió en la memoria el recuerdo de una cara que ya no recordaba.

—Era muy joven, y me sorprendió, aunque todo cobró más sentido, claro… —Tosió—. Te debió tener a los dieciséis. Era una niña aún, tenía más o menos tu edad ahora. Pues eso explicó más cosas, pero bueno. Estaba… No hablamos mucho, tampoco, porque tenía prisa, pero insistió en que yo no te lo dijera.

—¿Y le hiciste caso?

—¿Querías acaso que te lo dijera?

Angie apretó los labios, a la defensiva.

—No.

—Ya. —Rafa sonrió—. Eso me parecía… —Empezó a limpiarse las gafas—. Ella tenía ya otra familia. La seguirá teniendo, en no sé dónde. Su marido no sabía de ti, y ella no sabía cómo hablarle del pasado, bueno, y cómo mezclar eso.

—No va a tener que mezclar nada —dijo Angie—. Que se vaya a la mierda con su familia de mierda.

—Lo sé —dijo Rafa, y entonces le contó—: Me dio un dinero para ti. Para tus gastos. Había estado ahorrando ese tiempo para darte un dinero porque le reconcomía la conciencia, eso es lo que me dijo: que quería dejar ese fantasma atrás, de esa otra vida, y bla, bla, bla, y que sabía que tú estabas bien. Eso le valía. Me hizo llegar un dinero para cubrir tus gastos; para compensar, y me preguntó si querías ir a la universidad, y todo eso.

—¿Y esto qué tiene que ver en nada con la hipoteca?

Rafa se colocó las gafas en la nariz y luego la miró a los ojos.

—Tu padre murió hace años, Angie. No me contó ella por qué, ya no tenían relación. Tu madre tiene otra vida, y otros hijos, y no quería ni entonces meterte en ella. No has podido heredar, simplemente, ninguna clase de hipoteca. Tengo tus papeles, los de ahora y los de antes. Todos. No le puedes deber nada a nadie, así que alguien te está engañando.

Angie cambió el peso de una pierna a otra. Se reubicó frente a Rafa y balbuceó, como reaprendiendo a hablar, una decena de respuestas que no tenían forma. Sus restos estaban incinerados y esparcidos en un cenicero común. Ella seguía allí, contratada en el plano en el que no debía, y si Rafa no tenía la explicación a eso, ¿cómo podía existir una explicación?

—Pero… —intentó, confundida—. Tengo una hipoteca.

—Lo dudo.

—Pero… No lo entiendo.

—Está bien —dijo Rafa, sin mucha preocupación—. Alguien te ha engañado.

Y eso fue todo.

Angie Samper se había movido hasta allí y al final no había conseguido nada: debía setecientos mil euros de algo que no había heredado, y su existencia, más o menos igual que le había pasado en vida, era un error de cálculo de un desastre de sistema.

Rafa sacó entonces la cartera de sus pantalones, lento, en un tembleque de manos. Angie observó el brillo conocido del filo de su hilera de tarjetas. Buscó algo en un bolsillo pequeño, tras el compartimento con la foto donde Pol y ella sonreían, aún solo unos críos, y sacó un papel doblado quince veces que desplegó, y desplegó, y desplegó, hasta que fue el fósil antiquísimo de un cheque.

—¿Qué es esto? —preguntó ella, cuando le alargó el brazo.

—¿Qué va a ser? —contestó Rafa, y se lo dio—. El dinero.

Angie desarrugó el papelucho amarillo entre los pulgares. En los huecos, gastado y casi ilegible, entendió su nombre, que al parecer era también el nombre de su madre, y la cifra desdibujada en tinta de boli de cuarenta mil euros.

—No. —Negó, espantada, y se lo devolvió—. Toma.

—No seas imbécil.

—Ya lo usaste para mí. Te he dado mil gastos, y estos son. Esto no es mío.

—Es verdad. Es mío y te lo doy yo. —Rafa lo rechazó—. Esta es la deuda que tienes conmigo: quedarte ese dinero y no ser una imbécil.

Angie sacudió la cabeza de nuevo, incapaz de articular palabra.

—No voy a… —balbuceó—. No he venido a que tú…

—Angie, en su momento —la cortó él—, cuando tu madre me lo dio, estabas perdida y arramplabas con todo. Por eso no te lo di entonces; has estado años pegándote con todo y no te iba a dar no sé cuántos euros para que te pegases más. Te he visto, y he sabido cómo torearte, pero ya no tienes diecisiete años y yo estoy muy viejo para seguir guardando nada. No voy a aguantar a otra reunión en un año. Ahora estás aquí, Angie, y creo que este dinero lo necesitas de verdad. Y ahora lo puedo ver, también, porque te conozco. —Paró y dijo—: Que hay algo grande que te ha pasado. Un poco tarde, pero es tu estilo, dar tarde los estirones que te faltan.

A Angie le latieron unas lágrimas raras, de niña, al fondo de los ojos. No lloró. Miró el suelo, las botas con las que había muerto reflejadas en el suelo, pero tenía razón: algo más grande que morir, pobremente planificado en el tiempo que no le quedaba, le estaba sucediendo.

—Que sigo perdida —murmuró, porque ahora lo veía—. Eso pasa… constantemente. Que sigo siendo una cría.

Rafa sonrió y esperó a que respirara.

—Pol me ha dicho que vives en Tirso de Molina.

Angie se espabiló, restregándose las esquinas de los ojos.

—¿Qué? —espetó—. Pero... Pol me ha dicho que tú creías... ¡Pol me ha dicho que no sabías nada!

—Te está engañando mucha gente.

—Cabrón de... —masculló—. ¿¡Y me ha hecho prepararme un discurso para esto!?

—Tampoco ha sido un gran discurso.

—Cállate —bufó, y se frotó la cara—. Me tenéis mareada... Esto está siendo un desastre, esto no es lo que yo pensaba, cuando lo pensé...

—¿Ha sido ella, la chica del vestido? —preguntó Rafa de pronto, y eso la irguió—. A la que estás paseando por ahí histérica porque la has enredado para colarte. ¿Ha conseguido enderezarte ella como no he podido yo?

Angie se tragó el bochorno e intentó disimularlo.

—¿Eso te ha dicho Pol? Le voy a decir dos cosas a Pol.

—Entonces es que sí lo es.

—Entonces —musitó ella—, será que sí, supongo. Sí. Es ella.

Se hizo un silencio sin prisa. A Angie le vibró un miedo nuevo en el centro de las manos: la idea de no conservar eso, ese momento y esa versión de ella, que lo intentaba hacer bien por una vez y quizá lo conseguía, y quizá podía ser aún otra persona, así que la agarró de los dedos con fuerza y se guardó el cheque del banco.

—Este dinero —le avisó—, va a ser para pagar tu mierda de residencia.

—No me toques las narices. —Rafa se incorporó como pudo y empezó a irse—. Mi deseo, chavala, es durarte menos de dos telediarios. No voy a aguantarte más rato: has sido un pinchazo en el culo.

—Es verdad. Pero...

—Ahora haz tu vida con eso y olvídame. Cambia de mochila —le ordenó—. Deja de jugarte una multa más por un viejo. Yo ya he hecho lo que tenía que hacer; Dios me puso en el mundo y ahora que me quite. Y sanseacabó.

—Rafa —lo llamó Angie, antes de que fuera tarde otra vez. Un impulso nuevo le subió hasta la boca—. Quiero… Perdón. Por todo. —Se trabó, como descubriendo un idioma—. Te he jodido la… He sido una mala apuesta para ti siempre. No he conseguido devolverte nada, siempre. Perdón. Y creo —continuó, con un nudo en la garganta— que no quiero este dinero igual, y te lo confirmaré cuando lo piense, pero… Perdón. Por haber sido un desastre contigo. Estoy intentando, aunque ya no sé si puedo, dejar en el mundo algo mejor de lo que he sido y que no me recordéis como… Esto está sonando muy cursi, pero estoy intentando ser…

De repente, Rafa se giró y la miró, y fue como si pudiese ver la luz atravesarla sobre los azulejos del baño.

—Angie —dijo, agarrado a su andador—. Moriste aquel día de verdad, ¿no?

Angie pestañeó y el mundo pareció frenar del todo durante un momento. Los oídos se le taponaron. El gorro se le cayó al suelo.

—¿Cómo…? —balbuceó, y se miró el cuerpo, asustada—. ¿Por qué?

Rafa sonrió, y la próxima vez que Pol le preguntara, pensaría que había alucinado toda esa conversación; Rafa moriría tres meses más tarde, pero en ese instante estaba frente a Angie y la creyó como siempre había creído: queriéndola por creerla. Creyendo por querer.

—Qué tontería —contestó—. Porque soy tu padre.

Transcripción del interrogatorio a la testigo ANGIE SAMPER. 23:01 del 5 de diciembre. Comisaría distrito Chamartín.

AGENTE: ¿Y cuándo empezaron los gritos, más o menos?

ANGIE: Eeeh… Más o menos entonces.

—¿Dónde se habrá metido mi marido? —había exclamado Delia, llevándose a la Puri en su silla—. ¡Vamos a ir a buscarlo! ¡Sí, qué desastre! No se ubica mi marido fuera de la URSS… —«¿Marido?», había preguntado Sonsoles, pero ella ya se estaba yendo—. ¡Ahora volvemos! ¡Vamos a buscarlo!

Delia salió escopetada con su vieja en la silla y las ruedas cogieron tal propulsión que por poco no se estrellan contra la pared del pasillo. Derraparon en una quemazón de goma y plástico chirriante. Le dio la vuelta a la primera planta, buscando a Angie por todas partes. Subió a la tercera planta en ascensor, pero aquello era un corredor de la muerte desolado. Angie no estaba en la sesión de dominó de la segunda planta. No estaba en los ejercicios de suelo pélvico, ni en la enfermería de roturas de cadera. Delia fue descubriendo uno a uno todos los recovecos oscuros, los espacios prohibidos, de la residencia de ancianos Las Torres mientras los encargados la veían corretear, desconcertados, y, en cierto momento, decidió que tenía que empezar a abrir puertas.

Eran casi las siete y pico de la tarde y la presentación de Geogalia empezaba a las ocho. La Puri la entorpecía, así que la dejó en el cumpleaños que se celebraba en el jardincito; Delia empezó a mirar en habitaciones públicas y privadas, donde avistó imágenes que nadie debería ver en la vida: fístulas, juanetes, un campeonato ilegal de mus. Buscó a Angie en la cocina. La buscó en la piscina climatizada. Angie se había evaporado, y no podía existir en el mundo ningún lugar con más puertas que esa residencia, y, cuando Delia vio que ya solo quedaba media hora y tendría que estar cogiendo el coche, corrió de vuelta a por la Puri.

El cumpleaños se había disuelto, pero localizó entre unos matorrales el pelucón blanco aplastado. La agarró en un ademán y salió de allí pitando con ella. La Puri, que tuvo que ver que le fastidiaban la fiesta, decidió gritar:

—¡Socorro! ¡Socorro! ¡Socorro!

Todo el mundo la miró como si estuviese asesinando a la abuela.

—Puri —le susurró Delia, mientras la empujaba al pasillo—. Por favor, cálmate. Ya te llevo a casa. Cálmate.

—¡Socorro! ¡Socorro! ¡Socorro! —chillaba ella, y por el pasillo empezó un eco de otras voces gritando «¡Socorro!», y fueron despertando una a una, en el bingo y en las habitaciones, el resto de las abuelas del perímetro: un estruendo de voces de cacatúa clamando en conjunto socorro.

Segundo gran evento clínico en la residencia Las Torres: el Día del Socorro, cuando todas las abuelas creyeron que estaban siendo secuestradas por Delia.

—¡Oiga! —oyó que le gritaba Paloma—. ¡Oiga, pare ahora mismo! ¡Ayuda! ¡Párenla! ¡Esa chica está secuestrando a una abuela!

—¡No es verdad! —gritó Delia, corriendo hacia la salida—. ¡Es mi abuela!

—¡Socorro! ¡Socorro! ¡Socorro!

La desgraciada de Angie apareció cuando el lío ya estaba liado; salió de repente, sin chaquetón ni nada, por la puerta de unos baños, y se chocó de frente con ellas. La agarró de los hombros.

—¿¡Delia!?

—¿¡Dónde estabas!?

—¿¡Qué está pasando!?

—¡¡¡Está Sonsoles!!!

—¿¡Dónde!?

—¿¡Qué coño importa!? ¡¡¡Estamos secuestrando a una abuela!!!

—¿¡Estamos secuestrando a una abuela!?

—¡¡¡No sé cómo apagarla!!! ¡¡¡No se apaga!!!

—¡¡¡Socorro!!! ¡¡¡Socorro!!! ¡¡¡Socorro!!! ¡¡¡Socorro!!!

No hizo falta más información: salieron despedidas hacia recepción. Un par de enfermeras trataron de pararlas, pero la silla de La Puri era un quad; arramplaba con todo, hasta con las máquinas de pañales. La residencia se les hizo un laberinto de espejos y salas de cristal, y Angie y Delia se apresuraron, como hámsteres, en busca de algún hueco por el que escapar de la jaula. Giraron, perdidas. Se oían voces desde de todos lados: «¡Socorro!», decían unas, y otras: «¡La narcotraficante!», y otras: «¡Bingo!», porque el bingo, incluso en las crisis globales, por supuesto que continuaba; y al fin consiguieron llegar hasta la entrada, donde el tipo de recepción las esperaba, en una misión personal, vitalicia, contra el comercio ilegal de viagra. Tuvieron que atropellarlo para evitar el placaje que le hizo a Angie y luego lo marearon a golpes en la puerta giratoria.

Bajaron la rampa. Llegaron al Mercedes, Delia casi se echó encima a la vieja, y luego Angie le puso el cinturón mientras ella arrancaba. Abandonaron, por necesidad, la silla de ruedas.

—Socorro —se quejó la Puri, ya menos esperanzada.

—¡No llego! —Delia cogió aire, sin oxígeno, mientras ponía la primera marcha—. ¡No voy a llegar!

—Vas a llegar. Vas a llegar.

—¿¡Dónde narices estabas!?

—¡Hablando con Rafa! ¡Hemos venido a que hable con Rafa!

—Dios mío… —Delia golpeó el volante cuando el coche se caló a la salida del parking—. ¡¡¡Cacharro del Pleistoceno, no me jodas ahora!!! ¡¡¡No me jodas!!! —Arrancó de nuevo, y pisó el acelerador—. ¿¡A cuánto estamos!?

—A veinte minutos. —Angie colocó el móvil con el GPS en el salpicadero—. Piensa en quince y sí que llegas.

—¿Qué es lo que te ha dicho Rafa?

—Que no hay hipoteca.

Delia giró la cabeza.

—¿¡Cómo que no hay hipoteca!?

—¡¡¡Delia, mira la carretera!!! ¡¡¡Está en rojo!!! ¡¡¡Mira la carretera!!!

Se saltaron el rojo y casi atropellaron a un ciclista y una docena de coches les pitaron, pero eso es solo el clima habitual de conducción en Madrid.

—¡No voy a llegar! —se lamentó Delia—. Joder, ¡soy imbécil y mi contrato fijo a la mierda! ¡Nos van a denunciar y encima estoy hecha un asco!

—¡Estás buenísima! —la consoló Angie—. ¡Yo estaría dispuesta a uno rápido ahora mismo, aquí mismo! ¡Vas a llegar!

—Angie, si no llego a esa cena…

Fue en ese momento cuando atendieron al ruido, que durante un segundo pareció más bien un chirrido de tímpanos por la subida de presión arterial: una sirena. Delia alargó un brazo y bajó el espejo retrovisor.

Las estaba siguiendo la policía.

—¿¡¡¡Cómo!!!?

—Estás de coña… —musitó Angie, mientras se encendía, temblorosa, un cigarro—. Estamos de coña…

—¿¡Es por nosotras!? —gritó Delia—. Pero ¿¡qué es esto!? ¿¡Por qué nos siguen ahora!?

—¡¡¡Porque creen que hemos secuestrado a una abuela!!!

—¡¡¡Pero si es nuestra abuela!!! ¡¡¡De nuestra propiedad!!!

—¡¡¡Da igual, se creen que les pertenecen todas las abuelas!!!

—¡¡¡La tal Paloma sabe que es mi abuela!!! ¿¡Cómo van a…!? ¡¡¡La abuela que hemos llevado no es ninguna abuela de la…!!!

Delia bajó un poco más el retrovisor y miró a los ojos a la susodicha abuela: en el asiento trasero, con la mirada de las mil yardas, un señor octogenario de género confuso la miró de vuelta, atusándose el pelucón blanco que Delia había confundido con el de Puri.

—Socorro —murmuró, asustado—. ¿A dónde me llevan?

Ambas miraron al frente y tragaron, con la garganta seca.

—Creo que hemos secuestrado a una abuela.

—Hemos secuestrado a una abuela.

Transcripción del interrogatorio a la testigo DELIA AGÓS. 22:35 del 5 de diciembre. Comisaría distrito Chamartín.

DELIA: ¡Fue sin querer! Tenía un cardado, el

señor, y a la Puri también le ha salido como una barba aquí en el mentón muy mala. ¡Era sencillo confundirse!

AGENTE: Pero no paraste.

DELIA: ¡No podía! ¿Tú has vivido, tía, alguna vez lo que es ser la becaria de la oficina dos años? ¡El hazmerreír de la familia! Me había puesto... [Se mira el escote]. ¡Me he puesto aceite de coco en las tetas! ¡Eso es lo que estoy dispuesta a hacer! ¿Me entiendes? Por un sueldo mejor, y una vida digna, ¡y no iba a parar ese coche, porque todo dependía de esta presentación!

Delia se bajó frente a la torre de Mojoyoyo. Abrió el maletero rápido, mientras oía acercarse a los coches patrulla, y agarró su portátil. Angie se sentó frente al volante y tanteó la palanca de cambios.

—¡Rápido, adentro! —le ordenó—. ¡Mucha mierda!

—¿Vas a volver a la residencia? —le preguntó Delia. Luego le golpeó este pensamiento—: Angie, ¿sabes conducir?

Angie tiró el piti por la ventanilla y dijo antes de arrancar:

—No.

Delia habría echado a correr detrás del coche, si no hubiese pasado que Coral le gritó desde la puerta. Coral llevaba quince minutos llamándola frenéticamente y, cuando vio a Delia dando vueltas sobre sí misma desde el hall, la cogió por banda y ya no se pudo ir.

—¡Vamos tarde!

Ambas subieron a la décima planta en un viaje de ascensor que fue más bien un martirio espiritual. Delia se miró en el espejo: estaba despeinada y sudorosa, y era un desastre poligonero más que un pibón elegante, y Coral lo sabía, porque la miraba como mentalizándose de la precariedad de la situación. Todo el discurso que había memorizado durante el último mes, un meticuloso repaso de las ganancias y el dominio del mercado, se le olvidó en el momento en el que entró en una sala con una treintena de hombres enchaquetados. Todos ellos dejaron sus copas y la miraron pasar, como decepcionados con su escote ya insuficientemente abrillantado. Todo estaba saliendo fatal.

Cuando Delia se subió al escenario y bajaron la pantalla retráctil, Coral inició un aplauso que parecía que decía «¡Por fin ha llegado!». El público la siguió: por fin había llegado. Había que empezar el show. Se hizo luego un silencio de murmullos expectantes, que siempre es lo peor que puede pasarte después del chute de un aplauso.

—Buenas noches, perdón —empezó Delia, y eso provocó un pitido de estática de micro. La gente se tapó los oídos, así que tuvo que usar pronto la táctica infalible de rubia idiota—. Ay, ¡quién entiende estos cacharros! ¿No? ¿Alguien puede bajarme un poco el pinganillo? Gracias. —Todo el mundo pareció más satisfecho: en efecto, era rubia e idiota—. Siento el retraso, ¡vaya viernes! El tráfico hoy es una locura. Hay un embrollo en la Castellana con unas... Me ha pillado una persecución policial. ¡Espero que nadie se haya acabado el paté!

Risas comedidas. Delia le hizo un gesto a Coral, que tenía ya su portátil desbloqueado al otro lado de la sala, para que mandara al proyector el fichero. Había dos archivos distintos en el escritorio que se llamaban «Presentación».

—Muchas gracias por venir —continuó Delia, mientras comenzaba a reproducirse la presentación—. No os hago esperar más: es un placer para mí poder estar hoy aquí hablándoos en este evento, de dos familias que al fin se unen, y teníamos que vernos todos para celebrarlo. Me presento, primero: yo soy Delia Agós y trabajo en análisis de datos aquí en Geogalia, y ya hace un año que empezamos a estudiar lo beneficioso que sería para dos líderes de mercado que...

La gente comenzó a hablar. Fue un susurro, primero, pero luego Delia vio que algo raro pasaba, porque a Pelayo se le había borrado la sonrisa de la cara. Unos cuantos colegas se volvieron hacia él. Coral empezó a volverse loca pulsando el teclado.

—¿Qué...? —empezó Delia, y se miró el vestido. Pero no era eso—. ¿Hay algún problema? ¿Se me oye...?

Cuando se giró, lo tenía proyectado detrás en HD, a todo color, en 4K:

PELAYO SÁNCHEZ DEL PINAR,
jefe baboso miraescotes fascista

Delia sintió cómo el alma le abandonaba el cuerpo y se marchaba hacia la luna. «¿Qué?», pensó, y luego leyó «guarro sideral», y más abajo «me hace acoso laboral». Coral había mandado al proyector la presentación que le había preparado a Angie en octubre. Eso estaba pasando, en ese mismo momento, después de una persecución policial: en la pantalla, para la contemplación de todos los ejecutivos de Retovet con los que Pelayo estaba a punto de firmar, estaba reproduciéndose un documento que hablaba de sus alabanzas puntuales a Mussolini, y luego Coral, en crisis, avanzó de diapositiva y la cosa mejoró: era una disección de los horrores de Geogalia donde Delia lo llamaba «su espacio de explotación» y dejaba caer perlas como que la tenían entre las fregonas para engañar a la revisión laboral.

—¡No, no, no, no! ¡Perdón! ¡Apágalo! —Delia agarró el micro, pero la gente hablaba ya sin escucharla—. ¡Esta no es la presentación! ¡Ha habido un error de presentación! ¡Coral!

—¡Se ha bloqueado! —gritó Coral, que había cerrado el portátil en un intento desesperado por parar el cataclismo. No se había parado, pero ahora estaba atrapada en la pantalla de usuario—. ¡La contraseña! ¿¡Cuál es tu contraseña!?

—¡«Guarropelayodelpinar...»!

En ese punto, la gente empezó casi a gritar. Pelayo se tambaleó, sin aire, mientras se deshacía de su corbata y le pedía al resto: «Por favor, salgan de la sala. Por favor, vamos a tomarnos un descanso». Las cabezas de Retovet negaban, en desaprobación: ellos también miraban escotes, pero lo de Mussolini era una cagada monumental. Al fondo de la crisis, en una consecución de transiciones de molinillo y fundidos a blanco, seguía reproduciéndose la presentación para Angie («No quiero participar en más robos de Amazon», «Nada de tetas por la casa»), y Delia subió la pantalla, desesperada, pero se proyectaba igual de bien en la pared.

Los edificios de Nuevos Ministerios parecían derrumbarse a su alrededor. Era el apocalipsis.

Delia corrió hacia Coral, atacada, e introdujo siete veces la contraseña de su portátil. Los dedos se le resbalaban sobre las teclas.

—Delia —le decía Coral, agarrándole el brazo—. Ya está hecho.

—¡No! ¡Hay que parar esto!

—Delia.

—Delia —oyó mascullar a Pelayo, que se les acercaba—. Tú y yo vamos a hablar…

Y, de pronto:

—¡¡¡Delia Agós!!! —La policía irrumpió por la puerta, armados como una redada de los SWAT. Todos los tipos engominados se agacharon bajo la mesa. Se oyeron chillidos de miedo. La policía gritó—: ¡Todo el mundo abajo! ¡Que nadie se mueva! ¡Delia Agós, queda detenida por secuestro organizado!

Transcripción del interrogatorio a la testigo ANGIE SAMPER. 23:15 del 5 de diciembre. Comisaría distrito Chamartín.

AGENTE: El coche ya ha sido retirado por la grúa y se ha contactado con su dueño. El árbol ha muerto.

ANGIE: No los plantan fuertes en Madrid. Eso es algo de lo que habría que hablar.

AGENTE: [Deseando irse a su puñetera casa]. En fin, Pol Quispe ha corroborado la historia de Purificación. Tienes suerte, porque esto ha sido un chiste, pero él se va a comer una multa como una catedral. Como Delia Agós no tiene antecedentes, hemos decidido creerla. Lo dejamos como malentendido. Luego veremos si la residencia no presenta cargos... Si fuese un secuestro, de todas formas, sería un secuestro de mierda.

ANGIE: Mira, yo le he vendido viagra a ese señor, ¿vale? Tanto grito y tanto grito, y te digo que a ese le va la marcha.

AGENTE: ¿Puedes no reconocer más delitos en grabaciones oficiales y así nos vamos todos para casa?

ANGIE: Claro. Perdón. He dicho «vinagre». Vinagre de Módena.

[Ruido de papeleo. Retirado de esposas. Se abre la puerta].

AGENTE: Espera... Un segundo. [Más papeleo. Confusión]. Aquí está registrado que estás... Que se encontró en septiembre tu cadáver.

ANGIE: [Tartamudea, nerviosa]. ¿Qué? Pues... Pues es que eso me lo tendréis que denunciar aparte.

AGENTE: [Para sí misma]. ¿Cómo es posible? ¡Juan! Juan, lee esto. ¿Cómo es posible esto? Esto es imposible. Aparece muerta. Hay autopsia y todo...

ANGIE: ¡Bueno, Gema, pues un placer! ¡Ya me avisas cuando la muerte se confirme! ¿Me puedo ir? Por favor, tengo que irme. Dejadme pasar.

La vuelta a casa en autobús fue un cuadro patético de silencio de fracasados: Pol ni las miró, calculando el gasto de la multa. Delia no tenía fuerzas ni para llorar. Angie ojeaba la hora, y echó a correr hacia el portal cuando le quedaban dos minutos para desmontarse, pero al menos no estaban en la cárcel y no había muerto nadie que no hubiese muerto ya. Delia entregó a la Puri en su puerta, ya dormida sobre la silla, un pepinillo plácido que no se había enterado de nada.

—¡Qué bien que se lo habrá pasado! —comentó la hija, y luego dejó caer que por otros veinte euros se la podían llevar cualquier otro día.

Subieron los escalones agotadas y sin nada que decir hasta alcanzar el sexto piso. Cuando estaban abriendo la puerta, el móvil de Delia sonó y era una llamada de Pelayo.

—¡Delia! ¿Cómo va eso? —preguntó, jovial, y de repente parecía que no había ocurrido gran cosa—. Que te han llevado como a la Pantoja a comisaría. Anda que no tienes tú peligro, ¡y tenías que liármela en este diíta, que era el diíta!

—Pelayo, ha sido un… —Delia cerró los ojos, abochornada—. Perdón. Ha sido una cagada. Se han equivocado, al final; lo que te quería decir es que esa no era la presentación y yo nunca habría querido…

—Ya, ya —lo oyó decir, despreocupado—. Cosas que a veces pasan. ¿Sabes qué? Que me lo tengo merecido, porque de buena gente que soy me hago el tonto, y a lo mejor soy tonto del culo, ¿no, Delia? A lo mejor yo pensaba que nos habíamos entendido. Pero bueno, cosas que pasan, ahora descansa la noche, que todos lo necesitamos bastante, y mañana ya firmamos todo tranquilamente en la oficina.

A Delia le vibró el corazón, esperanzada, bajo el cierre del vestido.

—¿Firmamos el…? —probó—. ¿Es el contrato fijo? Porque no… Que, a ver, después de esto, yo entiendo que sea otro de becaria…

Pelayo Sánchez del Pinar soltó una carcajada y esa fue la última vez que habló con ella.

—Firmamos el finiquito y recoges tus cosas, porque estás despedida y te vas con tus presentaciones a tu puta casa.

LO DE SER SOMETIDA AL JUICIO FINAL

Érase una vez la historia de un contrato fijo imaginado. Érase un *curriculum vitae* con la experiencia laboral de Schrödinger: dos años hipotéticos, en los que hipotéticamente alguien había analizado datos, pero, puesto en palabras en un folio, de pronto habían sido unas prácticas de fontanería. Con la caja cerrada, el gato estaba vivo y las empresas podían intuir que ahí había un conocimiento polifacético, variado. Con la caja abierta, ocurría este efecto: Delia Agós había gastado dos años en no hacer nada. Estaba de nuevo en el punto cero, o peor: estaba desrecomendada por una multinacional líder de mercado.

—¿Te puedo vender —probó a preguntarle a Trini, cuando pasó al día siguiente por Geogalia— mi tarjeta de cafés, del bonus de cafetería? Que aún me quedan… Es que me quedaban cuarenta euros que no voy a gastar.

—Ay, cariño —respondió ella—. Nadie más que tú se estaba bebiendo ese café de ese asco de máquina.

No hubo bártulos que recoger, porque hacía meses que no tenía oficina. Evitó a Coral por vergüenza, y le firmó los papeles consecuentes a la de Recursos Humanos, y así ocurrió: a una semana y pico de cumplir los treinta, Delia terminó de arruinar su vida y se quedó, para rematar la faena, en paro.

Pasó el resto del fin de semana metida dentro de la cama.

Esto le sirvió para acumular la energía que necesitaría para tiempos peores, porque estaban por caer tiempos aún peores: cuando se le gastasen los mil euros que le quedaban y tocase pedirle dinero al bicho de su madre. Llevaba un año entero evitando ese momento; había sobrevivido a todo, al váter de Casa Paco, a las inundaciones de la caldera, incluso había vendido su pelo para hacer pelucas de fracasada, y al final y con todo, iba a ocurrir: Mercedes Matas tendría la satisfactoria confirmación de saber que era un desastre, y había sido un desastre, que hubiese sido, que fue, y que siempre sería un hematoma uterino reconfirmado.

—¿Delia? —la llamó Angie a la puerta. Era la quinta vez en el día que lo intentaba—. Oye, vas a tener que comer. Esto está muy bonito, pero ya somos suficientes muertos en casa.

—No tengo apetito.

Angie apretó los labios, calculando palabras en el silencio del pasillo.

—Te he hecho palmeritas —ofreció, y esperó un rato, pero la puerta siguió cerrada—. Puedo hacer… lo que tú quieras, en realidad. No hago una mala lasaña. Te gustan mis croquetas. —Silencio—. Puedes gritarme también, que eso suele consolarte. —Más silencio. Suspiró—. Eran unos capullos, Delia. Te tenían esclavizada; es mejor así, si lo piensas, y piensa que para seguir con esos capu…

—Angie —la oyó, de repente, y se calló—. Déjame, por favor. Necesito… Déjame un rato, anda.

Eran mucho más difíciles las crisis existenciales de Delia, ya que no venían acompañadas con canción explicativa de la discografía de Los Chichos.

Angie se pasó el resto del fin de semana dando vueltas por la casa, tratando de encontrar la manera de reanimar al nuevo cadáver: arregló el sofá. Le llevó noticias frescas sobre el estado del euríbor (al parecer, no era considerado, en esa situación, llevarle noticias frescas sobre el estado del euríbor). Limpió el salón entero por primera vez desde que lo encantaba y le preparó un éxcel para la siguiente junta de vecinos, pero ya ni sus grandes pasiones, como un éxcel con gráficos de dispersión, parecían afectarle.

Delia no quería salir de la cama.

Tampoco tuvieron tiempo, claro, de pensar en lo de la hipoteca que habían descubierto en la residencia; ninguna de las dos quería, en esas, hablar sobre ninguna clase de hipoteca. Las vueltas incoherentes y especiales, ¿no?, que a veces da la vida, sobre todo cuando el sexo es bueno. Pero a las hipotecas eso les da igual: las hipotecas tienen una tendencia natural a la persecución y se sienten llamadas por aquellos que las evitan, así que hubo que hablar de hipotecas igualmente cuando llegó el lunes y Angie se encontró a Manolo sobre el pentagrama del salón.

—¿Qué…? —empezó, pasmada—. ¿Cómo…?

—Agárrese a un estante —dijo él—. Agárrese o se va a caer.

El parqué vibró.

—¿¡Qué!?

Fue como el temblor de un tren que pasa bajo tierra: empezó al final del pasillo y se extendió hasta sus pies. Las ventanas se plegaron sobre sí mismas. Angie miró hacia arriba y el techo absorbió la lámpara. No le dio tiempo a agarrarse a nada y se cayó; rodó hasta comerse la pata de una mesa.

El salón mutaba por todos lados, encima de ella y al lado y debajo, mientras ella gritaba: «Pero ¿¡qué!? ¿¡qué!? ¿¡qué!? ¿¡qué!?», y los muebles se contorsionaron hasta ser otros nuevos. Fue una cacofonía de chasquidos de madera rompiéndose y reconfigurándose en otra madera diferente. Manolo se movió un centímetro nada más, atusándose el bigote de morsa. Cuando Angie levantó la cabeza, asfixiada, magullada y en estado de shock, ya no había escalerilla y ya no había salón, y, por no haber, no había ni dúplex deteriorado en Tirso de Molina: estaba abrazada al ficus de Delia en medio de los asientos de un juzgado.

—Muy bien, ¿estamos ya? —dijo la voz de una señora. Angie se giró, y había una jueza microfoneada ajustándose las gafas sobre un estrado—. ¿Es esta la difunta acusada?

—Es —asintió Manolo, que ya tenía allí su ordenador.

—Que sea rápido, don Castaño, porque no tengo el día para pelearme por nada. —Carraspeó, y abrió un tocón de hojas encuadernadas sobre su mesa—. María de los Ángeles Samper... De los Ángeles... Y tres mesecitos tiene la criatura. Doscientas cuarenta páginas de denuncia. Pues los habrá disfrutado...

La criatura denunciada y desubicada tartamudeó:

—¿Quién...? —Se reincorporó—. ¿Qué está pasando aquí y quién es esta?

—Lo que está pasando, doña Samper —dijo la jueza—, es que se va a dirigir a mí de usted, y no de esta. Pero se lo explico: yo soy la jueza Montalbán, bla, bla, bla..., y ambas hemos sido citadas hoy, lunes 8 de diciembre, para que se la juzgue en la Sede General del Purgatorio por reiteradas violaciones de los estatutos del *Manual*. ¿Le suenan sus delitos? No sé si le suenan sus delitos. En fin, no me dé mucho la tabarra: mantenga la calma y no diga estupideces. Su gestor, don Manuel Castaño, se encargará de representar a la parte denunciante, la Seguridad Espectral.

Angie, que había entendido de eso más o menos nada, se giró igualmente para señalar a Manolo.

—¿¡Quééé!?

—Señoría, la parte acompañante, nos gusta decir —aclaró Manolo—. Denunciamos, pero siempre desde el acompañamiento.

—¡¡¡Manolo, serás mierdas!!!

—¡Segunda falta! —La jueza golpeó con su mazo—. No se le pasan más.

—¿¡Qué me está contando... usted!? —gritó Angie—. ¿¡Cómo estoy aquí!? ¿¡Qué ha pasado con mi casa!?

—Absténgase de denominar a las Casas como propiedad privada

en este espacio. Un buen sustituto sería «la benefactora». «La buena dueña, de mí». No la dueña yo, de ella.

—¡¡¡Que dónde coño estoy!!! ¿¡Dónde está el salón!?

—Sigue, técnicamente, en el mismo salón. El Purgatorio se personifica en el domicilio pertinente; esto es su salón y, cuanto más pregunte, más rato va a seguir siéndolo. Así que centrémonos. —La jueza Montalbán miró el cuaderno y comenzó—: Vamos a pasar entonces a la exposición de los hech…

—¿¡Dónde está Delia!? —Ambos letrados se rascaron la frente al unísono: pues no, no se iba a callar—. ¡Aquí había una escalera! Manolo, por tus muertos, ¿¡has emparedado a Delia!?

—Doña Delia Agós —dijo él— ha sido llamada a juicio como testigo de cargo y saldrá a declarar cuando deje de hacer este papelón.

—¡¡¡Esto es un rapto!!! —Angie se puso en pie y se desplazó, medio mareada, hacia el pasillo—. ¡¡¡Yo no tengo que ser juzgada en ningún juicio!!! ¿¡Y quién me defiende a mí!? ¡¡¡A mí Manolo no me representa!!!

—Manuel Castaño —la corrigió— y, de hecho, no. No la represento.

—¡¡¡Exijo un abogado!!! ¡¡¡No hablaré sin mi abogado!!!

Después de eso, salió corriendo hasta estrellarse como una imbécil contra una puerta de decorado. En su asiento, Manuel Castaño soltó un suspiro de cansancio.

—La avisé —murmuró— de que es un sujeto difícil. Me tiene la cabeza…

La jueza Montalbán se alisó la toga.

—Yo, desde la que me lio Nino Bravo, me siento a prueba de balas.

Dejaron que la acusada palpase las paredes buscando las ventanas viejas, ya tapiadas con pladur, y mirase debajo de las sillas por si había aberturas por las que tirarse de cabeza: el sitio estaba sellado. Esto era, en conclusión, el Infierno, y, cuando concluyó que no podía escapar, se plantó de nuevo en el centro del juzgado.

—¡¡¡Judith Agós!!! —exclamó—. ¡¡¡Exijo a mi abogada, Judith Agós Matas!!!

La jueza Montalbán parpadeó. Manolo la miró, en una conexión privada de desidias profesionales, y ambos alzaron las cejas.

—¿Puede hacer eso?

—No, hombre. Qué va. A ver que lo mire... —Ella abrió su *Manual de Juicios Finales*—. Coño. Pues puede hacer eso.

—Pero —murmuró él. Otro se habría inmutado— nadie tiene nunca abogados.

—Nadie con hipoteca por pagar suele tener nunca abogados.

—No van a traerle una abogada, sin más.

—Van a traerle a una abogada, sin más.

De repente, se abrió un agujero en el techo y por él cayó una abogada, sin más: Judith Agós, con las gafas puestas y en zapatillas de andar por casa, fue absorbida por el espejo de su baño mientras se limpiaba los dientes y descendió por la autopista al Averno para descubrirse tirada en el centro de un juzgado.

—¡¡¡Dios!!! —gritó, asustada. Miró a su alrededor—. ¿¡Dónde...!? ¿¡Qué es esto!? ¿¡Qué está pasando!?

—El Purgatorio.

—¿¡El cómo!? ¿¡Qué!? ¿¡Cómo!? ¿¡Qué!?

Las crisis existenciales de Judith Agós demostraron ser mucho más complicadas que las crisis de Delia: estas sí que venían con banda sonora explicativa, en concreto la banda sonora de sus gritos de cólera.

Manolo tuvo que habilitarles una sala privada (que en realidad era la cocina) para que preparasen una defensa y se siguieran peleando durante los siguientes veinticinco minutos; Judith estaba iracunda, secuestrada de su vida, y llegaba tarde a las citas con sus clientes en el despacho, y encima, sin poder elegir verse o no en esas, había sido amenazada con una lobotomía. Esto no era ninguna clase de castigo, sino una condición de entrada: todo lo que pasase en el plano de la muerte jurídica debía eliminarse después de la memoria reciente de los participantes vivos. Este procedimiento, le había explicado la jueza Montalbán, era rutinario y muy habitual y solo ocasionaba daño cerebral en un 34 % de los casos. «No hay de qué preocuparse», había apuntillado la desgraciada. Judith quería rematar a Angie Samper con la piel sudorosa de sus propias manos, pero antes tenía que sacar de allí a su hermana, y restituir el estado de su dúplex hipotecado y, por delante de cualquier emoción pasional, Judith Agós era una magnífica y muy profesional abogada que nunca, en toda su carrera, había perdido un juicio.

—Vamos a perder este juicio —declaró, después de leer el documento completo con los cargos.

Angie levantó los brazos, como quejándose de su pésima gestión.

—¡Se supone que solucionar eso es tu trabajo! —dijo—. ¿Eres una resentida también en tu trabajo?

—Soy lo mejor —masculló Judith— que te ha pasado en este momento, que te habrá pasado en toda tu la vida; y has cometido, con pruebas y una centena de testigos, un total de dieciséis delitos civiles, Angie. —Leyó—: «Aparición reiterada ante familiares», «contradicción de muerte frente a los cuerpos del orden». Dos casos de «posesión no consentida», «exhibición en huella fotográfica», «ingresos ilegales no declarados», «tráfico de alcohol a cadáveres»... ¿Sigo?

—No. —Angie carraspeó, incómoda.—. O sea, que sí. Que ya lo pillo...

—Esto es un puto desastre y está perdido de base, y me está enfadando hasta a mí, que acabo de descubrir este sistema de leyes. —Manolo llegó entonces desde el salón-juzgado y le trajo la tila que le había pedido—. Gracias, Manuel. Qué amable. —Judith le devolvió los tomos de Ley Fantasmal—. Ya voy mejor, gracias. Tengo que decírtelo: este asunto es profundamente interesante.

—Lo sé —dijo él—. Y ahora se está actualizando. Se está desarrollando más en profundo el delito online de *creepypastas*.

—Interesantísimo.

—Pero bueno, vamos a ver, ¿hola? —los interrumpió Angie—. ¡Que estamos aquí para hablar de mi movida! Mi muerte pende de un hilo. A ver: ¿qué vamos a hacer en el juicio?

Judith le dio un sorbo lento a su infusión y luego se aclaró la garganta.

—Te vas a declarar culpable de todos los cargos.

Angie volvió a levantar los brazos.

—¿¡Qué!?

—Es lo más inteligente.

—No —negó, ofendida—. No voy a… Judith, cariño mío, no sé si sabes lo que me estoy jugando aquí, pero la última vez me quitaron un viernes. Puede que ahora me quiten todos los viernes. Para toda la eternidad.

—Viendo esto, y proyectando a futuro esa perspectiva, quizá es un favor que le haríamos al mundo.

La acusada se tiró sobre la mesa y se enredó las manos en el pelo. Genial: era como asistir a la reunión presencial del club de sus peores enemigos.

—Haga caso a su cuñada —dijo Manolo—. Es mejor declararse culpable.

—Mira, tú ni me hables —le recriminó Angie—. Tú eres un mezquino, Manolete, y un hideputa traidor; ¡yo pensaba que debajo de todo, e incluso si te he mentido siempre, éramos colegas!

—No se lo tome personal —contestó él—. A mí lo que le pase me la pela, para bien o para mal. —Se adecentó el bigote y se cargó los libros—. Yo estoy aquí tan solo en representación, pero le recomiendo: es mejor cuando no se toma por idiota a la Seguridad Espectral. Ha creído usted, y lo entiendo, que nosotros somos todos idiotas y que usted sabe mucho más, y ahora lo que quiere la Seguridad Espectral es que lo reconozca. Que la idiota es usted. Porque, entre usted y yo, es idiota.

Judith Agós se recogió el pelo y suspiró algo que parecía decisión profesional.

—Mira, voy a hacer lo que pueda —dijo—. Por Delia, que ya está pasando lo suyo… —Añadió—: Y por la campaña de rol, que si te vas se para y Harry me llora. Pero está muy negro, Angie, y no me puedo creer que hayas incumplido cada maldito estatuto de este maldito *Manual*. ¿«Desmembramiento público en un evento homosexual»? —La miró, anonadada—. ¿Qué cojones significa eso?

Angie apretó los labios, tratando de encontrar una respuesta.

—No sé explicártelo bien —musitó, al final—. La verdad es que no sé, si te soy sincera, cómo hemos llegado a esto.

El juicio final de Angie Samper empezó con la exposición de los dieciséis delitos civiles que había cometido durante los últimos tres meses, que, además de los ya dichos, también se incluían los siguientes: «asistencia al funeral propio», «compra y uso de artilugios ilegales», «cooperación con mafias» (Paquita Parapsicología & Petardos), «uso de ouija sin título homologado», «robo de bienes» y «traslado de bienes robados al plano inmaterial», «comunicación vía telefónica sirviéndose del método Teresa Fidalgo», «ejecución de un exorcismo» y «fornicación indebida con vivos locales». Fue un chaparrón de conceptos, un bochorno fatal del que nadie sabría cómo justificarse, pero ayudó que la voz de Manolo era aburrida e insulsa como un sedante, y la jueza Montalbán, que ya partía aburrida, desconectó a mitad de discurso para comenzar a jugarse un *Buscaminas* en el portátil. De base, el tema ya empezaba mal: ninguno de los implicados en ese juicio quería estar allí y todos esperaban empapelar a la muerta cuanto antes.

La primera testigo en declarar fue Maricarmen la del Banco, que aún entonces seguía buscando dónde se representaba en Madrid el musical de *Sonrisas y lágrimas.*

—Estaba en mi bar de toda la vida y de pronto recuerdo que estaba en una cama. Se sintió como… si despertase de otra vida, no sé explicarlo mejor, y desde entonces no soy la misma. No puedo dejar de fumar. Robo cosas sin querer, del supermercado.

—¿Es verdad —le preguntó Manolo— que se ha visto obligada a pedir el divorcio de su marido porque ha dejado de sentir satisfacción sexual si no practica el coito con una monja?

—Objeción —dijo Judith—. Pregunta sugestiva.

—Se acepta la objeción —respondió la jueza—. Porque, la verdad, no lo quiero saber…

—¿Tengo que responder? —murmuró Maricarmen en el micro—.

¿Digo que sí ya? A mí se me ha dicho… ¿Esto para qué es? Si respondo con sinceridad, ¿de verdad me van a dar el número de la monja?

Los siguientes que declararon fueron Ricardo e Ismael, que las saludaron antes a ambas como pidiéndoles perdón y venían cada uno en su uniforme de trabajo respectivo. Así juntos, un enfermero y un fontanero con los pantalones remangados, parecían sacados de la grabación del videoclip de *YMCA*.

—Se hizo papilla, sí —contestó Richi—. No se podía no ver. Lo vio todo el mundo, claro, no fue… una imagen agradable, pero luego la montamos muy fácil, ¿verdad, amor? Luego se montó bien, para ir sin tornillos.

—Sí —corroboró Isma—. La montamos a rosca.

—Pero en el momento hubo quien lloró.

—Sí —corroboró Isma—. Yo lloré.

Manolo asintió, comprobando algo en sus papeles personales.

—Esto ocurrió a las doce de la noche de hace dos viernes, ¿no? —preguntó—. Entrado ya el sábado. Quiero decir: eran las doce y la fallecida no estaba ni se dirigía hacia su domicilio de contención.

—No, estaba metiéndose mano con… —Isma le dio un codazo y Ricardo se calló—. Estaba ayudando a una pobre necesitada. Una drogadicta local. Fue muy bonito.

Angie se apretó los labios con una mano, mortificada. Manolo continuó:

—Y, después del desmembramiento público, ¿fue entonces o fue antes cuando les contó que estaba muerta? Porque ustedes lo saben. Que está muerta.

—Objeción —interrumpió Judith—. Eso es irrelevante.

—No se acepta —dijo la jueza—. Que respondan los homosexuales.

Isma y Richi se miraron, en duda. El primero decidió decir:

—A ver… La verdad; no hizo falta. Lo intuimos por… todo.

—La verdad es que era obvio.

—Entonces —concluyó Manolo—, todos los que asistieron a esa fiesta pudieron intuir, porque era obvio, que Angie Samper estaba muerta.

—Objeción. —Judith se frotó los ojos—. Argumentativo.

—¿Qué está intentando defender en este punto, letrada? —preguntó Montalbán—. ¿Que a los humanos se les cae recurrentemente la cabeza?

Manolo asintió, satisfecho. Judith le susurró a Angie: «Esto es un chiste. Declárate culpable». «Ni de coña». «Declárate». «¡Ni de coña!».

La tercera en declarar fue la desquiciada de Sonsoles la Despechada. No dejó de mirar a Angie de reojo mientras respondía, haciéndose la dolida, y reincidiendo en el asunto del *cunnilingus* indio; creía, como Maricarmen, que la habían llevado hasta allí para declarar contra una ladrona, no contra el fantasma contratado de un cadáver ladrón, y a mitad de las preguntas decidió que, aunque la delincuente estuviese cadáver y a eso apuntaban las cosas, tampoco cambiaba el feo que le había hecho, que era una tragedia mayor.

—Se enfrentó a mi yerno en la boda, sí. Y ni me respondió entonces ¡después de cuatro meses! ¡Salió pitando para los pinos y luego ni «hola» en la residencia Las Torres! Y quiero denunciarla aquí, aprovecho y la denuncio —sentenció— por ignorarme y por acosarme, todo a la vez. ¡La denuncio!

La jueza apuntó, aburrida:

—Delito diecisiete: «denuncia por ghosting ambivalente en los pinos».

—Pero ¡vamos a ver! —se quejó Angie—. ¿¡Eso qué delito es!? Pero ¿la están oyendo o no? ¡Esta señora está pirada!

—¡¡¡Me hiciste un Ryan Gosling!!! —gritó Sonsoles.

—¡¡¡Y un Emma Stone te tendría que haber hecho!!!

La jueza pidió, aburrida:

—Letrada, por favor, calme a su cliente. Cálmela, que no se pegue en el estrado con la pirada.

Judith recuperó a Angie de una hebilla del pantalón. Cuando el conflicto se controló, Manolo volvió a acercarse con un fajo plastificado de imágenes.

—Aquí están las fotos de la boda, proporcionadas por doña Sonsoles: una colección muy especial, señoría, de vinos flotantes y gente hablando sola.

—Gracias, don Castaño.

—No tengo más preguntas, señoría.

La última en declarar fue la hipotecada, coacusada y prevejada doña Delia Agós.

Llegó al juzgado casi en pijama, con los calcetines desparejados de andar por casa, extraída de su luto en la cama totalmente en contra de su voluntad. Angie se puso en pie al verla, y dijo: «Delia». Delia fue hacia ella al verla y dijo: «Angie». El espectaculito de reencuentro de la posguerra fue interrumpido por Manuel Castaño, que la hizo colocarse ante el micro y comprobar con un par de golpes si se la oía, y, solo cuando estuvo sentada, muerta de nervios, frente a un gestor protoapático y una jueza medio dormida, se fijó en la cuarta persona de la sala y soltó:

—¿¡Judith!?

—Doña Agós, por favor —le pidió Manolo—. Deje de interactuar con el banco de la defensa. Míreme a mí. Muchas gracias. Buenos días. —Empezó—: Delia Agós, es usted la habitante actual del domicilio en Tirso de Molina en el que ejerce su actividad laboral la acusada. Dígame, ¿cuánto empezó su convivencia con doña María de los Ángeles Samper?

Delia tragó saliva.

—En... Cuando se mató, claro. A principios de septiembre, cuando nos... —Quizá era mejor ahorrarse esa parte—. Cuando me robó la Thermomix.

Angie cerró los ojos y respiró hondo.

—Por qué contarías la parte de la Thermomix en un juzgado...

—P-pero estamos evaluando... —repuso Delia— lo que pasó después de la muerte, entiendo. Entonces, después de la muerte, no me robó la Thermomix. Porque ya no había... —carraspeó— Thermomix, básicamente. Porque me la rompió. Matándose.

Todo el mundo en la habitación pareció negar con la cabeza, cada uno en su propio ritual de decepciones. La cosa pintaba bien: esa tan solo había sido la primera pregunta. Manolo continuó:

—¿Le ha robado más cosas la acusada? Aparte de la Thermomix. —Vio que iba a mentir, y la avisó—: Recuerde que lo que diga está bajo juramento.

—¿Juramento a qué, de qué?

—A su hipoteca variable, y la gente que puede variarla.

Eso fue un tiro directo a su paro recién adquirido. Delia confesó:

—Podría ser. —Se reajustó en su sitio, inquieta—. Pasa que, cuando a una le roban, no suele estar presente, así que... Si ha pasado, no doy fe, y, si no ha pasado, no doy fe. En conclusión: no doy fe. —Luego se interrumpió—: Perdone, ¿puedo preguntar yo también? ¿Qué va a pasarle a mi muerta...? A Angie, quiero decir, si todo esto al final...

—Pues claro que no puede preguntar usted —dijo la jueza—. ¿Dónde se cree que está?

—Bueno, vale. Joder... Cómo está el patio...

—Don Castaño —suspiró Montalbán—, hágame el favor de arrancar de una vez. Vaya de una vez al magreo.

Manolo preguntó:

—¿Desde qué fecha mantiene una relación íntima con la acusada doña María de los Ángeles Samper?

Delia y Angie se miraron, como si acabasen de ser interrumpidas de nuevo empotrándose entre las fregonas de Geogalia.

—A ver —improvisó Delia—, nos hemos... ido abriendo, sí, íntimamente. Con la convivencia. Hemos compartido nuestras preocupaciones, no sabría ponerle fech...

—Voy a ser más claro, doña Agós, para que me entienda bien: ha estado manteniendo relaciones sexuales con Angie Samper. No sé a quién quiere engañar. No voy a hablar de lo que se ve desde ese espejo en ese baño. —Repitió—: ¿Desde hace cuánto se aparea con la acusada?

—Objeción —dijo Judith—. Especulativo. ¿Es usted testigo o abogado?

—Muy bien... —murmuró Manolo, y entonces volvió a su sitio y sacó de debajo de su mesa otra prueba: el dildo doble, el búmeran prohibido, que paseó hasta la jueza como quien enseña tres kilos y medio de lenguado—. El arma del crimen. ¿Podemos continuar ya? Delia Agós, ¿cuándo empezaron las relaciones sexuales?

—Pues —reconoció Delia finalmente—, o sea... No... ¡Apenas hace nada! Hace cosa de unos días. En... Hace... Pues... ¿El día de Halloween?

—En Todos Los Santos —jadeó la jueza, consternada—. Día Nacional del Buen Fantasma...

—No sé si es usted consciente, doña Agós —siguió Manolo—, de que las relaciones entre vivos y muertos están prohibidas por la Ley Fantasmal, *Manual de ghosting para principiantes*, página 103, apartado 12: «Sobre la genitalia tras el funeral». Estas son una amenaza no solo para la discreción de nuestra labor en los domicilios, sino que también generan embarazos paradójicos, felaciones crípticas y felicidad, una de las emociones menos nutritivas y más alérgenas para el Convenio de Casas. —Preguntó—: ¿Es cierto que usted y María de los Ángeles Samper mantienen relaciones y son felices en un acuerdo sexoafectivo pseudomatrimonial?

—Pero ¿¡qué!? —saltó de nuevo Angie—. Pero ¿esto a qué viene? ¡Esto es meterse en donde no le llaman!

—¡Objeción! —la secundó Judith—. Especulativo y repetitivo, y cotilla.

—No se acepta —afirmó la jueza—. Quiero el chisme.

Manolo expuso:

—Angie Samper y Delia Agós fueron a terapia matrimonial el sábado 27 de septiembre. Asistieron como pareja a la boda de unos amigos, y se declararon un matrimonio en la residencia Las Torres la semana pasada. Mantienen sexo recurrentemente, durante el que se besan, y comparten la ducha, el armario y la cama, lo que significa que la acusada Angie Samper...

—¡Yo convencí a Angie Samper! —gritó Delia de pronto. Los cuatro se giraron para mirarla, y eso la acobardó, porque de buenas a primeras lo había dicho, y de buenas a primeras estaba de pie. Se sentó—. Quiero decir... —aclaró, abochornada—: Ella no... Ella no quiso que se alargara así. Ha sido culpa mía el matrimonio. —Se corrigió—: Que no somos un matrimonio, por Dios. Pero... En lo que a la relación respecta, que no hay tampoco una relación... Es culpa mía —confesó—. He sido yo la que ha querido estar con ella. No he pensado en las consecuencias, con ella, he estado... Ha sido mi culpa. Tiendo a no pensar, con ella, en las consecuencias de nada. Me ha pasado desde que la he conocido.

Angie alzó las cejas, congelada en su sitio. Le latió el pulso en la garganta. Iba a empezar una conversación, que seguramente no era una conversación que tener en ese momento, pero entonces la jueza Montalbán le hizo un favor y dijo:

—Espérese. —Cerró el *Buscaminas* en su portátil—. ¿Cómo que sábado 27? ¿Está viendo usted a la muerta fuera de los viernes?

Delia tartamudeó, confundida:

—¿S-sí? ¿Es ilegal, también?

—Espérese —repitió la jueza, y de pronto comenzó a pasar las páginas del caso de nuevo y a teclear en la base de datos de su ordenador. El ceño se le fue frunciendo—. Don Castaño —lo llamó—, ¿es esta el alma 3467A, con el alma 8902D?

Manolo pestañeó y abrió sus documentos.

—Creo que sí. —Leyó—. Sí, sí son.

La jueza se desplomó de pronto sobre su mesa, extenuada.

—Madre del Señor... —murmuró, como si alguien acabase de fastidiarle la semana—. ¿Aquí estamos otra vez? ¡Y lo digo, que en Reencarnación hacen su trabajo como quien ve llover! ¿Cómo pueden explicarme...? —se quejó—. ¿Cómo puede ser que yo pida y pida que se hagan bien los reseteos espirituales y me lleguen de nuevo los mismos idiotas montándoselo con un palitroque un siglo más tarde? ¡No quiero saber más! —declaró—. ¡Yo a estas dos ya las he visto antes! Un naufragio, un atraco, un crimen pasional, la gripe española, una asfixia sexual... Estas se han divorciado, se han mentido, me han montado aquí el numerito de reconciliación y han robado un banco. Me han dado siete juicios, ¡siete! Y otro más para la saca. Yo es que esto no me lo creo... —Volvió a su ordenador—. Voy a ponerle una reclamación a Reencarnación. A mí se me está tomando el pelo. La gente que se detesta, yo no sé por qué, don Castaño, se empeña en quererse una y otra y otra vez…

Delia murmuró, mirando a Angie:

—¿Qué?

Angie murmuró, mirando a Delia:

—¿Qué?

El momento duró un segundo y ya no hubo más que hacer, porque la jueza Montalbán dio un golpe con su mazo y concluyó:

—Ya tengo mi veredicto. —Pulsó algo en su teclado—. Que se lleven a la copia, que se quede la abogada.

Delia iba a preguntar, pero la silla sobre la que estaba sentada se trasladó, como fijada sobre unos raíles, hacia el final opuesto de la sala.

—¡Espera! ¡No! —Intentó bajarse, pero el mismo agujero que había traído a Judith se la tragó—. ¡Angie! ¡Angie, diles la…!

Antes de que Angie pudiera correr hacia ella, la jueza declaró:

—María de los Ángeles Samper, es usted culpable de los dieciséis cargos de los que se la acusa, y de alguno más que hemos registrado sobre la marcha. —Selló algo en un documento—. Queda sentenciada, por lo tanto, a la pérdida total de sus presentes y futuros viernes para toda la eternidad, y también se efectuará un traslado domiciliario a otro dúplex donde dé menos lío. Posiblemente en Pamplona.

—¿¡Qué!? —gritó Angie—. ¡No! —Se volvió hacia Manolo y Judith, sin poder creerlo—. ¡No puede hacerme eso! ¿¡Puede hacerme eso!?

—Como consta en el *Manual* —siguió Montalbán—, los gastos derivados de las seis lobotomías a los testigos correrán de su cargo y se añadirán a la deuda de su hipoteca…

—¡Espere! —le exigió Judith—. ¿Y las apelaciones? ¡Queremos apelar!

—¿Apelar? —Otra jueza menos harta se habría carcajeado—. Los muertos no gastamos tiempo en gilipolleces.

—¡No pienso irme a ningún lado! —seguía Angie—. ¡No puede hacerme eso!

—Don Castaño, si puede avisar a la Seguridad Espectral... Aquí está ya todo cerrado.

—¡¡¡No!!!

—Que ellos consideren a dónde van a...

—¡¡¡NO TENGO NINGUNA HIPOTECA!!!

La Sede General del Purgatorio se paralizó. Manolo, que ya estaba recogiendo los bártulos y su bulto de ordenador, levantó la cabeza hasta que se le descontracturó la papada.

La jueza Montalbán se recolocó las gafas, y Judith, que hubiese esperado de su cliente un poco más de transparencia, respiró tan tarde que se mareó, y casi pareció, de hecho, que no había pasado el último mes deseando desahuciarla.

—¿Qué? —dijo Manolo.

—¿Cómo no va a tener...? No, hombre. Venga ya... —dijo la jueza—. Si el número de identificación hipotecaria... —Abrió su portátil de nuevo y chequeó números—. Coño —resopló—. Que no tiene hipoteca.

—¿¡Cómo!? —respondió él, y fue la única vez que pareció tener algo de sangre en las venas.

Judith Agós jadeó, despeinada en su silla:

—¿Podemos apelar? ¿Ya se puede apelar, entonces, o algo?

—Es una Casa Maruja —reveló Manolo, revisando datos.

La jueza soltó una carcajada de brote psicótico.

—¡Una Maruja! —exclamó—. ¡Con el alma 3467A! Yo me tengo que airear... A mí me tiene que dar un aire... Y estamos a lunes, ¡aún es lunes!...

Angie vio todo esto alelada, tratando de entender qué significaba, sin saber todavía si iban o no a echarla del dúplex.

—¿Cómo que —musitó— una Casa Maruja?

—¿Una Casa Maruja? —repitió Judith.

—Una Casa Maruja... —se rio la jueza, desquiciada.

—El edificio en el que se encuentra —explicó Manolo—, lamento informarle de... Ha habido un error. El 11 A en Tirso de Molina ha estado falsificando datos y reteniendo almas. Usted no tiene hipoteca; esto es cosa de una Casa. La Casa nos ha tomado el pelo a todos.

Ups, bueno. También te digo, tampoco es divertido cuando no te pillan.

(Ahora voy a hacer un cambio de capítulo).

(Agárrate, o te caes).

LO DE HACER GHOSTING (COMO UNA PRINCIPIANTE)

Empecemos por aquí: el término «Casa Maruja», y estarás de acuerdo en esto conmigo, suena ridículo y muy poco serio y, por encima de todo, es bastante insultante. Una entidad antropóloga, estudiosa del devenir del comportamiento humano, no es una «Casa Maruja»; yo proporciono investigaciones de campo. Me he informado para hacer lo que hago: lo he reflejado todo como ha sido, con sus más y con sus menos, y voy a tener el gesto, encima, de no dejártelo a mitad. La Seguridad Espectral no querría que pasara esto. Menos mal que me importa un bledo. No sé por qué empezamos a dejar que los humanos contratados se sindicalizasen y nos pusieran términos, ¡los humanos contratados! Te tienes que reír. Que ya has visto lo que son: un absoluto desastre.

Sí, es verdad. He estado falsificando datos.

Me he quedado a los fantasmas que he querido, y quizá también los fantasmas que he creado, pero nunca a ninguno que no lo mereciera; excepto Buenas Tardes. Ese fue un capricho por aburrimiento. Soy intolerante a la lactosa. No todos podemos ser perfectos.

Existir siglos, milenios (con el cambio pertinente de forma, claro, unos cables arriba, unos ladrillos abajo) da para pensar mucho, y para aburrirse también. Es solo normal, y creo que para eso están los contratos hipotecarios, jugar un poco a toquetear, al centro comercial de la Polly Pocket, no sé si me estás entendiendo. Es el cambio justo por agujerearme las paredes y dejarme roña en los picaportes; si estás pisando mis escaleras, a lo mejor yo también me merezco pasar un buen rato. Los humanos ahogan en vinagre a los piojos. No estoy siendo cruel con mis piojos: estoy dirigiendo un espectáculo.

Seleccioné y maté a Angie Samper porque merecía morirse.

Se habría muerto sola, tarde o temprano; en fin, en este punto, ya la conoces. Tampoco te lo tengo que explicar. La tía se había beneficiado, encima, a la mitad del edificio, y ni con eso tenía respeto por los servicios y me apagaba los cigarros en la barandilla. ¡Aguanté bastante hasta que la maté! No decidí, en realidad, que era un buen sujeto para mi estudio hasta que volvió con Delia Agós, y qué voy a decirte de Delia Agós. Son el culmen de su casta, el ejemplo perfecto de lo que es la humanidad. Luego tuve que hablar con algunos colegas para que me dejasen vigilarlas de cerca, y lo que no sé, pues me lo he inventado, y no sabrás nunca qué es o no mentira.

Esto que estás leyendo es un estudio directo de lo que he aprendido de los humanos: que son lamentables y egoístas y traicioneros y se odian y, luego, ¡se quieren! A saber por qué, y son frágiles, volubles, una entidad inferior, triste, manipulable, que no tiene respeto por nada y por nadie, y también, si los mueves con los hilos correctos, son muy entretenidos de ver. ¿O no estás entretenido? Venga ya, entre tú y yo. ¿No te estás entreteniendo? Llevas trescientas cuarenta y seis páginas aquí. ¿Qué haces aquí? ¿Me vas a decir ahora, mirándome a la cara, que no te ha entretenido muchísimo que los mate?

—Según el sondeo rápido que nos ha devuelto el Convenio —explicó Manolo, en la sala adyacente al juzgado—, este bloque de pisos llevaba alrededor de un siglo almacenando fantasmas no hipotecados. Ha falsificado deudas con fines de divertimento propio, y esto es lo que denominamos «Maruja». Es... inusual, pero en ocasiones pasa: las Casas, en la eternidad de su existencia, a veces caen en la mala práctica de autogenerarse marujeos. —Se secó la calva—. En este caso, hemos encontrado la causa.

Dio dos golpes en la pared y esta tardó un rato en abrirse. Desde una hendidura oscura, como si acabase de activar una máquina de refrescos, cayó un libro morado y rosa con un dibujo en la portada de dos chicas de espaldas dándose la mano. Angie y Judith lo miraron.

Manual de ghosting para principiantes.

—¿Qué es esto? —dijo Judith.

—Una sátira.

—Espera, ¿esta soy yo? —Angie agarró el libro y lo giró—. Pero ¿qué...? Ese no es mi culo. Oye, yo tengo un mejor culo.

No tenía un mejor culo.

—Creemos que esta Casa —continuó Manolo, ignorando sus prioridades— ha tratado de estudiar el comportamiento humano mediante la escritura de esta sátira... romántica. Le ha puesto el título de nuestro manual, como para cachondearse; puede que esté inspirado en el *Quijote*, de Miguel de Cervantes, que también tiene una dinámica homoerótica. Doña Samper sería claramente Sancho Panza. En fin, es un libro riéndose de los humanos y sus cosas. Y los humanos son... Delia Agós. Y María de los Ángeles.

No supieron cómo reaccionar ante esa información.

Las dos leyeron la sinopsis en la contraportada y sufrieron un traumatismo de metaliteratura cerebral grave, y luego ojearon los dibujitos de los encabezados y volvieron a mirar al gestor.

—¿Salgo yo? —preguntó Judith.

—Sí, pero aparece en mejor lugar. Se deja claro que usted es la única persona competente.

—Pero... —murmuró Angie, mientras ojeaba el capítulo trece—, pero ¿está escrita también esta conversación? ¿Está escrito esto que está pasan...? Hola. Hola. Hola. Dios mío. ¿Esto qué es?

—Por favor —le pidió Manolo, y le arrebató el ejemplar—, no lea lo que va a pasar. Podría generar una incoherencia espaciotemporal compleja. Evitémonos el mal rato; las Casas viven simultáneamente tres años antes y tres años después de cada momento que ocurre. No es nuestro lugar leer ni entender cómo funciona, y además tampoco está tan bien y los capítulos son demasiado largos para tratarse de una comedia.

Tras eso, no hubo mucho más que decir. Manolo les hizo firmar a cada una un acuerdo de confidencialidad modelo y absolvió al fantasma de Angie Samper de todos sus pecados, la cual nunca debería haber sido un fantasma en primer lugar, pero tuvo el buen gusto, como fantasma, de dedicarse a pecar. De no haberlo hecho, no habría humillado a la Seguridad Espectral. Lo cual es, al final del día, lo que nos salva a todos de acabar en Pamplona.

—Pues ya está.

—¿Ya está?

—Ya está —dijo Manolo—. Ya puede irse, doña Samper. Ya se ha jubilado. —Después le explicó, cuando guardó los documentos en su carpeta—: Llamamos jubilación al proceso siguiente, claro, donde se limpia el alma y se le quitan las caries en una nave abandonada de Marina d'Or, y luego viene el proceso siguiente, que es la Reencarnación. De eso no tiene que preocuparse. Es libre de irse. —Le estrechó la mano—. No ha sido un placer, como entenderá. En cuanto se procese el papeleo, seguramente para el sábado, iré a avisarla frente al váter. —Le estrechó la mano a Judith también—. Doña Agós.

—Ha sido un honor —asintió esta— verlo en acción.

—Tiene usted garra. Estaré esperando a que se muera.

Angie, que estaba congelada aún en su sitio, procesando lo que había ocurrido y lo que ocurriría ahora, se levantó de su silla antes de que él se marchara.

—Manolo —lo llamó. Él se giró y la corrigió: «Manuel Castaño. Al menos, al final, concédamelo»—. ¿Y si no quiero? Irme —aclaró, dubitativa—. Y si… Y si me quiero quedar. En el dúplex, o sea, en el hipotético caso de que…

—No se puede quedar —atajó él—. Solo se quedan las almas con un contrato directo con la Seguridad Espectral.

—¿Y cómo se firma un contrato? —insistió—. ¿No había oposiciones de…?

—Doña Samper —la interrumpió Manolo, y la miró entonces, por una vez, casi con cariño—. Usted no quiere ser contratada por la Seguridad Espectral. Este es el ciclo. Entiendo de dónde viene y a dónde va; mire, si realmente se lo quiere plantear, hablémoslo el sábado. Piénseselo. Pero entre usted y yo, doña Samper: yo me iría, como tenemos que irnos todos. Esta vida ya se le ha acabado, y usted ha sido quien ha sido. Ya vendrán más.

Cuando don Manuel Castaño se giró, el suelo se abrió de nuevo y se tragó a Judith. A las paredes les crecieron azulejos y el aire acondicionado se transformó en caldera. Hubo otro recrujido de muebles, de ventanas que se abrían y desarrollaban persianas; cuando el suelo dejó de temblar, Angie estaba de nuevo sola en la cocina y parecía que todo había sido obra de su imaginación. Se miró las manos, que ya era costumbre; sus manos de mentira o de verdad, lo que mejor conocía de lo que aún era.

—¿¡Angie!?

Delia apareció unos minutos después, haciendo equilibrios en la escalerilla. Se precipitó por el pasillo y, al verla, la agarró en un impulso de la cara, pero era lunes, así que la atravesó y ambas cayeron sobre la mesa.

—¿¡Qué ha pasado!? —jadeaba, confundida—. Estaba en la cama y luego me estaba cayendo y… ¿¡qué ha pasado!?

—Delia —la tranquilizó—. Respira. Ya está solucionado. Está bien, has declarado en el Purgatorio.

—¿¡Qué!?

—No ha pasado nada. Solo te han hecho una lobotomía.

—¿¡¡¡Qué!!!?

Lo único que recordaba Delia del juicio era el flash abochornante de la exposición de un dildo; la cabeza le dolía horrores y, salvo por que sangró por la nariz toda la semana, no parecía haber sufrido ningún daño cerebral.

Angie le contó lo que había pasado.

Se vio esquivando, no supo por qué (o sí que lo sabía), las preguntas que quería hacerle y el detalle de sus almas habiéndola cagado ya en siete vidas; no me mencionó a mí, ni tampoco el libro morado que tienes entre las manos; en definitiva, Angie se vio no contándole nada. Lo resumió en que Judith había apelado tras la condena porque habían confesado que no tenía hipoteca.

—¿Y? —preguntó ella, expectante—. ¿Y no hay hipoteca?

Angie la miró y fue a decir una cosa, y luego cambió de opinión, y ¿qué quería decir?

—Lo... —Carraspeó, y empezó a encenderse un cigarro—. Lo están mirando. Lo van a mirar —dijo—. Me han dicho que... Es posible, pero ya me avisarán. Ya me dirá Manolo, algún día de estos. Lo están mirando.

Delia leyó en sus nervios que a lo mejor la había entendido mal.

—O sea —aclaró—, que no hay prisa. No es que yo quiera... Pero, quiero decir, después de todo...

—Sí. Hemos liado de todo, por esto.

—Y estás pagando una deuda...

—Sí. Esto era lo que queríamos, al final.

Se hizo una pausa extraña, incómoda, y luego Delia suspiró.

—No te he preguntado por la hipoteca, ¿no? —Cerró los ojos, culpable, y se llevó una mano a la frente—. Desde el viernes... Perdona. Perdón. Estoy... Todo lo del despido me tiene agobiada, y estoy que no estoy, Angie, y hoy iba...

—Ey —la cortó ella, y sonreía—. Párate. Ya está todo solucionado.

—Pero...

—Están viéndolo. Piensa en lo tuyo. Tienes bastante ya con lo tuyo.

Delia no supo si lo mejor era decirle ya que se quedara, si no había hipoteca, o esperar a que se quedase, si la había; llevaba días barajando la locura de pedirle que se quedara con ella, pero entonces Angie alargó un brazo y le limpió la sangre de la nariz con una servilleta, y fue más fácil decir:

—Gracias.

—Te has guarreado todo el pijama. Vas a tener que tirar ese pijama.

Angie Samper había decidido que se iba.

Lo supo al volver a la cocina, porque hubo algo en ese silencio que ya conocía, que ya había practicado mil veces antes: el momento en el que unos dedos marcaban el teléfono del centro de acogida y ella empezaba a llenar su mochila vieja del Decathlon. Retomó su camino de la vergüenza. Se dedicó, durante los siguientes días, a seleccionar los trofeos que se llevaría a ninguna parte: los trozos de un cenicero roto. Un molde de hielos con forma de fantasma. El código de barras de un lote de sartenes del Alcampo, y una pegatina con su nombre sobre el plástico de un buzón.

Fue eliminando su existencia en el bloque paulatinamente, y se le hizo un ritual obvio, fácil, incluso, porque eso es lo que sabía Angie: que llevaba toda la vida descambiando a la gente (porque sabía bien que la gente, en cualquier momento, podía descambiarla a ella) y era una cobarde, también. Que en ese punto no podía permitirse que Delia se le adelantase y la echara de allí de una patada, porque el dúplex decrépito de Delia Agós era el único lugar en el mundo que había sentido como su casa.

Así que se fue.

Esa era la teoría, claro: el camino de la vergüenza se hace bastante largo si tienes que acabarlo el sábado y lo has empezado un lunes. Fue por eso por lo que luego lo dudó, o no lo dudó, o decidió interpretar la punzada en el centro del estómago no como una duda, sino como el primer atisbo de su responsabilidad emocional. Quizá Delia, después del lío, se merecía algunas explicaciones. Quizá irse sin más iba a ser feo. Practicó unas explicaciones frente al espejo, como había practicado anteriormente unas declaraciones:

—Delia, este sábado me voy, pero tampoco te rayes. Quedamos a buenas.

Fatal.

—Al final, esto es lo que tú querías y he pensado que es lo mejor para ti. No eres tú, soy yo.

Horrible. Condescendiente.

—Voy a por tabaco.

Un clásico, pero tampoco cumplía con el plan.

—¿«Yo he querido estar con ella», delante de la jueza? ¿Y eso qué...? ¿Qué me quieres decir con eso? «O sea, que no hay prisa». ¡Tú también estás para entenderte! ¿Cómo lo hemos hecho para acabar...? ¿Para no funcionar ni para atrás en siete vidas? Revísate también tú tus cosas, ¡a mí se me entendió con las flores! En cualquier caso, me voy, y no intentes echarme antes, porque me voy yo. Te he dejado tres tápers, por si te da hambre, de las croquetas que te gustan. Te llamo cuando nazca.

Estaba claro que no estaba hecha para las homilías emocionales.

A lo mejor bastaba con lo físico, ¿no? Un abrazo fuerte y un par de palmadas entre los omóplatos, como se despiden los tenistas; Delia entendería, cuando ella ya estuviese reencarnándose, que eso había significado adiós, y que había sido deportivo, a la par que elegante. «Va a odiarme para siempre», pensó una noche, cuando ya se había decantado por el abrazo. Intentó entonces hacer una despedida por escrito, en una carta cariñosa pero concisa, lo cual tampoco fue trabajo fácil, porque todo le sonaba como al detallito que te dejan los profesores al final de las notas:

«Hemos progresado adecuadamente, pero esto tenía que ser así».

«Mucha suerte y pásalo muy bien estas Navidades con la familia».

«¡¡¡A la próxima va la vencida!!!».

—Deberíamos no salir nunca de aquí —le decía luego, en la cama, cuando le golpeaba el instinto postsexo de conservarla—. Por si se rompe la escalera.

Delia se reía, con los ojos cerrados.

—Una forma muy rara de decirme que quieres repetir.

—Deberíamos tirar el espejo, Delia. Porque desde el espejo nos miran.

—¿Qué te pasa a ti ahora? Me estaba durmiendo.

La miró dormir el resto de las noches que le quedaban. Dedicó una mañana entera a dibujarla, porque de pronto pensó que por las fechas lo adecuado era decirle que se iba con un crisma, pero algo más le movía las manos, una desesperación por recordarla; por si la quería evitar en la siguiente ronda. Por si la quería encontrar. Tenía que poder encontrarla.

—¿Qué es eso? —dijo Delia, pasando por detrás—. ¿Un suricato?

Angie observó su retrato deforme, peludo y cuellilargo. Lo arrugó.

—Me cago en la madre que me parió…

Delia no miró el buzón al salir. No notó el robo del altavocito cojonero.

No habría notado, en realidad, ni la desaparición del mismísimo váter esa semana: estaba redactando en su cabeza un discurso para pedirle dinero a su madre y eso lo ocupaba todo. Estaba en una cruzada religiosa contra sus instintos de suricato. Judith ya le había ofrecido ayudarla con una transferencia, pero ella sabía, y había decidido, que estaba cansada de ponerle parches a su vida: llevaba un año hundiéndose en el barro y quizá eso era todo, que no sabía salir de esa. Echó el currículum por desesperación incluso para camarera de Casa Paco. Tenía que pagar una hipoteca a final de mes. Eso era lo único que notaba Delia esa semana.

—La voy a pillar mañana en la reapertura de la clínica —le contó a Richi el jueves, mientras paseaban por el centro—. A traición: la atrapo contenta y ocupada, y como estará rodeada de gente no podrá humillarme. Luego ya en casa se lo recuerdo por WhatsApp y me tendrá que hacer la transferencia.

Él levantó la vista del móvil.

—Sabes que no te va a hacer una transferencia, ¿no? —dijo—. Sabes que va a inscribirte a Enfermería.

—Cállate —bufó, y se ajustó la bufanda, angustiada—. Voy a amenazarla con atarme a un árbol si me desahucian. Ella no soportaría eso, que vieran a su hija la desahuciada atada a un árbol de la calle.

—Delia —la amonestó Richi—. Acepta la pasta de Jud.

—¡No voy a pasarme la vida chupándole pasta a Jud!

—¡Que le jodan! Tiene pasta de sobra. Míralo así: te robó en el útero unos nutrientes esenciales.

—Ya he cumplido mi cupo por mil años, con Jud. Estoy… —Exhaló—. Richi, creo que he tocado fondo. Sé cómo suena eso, porque me viste tocar fondo hace un año, pero este es el fondo profundo. Este es el fondo del fondo. Creo que ya tengo que abrazar que no puedo tirar de este carro sin mis padres, y, si encima mi madre se entera de que me ha estado manteniendo Judith, va a ser como confirmarle… —Se interrumpió—: Cariño, te está sangrando la nariz.

Él se apresuró a sacar un pañuelo de un bolsillo y taponarlo.

—¿Otra vez? Tía, llevo una semana… No me lo explico. Isma también. Creo que es el frío seco.

—Ya… —murmuró Delia, que aún buscaba en Google «síntomas lobotomía»—. Será el frío…

—¿Le vas a contar lo de Angie? Ya que estás de admisiones.

—¿Qué? —Ella se volvió, espabilada—. ¿Qué de Angie?

—Que estás con Angie.

—No estoy con…

—No me jodas.

—No sé —admitió— si estoy o no estoy con Angie. No hemos hablado de eso, déjame; Angie está a su bola, esta semana, y no sé qué se trae, porque es una plasta. Mira, como le añada eso, va a ser mi madre quien me ate al árbol. Olvídate. —Abrió el bolso, apresurada, y frenó delante de lo primero que pilló, que fue una coctelería—. Voy a entrar a echar el currículum.

—Estás cambiándome de tema —se rio Richi—. Tía, ¡no me creo que seas igual de aburrida cuando le das a la necrofilia!

—¡No es…! —Lo empujó, avergonzada—. Ricardo. ¿Te parece no gritar algo así en medio de la calle?

—Yo lo iría presumiendo, si mi novia fuese un cadáver.

—Voy a entrar a echar el currículum. Quédate aquí.

Delia estaba buscando entre los papeles de la carpeta en su bolso cuando lo vio: un tique del Alcampo, largo y arrugado, aplastado entre el ramillete grapado de currículums. Debía habérsele colado al meter los papeles. Lo extrajo y lo miró, como para chequear el precio de la última compra, y era eso, el precio de la última compra, y en boli y tachado y vuelto a escribir diez veces:

Delia, espero que encuentres el curro que te merezca.
Me fui el sábado y ~~no te dije la verdad: no había hipo-~~
~~tec~~
ya está todo solucionado.
~~Ha estado bien~~
~~Te~~
~~Ha sido un~~
Cuídate.

Angie

El frío de la calle le heló las mejillas y permaneció allí, con el corazón parado. Oyó a Richi a lo lejos, pero Richi estaba tan solo detrás.

—¿Delia? ¿Qué pasa? Te has quedado tiesa… ¿Vas a entrar? Oye, ¿Delia?

Angie fue a ver a Pol el último viernes.

Él le abrió la puerta y estuvieron juntos un rato tan solo cambiando el agua vieja de los radiadores. Jugaron una partida silenciosa al *Scrabble.* Vieron el comienzo de una serie que nunca terminaría. Había ido, en realidad, a llevarle el cheque de los cuarenta mil euros guardados en el banco de Rafa.

Delia no había vuelto a casa esa noche. La había llamado, y había recibido un mensaje de que dormía con Richi en su casa. Eso era lo último que iba a saber de Delia, y quizá era lo mejor, no caer en la trampa de besarla ese viernes.

—Con esto tienes para arreglar el coche —le dijo a Pol—, y para compensar lo de la residencia. Puedes declararlo como una herencia o algo de mí, que sé que tú declaras rentas y que a ti te importan estas cosas…

Pol giró el volante usado entre sus dedos.

—Angie —dijo, cauto—. Esto es un papelajo.

—Bueno, pero es algo que guarda Rafa. Puedes pedirle el dinero a quien sea que lleve la cuenta de Rafa.

—Yo llevo la cuenta de Rafa.

Estuvieron mirándolo en la web del banco e hicieron números con lo que quedaba: Rafa tenía una cuenta de ahorro desde hacía más de diez años donde guardaba los cuarenta mil euros y otro poco más. Angie había decidido que eso tenía que seguir siendo para ellos. Pol no supo que se iba, y que se estaba despidiendo, en realidad, hasta que ella le dio de su bolsillo un papel arrancado de cuaderno y le hizo leer tres veces su letra ilegible: era una despedida catastrófica, mal escrita, mal pensada y ordenada desde la base, dirigida a Delia Agós. Angie se presentó allí y tuvo la cara, encima, de pedirle que se la transmitiera él.

—Tú vas a saber... —le explicó—. Tú sabrás decírselo mejor que yo. Se te da mejor que a mí esto, y he pensado que sabrá entenderte mejor de lo que me explico... Le va a gustar más que se lo digas tú que leerlo escrito.

Pol pestañeó y la miró, patidifuso. Luego volvió a mirar la carta.

—¿«Le va a gustar más»?

—O sea —se apresuró a decir Angie—, se va a cabrear, te aviso. Pero creo que esto es lo suyo. También puede que te pida dinero, porque no le he dejado la habitación de la secta en condiciones, y creo que encontrará colillas en el sofá y querrá cambiar el sofá...

—Angie —la interrumpió Pol, y entonces se miraron y él casi sonrió, incrédulo. La contempló, como expectante, apoyado en el escritorio—. ¿Qué coño estás haciendo?

—Pol...

—Está pasando otra vez. Estás haciéndolo otra vez.

—Pol.

—Quédate tu dinero. —Negó, decepcionado, y tiró el cheque. Este flotó hasta que se posó en el suelo—. Rafa te lo dio, Angie, porque cree que puedes crecer algún día de tu vida. Porque piensa... —Se fue hacia la puerta, pero no se marchó—. ¿No le vas a conceder ni el adiós a esa chica? ¿Es esto, Angie, lo que te importamos el resto?

—Pol —repitió ella—. Estoy muerta. Ya no hay tiempo para nada, ya no puedo...

—¡Estás aquí! —la interrumpió él—. ¡Has tenido tiempo para esto!

—Esto es lo que Delia quiere.

—Déjate de tonterías. —Le preguntó—: ¿Se lo has preguntado? Porque de pronto con Delia tengo que hablar yo, porque de pronto tú…

—¡Lleva desde septiembre queriendo deshacerse de mí! —dijo Angie—. No lo entiendes: yo sé lo que me va a decir, y le he jodido la vida, os he jodido a todos la vida, y en este punto el favor que os puedo hacer es simplemente…

—¿Le has preguntado? —volvió a decirle—. ¿O te vas porque no lo quieres saber? ¿Me has preguntado a mí qué es lo que quiero? —Tomó aire y la encaró entonces, pero puede que esa fuese la única vez que Angie lo había escuchado, que hubiese estado atenta, hasta ese día, al pitido interno de una alarma en los zapatos—. Angie, yo ya te he perdido quince veces. Haz lo que quieras. Decide irte por los demás, decídelo otra vez; si tienes que irte ahora, vete. Pero… —zarandeó la carta— esta chavala te llevó hasta mí. Te llevó hasta Rafa, y se merece que te vayas con las cosas dichas. Estás yéndote porque te acojona jugártela. ¿Quién eres de verdad, Angie, cuando no estás corriendo hacia lo siguiente? Si estás huyendo por miedo y existe una alternativa, ¿de verdad te vas a ir sin habérselo preguntado siquiera?

Delia llegó a las siete de la tarde a la reapertura de la clínica.

Para ese momento, el sitio ya estaba más petado que un chiringuito de playa. La sala de espera era un guateque de señoras, de compañeras de suelo pélvico y clientas fieles, y su madre había abierto también las salas médicas, no fuese a perderse alguien su intimidante colección de espéculos. Aún olía a pintura y la nueva puerta automática casi se llevó a Delia por delante, incapaz de detectarla.

Delia estaba agotada, preocupada, amargada y llevaba toda la mañana prohibiéndose volver a casa, dando vueltas en líneas de metro («Tengo que volver a casa y evitar…», «No voy a darle el gusto de volver a casa», «Tengo que volver a casa»).

Sentía la ropa del día anterior sucia y pegada al cuerpo, e iba a gritarle a algo en cualquier momento, y también se sentía muda e incapaz de decir nada. Delia sabía esto: que estaba descompuesta y, más aún, estaba enfadada, disociada, a punto de llorar («No voy a llorar», «No he llorado en todo el año», «Tengo que volver a casa»), pero era viernes en el evento de la reapertura de la clínica y necesitaba hacer la estupidez de ir a mendigarle a su madre, porque, por encima de todo eso, estaba hipotecada.

—¡Nena! —exclamó esta, que, como la puerta, solo cayó en verla cuando la embistió—. Qué bien que hayas venido, ¡te has perdido lo bueno! ¡Te has perdido el sorteo de los DIU! ¿Cómo lo ves? ¡La gente está encantada! Y no me has traído perroflauta, menos mal. ¡Ya pensaba yo que me traías a la perroflauta!

Delia fingió que no había notado ese dedo hurgando en lo más profundo de su llaga.

—Mamá —dijo—. ¿Podemos hablar? Tengo que decirte… —Su madre se giró y saludó a otra señora, pasando de ella—. Mamá, oye, ha pasado una cosa con mi trabajo. Tenemos que hablar…

—Ay, nena, vente para acá. —De pronto, la había cogido del brazo y estaba arrastrándola entre la gente—. Vente, que me acabo de acordar de que tengo que presentarte a una chica.

—No… —le pidió ella—. Mamá. Mamá, oye, no estoy hoy para esto. He venido a que hablemos de algo…

Frenaron en el pasillo frente a quirófano, que estaba taponado como si hubiese fila. Mercedes tocó la espalda de una mujer trajeada que hablaba con otra.

—¡Guapa, mira! —la llamó—. Aquí te la presento, a mi hija, ¡que te he hablado mucho! ¿Verdad?

Cuando la mujer se giró, no era una mujer: era la última cara que había visto una semana atrás, antes de que se la llevase la policía.

—¿Coral?

Coral pestañeó, pillada, y pareció avergonzarse.

—Delia —respondió, y luego dijo—: Ya le he dicho a tu madre… Le he mencionado como diez veces que ya nos conocemos.

—¡No lo suficiente! —atajó Mercedes—. Os dejo para que habléis. ¡A pasarlo bien, que la tarde es joven! Coral es paciente de toda la vida. —Le apretó la mano a Delia y le susurró—: Tiene un muy buen ecosistema ovárico. ¡Échale el lazo!

Y se perdió en cuestión de un segundo entre la gente apretujada en la clínica. Delia se quedó allí plantada, frente a su excompañera de Geogalia, que tenía cara de haberse enterado de lo último y de no saber cómo tomárselo.

—Coral… —Le sonrió, incómoda—. Perdona, tengo que… ¿Qué haces aquí? ¿Cómo que eres…? Vuelvo en un segundo. Ahora vuelvo. —Y correteó detrás de su madre hasta atraparla—. ¡Mamá!

—No te hagas la rara, Delia.

—¡Me estás presentando a mi jefa de departamento!

—¡Pues mejor! Pues eso que te llevas: un braguetazo. Nena, no te fastidies la oportunidad. —Le insistió, emperrada—: Es una chica interesantísima. Es higiénica, llevo también a su madre; se te está gastando el tiempo, Delia, y yo creo que te va a encantar su vagina…

—Mamá. —Delia cerró los ojos—. Por favor, mamá.

—¿Qué? ¿Qué hay de malo?

—Escúchame. —Y aprovechó y lo soltó—: Me han despedido esta semana.

Mercedes paró el trote y miró a su hija, asustada de repente.

—¿Ella?

Delia dijo:

—¿Qué? ¡No! ¡Coral no!

—Ah —suspiró, aliviada—. Pues muy bien. Pues entonces podréis superarlo.

Ella se quedó tiesa en el sitio, sin poder creerlo, mientras su madre le daba dos besos a un matrimonio que recién llegaba.

—¿¡Eso es lo que tienes que decirme!?

—Ay, cariño, ¿y qué te digo? Qué mala pata —improvisó Mercedes, poco interesada—. Se veía venir. No era serio, Delia, lo que hacías; sonaba a cosa abstracta sin futuro. ¿Análisis de datos? ¿Qué datos? Eso se va a acabar ya, además, con el temita de las IA. Pero yo entiendo que hay que probarlo todo, y por eso te he apoyado, pero esto lo charlamos otro día más tranquilamente, ¿vale? Que hoy no tengo más tiempo. Cariño —remató—: esto te va a venir bien. Esto es a mejor, y mañana hablamos de la enfermería.

A Delia se le desencajó la mandíbula y boqueó como un pez desorientado.

—¡Mamá! —contestó—. ¡No quiero hacer una enfermería! ¡No me has apoyado nunca en nada! Mamá, lo que quiero es que tengo una hipoteca y necesito que ahora me ayud... Mamá —la llamó, pero esta ya se iba—. ¡Mamá!

Fue inviable: Mercedes Matas era un ente imperturbable, perdido en sus vicisitudes de ginecología, y había desactivado su capacidad de escucharla el día que le había parido.

Delia se dejó caer, destrozada, contra los cuadros de la sala de espera. ¿Cómo había esperado lo contrario? Judith estaba trabajando en el despacho. Harry estaba por allí, borracho de vino, y ese señor que se llamaba Carmelo Agós no sabía si la conocía. ¿Cómo había podido esperar otra cosa? De su madre, de su desastre de vida, de Angie Samper el fantasma de su dúplex hipotecado. Angie Samper se iba a ir y no podía creer que fuese capaz de hacerlo sin mirarla a la cara. Llevaba todo el otoño luchando porque se fuera; la perseguía, también, la rabia de no tener nada que demandarle. De que quizá, y con todo, se lo hubiera ganado. Pero se habían besado así, y Angie la había tocado a veces de esa forma; se habían encontrado en el centro de algo, tras mucho pelearlo, de alguna manera. Delia se había imaginado que podían serlo, no sabía el qué, pero Angie era capaz de irse sin mirarla. Había esperado, quizá, esto: que no la dejasen por segunda vez con un discurso en un tique del Alcampo.

—Nunca he sabido cómo sacar la conversación —dijo una voz entonces, y Delia giró la cabeza. Coral le ofrecía una copa—: «Delia, no sé si te lo he dicho, pero tu madre es mi ginecóloga».

Ella la aceptó y forzó una sonrisa.

—Es la típica conversación. Me selecciona ella los ecosistemas ováricos.

—Eso ha sido… Todavía no sé qué decir.

—¿No te has enterado? Es para echarte el lazo.

Ambas bebieron un sorbo en silencio mientras Delia parpadeaba para tragarse las lágrimas. Coral, que ya sabía que era rara y no se espantaba por ello, se atrevió a añadir:

—Te fuiste sin despedirte. Me enteré el lunes.

—¿Y qué iba a hacer? Me quería enterrar, Coral. Fue horrible.

—Lo sé.

—Pelayo me llamó personalmente para mandarme a mi puta casa.

Coral apretó los labios, apenada.

—Delia… Lo siento de verdad.

—Déjate. Si me lo he buscado…

—No es cierto —dijo—. Tu contrato era una vergüenza. No es cierto. Es… Yo también tengo mi culpa —reconoció—, porque no he sabido cómo sacarte de ese cuarto. —Delia no supo qué responder a eso, porque si respondía quizá iba a llorar y haría el ridículo que llevaba persiguiéndola todo el día—. Por si no te ha llegado, quiero que sepas que ya lo han despedido. A Pelayo.

Eso consiguió que derramase la copa. La ladeó, sin querer, y se manchó los zapatos; volvió a enderezarla, girándose hacia Coral.

—¿Qué? ¿Es en serio? —preguntó—. ¿A Pelayo Sánchez del Pinar?

Coral asintió, y sonreía.

—Has conseguido que las que quedaban hablen —dijo—, y había mucho de lo que hablar. Aún puedes denunciarlo, con las otras. —Le confirmó—: Has echado a Pelayo de Geogalia. Por si te consuela: lo has conseguido, al final.

Durante un minuto, Delia solo pudo contestar con el movimiento de sus cejas. Después se descubrió riéndose. Se echó a reír, y Coral se rio con ella, y brindaron como dos adolescentes probando el vino en una reunión familiar.

—¿Y quién…? No. —Sonrió, sorprendida—. Tú. Claro, Dios, Coral, ¡felicidades!

—Es muy nuevo. Estoy firmando, aún.

—Pero ¿te quedas el despachazo?

—¡Supongo! —dijo—. A mí la verdad es que me gusta mi sitio...

Mercedes pasó entonces junto a ellas y apretó el brazo de Coral. Les dedicó una mirada con intención, que acompañó por desgracia con el regalito de un guiño, y Delia quiso salir a la calle y arrojarse directamente a los coches.

—Está muy empeñada.

—Perdóname —se disculpó—. Perdón, de verdad, por la pesada de mi madre. La próxima vez que vengas, por favor, déjale caer que no te intereso de nada. Puedes decirle que tú eres la que me has despedido, ¿vale? Y que no te intereso de nada.

Coral la miró de repente como balbuceando algo que no llegó a decir y después se pasó una mano por el pelo. Solo ahí, llegado ese momento, a Delia le clicaron sus dos neuronas: sí que le interesaba a Coral. Coral no estaba allí por la reapertura de la clínica. Estaba allí para verla a ella.

—Bueno —carraspeó, nerviosa—, a ver, he intentado decírtelo todo el año. Pero no ha surtido mucho efecto, y no pasa nada... Mejor le decimos que yo no te intereso.

—¿Qué...? —Delia bufó una risa—. Tú has... No. ¿Qué? —Dejó la copa sobre la mesa—. ¿Te estás quedando conmigo?

—¡Te invité a una cita!

—No fue... ¡No era una cita! Señor... —Negó, tapándose los ojos—. ¿Era una cita?

—Que no pasa nada.

—Soy un desastre. Coral, joder, perdona... —Intentó explicarse—: ¡No me entero de estas cosas nunca! He estado con tantas historias, y tenía la cabeza en lo de mi contrato, y estaba...

—Delia —insistió—, no te preocupes.

—No me enteré de que podía ser una cita...

—¿Entiendo entonces —dijo ella— que aún puedes enterarte? —Ofreció—: Quiero decir... Por darle el gusto a tu madre. —Coral se acercó a ella en el evento de la clínica y le preguntó—: ¿Puedo llamarte algún día de estos, Delia, y nos tomamos algo donde sea? Y no hablamos de Geogalia.

Delia la miró allí, bajo las luces blancas y la música de jazz de sala de espera. Por primera vez, se vio mirándola de verdad: el pelo corto y castaño. El lunar desdibujado en la mejilla. El traje verde oscuro, a rayas, del Bershka. Coral llevaba sin tener forma todo ese tiempo, pero de pronto apareció y la tuvo, y era justo la misma forma que había tenido Elba: el escalón siguiente, con un buen trabajo, un concepto blanco que a su madre le enorgullecería, y le pareció el hueco vacío de un seguro de banco. Abrió la boca («Angie se está yendo»). Dudó, y los ojos le bailaron («Angie no es para ti»). Pestañeó («Nunca lo va a ser»).

—Sí —contestó, y salió de su boca casi como preguntándolo—. Claro. Eh... —Sonrió un poco—. Sí. Puedes llamarme.

Coral dijo:

—Y sería una cita.

—Sería una cita, oficialmente.

—No me la estaría imaginando.

—No, me ha quedado claro. Es una cita.

La nariz empezó a sangrarle. Coral la avisó: «Te está sangrando la nariz», y Delia se apresuró a coger una servilleta de la mesa, y fue entonces cuando sintió el frío seco de la puerta abierta a su espalda, y Harry exclamó:

—¡Angie! ¡Qué buen verte!

Delia se giró.

Angie estaba allí, de pie, en la entrada de la clínica.

Venía despeinada y sin aire, de recorrerse Madrid en un último impulso atrasado, en una prisa que la había activado y la había empujado a correr y correr y correr con una claridad que la había llevado hasta esa calle. De pronto estaba allí y había llegado tarde de nuevo: Delia estaba agarrada a Coral. Había oído lo que tenía que oír y la había encontrado planificando su futuro sin ella. La gente la estaba mirando, y Mercedes Matas tenía cara de que iba a llamar a la policía, y ¿qué era lo que había esperado? ¿Cómo había imaginado lo contrario? ¿Qué era lo que había...?

Dio dos pasos hacia atrás. Reculó. Salió por la puerta.

—¡Angie!

Enfiló la avenida con el corazón en los tímpanos y no miró atrás cuando Delia la siguió por la calle.

—¡Angie!

—Vuelve —le soltó, sin girarse—. Te veo en casa. Olvídalo.

—Angie, ¿¡qué estás haciendo!? ¿¡A dónde vas!?

—A dejarte con lo tuyo.

—¿¡Qué haces aquí!?

—El imbécil —masculló—. Está claro que el imbécil…

Se cambió de acera y los coches le pitaron para no atropellarla; qué importaba. Estaba muerta desde hacía tanto. Delia la alcanzó de dos zancadas, cuando ya había llegado a la calle de enfrente, y la agarró de la chaqueta antes de que se metiera en el metro.

—¿¡Puedes parar!? —le pidió—. ¡Joder! ¿¡A qué viene este número!?

—¿Qué quieres?

—¿¡Qué quiero!? ¡Acabas de aparecer y…! —Jadeó, desconcertada, y también estaba ofendida por algo que Angie no entendía—. ¡Acabas de venir de pronto sin avisarme y sacas tus conclusiones, y me escuchas por la espalda…!

—No hay nada que escuchar —la cortó. Se volvió hacia las escaleras—. Mucha suerte con *miss* Mojoyoyo.

—¡No, no te vas a ir! —Delia tiró de ella—. No puedes… —Le gritó—: ¡No tienes derecho a exigirme nada!

—¡Ah! —Angie por poco se rio, enfadada—. No te preocupes: ya me ha quedado claro. Ya puedes volverte: eso se parece mucho más a lo que tú quieres. Y ahora, si no te importa, prefiero hablar de esto ya mañana, porque, aunque ya lo sabía, estoy asimilando que soy imbécil…

Delia sacó algo de su abrigo y se lo lanzó a la cara. El viento jugó a favor: el tique del Alcampo se clavó en los morros de Angie. Ella tuvo que escupirlo, y luego se lo desenganchó de un ojo, y leyó su propia letra en el borrador de la despedida. Musitó:

—¿Qué…? —Miró a Delia entonces, pálida—. ¿De dónde has…?

—¿¡«Mañana»!? —recibió como una bofetada. Ahora sí: estaban haciendo un numerito en la calle. La gente empezó a mirarlas, y Delia tenía los ojos brillantes, y estaba sometiéndose a ese ridículo y ya no lo podía evitar: estaba llorando por primera vez en meses—. ¿¡Esto es lo que me haces, Angie!? ¡Todo lo que tienes que decirme! ¡Y te vas, cuando acaban de despedirme, en la peor semana, cuando…! ¡Y me dejas solo con esto, y adiós muy buenas!

—Delia…

—¡No sé cómo lo has conseguido! —Se deshizo de las lágrimas de un manotazo—. ¡Pero esto es menos personal que robarme una Thermomix! ¿«Cuídate»? —La empujó—. ¡No tienes derecho a exigirme nada!

Angie abrió y cerró la boca. La rabia se le mezcló con la culpa, se le mezcló con el orgullo, se le mezcló con…

—¡Llevas meses —se defendió— pidiéndome este momento para darme la patada! ¿¡Qué esperabas que hiciera!? ¿¡No es esto lo que querías!?

—¿Te vas a hacer la tonta? Muy bien. —Delia cogió aire—. ¡Vamos a hacer las dos el tonto ahora!

—Mira, Delia…

—¡Si quieres fingir —siguió— que aquí no pasa nada y que estamos en septiembre…! ¡Si te creyeras eso de verdad, no me dejarías con un puto tique del Alcampo! Incluso si quieres irte, incluso si… —Se le atragantó la voz—. Incluso si no te merezco la pena y esto para ti no ha sido nada, ¡mírame a la cara antes! ¡Ven y dímelo a la cara!

—¡Y aquí estoy! —gritó Angie—. ¡He venido! ¡Y esto es lo que hay: que te encuentro con… con…! ¡Que ya estás pasando a lo siguiente y no quepo en tu vida! ¡Nunca he cabido en la vida de nadie! ¿Sabes qué quería? —dijo—: Ahorrarnos este momento de mierda. Y por un segundo, Delia, te lo juro, he creído que existía otra posibilidad distinta a este momento contigo, pero me he equivocado: tú eres la Clínica Matas, tu dúplex pintoresco, tu hipoteca y tu futuro; tú tienes tu vida y yo no te encajo en nada de eso. Me he equivocado: soy la perroflauta. ¿Sabes acaso cómo encajarme?

Delia se atascó en ese momento y eso se lo confirmó: que era verdad. No sabían cómo encajar sus aristas en la otra. Eran las dos caras de una moneda y no habían aprendido a mirarse; habían gastado todo su tiempo en apartarse mientras se agarraban a la vez de las muñecas, pero habían estado destinadas a apartarse, tarde o temprano. Delia dijo:

—Me has mentido —se sorbió las lágrimas—, toda la semana.

—Mira... —Angie respondió, amarga—: Te he hecho un puto favor.

—¿En serio?

—¿Qué más te da? Sé sincera. ¿Qué te importa?

Y estaban de nuevo al principio.

—¿¡Cómo puedes ser tan orgullosa y tan egoísta, y tan niña, y tan... indiferente a todo lo que no sea lo que sea que te pasa!?

—¿Esto te parece indiferente? —Bufó—. Mira, no me conoces de nada.

—¡Ah! ¿No te conozco de nada ahora?

—¡No! ¡Era un rollo de una noche! —escupió, solo por ver si dolía—. ¡Esto es lo que tenía que ser, lo que queríamos que fuera!

—¡Joder...! —Delia se llevó las manos a la cabeza, desesperada—. ¿Cómo he pensado...? ¿Cómo he sido tan idiota que he esperado algo distinto a esto de alguien como tú? ¡Pero eres esto! ¡Eres incapaz, incluso al final, de no poner todo lo que tienes para hacerme daño! ¿Y por qué vienes aquí? —le preguntó—. ¡Si tan claro lo tienes! Si sabes que esto no había ni que terminarlo, si no merezco ni tu tiempo, ¿por qué no lo haces y por qué no te vas y ya, y por qué me montas esto y no te olvidas de...?

—¡¡¡Dios mío, Delia!!! —estalló Angie—. ¡¡¡Porque estoy enamorada de ti!!!

Se hizo un silencio de voces y de tráfico, del zumbido de las farolas encendiéndose por todo Madrid. Se hizo un silencio.

Ambas se contemplaron, jadeando vaho, y un autobús les pasó por detrás; estaban a punto de besarse, y también a punto de culminar la rotación de golpes y despedirse, así que Delia tomó ese empuje, en caliente, por despecho, porque ella nunca habría podido irse sin mirarla a la cara.

—Qué vas a saber tú, Angie —dijo—, de lo que es enamorarse de nadie.

Angie pestañeó. Alzó las cejas.

Delia lo vio desenvolverse ante sus ojos, como la pisada que alerta a los pájaros que se han atrevido a posarse: a Angie le cambió la cara a otra cosa. Se le trasladó el dolor a los ojos, un dolor nuevo, y ella quiso pararlo, pero ya estaba pasando. Ya lo había hecho.

Angie retrocedió. Tardó un poco más en girarse.

—Angie.

Angie se dirigió a la boca de metro. Negó, solo para ella.

—Vale. Vale…

—Angie… ¡Espera, Angie…!

—Cuídate. Ya está. No te preocupes. Cuídate.

Se marchó y Delia no supo con qué palabras pararla. Delia apoyó la espalda en un árbol y se cubrió la cara con las manos hasta que anocheció junto a la clínica y Judith fue a buscarla.

Cuando volvió a casa más tarde, repasando la disculpa, Angie no estaba allí y su mochila había desaparecido. No había tabaco en los cajones. Las sartenes habían vuelto a la caja. Tuvieron que pasar dos días para que Delia lo confirmara: que Angie Samper se había ido, y eso era todo. Que la había perdido para siempre.

El dúplex en Tirso de Molina era, al fin, un espacio libre de fantasmas.

LO DE CUMPLIR, FINALMENTE, TREINTA AÑOS

Delia Agós había soñado con ese momento toda una vida: el tres y el cero en el centro de la tarta. La tarta encendida en el centro de la mesa. La mesa en el centro del salón de sus padres, donde todos los banderines celebratorios rezaban «¡Felices 30, Judith!». «♥ Judith ♥». «¡Es una (1) chica excelente!». «JUD. JUD. JUD».

—Nena, pues claro que tengo las tuyas aquí —se justificó su madre—, pero es que ya no nos queda más casa. Hemos puesto las que caben; tenemos las paredes que tenemos.

—En la tarta también pone solo «Judith».

—Tenemos la tarta que tenemos. No me seas celosa, hija, que ya estás mayorcita.

Era una tarta pedida por encargo para veinticinco comensales, de dos pisos y medio.

Delia Agós había soñado justo con esa pesadilla: con pasar la última semana de sus veintinueve escuchando el silencio de su dúplex vacío. La cocina parecía una maqueta de catálogo. La habitación olía a polvo y no se desordenaba nunca. El 6.º B, con el historial que tenía, nunca había parecido un lugar más encantado que entonces, y por las noches podía oír ahora el crujido de los muebles, el chirrido de las puertas, los pasos de la gente que parecían venir de las tejas. Por las noches, le aterrorizaba ese momento: en el que entendía que estaba sola y los ruidos no eran de ella.

Delia miraba el tejadillo. Contemplaba, sentada en la escalerilla, el negro azabache de la habitación de la secta, de la que parecía que de pronto iba a salir, a punto de inventar un insulto, encendiéndose el final de un mentolado. Leía su letra aún escrita en la nevera:

He pensado que es mejor que te vayas de mi casa.

El dúplex era tan diferente sin Angie que sentía que era ella la que se había ido.

Llamó a Richi el lunes para que alguien hiciese peso en el otro lado de la cama, y fue como en los viejos tiempos, cuando nombraban a las cucarachas en el semisótano de un zulo: Ricardo Soto apareció con su maletón. La obligó, muy a su pesar, a cambiarse de pijama. Le pelcó que no se podía llorar mirando una familia de croquetas congeladas.

—Podemos sacar un cigarro por aquí —propuso un día, ambos sentados en el balcón frío—, a ver si vuelve con el olor. Como cuando los gatos vienen con el tufo a sardina.

—No va a volver —respondió ella—. No sé si puede. No sé… dónde está, porque no me dijo dónde van, siquiera. —Se rodeó con la manta y añadió—: Y no va a volver. Porque me lo he ganado.

Él apoyó la cabeza en su hombro.

—Bueno, amor —dijo—. Que son las cosas que pasan en la vida.

Estas cosas pasan; no con muertos, claro, pero la gente lo deja. La gente va y viene, y todo sigue. —Añadió—: También ella era una energúmena.

Delia apretó los labios y miró la silueta recortada de los edificios bajo la nube de contaminación.

—Pero voy a vivir toda la vida —musitó— con la idea de que nunca se lo dije. Que quería que se quedase. Que la quería.

Delia había perdido un fantasma doméstico contratado.

Los fantasmas, de todas formas, son una posesión bastante fácil de perder: su identidad reside en que ya se han perdido, de alguna forma, y a la mayoría de ellos ni los vemos. Los fantasmas que vemos, es decir, las personas, también tienden a desaparecer y a dejarnos solo las colillas.

Angie Samper había sido un fantasma inusual, al borde de quedarse con ella para siempre; había sido una persona al borde de irse en cualquier momento. Su presencia había hecho tanto ruido, o había sacado tanto ruido de Delia, que podía sentir su ausencia ahora como si fuese un espacio reservado; creía verla en la luz imaginada que hacen los ojos cuando no entienden la oscuridad. Creía verla en la luz. Habían sido un torbellino rápido de algo que no entendía y que no iba a ser capaz de reproducir con nadie, y eso está bien: no estamos diseñados para enamorarnos de los muertos. Pero los muertos sueltan a su paso un montón de versiones, de visiones que escuecen, de lo que podría haber sido la vida.

—Cariño, te veo cadavérica —le dijo su madre, cuando llegó a la fiesta esa mañana—. ¿Cómo me vienes así? ¡En tu día! Te veo anémica, cariño, ¿estás durmiendo y comiendo bien?

—No.

—Bueno, pues oye, pues hazme un favor y muéveme por ahí las bandejas. —Y le encasquetó encima una fuente de medianoches—. Que no se están acabando los brie con mermelada. ¡Que rule un poco! Y grítale a la abuela, que ya no se entera de nada.

Delia había conseguido tenerlo todo en la lista para el día que cumplió los treinta: la cuenta en números rojos. El sitio en la cola del paro. Un piso aún por reformar en un edificio que escribía estas cosas sobre ella, y la soledad. Sobre todo, la soledad.

Para celebrar este gran hito difícilmente alcanzable por cualquier humano, su familia le reservó el placer de ser la camarera de su propio cumpleaños: el viernes 19 de diciembre, Delia pasó el mediodía en la casa de sus padres distribuyendo hornadas de tentempiés, empanadillas resecas y restos de banderillas picantes, y rellenando las copas de familiares que aún confundían su nombre y se olvidaban, puntualmente, de que existía alguien que se llamaba Delia.

Era una fecha especial, ¡los treinta años! El comienzo de los frutos plantados durante toda la vida, así que Mercedes Matas había decorado la casa con globos y guirnaldas, y un pizarrón con imanes con un recorrido de fotos de la infancia, las cuales eran todas de Judith, y Delia salía a su lado, recortada, a veces fuera de foco o al fondo dando la espalda, y, cuando se lo señaló y esta no pudo negar lo evidente, su explicación fue:

—Estás celosona, hoy. ¡Pues es lo mismo, pues si tenéis la misma cara!

Como todos los años, los regalos fueron dos copias repetidas de cosas que ella necesitaba: un archivador personalizado para juicios. Un cargador para el coche eléctrico que no tenía. Unos posavasos de la bandera irlandesa, porque Harry al parecer también era su pareja, y ella también debía ser abogada, porque lo último era un libro llamado *La historia del delito*. Luego tocó el momento de soplar la tarta, a lo que alguien propuso que fuese Delia la que hiciese el vídeo para el chat de grupo; la familia entera se reunió alrededor de Judith, y así quedó grabado para siempre: una tanda de tíos y primos y sus padres y Harry y Judith, y ni rastro de Delia por ningún lado. Cuando las velas se apagaron y su madre fue de nuevo a por el mechero, exclamó:

—¡Y ahora Delia! ¡Ay, que a las velas se les ha gastado el rabito! ¡Ya no tenemos velas para Delia!

—Yo ya la he cortado—dijo Carmelo.

La prima Tere preguntó, desubicada:

—¿Y quién es Delia?

A las cuatro de la tarde, cuando parecía que la tortura estaba por acabar, Mercedes insistió en su momentito del brindis, durante el cual actuó como si, una vez más, ese cumpleaños fuese suyo.

—¡Atención! ¡Atención, familia! —declaró, subida a una silla, y empezó su discurso de Navidad—. ¡Gracias a todos por venir! Mi regalo más grande es vernos aquí hoy a todos. ¡Un año más que pasa, para mí y para mis niñas! Que ya son mujeres, que ya no se pueden andar con tonterías. Bueno, ¡hoy tengo que presumir de mis niñas y felicitarlas! ¡A Judith la han ascendido este año en su despacho! —Todos aplaudieron—. Es una abogada fantástica, y tiene a su Jarri, y quizá el año que viene se nos muden un tiempo a Hungría. Y luego Delia… —Tuvo que pensar cinco incómodos segundos—. ¡Delia es muy feliz! —Todos volvieron a aplaudir—. ¡Y a lo mejor este año se hace una enfermería! —Murmullos de aprobación, miradas de consuelo—. Y volviendo a Judith, que aún me acuerdo, ¡aún me acuerdo! Cuando pensábamos hace treinta años que celebraríamos Nochebuena solo con ella. ¡Imaginaos! —No había que imaginarlo—. ¡Quiénes hubiésemos sido si nos hubiese llegado solo una! —Actuaban, de hecho, como si solo hubiese una—. A mi Judith le tengo que decir que tiene suerte, porque la biología se salta una generación a los gemelos, y todo esto os lo estoy contando porque… Ay, agárrame el vino, Mari… ¡Mi Jud ha dado positivo! —«¿Qué?», se oyó en pregunta. «¿En COVID?», se oyó por otro lado, y la gente empezó a buscar su mascarilla—. ¡Que está embarazada!

Felicitaciones y vítores y más aplausos. Judith, que por seria y por introvertida estaba pasando la misma cantidad de mal rato, la riñó, pillada por sorpresa:

—¿¡Mamá!?

—¡Pues tenía que decirse! Estas noticias, hija, hay que compartirlas con la familia. No seas tonta… ¡Un brindis! ¡Cariño, trae las copas! —le ordenó a Delia—. ¡Un brindis!

Harry le preguntó, confundido:

—¿Estás empalmada?

—*Honey* —le susurró Judith—, luego te explico…

Delia, con la mente proyectada en otra versión de sí misma que le ponía más empeño y se tiraba por la ventana, actuó sin reaccionar casi por inercia: obedeció. Agarró la bandeja con las copas de cristal y se cargó el champán bajo un brazo. Intentó sortear la veintena de invitados que ocupaban el salón, pero el suelo estaba repleto aún de restos de la obra, de cajas con pósteres de vulvas de la clínica, y moverse por allí contaba como gincana. Cuando iba a dejarlo todo en la mesa del centro, Carmelo Agós levantó la cabeza y terminó, al fin, su maldito sudoku del día.

Su coronilla chocó contra la bandeja y la desequilibró hacia delante. Las copas se cayeron todas al suelo y reventaron en una cacofonía de vidrio estallando sobre vidrio.

—¡¡¡Aaah!!! —gritó la prima Tere—. ¡¡¡Los niños!!! ¡¡¡Los niños!!!

Se lanzó sobre sus niños como si acabase de oír un aviso de bomba. Esto la llevó a empujar a Delia, que perdió el agarre del champán: la botella se rompió, también, con un chasquido mojado de gas. El desastre pasó en un momento, y fue lo único del día de lo que se enteró la abuela, y, cuando Delia ya se había empapado y tenía cristales en los zapatos y en la ropa, Mercedes se sacudió las gotas y la miró decepcionada, y tan solo negó con la cabeza.

—Por Dios, Delia... —dijo—. Ya tenías que hacerlo sobre ti. Ya te habrás quedado contenta.

Y eso fue lo que costó.

Delia levantó la cabeza y las pupilas se le dilataron. Una frustración almacenada años, tres décadas; una frustración más vieja que el mismísimo mundo le subió de pronto desde dentro y la poseyó.

—¡¡¡Ya está!!! —estalló, y algunos parecieron descubrirla de pronto, por primera vez. Delia tiró la bandeja de latón al suelo—. ¡¡¡No puedo más!!! ¿¡Sobre mí, mamá!? ¿¡Sobre mí!? ¡¡¡Nada de esto es sobre mí!!! ¡¡¡Nada, en toda mi vida, ha sido sobre mí, porque no puedes hacer las cosas para mí si no me conoces!!! ¡¡¡Todo esto, mamá, ha ido y va siempre solo sobre ti, sobre lo que a ti te da la gana!!!

Su madre parpadeó, en shock.

—B-bueno, Delia. —Le pidió, nerviosa—: Ya basta. Estás perdiendo las maneras, hija...

—¡¡¡No soy muy feliz!!! —le declaró al público, a los *subsobrinos* atemorizados—. ¡¡¡No soy feliz, a secas!!! ¡¡¡No voy a hacer una enfermería, y os podéis llevar este libro y esta mierda, porque, por si a alguien le sorprende: tampoco soy Judith!!!

—¡Ha bebido! —avisó Mercedes, con una sonrisa—. ¡Le sienta mal, cuando se bebe una copa! Ahora se disculp…

—¡Estoy harta, mamá! —concluyó, ya sin aire—. Me rindo. Nunca es suficiente contigo. Estoy harta, y lo has conseguido: he llegado a mi límite contigo. Hace una semana te hablé de lo de mi trabajo, hace una semana perdí… —«a mi perroflauta», pero quizá no era el momento de llorar otra vez—. ¡Me olvidas, y no te importo, y luego apareces y me controlas la vida!

—Nena, ¿yo qué te voy a controlar? —dijo Mercedes, cuando vio que no callaba—: Por favor. Delia, mírate. Estás asustando a la familia. No estás bien, cariño, y me duele mucho. ¿Tiene pinta tu vida de que alguien está en control de nada? —Se dio cuenta de cómo sonaba y añadió, más dulce—: Delia, yo intento ayudarte con lo que sé, en lo que puedo… Vamos a hablar esto en privado. ¡Esta fiesta es para ti, para que tú disfrutes!

Delia la miró alucinada.

—Si esta fiesta es para mí, mamá, habría que echarle imaginación.

—¡Bueno, Delia, no seas desagradecida! ¡Estás dejándote fatal! ¡Es un gesto de cariño que tú no te podías permitir, porque yo sé que tú necesitas…!

De pronto, se oyó una tercera voz:

—¿¡Puedes callarte por una vez y escuchar!?

Los familiares, sobrecogidos, hicieron un hueco en el corrillo: Judith había dado un paso adelante. Estaba mirando a su madre a los ojos.

—Eso, díselo, cariño —suspiró Mercedes, aliviada—. Vamos a calmarn…

—¡No, mamá! —la interrumpió Judith—. ¡Te lo digo a ti! —Su madre se llevó una mano al pecho entonces. De repente, sí que lo notó: eran indudablemente dos—. ¡Has hecho todo esto para ti otra vez, para tu brindis y tu momento, y ya lo hemos hablado! Mamá, esto es cruel. Tratas a Delia como… ¡La haces sentir como una inútil! ¡Tratas mi vida como tu espectáculo! Decir lo que has dicho, cuando te pedí que no lo dijeras, y toda esta poca atención con Delia, con mi nombre por todos lados… —Respiró hondo, fuera de sí—. ¡No estoy embarazada, mamá! —A eso, su madre casi se desmayó—. ¡No estoy buscando quedarme, pero he tenido que decírtelo porque me persigues, porque no nos dejas respirar! Porque tengo la mala costumbre, desde que me pariste, de decirte lo que quieres oír. Y por eso tratas peor a Delia —le aclaró—. Porque ella no lo hace.

Cuando terminó y no se oyó ni a Carmelo, que estaba limpiando el sudoku de la lluvia de cristales, Judith se dio la vuelta y se fue. Después volvió, pescó a su hermana de la chaqueta vaquera y se la llevó también.

—¡Nos vamos de aquí! —declaró, y le temblaba la voz—. ¡Nos vamos!

Las anfitrionas salieron de un portazo y se creó un momento rarísimo en el salón. Mercedes corrió al baño, en un ataque de nervios, y los niños empezaron a llorar. Harry, que se había quedado solo allí en medio, y tampoco había entendido qué pasaba, declaró:

—*Well*, ¡pues no está empalmada! —Sonrió, incómodo—. Perdón las confusiones. *Well*… —Añadió, sin acordarse bien de la traducción correcta de *cake*—: ¿Queda caca?

Judith llevó a Delia en el coche eléctrico hasta su chalé en Boadilla.

Estaba tan contrariada que hizo cosas impropias de ella: le permitió, por ejemplo, no llevar puesto el cinturón durante dos segundos. Fue a noventa en una zona de ochenta y no cedió el paso a cuarenta conductores. Vista así, refunfuñando y despeinada, después de fastidiar una comida, Delia pensó que sí que eran gemelas idénticas; Judith la metió en su casa y luego le dio tres pantalones para que se cambiara y le echó a lavar los suyos empapados de champán. Le limpió un corte en el tobillo con dos litros de agua oxigenada.

—¿Y cómo ibas a salir de eso? —le preguntó Delia—. ¿Qué ibas a parir, un *Baby Born*?

—Iba a decir que había sido un falso positivo. No pensaba... —masculló—. Iba a empezar a analizarme por si era infértil, y entonces iba a ver que aún tomo la pastilla. Esta fue la idea terrible que tuve.

—Y tú crees que mamá se va a callar nada.

—¡Es nuestro día! Creía que... Le iba a decir la verdad en Nochebuena.

—Mamá puede detectar un embarazo falso por esporas.

Judith abrió una tirita con los dientes y le tapó la herida. Al rato, suspiró:

—Dios mío. —Se frotó los ojos—. Me he dejado a Harry. Me he olvidado en la fiesta al padre de mi *Baby Born.*

Durante la siguiente media hora, Delia oyó a su hermana hacer una llamada en inglés indicándole a Harry dónde lo recogería. Aclararon lo del embarazo y el equívoco desagradable, y luego Mercedes le arrebató el teléfono al otro lado y le pidió que volvieran a la casa. Así que así acabó el cumpleaños: con ambas mirando en silencio el porche, con las frentes clavadas en la ventana fría, mientras el pantalón de Delia daba vueltas en la lavadora y esperaban a que acabase para poder llevárselo hecho un higo.

—Treinta años —murmuró, como dándose cuenta de lo poco que significaba. Sonrió un poco—. Mamá tiene algo de razón. Mírame. Jud, he aterrorizado a nuestros familiares.

—Delia, somos unas crías —respondió Judith—. Desengáñate. Treinta es lo mismo que teníamos ayer.

—¿Sabes qué? —le dijo entonces—. Que cuando teníamos diecisiete yo pensé... —Casi se rio, enternecida—. Le dije a Richi que pensaba que para los veinte ya te habrías ido. Quiero decir, a no sé dónde, tú sabes, te ibas a ir a estudiar fuera... A Irlanda con Harry, a algún sitio importante —se explicó—, y en ese momento para mí era como que te ibas. Yo creía que te esperaría siempre aquí, siempre mirándote desde lejos. En ese momento, los veinte también se sentían como el fin del mundo. Pero, al final, pasa y pasa el tiempo... —Ladeó la cabeza, mirándola—. Y sigo siendo tu sombra, contigo. Y, ahora que lo pienso, no sé si... No sé si quiero ser otra cosa —decidió—. En diez años estaré otra vez aquí, y eso sí que es un consuelo, estaremos aquí, y lo pienso ahora... Que no sé quién soy yo, Jud, si no soy un poco un intento de ti.

Pretendía que sonase bonito, porque lo era: Delia no conocía a nadie mejor que Judith Agós, y era, en algún grado, una suerte ser la mancha de tinta en la página siguiente de la página en la que la habían pintado. Pero Judith dijo:

—Delia... Eres idiota. —Negó, frustrada—. ¿Sabes cuántas cosas...? —Negó—. ¿Sabes todo lo que eres tú que no soy capaz de ser yo? Eres divertida, Delia. Eres... transparente, e incansable; eres terca como una mula y no se puede pelear contigo. No conozco a nadie con más empeño, y sobrevives a lo que sea que te echen, eres... valiente y tolerante, y aguantas y cuidas y entiendes a los demás. Haces que los demás te entiendan. —Judith dijo—: No eres una versión de nadie, Delia. Para mí, tú siempre has sido, eres... Mi persona favorita. Así que cállate. Hazme el favor de callarte.

Delia abrazó a Judith con todas sus fuerzas. Tenían que haber compartido eso antes de nacer, en un tiempo pretérito, cuando el mundo todavía no había decidido que no serían una sola persona; se abrazaron de verdad, que ocurría rara vez, porque, por ser hermanas, no sabían realmente cómo abrazar a la otra.

—Sé que estás odiando esto —le aseguró—. Dame un momento. No va a durar.

—No lo odio —murmuró Judith, que se estaba esforzando—. Bueno, es que no me gusta el tacto. El tacto de los huesos de la gente, no de los tuyos.

—Jud, este año todo me ha salido mal.

—No es verdad —le dijo—. No es verdad. Has probado todo y lo has hecho todo, y no me hagas más caso ni a mí ni a nadie, ni a mamá. Tú sabes lo que haces, Delia. Y siento lo de... —Pero se calló—. Tú sabes lo que haces.

Delia asintió y enterró la cara en su hombro, que olía a casa.

—Voy a aceptarte el dinero, ¿vale?

Judith sonrió.

—Vas a tener que aceptarme el dinero.
—Pero es la última vez.
—Me da igual.
—Feliz cumpleaños, Jud.
Judith dijo, cerrando los ojos:
—Feliz cumpleaños, Deli.

Delia subió de nuevo las escaleras del bloque 11 A a las cinco de la tarde. Le molestaba el corte rozándole con el final del zapato; anochecería en no tanto, y eso habría sido todo, y al día siguiente empezaría un año nuevo para ella. Volvió a vibrarle el móvil con una llamada de Coral. Llevaba evitando cogérselas desde el viernes; no sabía qué quería hacer con eso, ni con nada, ni nada parecía importar mucho ya.

Cuando llegó a la puerta, se encontró una caja de cartón sobre su felpudo: Richi le había dejado una nota, encima de unas velas del supermercado, y una tarta helada que ya se había medio derretido y que tenía una pinta lamentable.

He obedecido la orden: no hay fiesta.

Me he ido también para que puedas ser infeliz y no celebratoria, en armonía con tu asco. Pero por si acaso te apetece celebrar, por si te das cuenta de que hay que celebrarlo, te dejo aquí un plan B.

No felicidades, mujerón de mi vida.

—Imbécil... —se rio Delia, e hizo eco en el vacío del rellano.

Entró en el dúplex y guardó el churretón de chocolate en la nevera. Luego tendió los pantalones, que le habían dejado el bolso calado, y volvió a por él: sacó las velas de su plástico y las encendió con una cerilla. Clavó cinco de ellas en la tarta deconstruida, en el concepto abstracto de tarta más impersonal sobre la Tierra. La miró un rato, primero, sin saber bien qué estaba haciendo ni qué quería hacer. Y, justo en el segundo en el que pensó que iba a guardarla, creyó soplar también. Sola en su cocina, Delia apagó sus cinco velas.

El humillo en las puntas buscó el techo como un hilo.

No ocurrió nada más. Esa había sido su profecía.

Descubrió, entonces, que la consecuencia de hacer eso era que ahora tendría que probar el churretón, pero de pronto la luz del techo brilló sobre un táper, cubierto y tapado por un servilletero: Delia encontró, escondido bajo un trapo, un táper de cristal con doscientas palmeritas.

Los ojos le escocieron de nuevo cuando se metió una en la boca. Estaban pasadas, y a quién se le ocurriría dejar eso ahí para que trajera una plaga de hormigas, pero eran las mejores palmeritas de chocolate que había comido en toda su vida.

—Imbécil... —susurró, y se terminó tres, hasta que pensó que las vomitaría.

Tiró el resto a la papelera. Fue a tirar la tarta también, en la que aún brillaban las velas, y las sopló de nuevo y lo desechó todo de una. Lo enterró tras la puerta bajo el fregadero, que aún tenía una dentellada con forma de cráneo.

Delia enfiló el pasillo y se tumbó en el sofá, en su piso vacío, el fatídico día de su treinta cumpleaños. Cerró los ojos y pensó en currículums, en hipotecas variables, y en la luz azul de un bar cualquiera reflejándose en los ojos negros de Angie.

Cuando los volvió a abrir, fue por el aire.

Tosió el aire empantanado en sus pulmones.

Esto fue lo que pasó: Delia despertó de la cabezada, confundida, y eran las seis de la tarde, y el salón estaba bañado en una capa espesa de niebla. Se incorporó y no era niebla: era humo. Todo estaba lleno de humo.

Su dúplex decrépito estaba ardiendo.

—¿¡Qué...!? —dijo, y luego se interrumpió en un ataque de tos.

Se levantó como pudo y fue hacia la entrada, pero ya no era capaz ni de ver la puerta. No veía nada. Estaba recién levantada, también, de una siesta, que no es el mejor contexto en el que te tiene que pillar un siniestro. Delia encontró la cocina siendo engullida por una columna de llamas; nacían en la basura, dentro del armarito de madera del fregadero. Metió las manos apurada en los bolsillos y encontró el paquete de las velas:

¡VELAS DE COÑA!
¡Apágalas y se vuelven a encender!

Las velas de cumpleaños comenzaron un incendio.

—¡¡¡No, no, no, no, no!!! —gritó Delia, y se quitó la camiseta para lanzarse a apagar las llamas—. ¡¡¡No!!!

Delia corrió a por el cubo de la fregona. Se lanzó al salón e intentó abrir las ventanas, pero comprobó que seguían rotas. Solo pudo desbloquear la puerta renqueante que daba al balcón, ¿se tienen que abrir las cosas cuando empieza un fuego? De qué sirve abrir las cosas, cuando tu casa es la caverna de Platón, un museo del Siglo de Oro con contrachapado de un engaño de reforma.

«Esto no puede estar pasando», se repetía. «Esto no va a ser así».

Delia escaló la escalerilla y llegó al baño. El suelo le quemó los pies; el baño era una sartén sobre el fuego de la cocina. Tardó tanto en llenar el cubo que su aporte al plan resultó ridículo: en el rato en el que terminó de cargarlo y lo llevó abajo, el pasillo estaba cubierto en llamas. El fuego estaba comiéndose su vida en los cuadros. Se tragaba las estanterías, lo poco de ella que había plantado allí. Bloqueaba el acceso a la puerta de salida.

—No… —jadeó, desesperada—. No, no, no…

Delia debería haber corrido a por el móvil. Debería haber salido al frío del hueco del tejado, pero en su lugar tiró un cubo de agua. Volvió al baño a llenarlo de nuevo, y Judith tenía razón: Delia no le tenía miedo a mucho. («Esto no va a ser así»). Delia le tenía miedo a esto: a perder lo único suyo que le quedaba.

Se estaba intoxicando con el humo y se dio cuenta demasiado

tarde, cuando empezó a bailarle el equilibrio y vio negro. Delia iba a morir el día de su cumpleaños y ni siquiera se dio cuenta de que era algo que había decidido.

—¡Ayu…! —Tosió, en la ventana que daba al patio de vecinos—. ¡Ayuda!

Cuando llevó el tercer cubo de agua, cedió el último soporte que le quedaba la escalerilla.

No vio venir el suelo.

La pierna se le quedó atrapada en la barandilla.

El dolor fue amortiguado por el cabezazo, que lo oscureció todo durante un momento. Tiró del pie, pero no lo podía sacar. No respiraba. No veía. El suelo estaba mojado y ardiendo; su dúplex en Tirso de Molina estaba ardiendo alrededor de ella.

«Voy a morir aquí» pensó confundida. «Al final, yo también moriré aquí».

Cerró los ojos y pegó la mejilla al parqué. Se desplomó, sin aire.

Pero entonces alucinó algo que debe ser lo mismo que te cuentan que es morir: la vida que pasa en un segundo delante de los ojos. Una sombra llegó entre el humo.

Algo le desatascó el pie de la escalera y tiró de ella, y entonces la rodearon unas manos.

—¡Delia! —gritaba—. ¡Agárrate! ¡No te duermas!

Jadeó, desconectada:

—Angie…

Alguien que olía a Angie Samper, que sonaba como Angie Samper, que tenía sus flores sin significado tatuadas, tiró de su cuerpo entre las llamas y se la intentó cargar a la espalda. Se tropezaron y cayeron. Delia hizo todo lo posible por agarrarla, por cogerle la cara de humo y enfocarla.

—¿Angie…?

—¡Delia! —dijo Angie, su fantasma doméstico perdido—. ¡No se te ocurra dormirte! ¡Vamos a salir de aquí!

—No me duermo…

—¡Agárrame!

—Angie. —Delia tosió, ya durmiéndose—: ¿He…? ¿Estoy muerta?

Angie la espabiló sacudiéndole el mentón.

—¡Y una mierda vas a estar muerta! —respondió—. ¡Esa es mi personalidad! ¡Agárrame bien!

—No te dije… —siguió murmurando ella—. Te habías ido…

—¿¡Cómo me voy a ir!? —le gritó Angie, y la levantó en brazos para encarar el pasillo—. ¡Tendrías que tirar este edificio abajo! ¡Al final conseguirás tirar este edificio! ¡Tengo una hipoteca contigo, Delia Agós! ¡No te duermas! ¡Quédate conmigo!

Y, tras eso, Delia perdió el conocimiento y se desmayó.

Despertó con la cara apretada por una mascarilla de oxígeno. Pataleó, confundida, sobre el colchón de una camilla.

—¡Ey, ey, ey…! —la paró un enfermero—. ¡Estate quieta! Tranquila, estás bien. Estás conectada a aire.

—Angie… —susurró, y no recordó ni las llamas. Angie había aparecido y la había sacado del humo. Estaba en una ambulancia, y fuera se oía la sirena del camión de los bomberos—: Angie. ¿Dónde…?

Le abrieron los ojos y miraron dentro con una luz. Le monitorearon las constantes y Delia la buscó, aún mareada, en la visión lejana de la calle. Estaban evacuando a la comunidad de vecinos. Tenía el olor a quemado metido al fondo de la garganta: le dolían los ojos y los pulmones y el corte estúpido y poco importante del tobillo. Delia cerró los ojos e intentó respirar profundo. Había soñado que Angie le salvaba la vida.

De pronto, alguien entró en la ambulancia a trompicones. Una voz dijo:

—¿¡Se ha despertado!?

—Por favor —respondió el enfermero—. Váyase de aquí. Aquí no se puede estar. No se puede tener un cigarro encendido…

De pronto, Delia se estaba incorporando y alguien apartó al hombre: Angie Samper tiró su cigarro a la carretera. Se apresuró a atraparle la cara entre las manos, y la tenía delante, despeinada y manchada de ceniza. Angie chequeó que estaba viva, como si hubiese tenido miedo a que se derritiera.

—Estás bien… —Sonrió, aliviada—. Dios mío. Estás bien…

—¿Angie…?

Angie la abrazó, y Delia la correspondió, comprobándola.

—¿Cómo…? —tosió—. Angie, estabas… Pero te habías ido, Dios, ¿cómo puedes…?

—Rubia, con la mascarilla me perdonas, pero no se te entiende una mierda…

—¡Por favor! —insistieron desde atrás, y tiraron de ella para llevársela—. ¡Este espacio no es para visitas!

—¡Joder, pero que soy su…! —replicó Angie—. ¡Tengo derechos! ¡Me tenéis ahí fuera muerta del asco! ¿¡Y si se derrite!?

—No se va a derretir —le aseguraron—. Estamos atendiendo a los enfermos. Por favor, la avisaremos cuando pueda verla.

—Angie… —repitió Delia, confundida aún, desde la camilla.

—¡Delia! —gritó Angie para ella, y dijo algo más que Delia no llegó a oír, pero tampoco importó más de lo que ocurría: que Angie estaba allí, a punto de inventar un nuevo delito para llegar hasta ella. No importaba el fuego. Angie estaba allí.

La vio a lo lejos levantar algo en el aire: había rescatado, de todas las cosas del dúplex, el cinturón de látex con el dildo morado fosforito. Delia se cubrió la cara con las manos. Jadeó: «Imbécil… Imbécil…», pero a los cinco minutos dejó de sonreír cuando un bombero se presentó en la ambulancia y le preguntó:

—¿Es usted Delia Agós, la propietaria del piso?

Al ver las fotos de cómo había quedado su dúplex, Delia volvió a perder el aire y se desmayó.

El 19 de diciembre, cuando pensaba que ya había cumplido los treinta, llegaron las siete de la tarde y Delia Agós los cumplió de verdad:

se convirtió, de forma oficial, en una indigente. Se autodesalojó, a media siesta, por un incendio accidental con unas velas de coña.

El 6.º B ardió, según le explicaron, de la cocina para arriba; según lo sentí yo, te confirmo que me dolió hasta en la punta de las tejas. El resto de los vecinos tuvieron la suerte de que fuese la única idiota que había estado dispuesta a vivir en ese ático; lo perdió todo, menos el ficus en su tiesto que, según le confirmaron, era de plástico, pero tenía igualmente una plaga de mosca blanca desorientada. Las divinidades increíbles del cambio climático.

—Ahí se va todo —le dijo a Angie, las dos sentadas en la acera frente al portal—. Mi cama, mi sofá, todo. Las cruces de Victoria Aguayo.

—Yo creo que esas no arden. Pero ojalá.

Delia no se atrevió a subir a ver el parqué pulverizado. Repasó en las fotografías las paredes negro carbón, como una prolongación de la habitación de la secta, y así quedó el dúplex: su espacio inhabitable, donde Delia sin duda había habitado, era ahora el interior de un horno sucio. Ambas observaron el manchurrón de humo en la fachada mientras los bomberos se retiraban. Los Erasmus italianos decidieron no renovar el contrato. Al día siguiente, Delia tendría que hablar con Judith de sus seguros y luchar otra guerra infinita, otra gesta que, con su suerte, también perdería; pero en ese momento estaba sin palabras, sentada junto a su fantasma, que desaparecería a las doce en un edificio del que habían sido desahuciadas, y el mundo era un lugar imprevisible y a esas alturas ya no podía asustarla nada.

—No podré ni venderlo —dijo—, que era mi plan si me perseguía el banco.

—Nadie lo habría comprado.

—No sé ni cómo… —murmuró, y luego miró a Angie, tratando de volver a su primer disparate—. ¿Cómo demonios me has encontrado?

Ella carraspeó, nerviosa. Se sacó el mechero.

—Pues… —intentó— estaba yendo a felicitarte. Iba a llamar, porque me acordé de que era tu cumpleaños, y había humo en la escalera…

—Angie —la interrumpió ella. Frunció el ceño, balbuceando opciones—. ¿Cómo…? Te habías ido al Más Allá.

—Bueno —le contestó—. No es que haya Más Allá. Es una estafa.

—¿Te han dejado volver?

Angie pensó, jugando con su mechero, hasta que se atrevió a confesarle:

—Tampoco es que me fuera *fuera.* —Le explicó—: Le… pedí a Manolo unos días. Me los debían, porque les he pagado cincuenta euros o así, una pasta, de una hipoteca. He estado… —Masculló, más rápido— pues en el cuarto del Miguelito, porque tampoco es que pudiera airearme.

Delia pestañeó, contemplándola sin poder creerla.

—¿¡Has estado una semana —le gritó— plantada en el puto bajo!?

—¡No fuerces! —le pidió, cuando entró en otro ataque de tos—. Que te has fumado un piso, tía…

Delia se puso en pie, alucinada, y se ajustó la bata de ambulancia.

—¡He estado llorando por las esquinas! —la riñó—. ¡Pensaba que te habías muerto! ¡Bueno, que te habías muerto más! ¡Que estabas en… en algún círculo del Infierno, en lo que sea que haya después para la gente con cleptomanía! Angie. —Negó iracunda—. No sabes cómo he estado porque te había perdido.

—¡Bueno! —le discutió—. ¡Y es que me tocaste los huevos la última vez!

—¡Y volví a disculparme!

—¡Aún no te has disculpado!

—¡Perdón! ¡Estaba atacada! Dios, ¡te ibas a ir sin más! ¡Te fuiste, sin más!

—¡No me fui, y no iba a irme con esto malamente dicho!

—¿¡Y eso cómo lo iba a saber yo!? ¡Me ibas a dejar con una nota! —replicó ella—. ¡Eso es lo que yo sabía, antes de que me soltases el discursito y lo complicases todo enamorándote de mí!

—¿¡Cómo?! —Angie se puso en pie también—. ¡Tú te enamoraste de mí!

—¡Pues sí! —gritó Delia, y de repente ambas pararon en sus talones—. ¡Pues es verdad!

Se miraron entonces como tendrían que haberse mirado una semana atrás, en una calle mejor, en un contexto menos sucio: Delia con el pantalón rasgado y los ojos quemados, y Angie con la cara negra de la ceniza del humo. Pero estaban construidas para mirarse cuando ya habían gastado las balas, y así fue: Angie llevaba días decidiendo qué era lo que quería decirle, y Delia había entendido que no podía vivir sin soltárselo, y ese era el momento, al fin, en el que se lo decían.

—Delia... —comenzó, y luego tragó saliva—. Mira, por favor, no me lo pongas difícil. Esto me está costando mucho y es muy antinatura, para mí.

—No te lo pongo difícil —atajó Delia—: quiero estar contigo.

—¡No! —dijo Angie—. ¡Tampoco vamos a hacerlo así! —Se paseó por la acera, nerviosa—. Delia, tienes que saber... Joder, ¡antes de estar conmigo, tengo que saber que tú sabes que no te voy a venir bien! ¡Piénsatelo bien! No deberías estar conmigo. Primero que todo: estoy muerta. Hay tantas cosas que no podremos ser; hay tantas cosas ahí fuera que puedes hacer con otra gente, envejecer con otra gente...

—Genial —la cortó Delia—. No me interesa. Siguiente tema.

—¡Soy un desastre! —le confesó. Se avergonzó cuando dijo—: Nunca he hecho esto, no he sentido esto. Soy... una fresca, básicamente, y creo que tengo que aprender a querer. Estoy intentando hacerlo mejor, pero puede que a veces huya. Con Curro el Cueros.

—Vale.

—Y me detestas, Delia. Somos incompatibles. Pelearemos todos los días.

—Cuento con ello.

—¿¡Estás escuchando algo de lo que te digo!? Dios, ¡si voy a firmar un contrato con Manolo...! —repitió Angie, impaciente—. ¡Si no te has enterado aún de que corres el peligro de que...!

—Angie. —Delia alzó las cejas, agotada, y de repente casi se rio. Abrió los brazos—. ¿Qué quieres que te diga? Quiero estar contigo. No pienso perderte otra maldita vez. Esta ha sido... —señaló su piso carbonizado— ¡la peor semana de toda mi vida! Y me has dado semanas que compiten con la venida del apocalipsis bíblico. Estoy cansada de organizar mi vida y orientar mi vida hacia lo que se supone que debería ser. ¿Qué quieres que te diga? Te quiero, y quiero estar contigo, Angie Samper, sea como sea, el tiempo que se pueda, y ya averiguaremos lo demás. Me da igual lo demás si estoy contigo. ¿Esto te vale? —Se fijó en su cara y paró—. ¿Ya te estoy asustando?

—No —murmuró Angie. Luego se le ocurrió comunicar, en un momento como ese—: Tengo cuarenta mil euros.

—¿Qué?

—Para arreglar el dúplex.

—¿¡Qué!?

—Luego lo hablamos. Es otro tema que tenemos que hablar, porque Pol también piensa que me he ido... Porque Pol me va a matar. —Retomó—: Yo también. Quiero decir, daba igual lo que dijeras, porque ya he firmado lo de Manolo. Voy a estar contigo, Delia.

Ella abrió y cerró la boca, incrédula.

—Y, entonces, ¿a qué viene esto? —preguntó—. ¿Para esto me tienes que hacer esperar hasta el viernes, para esto esperas siete días a que...?

—Imbécil, tenía que esperar hasta el viernes —la cortó Angie—, porque no iba a quedarme con las ganas de hacer esto.

Angie tiró de ella. La besó, rodeándole el cuello con una mano.

Fue más un encuentro a mitad, como los imanes que desafían las gravedades, en una competición, de nuevo, por llegar antes y más fuerte: Angie la besó. Delia enredó las manos en su pelo. Angie se la subió a la cintura y Delia la rodeó con las piernas, y se besaron igual que el primer día, en un baño terrible, sin saber lo que estaba por llegar. Angie la estampó contra la pared junto al telefonillo. Delia le metió las manos bajo la camiseta.

No era una escena, en mi opinión, que representar públicamente a las siete de la tarde, pero lo hicieron igual, porque no sabían hacerlo de otra forma; porque, entre tú y yo, nunca habían tenido muchas luces, y todo lo que hacían juntas lo hacían bastante mal, y eso era, al parecer, justo lo que querían: complicarse la vida la una a la otra. Era una falta de sensatez reencarnada ocho veces. Así que se quisieron, yo qué sé. Supongo que todo esto va de que se querían.

—Llévame a casa —jadeó Delia.

Angie le recordó, sobre los labios:

—Rubia. —Se separó un poco—. Ya no tenemos casa.

—Joder. ¿Y dónde nos lo montamos? ¿No nos lo podemos montar?

—Creo que puedo pedir el cuarto —la tranquilizó—. Creo que podemos echar a Miguelito un rato a los buzones.

—Hasta que se acabe el viernes.

—Hasta que se acabe el viernes —dijo Angie—. Y luego el siguiente viernes.

Delia sonrió y besó a su fantasma.

—Y luego, si te portas bien, todos y todos y todos los demás.

LO DE DELIA, ANGIE Y YO

Terminando por lo importante, esto es lo que tienes que saber sobre Delia Agós: el otoño que iba a cumplir los treintaiuno, amaneció con el cadáver de alguien en la cama de su piso.

Sé lo que estás pensando, pero esto era algo que celebrar; Delia se había visto en peores: se había visto sin cama, y se había visto sin piso, ¡se había visto incluso sin cadáver! Les había costado cuarenta mil euros (y una aportación de una madre ginecóloga arrepentida) reparar ese desastre. Lo cual no significaba que de pronto estuviese bien que saliese con una perroflauta. Delia podría haberle dicho a Mercedes que estaba muerta, y eso le habría molestado menos que el tema de los tatuajes. «¿Y no te puedes teñir el pelo de un solo color? ¿Por qué mitad y mitad? Con estas moderneces, ¿te digo lo que me pareces? Un Cornetto de choco y nata», pero que todo fuese eso, ¿no? El insulto casual de una suegra en la comida con la familia, que ahora tenía que ocurrir siempre en viernes, por motivos que nadie explicaba.

Delia amaneció en su cama, en su piso recién reformado, que por fin tenía una buena escalerilla, y sintió las manos de su fantasma agarrarle la cintura. Parpadeó, mientras unos labios le recorrían el cuello.

—Vas a llegar tarde.

—No… —murmuró, escondiéndose bajo la almohada—. Déjame.

—Me vas a reñir luego, si te dejo.

—Te voy a reñir igual. Algo harás…

—¿Qué te haría no ser una irresponsable? —Angie le pegó el cuerpo a la espalda—. Me tengo que comer yo, encima, tus tres despertadores. ¿Qué te hago? —Delia le agarró una mano y se la metió bajo el pijama—. Me refiero al desayuno, tía lista.

—Puedo desayunar esto. Estoy bien con esto…

—Vas a llegar tarde y te quejarás de que te he entretenido.

—No —le aseguró, medio dormida—. Voy a estar de un humor magnífico. Uno rápido, nada más…

Los días empezaban así ahora: había una muerta tatuada al otro lado del colchón. A veces había una muerta colgando de la lámpara, fumándose un cigarro que «te prometo, nena, que este mes lo dejo», pero, bueno, cuando una ya la ha diñado, fumar es un vicio incluso sano, una reposición necesaria de gases obscenos. Angie Samper ya no ghosteaba, ya no vivía debajo de un puente, ya no robaba monedas de la beneficencia. ¿Qué era, después de eso, conservar el gusto por fumar? Angie se había transformado en una gestora de fantasmas; una mierdas de la Seguridad Espectral. Si dejaba de fumar, corría el riesgo de convertirse en Manolo («Don Manuel Castaño», le recordaba cada día. «La tendría que haber mandado a pastar, cuando me pidió ese maldito contrato»).

—Jud, ¿qué llevamos por la tarde al rol? —le dijo Delia en un audio, mientras se preparaba en el baño—. Estaremos a las seis. Aquí la cocinera ha hecho trufas con ron…

—¡Perlas de licor! —la corrigió Angie.

—Perdona las psicofonías. Ron, y luego un poco de trufas. Ron, básicamente.

—Dile lo que hiciste ayer con ellas. La cara que pusiste cuando...

—Cállate —le ordenó, lanzándole el pijama. Mandó el audio—. Lávate los dientes. Aunque estén muertos, ¡son dientes! —Angie se recogió el pelo para meterse en la ducha y Delia tiró de ella—. Dios, es que estás por las mañanas...

—Vas a llegar tarde.

—Uf. Petarda —bufó. Se marchó hacia el cuarto—. ¡Cuando te compré, eras una delincuente!

—Sí, bueno —se rio Angie—. ¡Cuántas empotradoras son castradas en el matrimonio! ¡Poco se habla!

Terminando por lo importante, esto es lo que tienes que saber sobre Angie Samper: tu novia puede planificar la ropa interior con la que va a celebrar el primer aniversario de tu muerte. Podríamos llamarlo, si nos ponemos jocosos, el incumpleaños. Cuando mueres un año, ¿te lo restas o te lo sumas?

Angie sabía que la muerte, irónicamente, salva vidas de vez en cuando, si se le saca partido de forma inteligente, si te pilla en un dúplex pintoresco en Tirso de Molina. Te cuesta tu dinero arreglarlo, después de una inundación, dos exorcismos, los efectos del Kama Sutra ingrávido y también un incendio, que era tan solo la guinda. Pero, cuando un fantasma tiene su casa (o, como diría la jueza Montalbán, La buena dueña lo tiene a él), puede permitirse más cosas que una caja de alarmas: puede tener su nombre en el buzón y un hueco con su forma en el lado izquierdo de la cama. Su cara está photoshopeada en las fotos del salón, y hay un armario de ropa muerta. Puede colgar la foto de su padre encima del ficus inmortal. Pol no molesta tanto cuando viene de visita y comenta: «¿Por qué no sabes tener tu cocina ordenada?», porque ahora tiene una cocina, y también un estante para guardar sus sartenes.

—¿Tienes a muchos nuevos hoy? —le preguntó Delia, mientras desayunaba.

—Todos británicos que hicieron *balconing* —masculló—. Qué sopor de fechas. Es un lío gestionar los encantamientos de hoteles.

—Lo siento, amor. Que se mueran en otra parte, ¿no?

—Y que te oigan. —Se encendió un cigarro—. ¿Me llamas luego y me cuentas cómo va?

—Odio las llamadas —se quejó Delia—. No se te oye. Escríbeme.

—Es un bochorno el teresafidalguismo.

—Por Dios, yo sé entenderte. María de los Ángeles, ¿conmigo vas a tener pudor?

—Llámame —le pidió—. Me gusta oírte ser una amargada.

—No me voy a amargar. —Y luego dijo, masticando palmeritas—: Esto es un espectáculo. Están que te cagas.

—Ya lo sé.

—¡Joder! ¡Llego tarde!

—Ya lo sé.

Un año atrás, en pleno miércoles de crisis existencial, Delia Agós se había catapultado hacia el váter de Casa Paco, había sido destinada a un cuartito en Geogalia, había conocido a una idiota preparándose para morir y vivir con ella; todo eso, y otras desgracias, la habían llevado allí. A su dúplex reformado, medio digno, tampoco nos flipemos. Un dúplex correcto, con sus sectas emparedadas, con su caldera aún en pésimas condiciones.

Claro que Geogalia le había vuelvo a tirar la caña, en algún momento de enero, para que volviera a hartarse de cafés de becaria. La parte más incómoda de todas había sido decirle el «no» personal a Coral. Richi le comentó: «Pues no ibas a pasar de Elba Jonazo a Explotación La-Coral. Yo no te habría dejado». Pero Delia rechazó la oferta porque, para el momento en el que llegó, ya había aprendido algo: que a una en cualquier momento, más o menos gafe, le puede pillar de pronto la muerte, y no debería pasarse la vida haciendo cábalas y listas sobre lo que, a lo mejor, según los expertos, deberíamos ser y, con suerte, seremos. Delia había aprendido que no sabía qué coño quería ser. Bueno, sí: quería amanecer en su casa, con un fantasma a su lado, que por lo general se paseaba en tetas y hacía muy buena repostería. Lo demás, el trabajo, el coche, el futuro y la hipoteca son cosas que es mejor ir viendo.

Al final, ¿qué es lo que peor que puede pasar? Incluso la muerte, y ya lo sabes, es una transición a otro puesto; somos nada más que un trozo de tiempo, y lo que hacemos aquí es estúpido e indispensable, entonces, ¿qué más da si se acercan los treinta? ¡Fóllate a ese cadáver! Bueno, no te lo tomes literal. Tampoco nos pasemos.

—Nos vemos en Boadilla. —Delia le dejó un beso rápido en la mejilla—. Te quiero.

—No, dámelo bien —le ordenó Angie, y paró un segundo de fregar platos para secarse las manos y besarla de nuevo. Le recolocó la camisa—. ¿Sabes qué? La peña va a pensar, tus compañeros se dirán: «¿Quién es esta profesora tan sexy con esas ojeras de desgraciad…?».

—Esto no es lo que quiero oír. No voy a oírlo. —Se miró, asustada—. ¿La *profesora*?

—Son dejes de *roleplay*. Eres jovencísima. Prepúber, prácticamente.

—¿Voy Hillary Clinton?

—Eso siempre, rubia. —Angie la besó una última vez—. Te quiero.

—Te llamo luego —le dijo Delia, mientras se iba—. ¡Te quiero, no compres más ron!

—¡Habrá que comprar ron! ¡Algunas no comemos!

—¡Por favor, no le vendas más trufas con ron a Miguel de Cervantes!

El viernes 11 de septiembre, Delia salió por la puerta de su dúplex.

Era su primer día de clase en la universidad del Excel (es decir, en el grado al que se había inscrito de Contabilidad y Finanzas), porque nunca es tarde, ni cuando ya cuentas como profesora, para investigar quién eres y profesionalizar tu pasión por el euríbor. La vida estaba empezando, otra vez, como empieza, en realidad, todos los días; hacía sol y aún pegaba el calor en el centro de Madrid.

Delia se quitó la chaqueta y bajó por las escaleras del 11 A en Tirso de Molina.

Pero tú ya me conoces, al 11 A; todo esto es muy bonito, pero se me estaba haciendo un peñazo. Tampoco pensarías que iban a salirse con la suya, después de quemarme, repintarme y hacerme presenciar todos esos malabares con dildos. Llámame Maruja, si quieres, pero a veces a las personas hay que tirarlas por las escaleras un poquito, hay que ponerles una pizca de literatura, y más cuando es el aniversario de una muerte memorable.

Doblé un escalón.

Bajé la barandilla.

Delia Agós se tropezó y gritó, y se cayó de cabeza, y rebotó de madera en madera hasta que llegó al tercero. Yo ya se la tenía preparada allí, con su recipiente metálico, a punto de reciclarse por hija de la Puri: una maravilla de invento de la gastronomía, su correspondiente y esperada máquina Thermomix.

Su cráneo hizo clonc y se la colocó de casco con la precisión de una pelota.

El fantasma de Delia Agós abrió los ojos y apareció en el dúplex frente a Angie, y ambas se miraron.

—No me puto jod…

FIN 

AGRADECIMIENTOS

¡Gracias por colaborar en esta iniciativa de libros para-anormales financiada por la Seguridad Espectral! Esperamos que su experiencia haya sido satisfactoria y estaremos esperando pacientemente a cobrarle cuando se muera.

(Este texto solo puede ser leído
por aquellos que la van a palmar).

Esta historia nació de un dibujo, o quizá todas las mías lo hacen o desembocan en uno; de unas viñetas tontas que hicieron un efecto dominó y ahora tienen esta forma tan morada entre tus manos. Por si no ha quedado claro: esto lo he escrito y lo he ilustrado yo. Sí, hasta el fantasma del noveno capítulo que enseña el culo a la audiencia. Imagínate tener esa suerte, la de poder contar una historia de una forma tan imposiblemente tuya. Angie y Delia han dado la vuelta al mundo para luego volver a un dúplex, que en realidad soy yo; todos los que escribimos historias somos, al final del día, algún tipo de casa encantada. Yo, en concreto, un zulo en Madrid. Gracias por quedarte a conocer a mis fantasmas.

Gracias a Hilde y a Eli y todo el equipo de Antonia Kerrigan, que son, no os miento, como ángeles de la guarda. Gracias a mi editora, Marta, por ver el potencial de esta historia antes de que fuese nada, y al resto de las currantas del equipo de Molino que la han hecho real.

Gracias a Nea, mi beta de siempre, la que me manda las capturas de mis chistes como si hiciesen tanta gracia. Eres un chute de motivación siempre y quiero compartir a todas mis pencas contigo.

Gracias a la Clara que no soy del dueto de Las Claras; te conté esto a ti antes que a nadie sentada en la alfombra de tu casa y me has llevado a la línea de meta. Gracias a Al, que es la otra madre de esa alfombra, y me aguanta los audios de siete minutos de las historias que no estamos dirigiendo juntas en rol.

Gracias a Javi, que me regaló los mejores diálogos de Harry el guiri. Gracias a Iria, porque sin ti hay tantas cosas que no serían como son.

Gracias a mamá y papá, que son los dos fantásticos arquitectos y, por supuesto, tenían que traer al mundo un inmueble. Porque nunca habéis esperado de mí una enfermería; siempre habéis querido todo lo que soy. A mi familia, porque son los mejores, y a la política también, porque no habría superado este proceso de escritura sin las noches de tortilla de Belén. Gracias a todos esos amigos que me han estado preguntando «¿Ya has terminado la novela? ¿Ya puedes salir de casa?», ¡la terminé! ¡Pero era una trampa! Voy a seguir metida aquí. Solo voy a salir, misteriosamente, los viernes.

Y, sobre todo, y me vais a disculpar, pero me toca ponerme pastelosa: gracias a Ici, que es mi compañera para todo, mi psicóloga pasando consulta al otro lado de la puerta; el cuerpo que me proyecta como una sombra sobre las cosas del mundo. Porque no puedo esperar a que nos metamos juntas a una hipoteca y seguir siendo el fantasma autónomo que siempre estará esperando que vuelvas a casa.

(Ninguna Sonsoles ha sido ghosteada
durante la creación de este libro).

Este libro se terminó de imprimir
en el mes de octubre de 2025.